走近
中国远洋船长

周勇闯
王以京——著

海魂

文汇出版社

图书在版编目(CIP)数据

海魂 / 周勇闯，王以京著. —上海：文汇出版社，
2025.7. — ISBN 978-7-5496-4534-3

Ⅰ. I25

中国国家版本馆 CIP 数据核字第 2025N1W251 号

海魂

作　　者 /	周勇闯　王以京
出 品 人 /	韦　明
顾　　问 /	雷海
策划编辑 /	周小诠
责任编辑 /	戴　铮
文创设计 /	童鑑良　黄　旭
封面装帧 /	智　勇
封面题字 /	王以京

出版发行 / 文匯出版社
　　　　　　上海市威海路 755 号
　　　　　　（邮政编码 200041）
经　　销 / 全国新华书店
印刷装订 / 上海颛辉印刷厂有限公司
版　　次 / 2025 年 7 月第 1 版
印　　次 / 2025 年 7 月第 1 次印刷
开　　本 / 710×1000　1/16
字　　数 / 368 千字
印　　张 / 22

ISBN 978 - 7 - 5496 - 4534 - 3
定　　价 / 98.00 元

谨以此大型系列纪实文学作品献给——

　　坚守在大海波涛中的中国海员，以及坚贞不渝站在他们身后默默奉献的海嫂和家人！

写在前面

海运与国运密切相关，海运强则国运强。尽管中国曾有郑和下西洋的航海壮举，但是明清时期的闭关自守与海禁政策，致使中国长期以来无法成为海运强国，而远洋航行的船长，更是中国很长时间极其稀缺的社会角色和人才！

发展中国海运，需要有一批相当规模的船队，同时也需要有一批志在高远、奋力拼搏的航海团队。而中国远洋船长，则是中国航海团队最值得骄傲的中坚力量！

什么样的人是中国航海史上有影响力的船长？

这些中国船长是傲立于大海波涛的勇者，即使波浪像高山般压过来，他们也毫无畏惧，指挥巨轮迎头冲上；这些中国船长是游历世界的传奇，他们经风雨，见世面，胸襟博大，视野开阔；这些中国船长是往来于世界各国的友好使者，他们带去的是丝绸，是财富，而不是战争与伤害；这些中国船长属于中国，也属于世界，他们熟谙并遵行国际海事通行的法规，出于对祖国的忠诚，他们也会奋不顾身地维护国家主权和所在轮船的正当权益与合法权利；这些中国船长视轮船为生命，视船员为兄弟，他们宽大的肩膀和背影，是对同舟共济最好的诠释；在当今新时代，这些中国船长牢记"为国远航"的初心使命，紧紧抓住发展机遇，以奋楫之姿，冲破百年变局的迷雾，划出属于中国航海人的千尺尾波……

在这些中国远洋船长中，有这样一些闪亮的名字：

中国近代航海先驱陈干青；

1949年在中国共产党领导下率领第一艘海轮起义的"海辽"轮船长方枕流；

驾驶新中国第一艘悬挂五星红旗的远洋轮——"光华"轮前往印尼接侨的船长陈宏泽；

将生命融化于海洋的新中国培养的第一代中国船长贝汉廷；

在1993年"银河"轮事件中展现出大智大勇的中国船长雷海；

指挥海上大型漂浮物穿越土耳其海峡的中国船长陈忠；

中国集装箱运输事业的先驱，敢于并善于在国际航运市场"逆势扩张"的船长李克麟；

参与创建中国首支液化天然气海上运输船队的船长燕伟平；

驾驶中国商船不畏艰险首航北极东北航道的船长张玉田……

中国远洋船长，是一个非常专业的职业。对此我们已经看到有不少介绍：有专业性的表述，有档案式的记录，有报道式的采写，有报告式的宣传……本书作为大型系列纪实文学，则更为深入、细致、生动、形象地描写了中国船长，不仅反映这些中国远洋船长卓越的航海技术、驾驶本领、骄人业绩，更是用文学之笔采写他们身上蕴含的中国远洋船长精神，他们开放、开拓的海洋文化，他们无惧惊涛骇浪的一往无前，他们如大海般壮阔的胸怀，他们融入海洋献身海洋的壮丽人生，他们为中国远洋海运发展的奋力拼搏……

20世纪80年代初期，著名作家柯岩曾饱含热情，以《船长》为名书写了新中国培养的第一代杰出的中国远洋船长贝汉廷，成为不可多得的航海文学中的优秀篇章，当时即引起社会巨大反响。在我国航海事业取得迅猛发展的今天，我们更要以文学的笔触，去描写时代风云中的中国远洋船长，以中国的国运与航运的发展为背景，以惊心动魄的历史事件为线索，站在新时代的高度，生动地展现中国远洋船长博大而勇敢的形象、丰富而细腻的情感，以及为我国航海事业发展不息奋斗的精神。我们愿以新的书写中国远洋船长的大型系列纪实文学，为中国航海文学增添新的优秀篇章。

本书并不是一部船长的个人传记，而是精心选取所写中国远洋船长最精彩、最闪光的人生片段，并将其放在中国航海界一组组如惊涛骇浪的事件中，放在中国远洋海运大背景尤其是宏大的国运背景下予以考察，加以浓墨重彩的描绘，在这种描绘中浓缩出一位位中国远洋船长如大海般壮丽的人生。

也许有人认为，以远洋船长为代表的海员是一个既荣耀又折磨人心的职业。

确实，人类是陆生生物，人类的生活和进化历史主要在陆地上进行，人类的家居也只能在陆地上。家是什么？家是温暖的港湾，是心灵的归宿，是情感的寄托；家是有至爱之人等候的地方，是一起吃饭的团圆，是晚归守候的灯火……然而，海员却注定要离开陆地，离开家，长年漂泊在大海之中。

世人又有所不知，航海又是这世界上最富人性的职业之一。海员和海上探险与贸易相生相伴。海员用专业的知识、过硬的技能和丰富的经验守护着每一次航行的安全，为着全人类在海洋间的互通有无与文化交往。远洋海运承担了全球90%的贸易运输，全球80亿人的生活都离不开海员的默默付出。这不是海员的大爱是什么？

当前，百年变局加速演进，数字浪潮席卷而至，绿色低碳引领未来。世界经济面临从未有过的风险和挑战，"大国船队"的航程上充满了暗流险滩，机遇与风险并存。然而，以中国远洋船长为代表的广大海员以海洋为家，与风浪共舞，在一次次直面狂风巨浪的挑战中，诠释着勇敢坚毅的航海精神；他们向海扬帆沐风雨同行，航迹遍布七大洲，历经艰辛收获美好。从他们身上，我们看到了一种历久弥新的精神力量，这就是飞扬在深蓝上的海魂。

这海魂，如翱翔在蓝海上的海燕。虽然在苍茫的大海上，有时狂风卷集着乌云，但在乌云和大海之间，这海魂，就像海燕展开雄健的翅膀，一往无前地飞向远方，飞向深蓝，并不时回眸它可爱的家乡；也许被蔚蓝的天空和湛蓝的海水所深深吸引，这海魂喜欢蓝色，喜欢深蓝，但更深爱飘扬在蓝海上的五星红旗……

亲爱的朋友，在读这本大型系列纪实文学《海魂》时，你是否真切地听到了一首发自中国远洋船长肺腑的响彻海天的海魂之歌?!

My Wrinkles at Sea

目录

强海之梦

——记陈干青船长

　　破晓，老濊河泛着粼粼波光，一抹阳光洒落在山庄的白墙黛瓦之上，呈梯形的马头墙兀自挺立。独特的山庄建筑，显出徽派建筑的气韵，与当地沿河而建的敞开式民居，以及"四厅宅沟""三进两场心"的民宅，形成完全不同的风格。

　　山庄分南北中三院，西开门，面朝老濊河。中院门楣上"思蓼山庄"四个大字，左边款："陈干青题，1936年秋"。敦厚凝重，静默无言。北院名"航海家陈干青故居博物馆"，朱红的大门敞开，绿树掩映院墙。院落内，回廊敞亮，梧桐、玉兰、柏树浓密参天。

　　俄顷，有良禽飞来，择木而栖。两只喜鹊在枝杈间跳跃、理羽、翘翅，发出清脆响亮的"喳喳喳"欢叫声。

　　一群少先队员唱着歌，在老师的带领下，举着队旗，在山庄前听讲解。

　　其中一位参观的少年疑惑："这叫思蓼（liǎo）山庄？"

　　讲解员说："思蓼（lù）山庄，这个字也念蓼（liǎo）。水蓼，是这里的一种常见的植物，生长于溪边、水岸和湿地，秋天开粉红色的花，俗称'灯笼花'，蓼花蓼叶不胜愁，是乡愁之物。《诗经》有言：蓼蓼者莪，匪莪伊蒿。

哀哀父母，生我劬劳。蓼蓼者莪，匪莪伊蔚。哀哀父母，生我劳瘁……父兮生我，母兮鞠我。抚我畜我，长我育我，顾我复我，出入腹我。欲报之德。昊天罔极！陈干青熟读四书五经，他为了感念父母之恩，寄托思乡之情，以'莪'命名，建了这座山庄。古有蓼（lù）城，故称'思莪（lù）山庄'。这门楣上的四个大字是陈干青当年亲自题写……"

【第一幕】 力拔头筹

1936年，正月十五，遵照当地的风俗，陈干青携家眷回乡上坟。

午后，北河岸边的坟头，人们焚烧香火，白色的纸烟在微风中弥漫。陈干青俯身坟前，沉思着，烧着锡箔，一边往酒杯里添酒。

陈妻高云林放下竹篮，揭开洁白的毛巾，用筷子穿上圆子和卷头（两头大，形如线圈）递给孩子们，教他们插到坟前。

一家人鞠躬。

祭拜毕，陈干青站上河岸，极目远望：家乡早春的田野，麦苗青青，尽收眼底。远处传来羊咩、犬吠。南面镇上的旗幡随风飘荡，天仙河潺潺向东流去，一股亲切感油然而生。

回想自己6岁进私塾学习，因为父亲打听到三星镇陆秀才教法新进，被北沙黄仓镇乡绅黄作舟请去专门教黄家子弟，于是，陈干青就离开这片土地，去黄家私塾读书多年，后来考入浦东中学。屈指算来，求学、上船、当公司总船长、办保险公司，一晃20多年过去，可这一幕幕，清晰得就像发生在昨天那样：

那是夏季的一天，蓝天白云缭绕，浦江两岸微风和畅，麦穗泛着金色的浪。

浦东中学校园里，铃声响过，学生们奔出教室，涌向教学楼外的报栏前。陈干青叫上表弟黄慕宗，结伴走出步廊。

学生们议论：邮传部商船专门学堂在招生了，校长是唐文治①先生。条件优厚，言明考生录取入校后，一切学杂膳宿、文具、书籍等费用，全部由学校免费供给。学制三年，学生毕业后，由校方派赴招商局服务，月薪一百银圆。有志深造者，由学校公费派赴英国留学。

---

① 唐文治（1865—1954），字颖候，号蔚芝，清光绪十八年进士，官至农工商部署理尚书。1907年就任上海实业学校（今上海交通大学前身）监督。生平著述甚丰，主张实业救国、科技强国。

陈干青高兴地说:"这个招生通知来得正是时候,我如果能去,那该多好!"

一旁的表弟应道:"你仔细看看,就是南洋大学原来的航海科,现在要建立专科学校,扩大招生了。"

不错,他们说的这所国立吴淞商船专科学校,正是我国第一所培养航海高级人才的高等院校。去年,即清宣统元年,邮传部①尚书盛宣怀力主"商业振兴、必借航业,航业发达、端赖人才"。他在向朝廷上疏的奏折中说:"自强首在储才,储才必先兴学,西国人材之盛皆出于学堂。"在盛宣怀的主张下,上海南洋公学首开航政科,后成立独立的商船学堂,成为中国近代史上第一个高等航海学府,南洋大学校长唐文治先生兼任监督。

商船学校的招生启事,对于许多出身贫寒的年轻学子来说,真是一大福音,无论吸引力和诱惑力都是巨大的,所以引起学生们的热议,都跃跃欲试。

陈干青是家里的长子,父亲刚刚去世,家里原来经营的店铺已经歇业,弟妹们都还年幼,作为长子,他有责任挑起家庭重担。他盼望着自己能尽早谋得一份工作,为母亲分忧,也好让弟妹们安心读书。现在有这个机会,如果考上,家里可以少一份花销,自己将来还可能出国留学,岂不是两全其美!

想到这些,陈干青感慨地说:"国家兴办商船专科学校,发展航业,天下兴亡,匹夫有责。好男儿四海为家,机会难得啊!"

表弟黄慕宗说:"是呀,我也想去。"

"好,我们一起去报名!"

与表弟说这些时,蓝色无垠的大海仿佛就在陈干青眼前展开,他似乎看到自己已经穿上海员制服,屹立在海轮高高的驾驶台上,迎着海浪前进,他的心也随之飞翔起来。

黄慕宗:"表兄,你成绩好,考取应该不是问题。"

陈干青:"读了10年的私塾,自感唯一不够的是算学,还需要花些时间补课,熟练运算。"

黄慕宗:"招生条例上有那么多的优惠待遇,估计报考的一定不会少。"

陈干青:"不管怎样,我们先去报名。走,我们一道去校务办公室请假,然后就去报名吧。"

事不宜迟,向校方请好了假,表兄弟两人毅然决然,第二天一大清早就出发,一路哼着歌,走到徐家汇南洋公学,报上了名。

---

① 邮传部,清朝官署名,设立于清光绪三十二年(1906年),该部置尚书及左右侍郎。下设船政、路政、电政、邮政、庶务五司,各有郎中、员外郎、主事等官。

3

海魂——走近中国远洋船长

果不其然，这次南洋招考吸引了许多贫困家庭的孩子，他们从四面八方赶来报名应考。约半个月后考试，考场就设在南洋大学。

陈干青因为感觉算学不太扎实，在回崇明禀告母亲后，顺便让城内的王先生补了两天课，熟练了一些公式和要领。

赴考的状态良好。考到最后一天，陈干青起身很从容地将卷子交给监考官，神情轻松自然地走出考场。他见表弟还没出来，便在走廊外等候。

此时，正巧同乡张舍监走了过来，他问陈干青："考试感觉怎样？"

陈干青答："自己感觉还可以，并不觉得多难。"

张舍监："嗬，那就好。你在县中时，我教过你国语，你的各科成绩一向挺好，应该能成功！不过，我告诉你，邮船部要发展航海，商船学校是第一次单独对外招生，待遇优厚，将来保证工作，还能有公费出国留学的机会，所以这趟报考的人数众多，有3000余人，招生的总名额为120名，而除了南洋公学保送40名，对外只招80名，这是百里挑一啦！老弟，你要有足够的思想准备才是。"

陈干青听后吃了一惊："早知道这样，我怕不敢来考了。"

张舍监："没事，你既然没遇到难题，应该考得不错，我相信你能考上。"

离开南洋公学，陈干青一遍遍地回忆自己做过的考题，觉得没有大的失误，才总算安了心。回到浦东中学，又继续投入了学习。

10天后，国立商船高等专科学校发榜公布录取生名单，陈干青的名字赫然列在榜首，成为商船学堂第一名录取生，也是崇明岛上第一个走进航海学堂的大学生。

这个消息不胫而走，在浦东中学的学生中引起了轰动，同学们纷纷前来向他祝贺。

可是，想到表弟黄慕宗落榜，他为之遗憾。要是能一道考上，那该多好！

不久，商船学堂举行开学典礼。陈干青和一群年轻的学生穿上整齐统一的校服，脸上洋溢着灿烂的光辉，列队于南洋公学的操场上。

主席台上方，"邮传部高等商船学堂开学典礼"的红绸横幅微微飘荡。

校长唐文治身着长衫马褂，精神焕发地走上主席台，他清了清嗓子，然后操着夹带江浙口音的官话，向新生们致辞：

"诸生今日来校学习航海，日后，个个要到海上做事，看大浪，吹飓风。航海生活是枯燥的、辛苦的，一船生命财产之安危，均操在船长手中，试想所负这个责任又何等重大！同时诸生应记得，商船驶到国外，其实是国家的势力所达之处。此外，还赚外国人钱，以富裕自己的国家，试想这样的意义，更是何等重大。而国家一旦有事，诸生即是海军，故东西洋各国，均特别优待商船人才，今朝廷效外国，亦决定优待你们，愿诸生学成致用，不负朝廷厚望。勉之，勉之啊！"

唐校长的话语慷慨激昂，激动着陈干青他们的心。

20世纪初年，航海学堂在中国还是全新的名词。中国虽然是个古老的航海国家，有郑和七下西洋的壮举，但长期以来靠着利用风力的帆船，靠着船员的吃苦耐劳和不畏艰险，在海上来往，并没有跟上欧洲工业革命的步伐。机器船所需的航海驾驶学，并不是简单地用竹篙撑船可比，需要掌握海图、天文、地文、船艺、造船等一系列知识，还包括避碰规则、海商法规等；其船位的计算和测定都有一定的规范和步骤，并非像风帆船用时辰的毛估估。

在邮传部高等商船学堂，一式英文教材，全以英语上课。英国老师詹姆斯，非常绅士，他走进课堂，向学生们问候，然后要求每个学生起立做自我介绍，顺便说出自己的特长，课堂气氛顿显活跃。詹姆斯对学生们说："将来你们都要做船长，所以必须注意仪表和衣着，每天系领带，保持整洁。"

在全新的课程面前，陈干青和200名新生一起，投入了紧张的学习和探索。

然而，商船学校仅开学短短的三个月，就爆发了辛亥革命。随着清王朝被推翻，商船学堂停课。学生们则豪情万丈，组成学生军参加北伐。陈干青毅然割辫参军，投入北伐的洪流。他们训练射击、行军操练，士气高亢，正准备开赴前线，却收到北伐胜利的消息。上级决定解散学生军，学生回家等待学校复课。

1912年，中华民国政府宣告成立。根据决定，将"国立商船专门学校"改名为"吴淞高等商船专门学校"，新校设在吴淞，由海军名将萨镇冰[①]担任校长。

晨曦，长江边上，军号悠扬。吴淞高等商船专科学校的新校舍，沐浴在阳光下。

操场上，学生列队，举手敬礼，英姿飒爽，接受萨镇冰校长检阅。

喇叭里响着萨校长的声音：

"……科学救国，国家兴办吴淞高等商船学校，就是要培养出优等航海人才，学校实行全军事化管理，严明风纪，造就航海精英，无愧国家和民族！"

校歌在耳边回响：

---

① 萨镇冰（1859—1952），中国近现代海军将领、政治人物。先后担任过清朝的海军统制、民国海军总长等军职。抗日战争爆发后，他到南洋和后方川、黔、湖、滇、桂、陕、甘等省宣传抗日。新中国成立后，任第一届全国政协委员、中央人民政府军事委员会委员。

海魂——走近中国远洋船长

"江潮澎湃，淞水漾徊，黉舍何崔巍，萃菁莪，讲航海，乐育英才。掌轮机，娴驾驶，乘风破浪何快哉。前进，前进！宏开海运，海运宏开！

"几番兴革，惨淡经营，校史何光荣，齐努力，同奋斗，有志竟成。环地球，运国货，发扬航业谁与竞。前进，前进！前程无量，无量前程！"

思绪绵延，就像掀开的闸门。陈干青感叹20多年过去，如今家眷一群，可谓衣锦还乡。

"干青，山庄什么时候动工啊？"陈妻问。

妻子的催问，打断了陈干青的思绪，他略一沉吟："呃，就选在这里吧。开春了，应该是开工的时机。走，我们回去再商量。"

山庄占地7亩，分东西两园，东园遍植花木，西园建南北中三院，这是一个不小的工程。陈干青找来当地的工匠，拿着施工图纸与造屋师傅切磋。这是阴宅，院门西向开。陈干青从日本弄来的柏树，种在中院。遵照他父亲生前的叮嘱，南院建一所小学，让周围穷人家的孩子都能读得起书。

就在这年的清明节过后，思蓼山庄的建造正式动工，陈干青长久以来对父母养育之恩的怀念之心终于得到安放。

【第二幕】　中国第一位外洋轮船长

其实，陈干青之所以在崇明家乡建思蓼山庄，还有一层更深的意思，就是寄托他对崇明岛的思念之情。

清朝光绪十七年农历正月二十六日，即1891年2月5日，陈干青出生在崇明县城北边老滧河东畔的界牌镇（今港西镇团结村）。

界牌镇是一个小镇，得名于南北流向的界牌河，查县志始建于明代万历四十四年（1616年），俗称蚌壳镇，听意思是镇小得像一个蚌壳一样。

其实，相传清朝某春日，有两个和尚路过界牌镇，见有不少女子在店棚下纺线浣纱，叽喳笑语，婀娜俯仰，便议论道：

"这不就是传说中的蚌壳姑娘下凡吗？"

和尚甲问和尚乙："你看，这是什么镇？"

和尚乙会意，即手指纺纱女答："蚌壳镇，出蚌珠之地也！"

蚌壳镇由此得名，并在岛上传开，流传至今。

当时的界牌镇，枕着界牌河，街道东西走向，河从中间穿过，南有运粮河，北有海洪河，水路舟楫通达，交通便利，是一个市场繁荣、买卖兴隆的集镇。清顺治年间（1644—1661年）就有店铺、酒肆客栈。据说到晚清和民国初年，街道宽阔已可供五马并驰，商贩云集，四方来客不绝。自1934年，从东三江口经界牌镇至排衙镇的东排公路修成后，界牌镇就更热闹了：店铺挨街毗邻，蔡氏南货店、泰和堂药店、万和堂药店、茶食糕饼店、布庄、印染作坊、肉庄、荤素八鲜行等兴隆于市。1937年，在当地人士要求下，已成为航海业名人的陈干青在河东建22间市房和18间祠堂屋，并兴办了鸣玉小学，从此，界牌镇如蚌壳明珠闪耀，市面更大也更热闹了。

多年来陈干青一直庆幸，自己能出生在长江入海口、海岸线终点的崇明岛，这使他从小就与海洋和航海结缘。

中国是一个农耕文化占主导地位的国家，海洋文化和航海精神比较弱化，而崇明岛由于在水中生长，在水中壮大，这里最不缺的就是航海精神。

以航舶为例，沙船①（见图）是中国最古老的船型。不同于西方船舶，中国船舶是由竹筏演变而来，而西方船舶的鼻祖是独木舟。所以中国最古老的船是平底、方头、方尾，而沙船就满足了这些特点。

沙船是中国古代四大名船（广船、福船、浙船、沙船）中最老的船型，具有很广阔的活动地域。北洋航线基本被沙船垄断，南洋航线曾活跃着大量沙船。郑和率领大明王朝的庞大船队，在28年间7次下西洋，"涉沧溟十余万里，遍亚非三十余国"，这一伟大壮举中，崇明岛是重要靠泊和补给基地，沙船则是郑和宝船船队中的主要船型。崇明是沙船的故乡，而上海以沙船兴港，所以后来北京人民大会堂上海厅里陈列的五桅沙船，就是以崇明沙船作为模板的，上海也将沙船放到了市徽的中心位置上。

崇明岛上的岛民在1300多年的历史中，在出海捕鱼、海上航运等实践中，为了适应和改变生产及生活条件，积累了大量与航海有关的民谣。

"八滧朝东是十滧，出海只有命半条。"八滧与十滧是早期崇明东部的两个港口，歇扎在那里的渔船特别多。那时科学不发达，渔民出海打鱼风险大，常遭狂风和巨浪的侵袭，一旦船只倾覆，就会有性命难保之虞。

"蚌壳镇上碰哭精，一碰就要哭勿停。"陈干青家所在的蚌壳镇即界牌镇，就位于老滧河（也叫界牌港）边。据民间传说称，从前那里从事航海的人较多，镇上妇女常常搬了纺车在界牌港边纺纱，盼望出海的丈夫回家。一听到

_____

① 沙船是一种适合于水浅多沙滩江河，也可海上航运的平底帆船。出现于唐代，先在崇明一带使用，宋代称为"防沙平底船"，元代称"平底船"，明代起统称为"沙船"。

沙船

海上刮大风，会哭个不停，生怕男人出事。于是就有了这样的民谣。

　　然而，崇明岛也正由于孤悬长江口，与大上海隔断，所以社会经济闭塞、落后，一度很难照进现代文明的曙光。陈干青从他所经历的婚变中痛苦地感受到了这一点。

　　在旧中国，父母之命，媒妁之言，成为儿女婚姻的定律，绵延了千年，也成为年青一代对父母孝顺的体现。所以那时崇明有个风俗，就是当孩子还在幼年时，甚至还在襁褓之中，父母就开始张罗为孩子排八字找对象了。

　　浏览陈干青的山庄笔记，发现还在陈干青两三岁时，他父母就为他选择了一个对象，女方是东邻王家的女儿，还专门备了彩礼办了酒，请来了所有的亲亲眷眷，办了酒水，正儿八经地订了婚。未料，当女孩长到15岁时就夭折了。天不假年，这门亲事就此打住。从此往后，两家作为儿女亲家，相互称呼着走动，逢到对方事干（指婚丧喜事）都列为上座。

　　1915年，陈干青19岁，他于崇明城内官学肄业，到上海浦东中学读书。忽一日，陈干青收到家信，得悉母亲又代他与本乡吴氏的女儿订了婚。陈干青作为一个接受新思想的青年学生，闻之骇然，他匆匆赶回家，一探究竟。到家后，母亲向他解释说，这是你大姨娘做的媒，说是吴家之女，人品极好，且与你是同庚，所以就同意了，并已于前两日下了聘礼，正式订了婚。陈干青听后，感觉愕然，他在内心呼喊并记录下当时的心情：

　　"如此的专制婚姻，哪里有一点自由，哪里是选择佳偶？"

　　陈干青带着满腹的怨气，愤然离家返回学校。

　　而后，到了陈干青报考吴淞商船专科学校的这一年，他父亲病逝。亲友们为此劝他"拔亲"（意为提前结婚，当地人迷信，认为大红喜事可以冲去死人的晦气）冲喜。

　　陈干青根本不信这种毫无根据的迷信做法，他认为：眼前亲尸未殓，哀悼不遑，自己岂有结婚之理！"拔亲"之举实属野蛮行为。他坚决予以回绝。后他母亲亦来苦劝，饱学古训的陈干青谨守孝道，不忍心违逆母亲之命，勉强允之，待到父丧守七七四十九天，他就回校了。

　　且说那吴氏之女面黑而多麻，自愧貌丑，进了陈家门后，见人便垂首，不发一言。陈干青是陈家的长子，讨个媳妇进门是要张罗着管家的，哪能是这个模样？媒人就是瞒人，直到此时，陈干青的母亲才深悔当时误听了亲姐的一面之词，其实后来才知道，她阿姐根本就没有亲眼看过这个媳妇。

　　转眼到了这年的八月二十五日，陈干青接到家中来的电报，命他火速返回。陈干青不敢迟疑，第二天一早，就急匆匆动身，不顾舟车劳顿，赶回家中。想不到，家里不幸：原来，吴氏因与陈干青的妹妹发生口角服毒自尽，已于头一天离世。虽然陈干青与吴氏并无爱情可言。然而，见尸生悲，人之常情，陈干青为其伤心流泪。

陈干青心想，殷鉴不远，以后母亲绝不会再蹈覆辙，再去管他的婚姻问题了。不料，事隔不到两年，陈干青的母亲故态复萌，事前又未征得儿子的同意，居然在这年的十月初十日，又代陈干青与浜镇郭家的女儿订婚了。先不说郭女长得怎样，是否知书达理，连能不能做家常的纺纱、织布等事，她母亲也一概不做了解，就是急着讨个媳妇进门。对于如此的家庭专制婚姻，陈干青真是恨透了！他不愿意再娶。这事拖至民国五年，即1916年，在其母亲的威逼下，陈干青只能以勉强的态度，与从未见过面的郭氏办了结婚仪式。

洞房花烛应该是人生最得意的时刻，而陈干青却在《随笔》中几乎用呐喊的语气记下当时悲愤的心情，控诉和抨击专制的旧式婚姻：她双眼近视，既无知识，又缺乏能力，且体弱多病，实在是一个无用的废人。

陈干青又一次陷入专制婚姻的惨痛和心灵的折磨之中，内心在向往自由恋爱和对母亲尽孝之间挣扎：他要冲出去，冲出这封闭的孤岛，冲出这专制婚姻的枷锁，冲出这落后陈腐的封建礼俗！他要去大上海闯荡，他要去大海航行，他要拥抱广阔的世界，包括拥抱自由的爱情！

是夜，月光下，陈干青乘夜潮船，去到上海。

黄浦江，海关钟楼，钟声响彻四方。

汇山码头，洋行、仓库。

一条条商船，停靠在码头上，悬挂着英、美、法、希腊等国的国旗。码头工人衣衫褴褛，正背着货物进入仓库。巡捕站在一旁。

"江平"号轮船，正在泊位上卸货。烟囱里冒出淡淡的青烟。

陈干青身穿二副制服，手拿提箱，与几个船员一起走下舷梯。

船员甲："二副，你喜欢拍照，这次休假到哪里去消遣？"

陈干青："没想好呢，想去苏州看看，那里的虎丘、寒山寺和拙政园都是有名的地方。"

"记好，下次你回船，多带些照片让我们欣赏。"船员乙补充说。

黄包车在徐府院门前停下，陈干青下车、付钱，走进门。

客厅，徐忠信夫妇春风满面，迎出。

这位徐忠信先生，别号晓鞭，是浙江宁波镇海人，出身贫苦，幼时家穷失学，靠帮人家放牛摇船度日，稍大后来上海滩闯荡。一开始在同乡帮助下进入招商局的"海晏"号轮船上做水手西崽（服务员），后来升为水手长，在船上做了20多年后有了些积蓄，便另谋发展。他虽未受过正规的教育，但人很聪明。此时的他，在轮船公司已经很有人脉关系了。可以说，陈干青遇到徐忠信是他一生的幸运。陈干青第一次在三北轮船公司上船工作，并做三副，驶往日本九州，从此开始了他的航海生涯，就是徐忠信和三北轮船公司的老板虞洽卿说妥的。

徐忠信："干青老弟，你回来啦，怎么，船上都好吗？带那么多东西，跟我客气起来啦？"

徐夫人："自家人，用不着客气。"

陈干青："北方出苹果，带点给你们尝尝。"

徐夫人："阿信讲，你已经做二副了，恭喜恭喜！"

徐忠信："高才生，又能干、勤快，技术又好，连洋人船长都找不出你缺点，在船公司老板虞洽卿面前称赞你。你为我们中国人争气了。"

陈干青道："徐先生过奖。"

徐夫人："嗬，对了，你今年26岁了吧……"

徐忠信："是这样，我同你师母商量，你这年纪应该考虑成家了。对了，还没问过你，乡下是否定了亲，你们崇明人，有啥规矩？"

陈干青脸红："谢徐先生和师母，乡下就是老思想，爷娘做主寻娘子，一个个都不成，让人苦恼。"

徐夫人疑惑道："就是爷娘讲了算，格也要找得好才是。"

陈干青说："师母，不瞒你们，我母亲守旧到了强行霸道，讲不通，所以我不回去。"

徐忠信夫妇听后无奈地摇头。

告别了徐忠信夫妇，陈干青就去了苏州，他想借着游玩散散心。

恰在苏州火车站，他邂逅了一位心仪的苏州少妇。

他记得清楚，那是1917年初，苏州火车站上，绿色车皮的车厢门口挤满了旅客，他们拿着行李，争拥着挤上车门。

嘈杂声中，一身西装革履的陈干青背着相机，轻松地走向车厢。

一年轻的少妇身穿一袭蓝色的旗袍，露出一双嫩藕般的手臂，怀抱着孩子，被拥挤着，行李被踩踏，"哎，我的包裹掉了！"少妇大喊。

陈干青收住脚步，心生怜悯，走上前，他帮少妇拿起包裹，把少妇母女领到他的头等车厢。服务生端来毛巾，陈干青看着少妇，两人四目相视，少妇回眸生情。

少妇满怀感激开口道："啊，奈好哉，碰着好人，总算上来了。来，我伲谢谢叔叔。"她说着，教小女孩，一边利索地收拾。

陈干青笑着："不用谢。"抚摸小女孩的小脸。

少妇擦过脸，焕发光彩。白皙的皮肤，匀称的身材，那腰肢动人的曲线，佼人僚兮！

青年陈干青被少妇的美丽打动，心里悄悄地打起鼓来。

一声长笛，火车冒出蒸汽，缓缓启动。车窗外，景物向后移动。少顷，服务生端上水果和面包。

小女孩："姆妈……"

陈干青本就喜欢小孩，就直接拿给孩子吃，他叫少妇不用客气。

少妇一时嗫嚅，转而大方道："呃……是哇。先生，失礼了，侬帮了我忙，我还没问过侬个尊姓大名?"

陈干青告诉少妇，他是海员，在船上当二副。因为休假，特地到古城苏州来看看古迹，白相相的。

少妇眼里闪出好奇的光亮："我俚勿懂，二副么做点啥事体呢?"一口吴侬软语，特别使陈干青着迷。

少妇带着敬佩的口气："我姓高名云林。"又问道，"海洋里风浪一定大来嗨哇，哪能过日脚，侬本事真大啊！"

陈干青："习惯了也没啥，趁年纪轻，到处走走，看看各地的风光，也好看看外国。"

少妇颇有好感，眼里闪着光芒："侬是开了大眼界的，不是普通人。"

陈干青："嗬，一样，老百姓。我老家在崇明，读书考上了商船学堂，入了这一行。如果不读书，说不定还在老家种田。"

少妇告诉陈干青，她爹娘走得早，男人没了，到上海去找自己的兄弟，他在上海天妃宫附近做裁缝。

少妇的话，再次激起陈干青的同情和好奇。

天下事真是巧。一年前，陈干青上船前住在徐忠信家，徐特地安排陈干青到裁缝店做过西装，就在天妃宫旁边。陈干青想起来，帮他量尺寸的师傅长相与少妇是蛮像的。

"哪有那么巧啊？"少妇禁不住抬手掩住嘴，越发顾盼动人。

少妇惊显兴奋，她一头亲自己的女儿："碰着侬陈先生真是我倪缘分，妹妹侬讲是哇？"

残阳西下，晚霞在黄浦江水面上洒下金辉。

一辆黄包车拉着陈干青和少妇母女，穿行在熙来攘往的街面上，一会儿，黄包车停在天妃宫后面的裁缝店边上。陈干青送母女俩到了，少妇的阿弟云德出来迎接。

云德："哎呀，这不就是陈先生吗？阿姐，侬哪认得？"

陈干青笑着："嗬，想不到正是侬阿姐。"

少妇："一路多亏格位陈先生照顾！"她举起女儿的小手，"快，我倪谢谢叔叔。"

少妇与陈干青再一次相视，含情脉脉……

当下，陈干青直接去了徐忠信的府上。

徐忠信闻此，笑着喊他的夫人："阿卿，格真是无巧不成书，干青老弟在苏州车站碰到裁缝店云德的阿姐了！"

徐夫人也很开心，说："哎哟，伊是我小同乡哇，是我倪一个村浪向个。姐弟俩，爷娘走得比较早，人还是好个，本分善良，带一个小囡，吃得起苦，侬看云德多少忠厚，不讲其他，讨着伊做媳妇是好个。"

陈干青只是一个劲地笑着点头。

徐忠信是个豁达之人，当即把云德姐弟叫了过来，一道吃了夜饭。

夜半，月光皎洁。陈干青在徐宅与少妇一起吃过晚饭，回到自己的住所——南市聚兴里。

这夜的枕上，陈干青辗转未眠……

车站偶遇、车厢里的交谈和回眸，第一次感觉少妇白皙肌肤柔滑的一刹那，犹如一股电流激动全身。在徐府的聚会，陈干青头一次和一个素不相识的女子，有这么长时间单独在一起。江南女子的柔美，一对明亮的大眼睛，白皙的肤色，丰满的腰肢，玲珑的曲线，语言的软糯，举手投足的利索和成熟，都强烈地吸引着他。师母说得对，本分善良，能干肯做，媳妇就是要讨这样的。与其自由被旧俗剥夺，还不如自定终身，生米煮成熟饭，母亲也奈何我不得。机不可失，时不再来，就这么定了。

想到此，陈干青的心嘭嘭地猛跳起来。"干青看中了，我们夫妻愿当月下老。"徐师母的话语给了他信心。

月色下，枕上的陈干青，幸福的微笑在脸上荡漾开来。

后来的事情就按照陈干青的预想定了下来。陈干青选好了日子，在四川路开福饭店举行婚礼。请徐忠信夫妇当证婚人。酒桌上，虞洽卿夫妇、徐忠信夫妇、陈妹、萨镇冰、唐文治两位老校长、巴斯船长，同学吉庆荣、顾家炳、金月石、郏鼎锡、马家骏等身穿海员制服，精神焕发，谈笑风生。除了老同学，出席的还有几个普通船员。席间，悠扬的苏州评弹在耳边响起。

就在这个婚宴上，徐忠信顺便向陈干青介绍一位远道而来的新朋友，就是肇兴轮船公司的总经理李子初先生。这次见面双方都留下了良好的印象。

也就在陈干青与高云林婚后的5年中，陈干青的事业如芝麻开花节节高。先是他受李子初总经理的邀请，在"肇兴"轮上当二副，后升任大副，并整整服务了3年。陈干青的敦厚方正和技术才干，得到了李子初总经理的信任和器重。李子初委派陈干青兼任公司买办。陈干青没有辜负李子初对他的所有信任，在"肇兴"轮遭遇大风浪触礁危险时，临危不惧，奋不顾身，挽救了旅客的生命和船上的财产，并帮助日本船长脱浅善后，安全开进船厂主持修复，重新恢复了"肇兴"轮的运输能力。1919年4月，陈干青担任"肇兴"轮大副。

1922年3月，又是春暖花开的好时节，陈干青受虞洽卿的邀请，到三北轮船公司的"升利"号船上任船长。

距离陈干青第一次进入三北轮船公司已有6年。这些年，陈干青从一个落魄的穷书生，经受了海上的大风大浪的考验，也经历了人生的跌宕和起伏，他诚实做事、努力学习，逐渐走向成熟，在航海界崭露头角。

"升利"轮是跑外洋航线的商船，此前，这种船的船长都由外国人担任，还从未有中国人担任过。当时航界普遍认为其主要原因是航权掌握在外国人手中，商船高级船员的任免都由洋人掌管的海关理船厅说了算，船长的职务中国人无法染指。

这就不得不说与当年清政府长期以来的闭关自守有关，它阻断了与发达国家交流的机会，既没有航海学校，也没有商船高级人才，驾驶机器船就是一片空白，更不要说船长了。中国人在船上做的都是水手或生火工等低级船员，受到外国人的歧视。所以，长期以来，中国轮船公司的船长和高级船员的职务也都由外国人担任。即便三北轮船公司是虞洽卿先生独资创办，他公司船上的船长和高级船员，也都由外国人担任。但虞洽卿发现陈干青是难得的航海人才，已完全具备船长的能力，将邀请他担任"升利"轮船长。

此前，陈干青还为做船长的事，对肇兴轮船公司总经理李子初产生过误会。

事情是这样的。那时，陈干青经徐忠信的介绍，到"肇兴"号上任职，兼任船公司买办。他恪尽职守，并在厦门海域遇到风暴后临危不惧，敢于担当，果断地建议船长抢滩，挽救了旅客和船舶，深得总经理李子初的信任和关照。一天，李子初告诉陈干青，说公司最近正准备买进一条新船，待新船买来后，船长就由你来当。陈干青听后很高兴，想到自己在肇兴轮船公司的船上已服务多年，也经历了不少海上的风险和危机，深信自己已经完全胜任船长的工作。哪知，不久公司的新船"荣兴"轮买进了，还是请了日本人来担任船长。这使踌躇满志的陈干青非常想不通，以为李子初总经理出尔反尔，说话不讲信用。当"肇兴"轮到了上海后，他就赌气离船，回家休假了。

陈干青的突然离去，使船东李子初也很为难。老朋友徐忠信了解此事后，对陈干青说，兄弟啊，你是错怪李总经理啦！你知道，洋人管着海关理船厅，"荣兴"轮又是外洋船，李子初总经理保举你陈干青当船长，但理船厅以中国人从未做过外洋轮船长为由，否决了他的要求。李子初眼看着没有办法实现自己的愿望，心里不是滋味，只能由海关理船厅的洋人安排日本人来当这个船长。

陈干青听了徐忠信一番解释，才明白自己有点不应该。妻子高云林在知道原委后，劝慰丈夫陈干青，需要理解总经理的难处，既然事情已经发生，就要勇于向李总经理承认自己的误会，不尽之处容后弥补和报答。

事实上，正是由于航行权掌握在外国人手中，中国的船东无法完全决定自己船的人事安排，中国人最多只能在船上做代理船长。要想做正式船长，必须得到洋人的许可。

陈干青也是后来才明白，要想打破这个局面，既要有中国船东的魄力，也需要中国的船长学习和具备更丰富的航海知识和驾驶技术，经过船政厅的考试注册。这是担任船长前必须经历的一个程序。他决心努力学习积极准备，一定要越过这一关，为中国人争口气！

这一天终于来了。陈干青拿着三北轮船公司的介绍信，来到海关理船厅，将三北轮船公司的信函交给理船厅官员。

理船厅的英国人看了看陈干青递交的介绍信，转动着蓝眼珠，对眼前的这个中国人打量了一番，把介绍信推到一边，然后轻蔑地说："你上的这条'升利'轮是外洋船，不要说船长，就是其他高级船员向来都是由外国人做的，我这里还没有来注册的中国船长，你知道天文定位①吗？你懂海上避碰规则②吗？"

陈干青一听，发现这位海关洋官员对我们中国高级船员很不了解，他从容地回答："我的履历早已送来，我是高等商船学校毕业生，经过严格正规的学习，又有多年海上的资历，我在外洋船上当了多年的二副和大副，又当过两条船的船长，我怎么不熟悉这些起码的航海业务呢？你提到的天文定位、避碰章程，我都非常清楚！"

陈干青的自信使这位官员不得不刮目相看，他拿出了天文计算和六分仪③（见图）定位及磁差④、球面经纬度⑤（见图）计算的卷子，考测陈干青。未料陈干青都非常熟练，很轻松地完成交了卷，且字迹端正、格式规范，那英国人看后，挑不出一点毛病，但这个英国人还是端着架子，称自己现在很忙，要陈干青下午3点以后再来。

陈干青知道洋人这是摆架子，只能忍气吞声。到了下午3点，他按约定时间重新来到海关理船厅。这时，这个英国人的态度已显得比较和气，他要求陈干青背诵《国际海上避碰规则》中的几段驾驶规则，顺便用英语做了些交谈，频频点头，然后对陈干青说："你是来注册的第一位中国船长，你可以先做两个月试试，祝你好运！"

---

① 天文定位是指，海船驾驶人员在茫茫大海上利用太阳、月亮和恒星等天体，测定和计算出船舶位置的方法。

② 为了保障海上航行安全，确立国际上普遍适用的避免船舶相互碰撞的国际公约，早在1889年于华盛顿举行的国际海事会议首次制定了"国际海上避碰规则"。其后曾于1910、1929、1948、1960、1972年5次修订。现用《1972年国际海上避碰规则》。

③ 六分仪是指，船上用来测量某一时刻太阳或月亮、恒星与海平线夹角，通过计算得出船舶位置经纬度的光学仪器。六分仪具有扇状外形，其刻度弧为圆周的1/6。

④ 受地域磁场的影响，磁罗经磁针指北与真北之间相差的角度称为磁差，磁差有偏东或偏西之分。船在海上航行，大副、二副、三副值班航行，都要测定磁罗经的磁差并记入航海日志。

⑤ 纬线和经线一样是人类为度量方便而假设出来的辅助线，标识地球上的任一位置。经线定义为连接地球表面南北两极的半圆弧，纬线与赤道相平行，以度、分、秒表示，称东经或西经、北纬或南纬。习惯也称经度、纬度和经纬度。

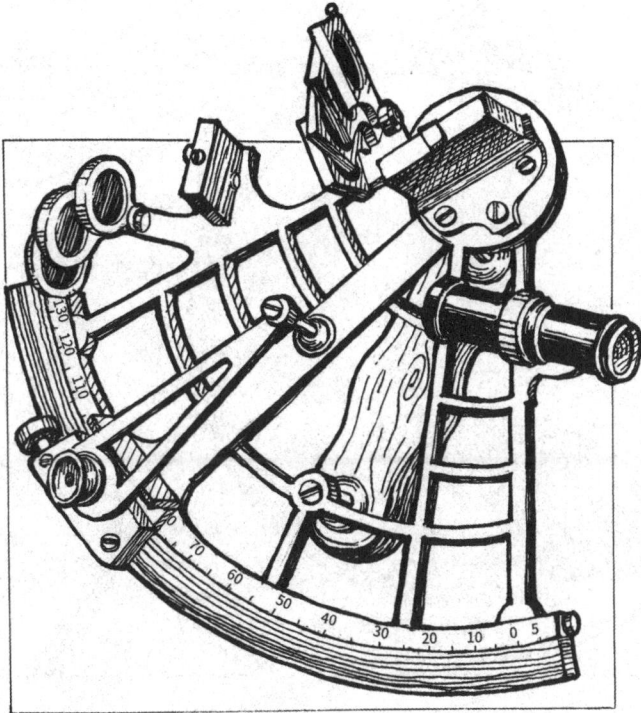

六分仪

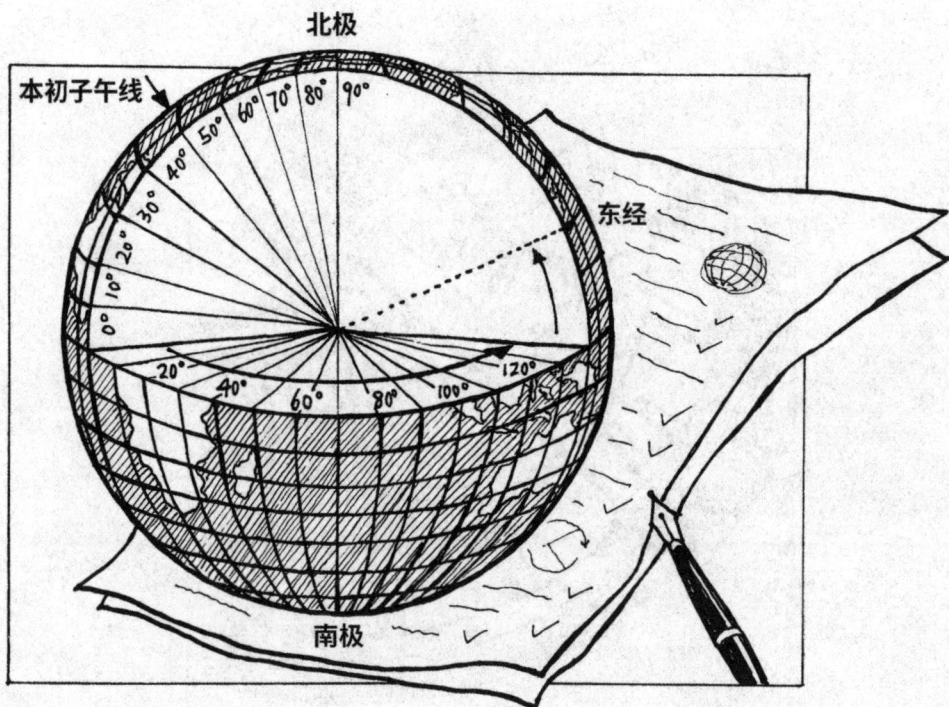

北极

本初子午线

0° 10° 20° 30° 40° 50° 60° 70° 80° 90°

东经

-20° 40° 60° 80° 100° 120°

南极

球面经纬度

就这样，中国第一位外洋船长陈干青如一枝独秀，脱颖而出，在我国航海界激起了极大的震动。虞洽卿赞扬他："是为我们中国船员争了一口气，也为我们中国人增了光彩！"

走出海关大楼，陈干青凝望潺潺东流的浦江水，心潮起伏，江中笛声帆影，他想起吴淞商船专科学校，中国需要大批的航海人才，母校何时才能复办？航行权何时才能回归国家民族？

1922年3月16日这一天，中国近代航运史上，第一位外洋船长陈干青，穿上四条金杠①的船长制服，在"升利"轮驾驶台上，拉响了汽笛，充满自信地指挥船徐徐离开上海港。这航次，他将向北航行，经青岛加载，而后首航符拉迪沃斯托克（海参崴）。时年，陈干青31岁，意气风发，风华正茂。

【第三幕】 中国首位总船长

时间转入1924年，这年陈干青虚岁33岁，这个中国第一位外洋船长在航海界已经颇有声誉和影响。

自1921年7月在"光济"轮当代理船长算起，陈干青任船长已经3年多了。这中间，他独当一面，不畏海上风险，不畏冬季冰海茫茫的困厄，先后指挥"光济""晋兴""升利""德兴"等轮，走日本，驶南海，跑符拉迪沃斯托克（海参崴），还驾驶海轮溯长江而上，过险滩急流，往来于南通、镇江、南京、安庆、九江、汉口等口岸之间，无不显示出高超的驾驶技术。他心怀家国，志向高远，并不囿于撑船赚钱过小日子的世俗观念，而以为国家培育更多的航海人才为己任，拿出自己的工资无私地培养一个个年轻人成为航海驾驶员。当然，更直接的是，他想把家乡崇明岛打造成"航海家摇篮"，而他自己，则是这一"航海家摇篮"热情的规划师和尽责的导师。

于是，3年前回崇明过年的情景又如电影镜头般在陈干青眼前闪现：

崇明界牌镇，除夕，晚霞似火。

店面贴上新的对联，挂上灯笼，孩子们当街放爆竹，一派农历新年的气氛。

---

① 四条金杠指船长制服的肩上和袖口上用金线绣的四条杠，代表海上航行专业、知识、技术和责任。

一条沙船停在老潋河边上，船工放下跳板，陈干青从跳板走下河滩。庄稼早已收割，眼前原野裸露，一望无际，远远近近的农家住宅，冒着炊烟，耳边传来几声羊咩、狗叫，村庄安详。

陈干青禁不住自言：啊，可爱的家乡，我终于又回来了！

陈干青拎着行李，走进界牌镇街上，有人认出他来，哦，是陈家的儿子回来了！他时不时停下来与熟人打招呼。

街上各店家都在清扫檐上的灰尘，有的为门面上漆。

内景，陈宅。

陈妹：（笑迎）大哥回来了！妈，大哥回来了！

陈母：（容光焕发）今天一早起来，喜鹊叫个不停，哎呀，年三十夜，儿子你可回来了！

陈干青：妈，你们都好吗？

陈母：我们都好！过年了，就是盼望你能回来吃团圆饭。云林好吗？

看来，如今陈母对儿媳已经充满好感。

陈干青：她很好，因为不知道我新年能下船休假，她就带着女儿去苏州娘家了。

陈干青打开行李，把海绵、留声机、照相机堆在桌子上，他给母亲买了金耳环，并逐一将礼物分送给弟妹，一家人欢天喜地。随后，灶台上点蜡烛，糕团、菜心、豆腐、鱼、红烧肉、肉包子等菜肴摆上桌，一家人围坐在一起吃年夜饭。

镇上有爆竹声，邮差骑着车在街上停下来，众人围上去。邮差拉开邮包，将电报交给陈干青。

陈干青接过电报，为邮差签字。

陈妹：又催你去上船了？

陈干青：（打开信封，看电报）是呀，今天是正月十五，新年快过完，就要开春，是该上船了。

陈妹：又要去很远吗？

陈干青：要到北方的营口去上船。这样家里就靠你们了，多帮娘分担点。

陈妹：（点头）大哥，海里风浪大吗？

陈干青：风浪难免总是有的，大点小点，我都已经习惯了。

陈妹：你一出海，妈妈总为你担心。她说，轮船在海洋里，不像长江里撑的行风船，碰到风暴没地方躲，所以，天刮大风她就愁肠挂肚。

陈干青：我在吴淞商船学堂学了几年，就是专门学习航海知识，熟悉海图，懂得天文、地文、航路，到哪个国家哪个港口，心里都很明白，用不着担心。

陈妹：大哥，你真了不起！

兄妹俩一边说着就进了家门。

陈家屋内。

陈母正与陈姑母在谈话。

陈干青：是姑母啊！

姑母：耀烈，姑母来看看你们，前几天你到我们家来，同你表兄弟讲起到船上工作的事，那年，你们兄弟俩一道去考的，他没能考取，就一直闷闷不乐。有人叫他到上海驳船上工作，他不愿意，他说要么到大轮船上去，不然就哪里也不去。

陈干青：表弟也读了好几年书了，现在当个小学教员，没有什么发展。照我看，今后有机会就跟着我到船上去。

姑母：那倒好了！你一定放在心上，把他带了一道去。现在教教小书，只寻几块钱，就够他自己糊糊口。

陈母：（对着儿子）你一定想办法带他去。

陈干青：吴淞商船学校已经停办，轮船公司要发展，缺少航船驾驶人才，只有到船上去跟着学习起来。今次轮船公司叫我是去做大副的，公司李老板对我比较信任，他就主张培养我们中国人自己的高级船员，我去了以后向他提出来，像我们近边的青年，身体好的，也应该到轮船上去。

姑母：我们崇明多了撑船人，全眼馋大轮船，要去的不少，你多带几个出去，也是做好事。

陈干青：我会想办法。到时姑母不要怪我就好了。

姑母：我不像你的娘，你姑夫在外面撑沙船，我从来不担心，男人家凭本事吃饭，就是要到外面去闯！你表兄弟的事放在心上，就靠你啦。

陈干青：对了，我这里有几本书，你带给他，让他有空先看起来。

自这次去崇明以后，陈干青无论担任大副还是担任船长，都不断推荐崇明同乡上船。他从表弟黄慕宗开始，把他们接到他的船上，由他提供膳食费用，亲自带教，培养出一个又一个驾驶人才，其中有黄慕宗、冯纶甫、杨志雄、王喻甫、胡时泉、翁纪清、杨馨德、张丕烈、陈邦达、陆丕田、黄鸿骞、黄慕勋、黄士骝等。后来，黄慕宗成为招商局副总经理，参与领导了香港招商轮船的起义，后他兼任上海交通大学航海系主任，并担任上海航政局代理局长。黄鸿骞成为上海海运局总船长。一个个崇明船长为"崇明撑船帮"奠定了基础，"无崇不成船"成为当时中国商船的现实，崇明也被誉为"船长的摇篮"。

1924年春，陈干青指挥"升利"轮从符拉迪沃斯托克（海参崴）回到上海。

船靠上码头后，陈干青就接到肇兴轮船公司总经理李子初的来信，信中十分庄重地邀请他去营口肇兴轮船公司总部一谈。李总经理没有说要谈什么。

陈干青看着李子初的亲笔信，既亲切也有愧意。自从那次误会离开肇兴轮船公司已经3年多了，其间除了信件来往和过年过节的问候，彼此都关心着对方。现在老东家来信邀去一谈，必有要事商量或相托，当应及时赶去。他随即报告了三北轮船公司，取得同意，等来接班船长，办理了移交，慨然前往辽东半岛的营口肇兴轮船公司总部。

久候的李子初总经理在营口汇海楼饭店迎接陈干青船长。席间，他对陈干青说："华北各轮船公司的船南来北往，尚没有在上海设立分公司，从业务方面来说，非常不便，经过商妥，一致委托我们肇兴轮船公司代理上海的轮船业务。所以，我决定在上海设立分公司，同时添设一位总船长，统一管理船员的内部调动、船舶的修理、保险业务等一切事务。这位总船长就由你来当，不知你以为如何？"

陈干青深刻体会到老东家对他的信任，同时也觉得眼前的这位总经理是个有远见的人。他赞成李总经理的决定："在大上海设立分公司，是联合我国航运界力量，发展我们的海员队伍，振兴国家航海力量的一个举措。"他感谢老东家的坦诚和信任，当即欣然应诺。

世事多蹉跎。回想一年前的元旦，船抵汉口，陈干青偕同事出游，一同登上黄鹤楼，望远忧兴故国愁。国家纷乱，自己报国无门，心情惆怅，那日回到船上，写下了《十年航海感言》：

自念一生，马齿日增，厕身航海，东飘西零，奔南奔北，徒劳无成。言念及此，恨不欲生！聊书数语，以泻吾恨，为同胞谋幸福，当著书立说，以传于后世，则此生不虚。今余年将不惑，一事无成，侧身航海，将大好光阴消磨于风浪之中，而无力挽回航权，殊可叹也！

俱往矣！现在终于有了大展宏图的天地，从今往后，不再困于一船一水之中，要用自己的知识，管理数艘乃至数十艘轮船，任重而道远啊！

回到上海，陈干青料理了一点家事，便设定轮船公司办公楼，打点了人马，到这年的4月5日，陈干青正式出任肇兴轮船公司总船长，开始执掌数十艘海轮，成为当时首位中国人出任的轮船公司总船长。

陈干青当轮船公司总船长，又一次打破了洋人对中国航海一统天下的局面，在中国近代航海发展史上，留下了浓重的一笔。

是的，陈干青从海岛崇明走向大海，他驾着海轮走南闯北，经过了无数次惊涛骇浪的考验，他的眼界已经打开，他的胸怀秉直宽广。如今，他开一代先河，将在航海界更广的领域大显身手，施展抱负，去实现人生的价值和理想！

【第四幕】　首创海船电台

1927年，就在陈干青担任肇兴轮船公司总船长期间，有一件事情刺痛了陈干青的心，也刺痛了肇兴轮船公司上上下下所有爱国海员的心。

日本人控制下的大连港宣布：凡吨位在千吨级以上的商船，如船上没有无线电通信设备的，不得进入大连港装卸货物。

当时中国商船航运尚处起步阶段，船在海上航行时，根本没有无线电台，轮船出海后，与外界基本上断绝音讯，是名副其实的一叶孤舟。对海上气象的变化，全凭船长和驾驶员的观察和经验来判断。所以，船在海上航行经常遭遇大风浪的袭击，就是强台风在前面，也无法得到预报。当年，陈干青在"肇兴"号当二副时于厦门港外遇特大风暴触礁遇险，其实就是遇到了台风的肆虐。当时全船人命悬一线，惊恐万状，虽后来经过抢险转危为安，但正是因为船上没有无线电台，无法预先接收到气象预告，才避之不及。陈干青有着10年的海上生涯，经历了太多的恶劣气象所造成的凶险，深知无线电通信对海船航行安全的重要性。但是此刻日本人的发难，是借口中国商船没有无线电设备不安全为由，在中国的土地上直接阻碍中国商船进入大连港，如此这般，中国航权何在？中国主权何在？

陈干青气愤地拍着桌子，痛苦得说不出话来。

当船长难，当中国船长难，当中国轮船公司的总船长难上加难。

33岁的陈干青，本是风华正茂和富有锐气之年纪，但是肇兴轮船公司总船长的重任却几乎压得他喘不过气来。作为总船长，除肇兴轮船公司外，陈干青还掌管着华北轮船公司所有船的业务。当时他所管理的轮船有天津航兴公司的"北毕""北康""北孚""北安"等4艘；直东轮船公司的"北昌""北晋""济平""盛安""新泰"等5艘；还有营口毓大轮船公司的"毓大""毓济""日昌"等3艘；连同肇兴本公司的"肇兴""荣兴""和兴"等3艘，共有15艘跑外海的轮船。如果这些轮船都不能靠上北方大港——大连港，这将对这么多的中国商船造成多大的损失啊！

包车载着疲惫的陈干青回到家。夜晚，在淡雅的灯光下，客厅里摆放着清式家具，窗边的窗帘随风轻轻摆动，妻子高云林穿着一身旗袍，正坐在椅子上拿着针线对着绣架刺绣。

柜子上的无线电收音机正播放一曲评弹，那是苏州人喜欢听的《描金凤》：

> 常记蕙兰君子德，松柏同春岂能忘。
> 祝愿苍天来保佑，恩待甘草栽绿杨，
> 他是撇不下老梅桩，未报劬劳栽海棠。
> 眼前犹恐机关露，引作今朝一命亡，
> 愿他是朝报早早丹桂盼，
> 敬爵三杯倚琴香，紫薇花相对紫薇郎。
> ……

见陈干青回来，妻子赶紧放下手中绣架，站起身笑盈盈迎上去：
"先生回来了。"

陈干青将皮包递给妻子，说了一句："今天我头有点痛，想一个人到书房坐一会儿。"

"好的。"

妻子搀扶着陈干青进入书房，又泡了壶苏州名茶碧螺春放在桌上，悄悄地走出去，正待关上书房门，只听陈干青冷冷地说了一句："把外面的无线电关了，我听了有点烦。"

妻子愣了一下，微微点了点头。

书房里安静了下来，陈干青呷了口碧螺春，感觉头脑稍微有点清醒，便随手从书桌上拿起一本书，一看，是中国近代新思想的倡导者魏源编写的

《海国图志》①。这是一部介绍西方国家的科学技术和世界地理历史知识的综合性图书，全书详细叙述了世界各地和各国历史政治、风土人情，主张学习西方国家的科学技术。陈干青很喜欢这本书，在外航行时，经常带着这本书考察途经国家的状况，写下了大量游记。

此时他翻到《海国图志》的序，只见魏源写道："是书何以作？曰：为以夷攻夷而作，为以夷款夷而作，为师夷长技以制夷而作。"魏源在书中进一步阐述："有用之物，即奇技而非淫巧。"对付外国侵略者，不能"舍其长，甘其害"，而必须"塞其害，师其长"，只有"善师四夷者，能制四夷"。

读到这里，陈干青似觉眼睛一亮。对于日本人控制下的大连港，对于中国船没有无线电通信设备的不得进入装卸货物的规定，我们不能只是去抱怨、去抵制，而应"师夷长技以制夷"，去学习无线电通信技术，并在中国商船上安装电台，这不就能进大连港了吗？况且，中国商船配备无线电设备，也有利于保障中国商船海上航行的安全啊。

陈干青曾在北方遇强冷空气，那一次，渤海湾温度为零下三十几摄氏度，船被冰冻住了，冰有几尺厚，船上的铁管子都冻得裂开，海面上全是冰，船动不了，淡水和菜都吃完了，船长、大副很着急，船员也很紧张。最担心的是怕船被冻裂，后果不堪设想。好在老天开眼，一个星期后，天气转暖，冰面融化，船才开出来，脱了险。

陈干青认为，这些都吃亏在没有无线电通信设备，不晓得寒潮来临。

想到这里，陈干青似乎悟出了什么。他立刻站起身，走到书房门口，对着客厅喊道：

"云林，快把无线电打开！"

"为啥？"妻子问。

"除了电话，无线电就是我们和外部世界交流的通道。你是苏州人，尽管

---

① 《海国图志》为清代魏源所编撰，共100卷，初版于1843年刊行。魏源，道光进士，曾任内阁中书，是中国近代维新改良思想的先驱和爱国主义者。他受林则徐嘱托，在林则徐译编的《四州志》的基础上，于1842年12月编成《海国图志》。全书详细叙述了世界舆地和各国历史政制、风土人情，主张学习西方的科学技术，提出"师夷长技以制夷"的思想。《海国图志》是近代中国人自己编撰的最为详备的关于世界史地的第一部重要著作，也是当时一部内容最丰富的有关世界知识和海防的百科全书。它不但对中国近代史上的洋务运动、戊戌维新运动产生过直接的影响，而且在日本广泛流传，成为日本朝野上下的重要启蒙读物，对日本的明治维新起到了一定的促进作用。

你在上海，但是在这里你也能听到苏州人最爱听的评弹。快快，快将无线电打开，放得响一点，我喜欢无线电！"

此时无线电电台已在播放评弹《玉蜻蜓》了：

> 玉蜻蜓，玉蜻蜓，
> 玲珑剔透传爱心，
> 我与你两心相印终如愿，
> ……

就在这一年，陈干青终于下定决心，并由他亲自主持，在上海北四川路恒丰里创办中华无线电学校，邀请自己的同乡兼同学陶胜伯开班授课，专门培训船舶无线电报务员。

陶胜伯是崇明庙镇人，是电信界的著名人士，精通无线电通信，为人厚道又深明大义，身体力行地支持陈干青，毅然为培养中国海轮的报务人员而不辞辛劳。他教授训练了三期学生，学员们学业结束，考取执业证书后，即被分派到船上任报务员，由此填补了中国商船的这一空白。

随即，陈干青开始为船上增添电台设备，设立无线电报房。肇兴轮船公司的"和兴"轮成为中国第一艘装有长短波无线电收发报电台的商船。

由于陈干青的努力，肇兴轮船公司率先实现了船舶具有无线电通信带来的安全，受到船员和货主的称道。紧随其后，招商局、三北轮船公司、政记轮船公司等几家，也都纷纷在所属的海船上装设了无线电通信设备，直接改善了航行安全的可靠性，也实现了中国商船通信设施的从无到有。

从此，中国商船张开无线电通信的翅膀，不再是航行在大海中的一叶孤舟了。而陈干青也养成了一个习惯，即回家坐在客厅里，和妻子高云林一起收听无线电收音机，当然他们听得最多的还是宛如苏州园林中小河的流水声那么悠扬、婉转的苏州评弹。

【第五幕】 首创中国船舶保险公司

1929年10月10日，第十三届国际劳工大会在日内瓦举行。

日内瓦是瑞士第二大城市，位于西欧最大的莱芒湖（又称日内瓦湖）畔，汝拉山和阿尔卑斯山近在眼前，其东部、西部和南部都与法国接壤，全城人口不到20万。静静的罗纳河穿城而过，湖与河的汇合处，由几座美丽的桥梁连接着南北两岸的老城和新城，显得风光无限。

日内瓦是国际化程度很高的城市，有200多个国际重要机构设在这里，无数的会议、展览和庆祝活动在这里举行。10月，秋高气爽，风景宜人，陈干青作为上海总商会推举的代表来到这里，参加国际劳工大会，心情荡漾。

陈干青背着相机，随着一行人来到湖畔，日内瓦最醒目的标志大喷泉，喷射出高140多米的水珠，像一把闪光的长剑直冲云天。蓝天如洗，湖面上碧波粼粼，彩色风帆、游艇往来不绝。天鹅、海鸥、野鸭成群，游飞嬉戏，生机盎然。湖滨小道两旁绿树成荫，青翠的草坪上有鲜花组成各式图案的花坛。湖岸边上宾馆鳞比，秋阳潋滟，美若仙境。陈干青感叹，要是妻子此刻挽着他手臂，缓缓走在这日内瓦湖畔，轻轻哼着软糯的苏州评弹，那该有多好！

拾级而上，越过古老的城墙，便到了小山顶上威严的圣皮埃尔大教堂，这是一座由罗马式、哥特式、希腊式三种风格相互融合的大教堂，建于公元5世纪，重建和加建延续了几个世纪，它向人们讲述着悠长的错综复杂的古老历史。教堂地下建有考古学博物馆，这是欧洲最大的考古学博物馆，与下面的宗教博物馆通过地下通道相连。

短暂的游览，想参观的地方太多了。陈干青十分喜欢日内瓦的老城区，那石子铺成的街道，窄窄弯弯地向前延伸着，仿佛要把你带向中世纪古老的童话世界。绿树掩映中，一幢幢欧式建筑物时隐时现，是那样古朴而又凝重。散步在鲜花盛开的日内瓦，陈干青心情格外舒畅。

10月10日，第十三届国际劳工大会开幕。这次开会所讨论的完全是海事话题。陈干青向会议提交了一份提案："欲改善海员的待遇及免除劳资间的纠纷，会员国间必须先要尊重彼此领海内航权。"他在提案中写道："一国航业之盛衰，与海员之待遇有关。查中国海员所受之待遇，不能与普通标准相同者，因中国航业被外轮阻碍所致。所以，请大会与有关系之各会员国交涉，凡在中国享有领海及内河航运权而于中国航业有碍者，即行修改之。"

陈干青的提案虽然未被大会所受理，然而提案宣读后，博得大会主席团和各国代表的热烈鼓掌。

其实，上海总商会为什么推举陈干青赴日内瓦参加世界劳工大会，这与他当时担任肇兴轮船公司总船长有关，更与他创建中国船舶保险公司——肇泰保险公司有关，当时中国航海界很需要一个懂海事业务的代表去出席会议，陈干青成了航运界的不二人选。

陈干青创建肇泰保险公司，是他在中国航运管理领域中向国际化海事商业运作的惊险一跳。

1928年6月，陈干青在肇兴轮船公司总船长的岗位上业务不断扩大，船公司的规模得到很大发展，他管理着30余艘商船。他熟悉船舶业务，认为船公司每年向英国公司投保，是一笔很大的开支。

当时，船舶保险市场为英国人所垄断，船舶保险只能找英国公司。这主要原因是中国海船运输起步较晚，缺乏懂得船舶保险知识的专业人才。环顾中国航运界，像陈干青这样既懂共同海损理算[①]、船舶检验，又懂船舶估价、货物检验的人更是凤毛麟角。

这时候，肇兴轮船公司的一桩"东亚"轮失火沉没案使总船长陈干青陷入沉思。案情是："东亚"轮在日本沿海起火沉没，失事地点在长崎以东10余海里处。而查阅保单，注明该轮船投保的航线范围是到长崎为止。很明显，失事地点超出了投保的航线范围，且这份保单是由肇兴轮船公司的韦先生负责签了字的。所以，保险公司明确表示不予理赔。

陈干青仔细研究了这份保单，面对面地与保险公司的斯蒂文进行了交涉。斯蒂文拿出保单，向陈干青详细讲述了当时韦先生鉴认保单的经过。当时韦先生略略翻了下保单，就收取了业务佣金签了字。斯蒂文还出示了财务记账单。他当时还要求对方认真看下保单的条款，有需要补充的也可以写入，但韦先生并无异议。

听了斯蒂文的介绍，陈干青认为，根据核对，保险公司不予赔付的理由是有据的。他态度诚恳地向斯蒂文表示："我来的目的，主要也是核对一下保单的签认和过程。我们肇兴轮船公司有多条船在贵公司投保，彼此一向合作得很好，况且，我们公司还在不断买进新船，与你们保险公司也是长期的合作。所以，请你们酌情考虑，给予一定的补偿。"

斯蒂文见陈干青总船长说话很有分寸，条理清楚，又是海事方面的内行，答应给予一定的补偿。

事后，陈干青向李子初总经理做了汇报。作为保险公司的大客户，争取拿到50%的赔付金。李子初当即决定，今后的船舶投保也由总船长全权管理。

---

① 共同海损理算是指共同海损（General Average）事故发生后，采取合理措施所引起的共同海损牺牲和支付的共同海损费用，由全体受益方共同分摊的理算。

为此，陈干青向李子初建议，肇兴轮船公司有数十条船，如三北、宁绍、大通、大达等轮船公司能加进来，那保险额不小啦。每年的保险费也是一笔不小的投资，我们完全可以投入资本自己申办保险公司。

李子初完全赞成陈干青的意见，办一个我们中国人自己的保险公司。

陈干青精通英文，熟悉船舶保险条款，他把这些条款全部翻译成中文，让中国船东都看得懂。他认为，规则是人定的，外国人创造了，洋为我用，我们可以仿照着做。经过权衡，他们商定，开办船舶保险公司，注册资本100万，取名肇泰保险公司。

肇泰保险公司开办起来后，船舶保险的所有事宜，事无巨细，都由陈干青一人处理。因为当时中国还缺乏船舶保险方面的专业知识和技术的专业人才，像陈干青这样既懂得共同海损理算、船舶检验，又熟悉船舶估价和货物检验等专业技术的专家，更是十分稀缺。加上陈干青的为人，在航运界很具威信，船东们都很信任他，所以不仅肇兴轮船公司自己管理的30艘船舶投保，其他各公司的船舶也纷纷前来投保，门庭若市，岁末盈利喜人。当时肇泰保险公司承保的船舶之多，为沪上各保险公司之冠。

陈干青创建的肇泰保险公司开启了中国人跨入保险行业的第一步，中国航海界为此欢欣鼓舞。陈干青在业界的声誉日益提高，各路船东纷纷前来祝贺投保。当时肇兴轮船公司自己的30多条船投保肇泰保险公司，本身就是一笔稳定的收入，加上其他轮船公司来投保，盈利丰厚，领先于上海各保险公司。

陈干青首创船舶保险公司，从根本上打破了洋人长期垄断和统治中国船舶保险业的局面。随着其他有实力的航商跟着效仿，纷纷涉足船舶保险行业，这也就彻底改变了中国船舶向外国公司投保的状况。1930年，陈干青被推选为上海保险业公会的执行委员。

【第六幕】　首创中国海上意外保险

陈干青宽阔的视野又投注到共同海损理算，这一海商法中最古老和最具特点的法律制度。

据称，共同海损理算起源于公元前9世纪的欧洲。当时爱琴海罗得岛的居民善于航海，常借助海船把农产品在岛屿间进行以货物交换形式的原始交易。当船在海上遇到大风浪，船、货遭遇灭失或损害，船方为了尽量避免和减少损失，或将桅杆篷帆砍断，以减轻风浪；或将部分货物抛入海中，以减轻船的载货重量，使船货转危为安。事后，由此类行为所引起的损失，将由获益各方给予补偿。这样的做法，逐渐成为公认的习惯，出现在罗马的法典中。

18世纪后，欧洲资产阶级革命使得工业大发展，蒸汽机的运用促进了航海的发展。随着船舶的运输能力不断增强，涉及的货主更多，欧洲海运国家的航运、保险和共同海损理算的各界人士，于1860年在英国的格拉斯哥城举行会议，制定了《决议》，后又在英国的约克城和比利时的安特卫普对《决议》分别做了修改，正式定名为《约克—安特卫普规则》①。对于这样一个具有悠久历史的民间规则，在世界范围内已被普遍接受和广泛运用，但在当时中国航界，还少有人关心和了解。

夜深了，万籁俱寂，陈干青寓所内的书房依旧亮着灯。这灯光，如同一位守夜人，默默地守护着这个静谧的夜晚。妻子高云林几次推开书房的门，劝陈干青早点休息。陈干青笑着说，夜深人静正是看书学习的时候，你只要给我泡壶碧螺春放在桌上，去陪孩子睡吧。

是的，此刻深夜的书房，是陈干青灵魂的港湾。在这里，他暂时逃离尘世的喧嚣，让思想在心灵中自由翱翔：

陈干青审视历史，清醒地认识到，文化上的落后是被动和挨打的重要原因。他将学习和提高处理海事的能力，作为一种责任的担当和自觉。他潜心研究和理解这些规则，把"共同海损"成立的基本条件，即在同一海上航程中，船上货物遭遇共同危险；为了共同安全，措施必须是有意和合理的；共同海损的牺牲和费用必须是特殊的，支出的费用必须是额外的，诸如此类，都做了仔细的理解，对共同海损的分摊价值的确定和计算，也做了非常透彻的理解。还包括1906年英国通过的《海上保险法》②，1924年8月在比利时布鲁塞尔审议通过的统一提单法律规定的国际公约《海牙规则》③等，陈干青都认真地加以阅读和研究。他要让这书房中的每一个不眠之夜，成为他登顶中

---

① 《约克—安特卫普规则》又译为《约克—安特卫普共同海损规则》，是国际航商界上广泛使用的共同海损理算规则。该规则自1890年产生以来，经过多次修改，目前国际上普遍使用的是1974年修订的规则。

② 《海上保险法》是指英国在1906年制定的保险法规名称。本法是处理海上保险业务的根据，在国际海上保险业务中有很大影响，是对海上自然灾害和意外事故给人们造成的财产损失给予经济补偿的一项法律制度。

③ 《海牙规则》(Hague Rules) 全称为《统一提单的若干法律规定的国际公约》，是关于提单法律规定的一部国际公约。

国航运界海事专家的阶梯。

陈干青当时担任肇兴轮船公司的总船长，经常遇到船舶发生火灾、碰撞和海难事故。由于外国人把持着中国海关船政厅，当中外船舶发生碰撞事故时，无论江海翻沉还是内河涌浪带翻木船，吃亏的总是我们中国同胞。陈干青目睹太多的船毁人亡、本国海员"叫天则天不应，叫地则地不灵"的场面，而我们的法官尚不熟悉"万国碰撞章程"和海事法律，对海难事故的处理拿捏不准。中国既缺少有经验的船长，也缺少海事方面的专业人才，人们往往求助于海事专家陈干青。

确实，航海是风险行业。海上的触礁、碰撞、火灾等时有发生，海员的人身安全随时受到威胁，他们的生命应该得到保险，他们被海难夺走生命后家属应该得到保障。但中国还没有这些保障体系，谁来做？怎么做？陈干青参照国外人身保险规章，决心发起成立"中国海上意外保险公司"，使"船员的生命得到保障"。他夜不成寐，连夜拟出《创办海上保险公司缘起》一文，其中写道：

无论古今中外，莫不以生命为重要而群谋善法以保障之，借防意外之发生也。航海事业本具冒险性质，非其他职务之稳健者所可同日而语。凡执斯业者，日与无情之暴风猛浪以相奋斗，触礁碰撞在在可虑，使"海难""海损"成为专用名词。船舶之行驶或不幸失事，在船东方面，大都保有船险，财产可保安全，其身后无依，情状残酷者，厥唯被难船员！盖因船员薪金所入，仅做供仰（养家糊口），平时既难积蓄以防不测，事前又无善法以资保障。一旦发生事故，徒见其家属奔走呼号，怨求抚恤，情殊可悯，于事奚裨！历历往事，足资殷鉴！干青侧身航界有年，凡船舶肇祸，船员因而丧身者，数见不鲜。每遇惨剧发生，辄伤心挥泪！久思妥筹完善之方，俾资保障，无如心余力薄，未偿夙愿。今海商法①已明令公布，对于船员因公死亡者，有加给一年薪金之规定，从此船员稍得保障矣。但船东不免增加负担，衡以今日营业衰落之航商，力不足以胜任，固在意中，自应兼筹并顾，而谋妥善之方。干青有鉴于此，爰集保险业界同志，创设中国海上意外保险公司，以维护船东本身之利益，预防船员遇险之保险为宗旨。于承保船舶货物险外，兼保船员意外之险，俾使船东责任借以免除，营业臻于发展；船员生命得资保障，服务益见其专心，庶几劳资双方同受裨益，宾主之间永息纠纷。维公司创办伊始，所望同加赞助。

---

① 海商法是指为了调整海上运输关系、船舶关系等的法律。

陈干青日夜筹划，终于创办起了海上意外保险公司。未料在参股上又起生变，先是船业公会主席虞洽卿提议要增加资本，可一大部分委员心里却另有想法，有人在金钱方面向无信用，所以各股东都不愿意缴付股份金。这样，起初的这个保险公司的创办计划就夭折了。但海上意外保险公司是由陈干青发起的，也是他魂牵梦萦、存心已久的愿望。看来事存蹊跷，又无法得到统一，原本计划由航业公会集体创办行不通，却越发使陈干青坚定了信心。他毅然决定，独自筹集资金，随即申请注册，独资创办起"中国海上意外保险公司"。这在当时是从无先例的新事业，惠及海员、惠及海员的家庭，海员无不欣欣鼓舞，他们欢呼雀跃，为之奔走相告，在社会上引起轰动。当时上海各报纷纷报道海上意外保险公司这一新兴事业的筹备和创建。英国《泰晤士报》头版刊登报道《中国领域内首创——中国海上意外保险公司》，并着重介绍了航海专家陈干青的经历和事迹。

陈干青的海上意外保险公司创办以后，由于他坚持贯彻"预防海员遇险之保障"的宗旨，立足诚信、善于管理，受到航海界的热烈拥护，保险业务蒸蒸日上，年年盈余，中国轮船海事事故的善后处理有法可依、有章可循，使船东和海员都得益，这一保险事业一直红火到抗战开始。

【第七幕】　为着新中国强海之梦

1948年初，上海，十六浦码头。

上海的冬天其实是很冷的。风从黄浦江吹来，带着一股湿漉漉的寒气。陈干青从包车上下来，不禁打了个寒噤。今天，他是送妻子高云林上船的。

应大女儿霞云和大女婿汪德培的再三邀请，妻子准备今天乘船去台湾高雄女儿家。上海到高雄有直达船，只需42小时就可到达。陈干青也没有多想，觉得来去方便，女婿又是高雄港的港务长，便同意妻子带了几个儿女去了。

妻子今天仍是穿着一身蓝色的旗袍，脖子上围了一条粉红色围巾。

陈干青默送着妻子走上码头，蓝色的身影渐行渐远……

一会儿，这蓝色的身影回了过来：

"干青，我走了，倷会想我吗？"

陈干青点点头："会的，我会想你的。"

"如果倷想我的话，可以打开无线电听《空中书场》中的苏州评弹，就当是我在唱给倷听。"

"好的，这是一个好办法。"陈干青笑了。

蓝色的娇小身影渐渐远去。

一会儿，这蓝色的身影又重新靠近：

"干青，倷记好，我特为倷做格膏滋药勿要忘记了每天吃。还有，今年如果回崇明思蓼山庄的话，代我向爸妈和老祖宗烧炷香，大年三十我也会在台湾向着大陆、向着崇明拜祭他们的。"

"嗯，我记住了。"陈干青回应着，眼睛有点湿润了。

蓝色的娇小身影又渐渐远去。

一会儿，这蓝色的身影又回转过来……

"干青，格次分别勿晓得啥辰光再能相聚？"妻子问。

"不要紧的，我们是做航行的，你想什么时候回来，只要跟女婿或船长说一下，两天就可以乘船回到上海了。"

妻子没听他的解释，自顾自地说下去："如果我一时半歇回不了上海，倷要想办法来台湾哇。"

"呃……"陈干青愣了一下，还没等他回过神，这穿着旗袍的蓝色的娇小身影又飘逸而去……

有人说，女子穿上旗袍，便仿佛与世界隔离，独自沉浸在那份古典的韵味中。妻子已经50多岁了，但是她穿上旗袍显现出的优雅的身姿，仍让人感到一种东方的风情与韵味。不过陈干青看得真切，经历了生活的起起落落，她的双手已经被岁月磨砺得不再娇嫩，眉宇间已经有了鱼尾纹，她的眼神中既有无尽的故事，也始终抱有对未来的希望。

这蓝色的身影渐行渐远，逐渐模糊，最终消失了。

而陈干青还站立在码头，任凭江风吹拂，默默等待着这蓝色的身影再度返回。

不，在陈干青看来，这蓝色的身影没有离开，她又重返回来，久久地留在陈干青心中。

陈干青心里明白，自己能够在船上大显身手并取得一系列成就，少不了妻子高云林默默付出和强有力的支持。她坚强能干，自1917年嫁给陈干青后，尽心在家相夫教子，体贴入微，把家打理得妥妥帖帖。婚后夫妻恩爱，共育有四儿八女。12个儿女中，除女儿亚雄于17岁时病逝于崇明老家外，均受到良好教育，都被培养成为社会有用之才。可谓满了陈干青夫妇的心愿。

陈干青长期出洋在船上工作，担任肇兴轮船公司总船长后，社会工作繁忙，作为妻子的高云林，无论遇到什么困难，都默默承受，支持着陈干青，支撑着这个家庭。别看她是一位身着一袭旗袍的苏州女子，却性格坚强，做事能干，十分有主见并勇敢。1937年"八一三"事变后，陈干青建于上海倍开尔路（今杨浦区惠民路）的"桐影庐"住宅被日军占有，高云林冒险去探看，并一再交涉。她还以病弱之躯，穿过蚌埠与沙沟之间的"死亡界"——中日军队对峙的危险地区，千里送儿子晓星到小叔陈江所在的部队。战时上海物价飞涨，陈干青因不愿为日寇做事，停止了所有业务，家庭经济没有了来源，高云林便毅然带着子女回到崇明老家，种田度日，帮助陈干青一起共渡难关，直到抗战胜利。

　　过去陈干青再忙，到家唤一声"云林"，就有柔声软语般的安慰，随之一大群孩子活蹦乱跳地叫着爸爸，多么温馨的家啊！而如今……

　　此刻，陈干青真想冲上前去，把消失在眼前的蓝色身影抱回来，紧紧地抱在自己怀中，永远不再放开！

　　他后悔，后悔不应该放妻子去台湾。他脑子突然闪过一个念头，此生最大的错误和遗憾，或许就是放任妻子去台湾！

　　来不及了，一切都来不及了！

　　以后，形势的发展远超想象。

　　中国人民解放军以摧枯拉朽之势横渡长江，百万雄师风卷残云，国民党南京政府迅即土崩瓦解。

　　一唱雄鸡天下白。1949年10月1日，毛主席在北京天安门城楼上庄严宣布：中华人民共和国成立了！中国人民从此站起来了！

　　这雄壮的声音，似雷电穿透云霄，如洪钟回响大地。人民载歌载舞，喜气洋洋。10月的上海，到处红旗飘扬，陈干青沉浸在无比兴奋和喜悦之中，新中国成立后，宣布收回国家一切主权，陈干青激动得热泪盈眶，夜不能寐。中国人民经过艰苦的奋斗，只有在毛主席和共产党的领导下，才推翻了帝国主义、封建主义和官僚资本主义三座大山。人民当家做主，一切都在变化，陈干青以满腔热情投身到火热的生活激流中。

　　1949年后，陈干青担任中国人民保险总公司的海损顾问、上海港务局船舶碰撞委员会委员、上海商品检验局顾问，专职执行中国航务信托社的共同海损理算师、船舶检验师、船货检验师、船舶估价师。人民的保险事业和航运事业都在初创之中，陈干青得到足够的尊重，他觉得自己有义务，将自己的经验贡献出来，为新中国的社会主义事业培养更多的专业人才。

　　当时，原在中国大陆的海损理算师英国人斯蒂文已经逃离，我国租船的共同海损理算业务全部由陈干青负责经办。为体现国家主权，陈干青把原来使用的共同海损理算师的英文文本，全部改为使用译成的中文本（英文本只作为辅助）。他的这一行动和决定，受到国际上船东和保险业界的接受和认可。

英国劳埃德公司是国际上公认的海事权威，在全世界各主要港口都设有代理处。新中国成立后，劳埃德公司要聘请陈干青为中国上海口岸的代理人。但陈干青坚持一生不吃洋行饭，他虽然为自己受到尊重而高兴，却专注于发展新中国的航海、航运和保险事业，婉言谢绝了劳埃德公司的盛意。

陈干青身为海事专家，他在上海航运方面担任多个职务，不断为上海航运的发展和航道设施的改造献计献策。他一如既往地关心着家乡崇明岛的客货运输，关心着年青一辈航海人才的输送和培养。

只是妻子不在身边，生活中的许多不便都显现出来。说好了十天半月就回来，哪里料到，妻儿归期无望，两岸只能隔海思量。此时心境，真是"花自飘零水自流。一种相思，两处闲愁。此情无计可消除，才下眉头，却上心头"。

如今，他回到家，再也听不到妻儿的欢声笑语，听不到习惯了的妻子那一声"干青"的脉脉含情的柔绵软语，无尽的寂寞涌上心来。他感到从未有过的一丝凄凉。

家分两半，一切如梦，生活在无尽的企盼和思念中度过，日复一日的孤独和寂寞在陈干青心中挥之不去。他时感恍惚，又难以言说。眼看着朋辈一个个凋零，今夕何夕，生活就像一场梦，自己也已六十开外，他大有恍若隔世之感。

春去秋来，转眼就到了1953年9月。此时，妻子高云林去高雄已5年。

这一天，陈干青像往常一样在办公室忙完手头的各种事务，顺手关上窗户，见接送他的小汽车已在楼下公司门口等他。然后，他走向办公室门旁的衣架，准备取下外套穿上，正当伸手取衣时，却感觉一阵眩晕，眼前一片漆黑，就什么也不知道了。人们陆续走出办公楼，楼下等候他的驾驶员不见他的身影，跑上楼探看，才发现他摔倒在地上，急忙打电话，呼叫救护车送华东医院……

医生全力进行了抢救，但陈干青最终没有醒来……

他半开的双眼似乎隐约地梦见：一道蓝色的娇小身影，悄然飘进病房，贴着他的耳旁，轻轻说："干青，我为侬唱几句侬最爱听的苏州评弹吧——"

孤灯黯淡月朦胧
我是怕听孤山夜半钟
思念娇妻难合目
深宵挥泪泪融融
实指望天长地久长相爱
哪晓无情剑降半空
斩断夫妻情意浓
你在塔中受尽千般苦
但不知你何日方能出牢笼
想必你在塔中常把仙官念
……

吴音抑扬顿挫，幽怨凄楚……

哦，是《许仙哭容》啊！

那蓝色的身影又婀娜着身姿，双臂扶起陈干青，喃喃细语道：

"干青，我陪侬回崇明思蓼山庄吧，爷娘和老祖宗都等着侬呢。"

朦胧中，陈干青在蓝色身影的搀扶下，终于回到了崇明老家，回到了思蓼山庄。

哦，旧时的天仙河和运粮河还在，那河面都变窄了；庄西门对着的南北向老潋河已经移到了东面约半里，进入界牌镇的路也变了。沿着河岸的小路，两人七拐八弯地走进密林之中的思蓼山庄……

陈干青说："嗬，到了。阿林呀，我吃力了，我想勒爷娘身边浪向困下来（意睡下来）。"

蓝色身影泣不成声："干青，侬困吧。侬迪一生忒沙途了（意太累了）。侬弗要再操心！等侬困下来子末，我马上也要困了……"

睡梦中听闻此言，陈干青终于安详地永久地闭上了双眼。此时的他，享年62岁。

噩耗飞来如雷击。在台湾高雄的妻子高云林获讯，悲恸欲绝。她无法归来奔丧，仅半年后也跟随陈干青而去。

莫非这对夫妇的灵魂，都一起飘落到了凝聚着他们强海之梦的崇明思蓼山庄……

驶向光明

——记方枕流船长

一艘远洋货轮，向着光明的北方，在浩瀚无垠的大海上破浪航行。曙光将远处的水天线和海面照亮，显得辽远壮阔；光耀天空，云开雾散；高高桅杆上，挂出满旗，迎风飘扬，好像将去前方迎接一场喜庆的典礼……

经过1949年新中国的成立，这艘名曰"海辽"的巨轮，又在1953年披上一层墨绿，一层浅翠，缓缓"驶"进当年中国人民银行发行的5分人民币纸币。而这艘"海辽"轮的船长，就是下面这个故事的主人公——方枕流船长。

【第一幕】　离沪

时间回溯到1949年4月下旬的一个夜晚。

上海雨夜，黑暗，阴潮，碉堡，工事，流动的哨兵，肩上的刺刀闪着寒光……

黎明前的黑暗真是一夜之间最黑的时刻，四周如同张开了一幅黑色的大幕，使人透不过气来……

上海的4月，照例已进入春季，照例桃花、梨花、樱花、杜鹃花、月季花，以及许多无名的花朵，都在春风的吹拂下，绽放在这座城市的各个角落。可是这夜的雨还是哗哗地下，伴着凌厉的旋风，无情地摧残着这些可怜的花朵。当然，在城市的雨巷中，也有人小心地捡起一朵被风雨吹落的花，仰天长问：这阳光何时会照耀？这光明何时会降临？

远处传来"突突突"的枪声……

这夜中，城市中许多人没睡：有人正收拾细软准备逃离，而大多数市民则留在家里等待着，等待着这枪声变成热烈的、喧腾的鞭炮声，回响在这春天的黎明中……

第二天上午，雨累得消停下来，但天色仍是灰暗的。外滩万国建筑的轮廓线从迷茫的雾霾中挣脱出来，渐渐显露出广东路20号日清大楼的模糊身影。从外看，该大楼的基本构造与其他近现代建筑没有太大差异，但其线条处理以横线条为主，具有日本西洋建筑的特征。建于1921至1925年的日清大楼，是由日资航运企业日清汽船株式会社和一个犹太商人合资建造，1945年抗战胜利后作为敌产被没收，成为招商局办公大楼。

招商局原名轮船招商局，1872年由北洋通商大臣李鸿章创办，总部位于上海，设有南京、汉口、汕头、香港等19个分局。截至1949年初，招商局共拥有大小商船466艘，40万载重吨。眼下，忙着逃往台湾的国民党政府，于1949年4月在台北成立招商局总管理处，原上海总公司便被改为招商局上海分公司。

招商局大楼内的高级船员休息室设在二楼，是靠南的一个大开间，落地长窗前垂挂着绿丝绒窗帘，金边花饰的云石吊灯悬挂中央，波斯地毯之上放置的丝绒沙发，无不彰显着轮船招商局特有的品位。

可是今天，一向雅静的招商局高级船员休息室却被闹得乱哄哄的：不少船长聚集在墙上贴出的一纸布告前七嘴八舌地议论着，有的船长则嘴上叼着雪茄狠狠抽着，烟雾弥漫整个房间……

这是一张由国民党上海港口司令部签发的军令，宣布立即征用招商局全部商船，抢运军用物资，且声称船员一律不得擅自离船，违者均以军法处置。

国民党打内战，还要征用商船，船长对此本来就抵触，现在见此布告，感到脑袋就像被一把枪顶着：难道咱就没有人身自由啦？

此时恰好有一人缓步而进，他穿着一身黑色的船长制服，两道剑眉下目光炯炯，嘴上还优雅地叼着一管板烟斗。他就是"海辽"轮船长方枕流。

方枕流在人们印象中是典型的船长形象。他1916年出生于上海的一个运输工人家庭，因家境贫困，高中毕业即失学，后一面工作一面自学，1935年考进了不收学费的海关总署税务专门学校海事班。方枕流刻苦学习，在那里学到了系统的航海知识，养成了坚韧不屈、勇敢果断、严谨精细的航海性格，并学会了一口流利的英语。他最终以全校第三名的优异成绩毕业，被派往上海海关船上工作，从此开始了他一生的航海生涯。由于工作出色，很快于1943年27岁时升任船长，1947年调任招商局"海辽"轮船长。在招商局众多船长中，方枕流属于技术精湛、驾船有方的船长，但显得年轻英武。他此刻进来刚想落座，见墙边围着人大声喧嚷，就走上前伫立观看。

　　眼前这张布告在方枕流看来，如同一头被打得遍体鳞伤、奄奄一息的怪兽，临死前还张开刺人的獠牙，想把人抓入死亡的陷阱中！

　　方枕流对于布告背后局势的感觉是正确的：

　　抗日战争胜利后，当时作为中国主要航运企业的招商局，受国民党当局指派，成为替国民党当局负责承担繁重军事运输任务的主力船队。而在经济方面，1948年由于国统区"币制改革"和"限价政策"的失败，货币贬值，物价飞涨，经济形势每况愈下。

　　在国内革命战争的一线战场上，从1948年9月12日至1949年1月31日期间，中共中央发动和指挥了辽沈、淮海、平津三大战役，从战略防御转向战略进攻，中国政局发生了根本性变化。三大战役结束后，解放军又发动了渡江战役，歼灭了国民党的主要军事力量。1949年4月，解放军解放南京，国民党统治即将溃败。

　　此时，国民党不得不为统治的最后崩溃做准备。国民党当局征用招商局轮船，将搜掠来的大量物资运往台湾，并将其残余的军队运往沿海地区和岛屿备战，一部分船舶则集中在香港待命，随时准备征用。而"海辽"轮，正是参与"军差"业务的船舶之一。

　　想到这里，方枕流用手移开板烟嘴，啐了一口："征用军差，该有三个月安家费吧。"

　　"对，拿安家费来！"旁边的船长附和着。

　　这时，招商局一名高管走了进来："各位船长，别急。告诉你们，局里出了一项新规定，这次安排家属一起上船，不要钱的。所以安家费嘛，就没有必要了吧。"

　　一位老资格的船长说："你们想把家属也拉去应军差？那不行！家属不是船员，坚决不能上船！"

一些船长跟着喊道:"想把老婆小孩都拉上船去台湾,做梦吧!"

方枕流用板烟斗敲了敲桌子,厉声道:"我把话掼在这里,不发三个月安家费,别想我上船!"说完,大步走了出去。

招商局大楼底三层装饰比较简明,而上面三层装饰则更为讲究,有古典立柱和浮雕图案的窗框。方枕流离开休息室,登梯而上,在六楼的走廊前,他推开大格子钢窗向外望去:不远处十六铺码头前人头攒动,人们拎着箱子,背着行李,如潮水般往上船的码头涌去……

方枕流点上板烟,深深吸了一口,尽量让自己的心情平静下来。忽然,他想到了一个点子,立即把窗关上,走到楼下医务室。他脸上堆着笑与医生寒暄了几句,从口袋里掏出包美丽牌香烟悄悄放在桌上,似作无奈地说:

"呃,麻烦了……痔疮又发作了,想请几天病假……"

医生诺诺点头。

方船长谢了医生,怀揣病假单交到管理处,迈步走出招商局大楼。

4月的外滩,天低云暗,江风吹来,竟有一丝凉意。汇丰银行大楼、海关钟楼……这一幢幢大厦,似乎都在不安地观看风云的变幻。马路上的人们好像都在急急忙忙赶路,人堵着车,车堵着人;三轮车夫使劲揿着铃铛,大声呼叫着;又有全副武装的宪兵警车喧嚣而过,在拥挤的人群中招致一片愤怒的骂声;而那高耸的外滩天文台,则像站在江边守护百年的老人,在乱风中无力地摆动着塔顶的风向标……

忽然,一个报童手挥《申报》,在人群里喊着:"号外!号外!共产党占领南京!代总统李宗仁等撤离南京!"

方枕流停下脚步,从报童手里接过报纸展阅,脸上闪过一丝笑意……

夜,上海虹口一条幽静的小路上,一排招商局新村公寓中的方枕流家,二层小楼内的收音机幽幽传出京剧的唱腔,仔细听来,那是京剧大师梅兰芳参演的《霸王别姬》唱段。

方枕流爱听京剧,他非常喜欢京剧所着力表现的那种"以形传神,形神兼备"的艺术境界。他感觉在京剧悠扬委婉、声情并茂的唱腔中,总有一种隐隐的沉稳的力量。所以在船上空闲时或特别困顿时,他都要打开留声机,听几段京剧的唱腔。而在京剧艺术流派中,方枕流又最爱听"梅派"。他认为梅兰芳对自己的唱腔有极其细致的掌控。每一出戏中,梅兰芳均能结合表达人物感情和剧情内容的需求,设计出大量新的唱腔,这些唱腔无论是柔曼婉转之音,还是昂扬激越之曲,都无不出自心声,感人至深。

4月的天，怎么家里又潮又闷的？方枕流解开衣服，随手拉开了百叶窗，看着褚色墙角的路灯，没有亮光。妻子提醒，已经开始实行宵禁，只能用蜡烛了。她说着顺手点亮了一支，倾斜着，把燃着的蜡油滴在铜盘里，然后将蜡烛竖了起来。

方枕流叹了一声，对妻子道："形势吃紧，你还是带着孩子们到无锡乡下去住一阵。"

"你怎么办？"

"船被政府征调要去跑军差。"

妻子担忧地问："那啥时才能回来啊？"

"真不好说。你先去陪孩子们睡吧，没事的。"他拍着妻子的肩膀安慰道。

台上蜡烛的光，微微跳动着，一闪一闪映照着方枕流的脸庞。他吸一口板烟，独坐着，辗转反思：

船要被征调应军差，去还是不去？

去，有可能连人带船被国民党军队押着，回不了上海回不了家！

然而他又担心，自己不去上船，局里派别人去，"海辽"轮一样会投入国民党军差。况且，作为船长，船就是自己生命及身体的延伸，在这关键时刻，船长怎么能与船分离呢？

方枕流的思绪就像黑暗中的野马奔腾，内心充满了矛盾，一时找不到答案。

当、当、当……墙边落地钟不紧不慢地敲打着，犹如不断地敲打着他的心。看着妻儿们都已睡下，且发出均匀的鼾声，他又陷入新的沉思：

儿子7岁，还未上学，下面两个女儿，小女去年才生下，正在襁褓之中……多盼望黑暗快点过去，光明立即降临，孩子们能在民主与自由的环境中幸福地生活！

突然，听到有敲门声，方枕流悄悄离开孩子们的床沿，走向外屋。一封信从门底下塞了进来。他捡起信，随手开门，人影已不见了。

他迫不及待地拆开信封，啊，是刘双恩的笔迹，他的心猛跳起来。拆开信封，展开信笺，只见上面分明写着8个字：

随船离沪，相机行动。

方枕流眼睛不由得一亮。

写这封密信的刘双恩，公开身份是香港华夏航运公司的一名船长，同时还是一名中共地下党员，也是方枕流曾经的同事和最信任的朋友。来信中的两句话，8个字，虽然简短，方枕流细细咀嚼下来，包含的内容却十分丰富而明确：

第一，要上船，要上"海辽"轮去当船长，而不是离船留上海。

第二，要相机而动。"机"在哪里，要去寻找，去创造，去准备……"行动"当然不是等待，更不是按国民党的命令去开船，而是随时根据红色的号令驾驶"海辽"轮冲破黑暗，驶向那光明的地方……

想到这里，方枕流心里有了谱。他把信伸向蜡烛火苗上，看着点燃，脑海中不禁回想起与刘双恩10年交往中的一幕幕场景——

方枕流早在1939年在海关船上工作时就认识了刘双恩。那时的刘双恩不仅是个出色的船长，更是一个爱国的进步青年，曾经冒着生命危险为东北抗日义勇军秘密运送军火，广泛宣传抗日救国的革命主张，揭露国民党的黑暗统治。方枕流与他相识多年，友情极深，视他为良师益友。方枕流经常阅读刘双恩推荐的马克思的书和毛泽东的文章，以及《展望》《瞭望》《文萃》等进步刊物，有时还秘密收听解放区的广播。在刘双恩的影响和帮助下，方枕流思想上逐步认识到只有跟着共产党闹革命，才能救中国，他从一个有志爱国青年成长为革命青年。

方枕流清楚地记得，后来自己被调到烟台海关补给船上当船长，曾两次借调到"海澄"轮去旅顺港补给燃料，当他亲眼看到在日军刺刀下当地人民悲惨的生活，满怀怒火，一心想着拿起武器打日本侵略者。得悉美国海军向中国海关招聘驾驶员参加作战，他辗转来到重庆，想投奔美国海军去参战。方枕流曾将自己的想法告诉刘双恩，刘双恩却对他说，不要迷信美国，中国人的事情最后还是要由中国人自己来解决。刘双恩反问："你为何不相信中国军队要去加入美军呢？"

这一问，又引出方枕流一段辛酸的回忆：

原来上海沦陷后，为了逃避被拉差到被日军控制的船上工作，方枕流与人结伴向北逃离，一路途经徐州、商丘、南阳，逃到了安徽。当他千里迢迢找到国民党军队，喜见"欢迎同胞归来"的彩牌而感到热血沸腾时，却被国民党军队关押审讯。幸亏后来找到当地海关，经过证明才获得释放。但仍要方枕流随国民党军队做长距离撤退，这一路穿过大巴山脉，从安徽徒步走到四川省万县……经过这一折腾，方枕流觉得跟着国民党根本没有希望。

投奔美军不行，投奔国统区被抓，怎么办？四周一片黑暗，光明又在哪里？就在方枕流为此陷入苦闷时，刘双恩把在解放区的所见所闻告诉方枕流，迷茫中的方枕流觉得，光明就在共产党领导的解放区！此后，刘双恩不断地将进步书籍带给方枕流，启发影响他，方枕流越发充满了对解放区光明的向往。他甚至向刘双恩提出，有朝一日也要开船为解放区运送物资……

方枕流还清楚地记得，当他回到招商局的"海辽"轮当船长后，刘双恩作为厦门港引水员，经常在"海辽"轮到厦门时上船来找他。是刘双恩帮他在船长室的收音机调谐接收邯郸新华电台，他们曾一起在船上收听解放区的消息，一起畅谈共产党带领人民实行民主改革、减租减息……

可以说，对于"海辽"轮起义的酝酿从1948年9月就开始了，而首先提出这一建议的就是方枕流本人。当时，中国共产党在香港秘密设立了香港华夏轮船公司，负责沟通解放区和香港的贸易和海上运输。刘双恩奉组织命令前往香港的前夕，对方枕流表明了自己的共产党员身份，希望方枕流也能到华夏公司船上，直接为党工作。方枕流听后心里十分激动。

方枕流说，我愿意去华夏公司船上工作，请党放心。但同时他又提出，希望能带领"海辽"轮全体船员摆脱国民党黑暗统治，发动"海辽"轮起义。

刘双恩严肃地对方枕流说，我将报告在香港的党组织，由党组织来决定。

刘双恩离沪前又对方枕流说，如果决定你去香港工作，我会派人拿着我做了暗号的名片来和你联系，并把你的家属送去解放区。如果暂时不去香港，那你就坚持在招商局，掌握情况，在船上打好群众基础，做好各方面准备。

方枕流牢牢记住这些话，他将刘双恩看作是自己人生的领航人，他觉得，是刘双恩点亮了他的双眼，使他看到了光明。

蜡烛的火苗不时跳动着，那烛光照亮着方枕流的双眼，他的思绪重又回到现实中。

刘双恩的指示已经明确，自己应该按党的指示驾驶"海辽"轮继续参与国民党当局的"军差"事务，寻找起义的最佳时机。

方枕流决定不等病假休完，第二天就上船。临行前，他将前两天局里应船长的呼吁发下的安家费交给妻子，又担心此番上船可能会发生无法预料的意外，所以特意嘱咐她赶紧带孩子们离开上海去无锡老家。

妻子似乎早有准备，递给他一套熨烫好的船长制服，并一言不发帮他穿戴好。

船长，"海辽"轮的方枕流船长整装出发了。

啊，这家！这温暖的家！不知什么时候才能回来！

方枕流强忍着泪水，正要跨出家门，忽又想起什么，赶紧返回身，将挂在墙上的镜框拿下来，小心翼翼将中间一张全家福取出，又仔细看了看，默默地放进胸前的口袋，终于迈步走出家门。

【第二幕】 整队

起风了，弥漫在黄浦江的浓雾被吹散了不少，但天色仍然阴沉着，翻滚着的乌云依旧悬在半空。

尽管停泊在张华浜码头的"海辽"轮，离人头攒动、人声鼎沸的十六铺码头相距甚远，然而在黄浦江上来来回回的小拖轮驳轮"突突突"地叫个不停，仍令人心烦；倒是远处传来的枪炮声，似乎更密集了，逐渐地在向这座城市围拢……

江水拍打着"海辽"轮，端坐在船长室的方枕流一点都没觉得船的晃动，他狠狠吸着板烟斗，看着面前的船员名单沉思：

他知道，眼前的这些船员，大多是奔着他而来"海辽"轮的！

"海辽"轮是第二次世界大战结束后，招商局从美国采购的 16 艘大型轮船中的一艘。由美国马尼托瓦克（Manitowoc）船厂于 1920 年建造，排水量 3400 吨，船长 261 英尺，采用三胀往复式蒸汽机，1700 匹马力，航速可达 10 海里，后改为双层甲板客货轮，并持有国际航行证书。船买来后最初叫"海闽"轮，由于管理不当，事故频频发生，1947 年 3 月 19 日深夜，在厦门外龟屿海面与违规行驶的国民党海军主力护卫舰"伏波"号拦腰相撞。撞船事故发生之后，招商局被迫将"海闽"轮更名为"海辽"轮。随后，方枕流被派往该船担任船长，并在较短时间内使船舶面貌焕然一新，招商局为此全局通电表彰，赞扬他"驾船有方"，"海辽"轮从此声名大振。

其实，许多船员就是由于方枕流的个人魅力才上"海辽"轮的，这主要是因为他平日对普通船员十分关心爱护，体恤下层船员的疾苦。方枕流深知物价飞涨、货币贬值会给生活造成困难。他总是以船长的名义，要求招商局提前发放工资，以免船员因为物价上涨而吃亏。有的船员因涉嫌走私被军方扣留，他亲自出面交涉，迫使军队放人。船员觉得，方船长最能想到我们船员的疾苦，维护我们的尊严，给我们安全感，跟着方船长干安心、放心、开心。

然而眼前即将开始的航行不是以往一般的航行，刘双恩信中所写的"相机而动"，预示着这将是一次执行特殊使命的航行。甚至"海辽"轮从今往后也不是一般意义上的船，而是一个舞台，一个即将上演惊天动地大戏的舞台。在这个舞台上，他——方枕流，无疑会担任最重要的角色，对，就是像梅兰芳那样的主角。但是演好一台戏光靠主角一人不行，还得有文丑、正旦、小生、青衣等各个角色配合起来才行啊。

问题在于：这舞台是在航行于大海的船上，一旦大戏开演，不愿参加"相机而动"的船员咋办？又不能放他们跳海跑走！而如果船上海员不能同舟共济，甚至发生内斗，那所有的角色只能同归于尽了！

想到这里，方枕流额头微微出汗。

当然，方枕流知道，这船的老板是招商局，他方枕流不能完全随着自己的意愿整出一理想的队伍，但必须在船长权力范围内，对"海辽"轮上51名船员做个整理，尽可能整出一支相对安全的队伍。

方枕流又习惯性拿起板烟斗深深吸了一口，"海辽"轮上的一个个船员像走马灯似的在他眼前一一闪过：

这是驾驶台人员：大副、二副、三副，三个驾驶员。大副家在北方，出身地主，听说不久前土改动了他家的土地和房子，他想下船；二副、三副思想进步，可以报局里同意让大副下船，将现任二副、三副分别提为大副、二副。这样可以在人员上保证驾驶台的安全。

报务房在起义当口无疑是船的喉舌与耳目：老报务主任提出辞职回乡，应予同意，将思想进步的报务员马骏提升为报务主任；另一报务员，是由马骏带教的过去同过船的老报务主任的内弟，人信得过。

轮机部是轮船的心脏，负责船舶的航行动力，是船舶正常航行的保证，其重要性不言自明：好在轮机长的两个儿子都参加了革命，他当然是可以信赖的；大管轮、二管轮都性格开朗、追求进步，仅三管轮说话比较随便，但有前面几位压住，估计在轮机部也成不了什么气候。

再来看船上人数最多的普通船员：甲板水手和生火工。在蒸汽机船上，生火工是最辛苦的职业，生火工需要从煤舱拉煤到机舱锅炉旁，再添煤入炉膛烧蒸汽，其劳作的结果是，保证全船动力蒸汽有足够的蒸汽压力推动船舶螺旋桨运转。在"海辽"轮的生火工中，生火长杨银甫是爷叔辈分的人，两个生火工都是他亲戚。这些最底层的船员，大多贫苦出身，文化水平低，容易感情用事，怎么在最短的时间内稳住这些人，方枕流一时没有想好。

为防不测，方枕流又特意安排两名新上船的人高马大的服务生待在船长室附近。

现在，无论驶向何方，"海辽"轮全体船员都是一样的命运，都必须去承担共同的风险了。

方枕流暗下决心：一定要对"海辽"轮全体船员如兄弟般善待。目前首先要把伙食搞好。怎么去做？对了，成立一个伙食委员会，实行民主管理。

伙食委员会中最关键的角色是采购员，有人认为这是肥缺。由谁来当采购员呢？有了，就是船上生火工中的生火长！

果然，当方枕流宣布生火长为伙食委员会采购员时，杨银甫激动得说不出话来，他太感激了。方枕流也为自己这个突然冒出的点子感到格外高兴。这样，他手下两位生火工也许就会稳住了。

【第三幕】 寻光

时间从1949年4月转了个弯，接着就到5月19日了。

郊外的枪炮声更急促了，似乎在催促着"海辽"轮远航。

方枕流整齐穿戴好船长制服，缓缓登上驾驶台。他环顾四周，目视轮船大烟囱里冒出的黑烟正飘向远方……

黄浦江上，太阳仍淹没在灰厚的云中；南天有忽闪，偶有滚雷，与宝山和高桥方向传来的枪炮声交织着……

起航的汽笛鸣响了！

方枕流命令水手解完最后一根缆绳，"海辽"轮徐徐驶出张华浜码头。

按照招商局指令：船，被调去厦门装军用物资。

江水激流奔涌，不断冲击着石埠，发出巨响，卷起雪白的浪花。

方枕流站立在船首，江风吹起了他的衣襟。他举目眺望，叫着一个个舵令，指挥着船驶过颜色混浊的长江灯标。

炮声更近也更响了，解放军百万雄师以排山倒海之势正在南下吧。啊，上海快要解放了！以后再回上海，黄浦江两岸必定红旗飘扬！那是多么光明美好的日子！

其实，方枕流此时真想驾起"海辽"轮立即开往解放区！他拍了拍脑门笑着自言自语：太天真了吧！眼下，还有许多事情没做呢。

"海辽"轮缓缓在东海航行……

方枕流敞开衣服，迎着吹拂而来的海风，在甲板上来回走着。

忽然，他听到有人在大声说笑。循声过去，只见舵工孙新祚正在绘声绘色地给大家讲《虾球传》的故事：

故事中那位名叫"虾球"的男孩，原是香港丝厂小工，因工厂停产，他独自离家闯世界，误入香港黑社会，当马仔，做扒手，搞走私，蹲监狱，历经劫难与艰辛。后流浪中偶遇游击队员，渐渐明确了自己的人生方向。他率领流浪儿巧夺机枪，加入了游击队，开始了新的人生历程……

一波三折的故事深深吸引着大家，方枕流不由得赞道：

"小孙，你这故事讲得好啊。游击队员好样的，关键时刻我们也要像'虾球'那样勇敢，为国为民做出我们海员的贡献。大家说对不对啊？"

大伙呼应着："对啊！小孙，以后天天给我们讲故事！讲'虾球'那样好听的故事！"

有人发问："小孙，你这故事从哪里听来的？"

孙新祚答道："看书呗。这是黄谷柳先生写的《虾球传》。"

"那你以后也给我们弄些书看看。"又有人提出要求。

"别为难小孙了，船上的书我来买。有人不认字，我们就办文化补习班，让小孙做老师，大家说好不好啊？"

"好啊！"船长的倡议引起一片呼应。

果不其然，在方枕流船长的鼓励下，每天晚饭后，孙新祚就在餐厅里摆开阵势讲起《虾球传》，游击队员那正义而勇敢的故事如风似的穿过甲板，在众多船员间传播着，而文化补习班也在船长的倡议下悄悄开展起来……

此时，一个令人兴奋的新闻在船上传开了：船员从电台广播中得知，上海已经解放啦！

船员还听说：5月27日清晨，当上海市民小心翼翼地推开大门，发现解放军战士都和衣睡在马路边，有人脸上满是风霜，有人身上血迹未干，还有人身下是流淌的雨水。战后，大上海建筑没有损坏，商铺没人抢劫；小贩欢欢喜喜出门摆摊，黄包车夫满脸笑容拉客，就连那些已经收拾好东西准备南渡的商人也逐渐改变了想法……

漂荡在海上的"海辽"轮船员，是多么思念上海，思念家乡，多么想回到家人身边啊！

1949年5月底，"海辽"轮驶抵基隆，几天后又奉命驶抵广州黄埔港。方枕流决心趁船停泊在广州黄埔港的机会，只身从黄埔到香港，去寻找刘双恩。

临行前，方枕流将大副席凤仪请到船长室，向他交代：

"席大副啊，看来船要在黄埔港待段时间了，我想到香港去一下，船上的事情就交给你管了。"

席凤仪爽快地说："船长放心去吧，有什么事尽管吩咐。"

方枕流顺着话儿问道："那我要你将船往北开，你敢不敢？"

"有什么不敢的？"席凤仪反问道，"我早就等着船长问我这话了，这往南拉的军差我再也不想干了！"

方枕流想不到这位大副的回答竟如此决绝和坚定，心中暗喜，便继续问下去："那二副鱼瑞麟会有什么想法呢？"

"他啊，思想比我还要进步。他的心，早就往北飞了。"

"太好了。"方枕流站起身来，拍着席凤仪的肩膀，缓缓地说，"告诉瑞麟，沉住气，一切等我从香港回来再说。"

对了，离船去香港，报务主任马骏那里一定要关照明白的。方枕流又向报务室走去。

马骏倒是明白人，见船长进来，马上将门关上。

方枕流说："我来不是叫你发电报的，而是想告诉你，我准备去香港，如果局里发电报询问，你就说我在广州城里。"

马骏说："明白，船长放心吧。这段时间我还想帮船上的文化补习班多做点事情，将在电台里收听到的消息跟大伙讲讲，让大家知道现在是个什么形势，应该做出什么样的选择才对。"

方枕流握着马骏的手感叹地说："你做的事情已经远远超越了报务主任的范围，我信任你。对了，我还想从香港买些进步书籍上船，到时请你一起帮忙哦。"

"一定！"马骏陪船长走出报务室。一会儿，他又走上甲板，目送着船长离船上岸……

香港的夏天太热了！炽热的太阳如火球般挂在天空，疾步行走中的方枕流身着西装，其实上衣已经挂在手臂，汗水显然浸湿了白色的衬衫。

方枕流自嘲：自己的心，比这天更热！

记得刘双恩原先对他说过，有紧急情况可以去香港南国饭店找他。南国饭店在哪里？在长长的旧式骑楼这边，还是在高高的洋楼那头？方枕流边走边问，终于在九龙找到了那个有岭南建筑风格的南国饭店。

根据事先约定的接头地点和暗号，方枕流找到南国饭店经理，礼貌地寒暄后，称自己是刘双恩先生的远房亲戚，专门来看望他。

经理用广东口音说：刘先生这几天不在南国饭店。

方枕流问：那他什么时候回来？

经理答：不知道。

方枕流擦了把汗，索性说：麻烦经理给我开个房间，我就在这里住下等刘先生。

经理愣了一下，感叹眼前这位方先生的决心，便帮他安排住下。

南国饭店附近，影院，舞厅，商铺，一间挨着一间，霓虹灯终夜闪耀，各色人等在这里川流不息……

方枕流却无心欣赏街上的景致。这段时间，怎么刘双恩一直没有出现？他很焦急：没有刘双恩带来党的指示，"海辽"轮等于没有航向，只能在一片漆黑的大海中漂荡……怎么办？

当然，这些天来方枕流也没闲着，他四处活动，在香港倡议组织了200多人的"船员联谊会"。

而每天晚上，方枕流总是急匆匆地赶回南国饭店，在房间里吸着板烟斗来回踱步，一会儿又推开临街的窗户，焦急地向外张望。终于在到达香港的第七天，方枕流看到了刘双恩的身影！两双手终于紧紧握在一起！

这是两双互相期盼的手！

方枕流期盼着刘双恩，期待着与刘双恩的会见中早日获得共产党的指示；刘双恩也期盼着方枕流，期待着与方枕流的会见中早日实施行动计划，只不过还在密切地关注着方枕流在香港的行动。现在时机成熟了，党组织确认方枕流是可以信任的同志，两双大手终于紧紧地握在了一起。

方枕流向刘双恩报告，他在香港组织了船员联谊会，发动船员驾船北上。刘双恩告诉他，把船员组织起来很有必要，但劝他不必出面在其中任职。

刘双恩认为，现在最重要的任务，应该是进一步发动积极的骨干力量，做好"海辽"轮起义的准备。

方枕流受此鼓励，当即请示道："目前北太平洋上的东北季风①还没起来，船员知道全国大部分地区已经解放，在此情况下，船员非常反感继续为国民党军队跑军差，现在应该是起义的良好时机。"

刘双恩听后，神色凝重地说："是否立即举行起义，我暂时还不能直接回答你，需要请示上级。"刘双恩说完便匆匆离开饭店。

仅过三小时，刘双恩又满头大汗回到南国饭店。这一次，方枕流发现，刘双恩的双眼闪着光亮，平时那黝黑的脸庞也洋溢着兴奋的光泽。

刘双恩擦了把脸上的汗，说道："中共华南分局香港工委批准了'海辽'轮起义的设想。"

"真的?!"方枕流差点叫出声来。

---

① 秋冬季节，北半球西伯利亚、蒙古的冷高压强盛，顺着高压梯度的空气流动南下，中国华北地区风向正北或偏北，东南沿海和台湾海峡及华南以南的风向转为东北，称东北季风。

这是一道光，一道神奇的光！多少天来，方枕流驾着"海辽"轮从上海出发，就是奔着这道光来的！

方枕流清楚地知道：只有寻到了这道光，"海辽"轮起义才有方向，才有正确的途径和航程，才会有起义最后的成功！

天黑了，南国饭店内也很昏暗，但是，方枕流感到全身正沐浴在阳光之中，心里一下子亮堂起来。

耳畔又响起了刘双恩冷静而坚毅的声音："方船长啊，组织上希望你早点拿出具体的起义方案，越详细越好！"他拍了拍方枕流的肩膀，深情地说，"组织上信任你，党信任你！"

方枕流既感到责任重大，又深感党已经给了他充分的信任，他心头一热，即向刘双恩提出，他想入党。

刘双恩信任地看着他，说："我可以做你的入党介绍人。"

想到自己10年来与刘双恩的交往，今天终于能在党的领导下，投入为党和人民的工作之中，真是无上光荣。方枕流当即伏在桌上，奋笔写下入党申请书，交给刘双恩。

终于寻着光了！

有了党的明确指示，方枕流船长信心百倍。他摊开海图，连夜和刘双恩一起研究起义的航线。

经过反复斟酌，他们拟定以横栏灯塔处为转向点①向东南航行，穿越巴林塘海峡，向北转向太平洋，远离台湾东海岸，绕道北上，经琉球群岛北端海域、日本海域，沿朝鲜西海岸驶进渤海湾，然后直驶大连港。如果不慎被国民党发现，"海辽"轮就选择往南走，行驶到公海再向北。整个航程都会沿着国际通常的航线走，就算途中遇到其他船只，也会被当作开往日本的船。同时，当时大连是苏军管制下由中国共产党领导的特殊解放区，国民党政府与苏联政府有外交关系，所以，即使得知"海辽"轮驶进大连港内，也不敢贸然行事。

如果再予细分，整个航程可分为三段：

前三天为第一段航程。"海辽"轮完全处于国民党军舰、飞机的控制范围之内，而且距离台湾很近，一旦被发现就在劫难逃，必定会被炸沉，所以必须千方百计迷惑敌人，不能让敌人有丝毫察觉。所以要在19日18点趁着夜色

---

① 转向点（Turning point，Way point）又称航路点。是指计划航线上预定改变航向的地点。也是船舶航行中改变航向时的船位点。

悄然起航，多抢一夜的航行时间。

船舶通过巴林塘海峡进入太平洋公海后，为第二段航程。要继续迷惑敌人，还可顺着黑潮的流向增快船速，争取时间，同时要采取万无一失的措施，继续伪装好船身，遇到紧急情况，就驶向太平洋东部，使敌人不知行踪，无处可寻。即使飞机发现船舶，也辨认不出"海辽"轮的真实面貌。

最后的第三段航程是，当"海辽"轮驶过朝鲜三八线，逼近渤海湾，临到大连时的这一段航程也是危险的。面对盘踞渤海湾封锁解放区的国民党海军，需要以极大的勇气和智慧去冲破封锁区。"海辽"轮绕过济州岛后，沿朝鲜西海岸继续北上，先向朝鲜的镇南浦港方向行驶，再直驶大连港。如在途中遇到敌舰截击，准备设法开进镇南浦港或新义州港，但如逃不脱敌舰有被俘获危险时，则准备采取撞击敌舰同归于尽的决断措施。

"事关重大啊，行动只许成功不许失败！"刘双恩再三叮嘱。

是啊，航海本来就是一件迎着风浪、充满风险的事情，何况是航海中的起义，怎么不会遭到黑暗势力的追击与扼杀？这2000多海里，200多小时的起义航程，肯定充满着风险，危机四伏，随时都有可能遇到难以预料的险情，所以，每段航程在战术上都设有预案，不抱任何侥幸，随时做好决一死战的准备。如果说船长的工作是对船舶航行进行精细而专业的管理，那么对于在起义状态下的船舶，更要做非凡的精细管理。这里的所谓精细，包括在起义前，就要对整个起义过程有周密的预案。这就好比导演，在开拍前已对电影中的一幕幕情景了然于胸了。

香港的天气真怪，几天来一直热得像蒸笼似的，忽然又起台风了，吹得南国饭店前的几块广告牌七倒八歪。但是，不管风吹日晒，刘双恩仍天天来。因为事关重大，方枕流天天要与他商量，就航线计划、目的港、开航时间、船速、转向点、迷惑战术、途中伪装等措施进行讨论，并制定详细对策。

【第四幕】　准备

这天晚上，方枕流返回停泊在广州黄埔港的"海辽"轮，立即召集大副席凤仪、二副鱼瑞麟及报务主任马骏等到船长室议事。

夏季的晚风轻轻摇晃着"海辽"轮，似乎在催促着船员早点入睡。

然而直到深夜，"海辽"轮船长室的房间仍亮着昏黄的灯。灯光下，船长方枕流和大副席凤仪、二副鱼瑞麟、报务主任马骏等围坐着开会。

这与其说是在开会，不如说是在进行一场推心置腹的谈话。

方枕流以明确的语言向他们表明：“'海辽'轮将举行起义，我已分别和你们说过，在座几位是起义的骨干成员。目前，起义条件已经具备，船员不愿为国民党拉军差，想过安稳日子，这和起义的目标是一致的。”

这三位骨干成员第一次参加这样的会，虽然船长早就个别和他们提示或暗示过起义的事，但也由于船长的关照，他们之间早先从来没有谈论过这一话题，现在汇聚在一起，听船长宣布要组织起义时，心脏禁不住激烈地跳动。当他们面面相觑，发现对方也是参与起义的骨干成员，就像重新认识似的紧紧握手，接着四双手又合拢在一起，表示着对起义的坚决拥护。

“请船长告诉党组织，我想加入中国共产党！”二副说。

船长点点头，笑着说：“瞧你急的，我还没有入党呢。行，你先把入党申请书给我，我替你转交。”

大家发出一片会心的笑声……

船长又说：“有件事要和你们商量一下，要不要请轮机长也作为起义的骨干？”他补充道，“轮机长毛正泉思想进步，两个儿子都参加了革命，我想他一定会拥护起义的。”

见船长这样有把握，大家就说，会后就把轮机长请来，由船长找他个别谈吧。

会散了，船长室又留下方枕流一人。方枕流松了一口气，拿起板烟斗点上，深深地吸了一口，尽量让自己紧绷的神经放松下来。对了，得赶紧安排与轮机长毛正泉谈谈了，这位老轨①的加入，对于起义顺利进行太重要了！

毛正泉的脚步迈进了船长室。对于这位同船多年的老船友、老朋友，方枕流说话是不用拐弯的。他径直说：“老轨啊，我们准备起义了，你和我们一起干吧。”

“起义？”谁知轮机长毛正泉听到“起义”两字脑袋就像拨浪鼓似的摇晃起来：

“不，我反对，船上搞起义，是盲动！”

轮机长毛正泉继续发挥他反对的理由：“船长，'海辽'轮目前执行的是'军差'，完全受国民党军队控制，只要一搞起义，国民党军队就会发现，马上就会被炸个船毁人亡，多危险呀！”

毛正泉一口否定的态度与此前判若两人，这大大出乎方枕流的意料，他

---

① 老轨是船上对轮机长的别称。

一时惊诧得说不出话来。船长室的气氛陡然紧张起来。方枕流拿着板烟斗的手微微颤抖，他暗自责怪自己还是过于鲁莽，过于轻信眼前这位原来认为很熟悉、很进步的老同事。现在话已出口，一旦……方枕流不敢再想下去，看来只有把话说明才能以绝后患。

想到这里，方枕流用力敲了敲板烟斗，对着毛正泉正色说："你要明白，我不是来和你讨论要不要起义的！我明确跟你说，起义是共产党的决定，你看怎么办吧。"

毛正泉降低了声调："如果这样，我不反对起义，但我还是不能参加。"

"为何？"

轮机长说："我的两个儿子参加了革命，至今生死不明。我再参加，万一出事，家里就没有男人了。"

看来眼前这位轮机长思想上并不是反对起义，而是过于顾及自己的小家庭。既然如此，也就不勉强，方枕流便对他说："你怕断了根，那我就同意你下去。不过，我有一个要求。"

"你讲。"

"你下船后，不准透露任何关于起义的消息。你如泄露消息而使起义招致失败，即使跑到天涯海角，也会有人找你算账！"

轮机长听后，默默点头，答应一定严守秘密。

为了避免船员猜想，方枕流请报务主任马骏向船员解释轮机长下船的理由，称他怕以后停航台湾回不得家乡。

作为船长，方枕流毕竟与担任轮机长的毛正泉工作上一向配合很好，想到以后人各一方，不知何时相见，终究有些不舍，便决定额外拨给他一些盘缠。离船那天，又特派马骏陪着他下了船。

毛正泉走后，招商局采纳了方枕流的建议，船上大管轮张阿东提升为轮机长，其余二、三管轮和铜匠全部提升一级。

1949年8月9日，恰是农历中元节。

中元节，民间称为七月半，佛教称为盂兰盆节，它是追怀先人、敬祖尽孝的一个传统节日。

船长决定利用这个节日，在船上组织祭祖活动，激发船员的思乡之情，以进一步凝聚人心。

方枕流找来生火长杨银甫，告诉他由伙食委员会来张罗中元节船上祭祖。生火长太兴奋了！他找了几个船员兄弟上街采办祭品，买来锡箔、蜡烛、冥钱等物品，船员忙着扎纸库和荷花灯。

方枕流船长又对杨银甫说，今天就打开大台间让船员用吧。生火长听了更惊得合不拢嘴。

大台间是船上最重要的接待场所，里面布置豪华，地毯、长桌、精美的器皿一应俱全。船上等级森严，下级船员平时不能进入高级船员通道，更不得进入大台间。所以，生火长杨银甫在船上劳作多年，可从来没有进入过大台间。难道，世道变啦？

船员当然喜出望外，纷纷说，今天真是开了洋荤。有些船员还争着在大台间躺在柔软的沙发上，尝着坐弹簧垫子的滋味。

晚上，银盘似的月亮将月光倾洒在大海波涛之中，船长和船员一起走上后甲板，插上刚制作的荷花灯，向着故乡膜拜，寄托对逝去亲人的怀念。

月光下的酒杯被高高举起，推杯换盏间，全体船员默默看着荷花灯的亮光正悄然在夜色中滑行——

这亮光，终究会化成一团炽热的火焰，照亮天空，照亮大海，照亮船员的胸膛！

清晨，一束微弱的曙光刚从海平线上升起，又被压低的云层覆盖，于是，这南方的天色又暗淡下来。

按照招商局的指令，"海辽"轮仍游荡于汕头和基隆之间，运送那七倒八歪的国民党败兵。

台湾破旧的基隆港码头，靠满了运兵的轮船，使得这个不大的港口变得拥挤不堪。一队队从大陆溃败而来的士兵，斜斜歪歪地扛着枪，背着包裹，簇拥着走下舷梯，不时发出混乱的叫声。岸边的椰林树下，到处是从其他船下来的衣冠不整的伤兵，他们一个个疲惫不堪，像一只只泄了气的皮球……

"海辽"轮上，大副正带着船员清理大舱，清扫士兵留下的弥漫着臭味的垃圾。

1949年9月4日，方枕流端坐在电报房，报务主任马骏告诉他，收听到台湾方面正在收拢船只，将上海招商局的商船调往这里的消息。方枕流担心"海辽"轮被困基隆无法脱身，指令马骏向香港招商局发报：

"运兵繁忙，请求抵香港加补燃料。"

没等招商局答复，方枕流就驾驶着"海辽"轮前往香港油麻地下了锚。

原来，"海辽"轮自奉令运送国民党军队前往海南岛榆林港后，方枕流就担心国民党招商局随时可能把船舶滞留在台湾，一旦台北招商局下令"海辽"轮返回台湾执行任务，那就很难再有机会脱离台湾。所以他觉得必须立即前往香港与刘双恩再次见面听取指示。

　　还是在香港南国饭店，方枕流见到了早就在等着他的刘双恩。

　　方枕流急迫地对刘双恩说："现在应该是'海辽'轮起义的最佳时机。"

　　刘双恩笑着点点头，然后对方枕流说："是啊，所以我的上级领导想见见你。"

　　方枕流抑制着激动，悄悄问："我能知道这位领导是谁吗？"

　　话一出口，他又感到贸然了，作为党外同志，他不该这么探问的。

　　"他叫杨林。"

　　没想到刘双恩倒很爽快地说了出来，显然，他是完全将方枕流当作自己的同志了。

　　"不过，杨林不是他原来真正的姓名，为了信仰的事业，杨林同志已经将原来自己的和家人的姓名全改了。"

　　方枕流知道不该再继续问下去了。

　　当第二天中午刘双恩带着方枕流到附近的一家酒楼去见杨林时，杨林确实没多说什么，只是深深看了他一眼，轻轻地说："终于见到了你，方枕流同志，希望'海辽'轮能顺利到达大连港，早一点升起咱们新中国的国旗。"

　　然而就是这句话，方枕流感觉受到极大的震撼！尽管那时方枕流不知道新中国的国旗是什么样式，但是他相信，新中国的国旗一定是红色的，因为，无数革命先烈用鲜血染红了它。将新中国国旗升起在"海辽"轮，这是一件多么伟大而神圣的事情！

　　第二天，报务主任马骏也从广州来到香港。方枕流对马骏说："走，咱们到书店去买书。"

　　南国饭店附近的一家香港书店不小，因为香港是海港，比起内地来，这里书店航海类的书更多了一些。在书店一楼，他俩挑选了一些进步书籍，准备带给船员看。接着又上到二楼航海专类书架前，方枕流一本本翻阅着，抬头间，他忽然看到书架的顶端有一排画册，顿时眼睛一亮，立刻叫马骏找来一把梯子，登梯而上，方枕流笑出了声："终于找到了！"

　　"什么书啊，你这么喜欢？"马骏问。

　　"好书，一本能变戏法的书。"说着，方枕流脸上闪过一丝狡黠的笑容。

　　马骏接过一看，原来是一本《世界各国船名录》。

　　"这书能变什么戏法？"

　　"到时你就知道了。"方枕流答。

　　于是，方枕流迫不及待地在书店大堂桌子上翻开手中的《世界各国船名录》，仔细观看书中附有的世界各国各种船舶的照片，这些照片拍得很精美，包括船体各个部分的结构和颜色都显示得一清二楚。也许不久以后，"海辽"轮也将变成其中一种船型呢。想到这里，他随即从皮包里取出纸笔，对照有关船型，记下几种标志的颜色，准备回船交代给大副去选买对应颜色的油漆。

夜黑了，方枕流通过熟悉海关的英国籍船长麦尔康的关系，搭乘他的船回到广州，把进步书籍及那本《世界各国船名录》带到了"海辽"轮上。

为此，他白天跑到南国饭店与刘双恩讨论，晚上又马不停蹄回到船上，与大副、二副、马骏他们商量具体方案，还就一旦遭遇敌舰搜查和敌机轰炸等险情时制定应变措施。

方枕流他们其实还提出过一项准备，即给起义骨干配备手枪，但是刘双恩没有同意。刘双恩脸色凝重地对他说："一个革命者，既要有同敌人斗争到最后一口气的勇气，也要善于做群众工作。枪可以防身，但起义更重要的保证是得到群众的拥护和支持。没有群众的支持，有枪也没有什么用。"方枕流听了觉得有道理，配枪一事也就作罢。

1949年9月15日上午，"海辽"轮突然接到香港招商局发来的航次命令，命令"海辽"轮于9月19日驶往汕头运送军队增援舟山。

离开香港前，即1949年9月18日上午，方枕流和刘双恩进行了起义前的最后一次会晤。方枕流将领取到的新颁发的电报密码本复制后交给刘双恩，这以后，在香港的地下党就能直接截译招商局电报了。两人又对起义方案中的各个环节再进行一次慎重而细致的梳理。刘双恩告知方枕流起义后与党组织联系的密码、暗语等。

刘双恩与方枕流约定，当"海辽"轮发出抛锚修理的电文时，就表明已经开始起义，刘双恩将立即报告上级领导。

刘双恩望着方枕流，又问道："将近2000海里的航程，你一个人在船上领导起义是否有把握？要不要我也一起上船？"

方枕流坚定地回答："我有把握，你还有更重要的任务，就不要再冒这次生死风险了。"

最后道别的时候到了，刘双恩要方枕流想一想还有什么事情需要交代。

方枕流觉得有千言万语要向刘双恩诉说，却不知从何说起。突然，他手在上衣口袋中摸出一沓照片，对了，此刻必须将这些照片交给党组织。

这是一张全家福，就是方枕流那天离开上海时从家里墙上镜框中取下的那张全家福。

这是一张尚带有方枕流体温的照片，方枕流捧在手中，又深情地望了一眼，似乎在和家人道别……他终于将照片递给刘双恩，轻轻说："万一我消失在大海上，请组织上关照一下我的家人……"

又是一张照片，是报务主任马骏的；

又是一张照片，是大副席凤仪的；

又是一张照片，是二副鱼瑞麟的……

方枕流将这些照片一一递给刘双恩，说："这些照片我是特意向起义骨干成员要的，万一这些同志光荣了，请组织上给他们家属予以照顾。"

刘双恩双眼凝视着方枕流，一字一句地说："方枕流同志，请你和其他几位同志放心，组织上会做出周密安排的。"

说完，两双浸透过无数次海水的大手，又一次紧紧地握在了一起。

【第五幕】　起义

方船长等待的起义良机终于来了。

放眼9月的中国沿海乃至整个北太平洋，是一个少风的平稳季节，这为"海辽"轮航行创造了良好的气象条件。

方枕流利用船停靠香港的时间，补充了足够的燃料，备足了一个多月的食物和淡水，还有足够刷遍整个船体的指定颜色的油漆，这样"海辽"轮足可以按照预先设计的航线抵达大连港。这样设计的一条航线，需要8~9个昼夜，所有的行程方枕流虽已烂熟于心，今天真要实施，却还有点紧张和兴奋。

方枕流对着镜子认认真真穿上船长服，一丝不苟戴好领带。他知道自己今天即将出演一场大戏，在这场大戏中，他方枕流在导演的指派之下，无疑是最重要的主角。作为主角，他当然要注意自己的形象。他想这个形象应该是庄重的、威严的、沉稳的，于暴风骤雨中如雄鹰般翱翔，于天崩地裂前似泰山般屹立，这就是今天方枕流应该在所有船员面前展示的形象！

想到这里，就像舞台上响起了出场锣鼓，方枕流当机立断，将报务主任马骏、大副席凤仪、二副鱼瑞麟等核心人员叫到船长房间开会，决定当晚6点开船，在船到达转向点后就举行船员大会，宣布起义。

他特别关照报务主任马骏，规定的开航电报待第二天上午再发。

这是1949年9月19日星期六18点整。夜色朦胧，云层灰暗，"海辽"轮没有用引水员，就借着夜幕悄悄拔锚起航了。选定在这个时间开航，是因为方枕流考虑到，这时香港招商局工作人员已经下班，而且天也黑了，可以不知不觉离开香港。

夜色中的香港港湾里，灯火和星光闪耀，不断地有船鸣着汽笛从外面开来，大量轮船的停泊，使得港湾内油麻地等锚地比往常更加拥挤。

方枕流手持板烟斗，站立在驾驶台前。当、当、当……前面传来一阵急促而又清脆的锚钟声，这时大副向船长报告，锚离开水底了。

"前进一！"

随着船长的命令，"海辽"轮主机轰隆喧嚣起来……

船首像刀一样劈开乌黑的海水，驶出油麻地，朝着鲤鱼门驶去，汽笛长鸣。

方船长举起望远镜，向港岛投去最后一瞥。

黑黝黝的山下，星星点点的画面迅速向后移去，海风吹来铜锣湾一阵阵爵士的音乐，也逐渐远去了……

20点左右，"海辽"轮驶近香港鲤鱼门信号台。突然，信号台上发来询问船名和航行计划的灯语。方枕流知道，此刻如果稍有不慎，"海辽"轮将面临被扣的危险。而如实相告，又无疑让汕头方面的招商局知道"海辽"轮确切的开航时间，唯一的办法只能布"迷魂阵"了。

方枕流一边下令加速前进，一边故意用手电筒发出含糊的回复信号，对方看到这样"外行"的回复信号后，就不断地发出询问信号，要求"海辽"轮重发。

在反复与信号台闪着灯光信号的变幻中，"海辽"轮乘着迷蒙的夜色悄然驶出了鲤鱼门。

方枕流警惕地向前瞭望，前方没有船只交会，在夜幕的掩护下，"海辽"轮开足了马力，加速前进。

一会儿，二副来到驾驶台前，船长放下望远镜，将航向告诉二副，叮嘱道："二副，你来走。船驶过了横栏灯台后，下一个转向点就改驶113度航向，我下去开会。"二副答应着，接过了驾驶权。他清楚，下一个转向点就要走起义的航线了。

这期间，报务主任马骏根据船长预先的安排，一间挨一间地走进船员舱房，通知除了在岗船员外，全体船员集中到大台间开会。按照事前的安排，在船长宣布起义的同时，大副负责的防暴队在各个通道把关值守。

要在大台间开船员大会了，船员议论纷纷，因为船上很少开这样的会，大家估摸着可能会有大事发生。

只听嘎嘎的皮鞋声从走廊里传来……

此时，方枕流威严地走进大台间，他神情严肃，但又看不出一丝紧张，浓重的眉毛下，那双深邃的目光闪烁着一抹刚毅和坚韧，仿佛随时准备应对任何挑战。他的两侧分别是大副席凤仪、轮机长张阿东、报务主任马骏。这气场如此威武，众人一时不敢声张。

走廊两头，大副早已安排两个身板壮实的服务生把守。

墙上的时钟发出嘀嗒嘀嗒的声音，会场里除了喘息声，只有舷窗外海浪的冲击声和海风刮在钢丝上发出的尖厉呼啸。

船长笔直地站在中央，用锐利的目光扫视四周，又抬了抬手臂，那手臂外的袖标上在海军蓝的衬托下分明显示着金色的四条杠。

船员知道，船长袖口上的四条杠代表着专业、知识、技术和责任，这四条杠体现了船长的素质、本领、使命和形象。同时，这四条杠也表明，船长是船上最高等级的船员，是船上最高的指挥官，有着最后的、最权威的、不可置疑的决定权。

此时，这位"海辽"轮上的最高指挥官看了下报务主任马骏。

马骏会意，应声道："船长，人都到了。"

船长放下板烟斗，口气严肃而又平静地宣布：

"我们这次不去汕头了，决定起义，脱离国民党统治，开往解放区，这样大家也可以回家了。我们有周密的办法，只要大家同心协力，安全可保。"众人鸦雀无声。

他抬头看了看墙上的钟，接着用强劲有力的声音说道：

"现在是1949年9月19日晚上9点，请大家永远记住这个日子，这是我们'海辽'轮起义的时刻！"

寂静……

所有的人都听呆了，都不敢相信自己的耳朵！仿佛耳畔响起一阵惊雷，但是惊雷之后又突然归于沉寂，只有墙上那台钟，依然发出嘀嗒嘀嗒的声响，敲打着"海辽"轮上每一个海员的心……

"扑通"，突然，寂静中响起一个声音，那是一个轮机人员从椅子上跌下来的声音。

"完啦，我的妈呀，这是要死人啦！"

有人跟着叹气。

二管轮王纯根接着叫喊："我不管什么起义，投奔共产党是好，可是太危险了，我们船跑一天，国民党的飞机一下就追上了，'重庆'号军舰起义，人家那么大的火力，也叫国民党飞机炸沉了，我们是商船，这不等于白白送死？”

这个王纯根，平时经常背地里骂国民党逃兵，说再这样拉军差下去不如起义算了；而一旦真遇上起义，又如此怕死。但是他提到的"重庆"号军舰起义失败事件倒是真的。几个多月前，也就是1949年2月25日凌晨，国民党海军中战斗火力最强的"重庆"号巡洋舰从吴淞港起航，起义后抵达葫芦岛，却被国民党空军侦察机发现了行踪，在数架轰炸机的连续轰炸下，尽管全舰进行了顽强的抵抗，最终还是不得不自沉于海中。

"重庆"号军舰起义的失败，确实以船毁人亡的惨痛教训告诉"海辽"轮全体海员：一艘火力强大的巡洋舰起义尚且如此，一艘毫无还手能力的商船起义一旦被发现，又会有什么下场呢？

"这是非要死人不可啦！"两个生火工趁机搭着腔。

其中一个生火工叫张承恩，他是生火长杨银甫的远亲，父亲死得早，家里托杨银甫带着来船上做生火工，寻碗饭吃，却平时好喝酒，说话莽撞，经常遭生火长敲打。

一位洗衣工对他嚷着："跑军差几个月，天晓得还能不能回老家，跟着方船长，就是冒点险，也不至于把你吓得尿了裤裆。"

这时，报务主任马骏跨前一步大声说："现在情况已经和以前不一样了。解放军打过长江，上海也已经解放，解放全中国就在眼前。大家应该同舟共济，听船长的，早一天往北开到解放区去。"

"对，往北开！"拥护起义的船员站起来说，"我们跑军差受尽了丘八们的打骂和训斥，现在全国大多数地区都解放了，怕什么？我们跟着船长，把船开回去！"

会场内，生火长杨银甫一直在抽着烟，此时他掐灭烟头，瞪起眼，指着手下两个生火工说："你们两个瞎嚷嚷什么！国民党已经败退台湾，我们跑军差，天晓得哪一天能回到家乡？方船长平时一直关照着我们，我们就照船长的命令做！"

两个生火工碍于长辈面子，都低下了头，不再吭声。

方枕流见会场气氛有点不对劲，虽默不作声，心里的忧虑却如波涛不断翻滚着。

一艘船在海上起义，船外是一望无际、波涛汹涌的大海，此时不论愿意不愿意，只有一条航道可走，绝不可能分道扬镳，只能全体船员同舟共济，才能赢得起义的胜利！最起码的，才能保住所有船员的性命！

想到这里，方枕流便起身离开会场，马骏随后跟了出来。走廊里，船长向大副低声吩咐了几句，见巡逻队成员已经把守走廊，便走上楼去。

此时，故事大王孙新祚说话了，他高声道："你们想过没有，船长要干起义这样的大事难道没有防备、没有武器吗？何况我们船员多数都拥护起义，大家还是一条心吧。"一番话，说得大家情绪稍微稳定下来。

一会儿，服务生王明安、韩福泉走进会场，两人厚实的身板像两堵墙一样。

王明安操着江苏口音："谁反对船长，小样的，我们对他不客气！"

韩福泉对着生火工张承恩说："你今天没有喝多吧，想回家，船要跑得快，还要靠你烧锅炉多添燃料呢！"

此时，刚担任轮机长的张阿东挺身站出来，他涨红了脸厉声道："船长召开船员大会是宣布起义，不是让大家来讨论的。船长懂得的道理比我们多，国民党节节败退，蹦跶不了几天，我们一切听从船长的命令！"

这时，大台间外的走道上又响起了船长"噔噔噔"的走路声，船长虎着脸重新走进大台间。他颀长的身材越发显得挺直了，只见他两道剑眉紧锁，右手插在裤袋里，目光威严地扫过每一张脸，语气低沉但十分坚定："兄弟们，起义不可更改！还有谁有不同意见的，可以出来说。"

"船长有枪！"人们窃窃私语。

"不老实，吃枪子。"有人小声地说。

有人暗地拉衣角，再也没人敢出声。

这时，轮机长张阿东清了清嗓子，高声呼喊："我们听船长的，起义！"

"对，我们听船长的！"其他人一起附和着，"起义！起义！"

正在这当口，"咚咚咚"，走廊里响起一阵急促的脚步声……

二副跑来报告："现在大副在驾驶台值班，船已到达横栏灯台转向点……"

船长不等二副讲完，口气严正地说："我命令，改驶航向113度。"

二副举手应道："听令，改驶航向113度！"转身快步奔去驾驶台。

少顷，随着舵轮转动的链条声一阵阵传来，船向一侧偏转起来。

大家知道船正在转向了。

会场里，人们的心也随着舵轮及链条转动声在一阵阵地收紧、跳动……

大家轻声说着："豁出去了！豁出去了！"

这声音越来越响："航向113度！航向113度！我们共同的航向113度！"

似乎是深藏在心里很久的念想，这念想一旦从口中喷涌而出，就一发而不可阻挡了。很快，这声音就压倒了一切与此不和谐的声调，在大台间中震响；这久久不能平复的呐喊，又穿过走廊，回荡在辽阔的星辰大海之中……

又隔了一会儿，只见身着制服的二副走进会场，立正向船长举手敬礼："我报告，坚决执行船长命令，我船转向完毕，航向113度，直驶巴林塘海峡！"

"注意观察，保持瞭望！"

船长说完，环顾四周，当他看到船员的面部表情都从紧张中恢复过来，甚至还出现兴奋，他感到了自己作为船长的威严。他放缓口气，向大家解释：

"我们起义为的是早一天结束漂泊的生活，早一天脱离苦难，回到我们的家乡。对于这条航线，我是经过周密考虑的，只要我们安全地绕过台湾东面，国民党就追不上我们。请大家放心，只要我们同舟共济，一定能克服困难把船开到解放区去。"

说到这里，方枕流莫名地涌上一阵悲凉和伤感的心绪：这些苦与累的兄弟，无论他们有什么想法，在同一条船上，遇到的危险将是同样的。这些兄弟，同样有双亲和家人！想到自己的家人已经托付给了党组织，还有马骏、席大副、鱼二副他们照片也交给了刘双恩，而其他这么多兄弟呢？万一大家都消失在茫茫大海之中，他们的家人又怎么办呢？

方枕流甚至后悔，没有给所有的船员去照个相，并且将照片一并交给刘双恩。这样万一出了事，人们也知道，这些船员都曾经参加过英勇的起义。

方枕流不再多想，他站起身，断然地说："大家跟着我起义，只要我们团结，保牢我们的船我们就有安全，有了船的安全我们的性命才有保障。如果起义失败，要枪毙，要杀头，由我一个人去，与你们无关！"

说完这几句，他便头也不回地走了出去。

会议结束了，然而，船长那些铿锵之言，依然回荡在大家心头……

"海辽"轮对准航向113度，正在劈波斩浪往前行驶……

【第六幕】　佯装

船长举起望远镜，重又走上驾驶台。

四周漆黑一片。他转身回望香港岛，巨大的黑幕下，天边只剩下一抹光亮。

船正按照设定的航向行驶，由三副值班，继续驶向漆黑的深海。海图室①内灯光微弱，大副已经交了班，正在记录航海日志②（见图）。船长看了一下海图，用两脚规在航线上量取距离，用铅笔标注了预计的船位，计算着进入菲律宾巴林塘海峡的时间。

按照预先计划，为了防备台湾西部的国民党飞机巡逻，得借着星光，抓紧给船体油漆换装。此事说干则干，不能迟疑。

当然，此时那本从香港书店购买的《世界各国船名录》起了莫大作用。方枕流深入研究了当时英国"莫勒"轮船公司船舶上层建筑的调漆配方，起义前让大副席凤仪从公司多领取了准备伪装船身使用的大量赭石色油漆，并且刻好模板。起义当晚，根据船长命令，油漆将换成书中与"海辽"轮船型相近的英国船"MARYMOLLER"。

魔术开始了！大副带领甲板部船员连夜投入油漆伪装，老水手叶阿庆和另一报务员身体不好，听说大家晚上加班刷油漆，也从床上爬起来，和大伙一起干。他们说，这是保自己的命呀！

水手长和木匠调好油漆，大家争先恐后挥舞起油漆刷干了起来。有的将油漆刷子绑在长短不一的竹竿上，以便刷到更高的区域。

虽然是夜晚，且没有月光，然而，在船首灯照耀下，船头掀起的白色浪涌不断追逐着，形成一条白色光带，映照着甲板上刷油漆的水手。海风裹着浪花，将油漆细末吹扬在他们的脸上，竟分不出是汗水还是油花。

借着星光，大家把舱盖、桅屋、烟囱都油漆了一遍，船名用预先刻好的模板刷成了"MARYMOLLER"字样，黑色的烟囱上用白漆所漆成的"M"字格外显明。当水手长带着水手攀着荡来荡去的绳索艰难地爬上桅杆和滚烫的烟囱油漆完大桅，天也快亮了。经过一晚，"海辽"轮已经变了戏法，成了另一条叫作"MARYMOLLER"的英国商船。船员脸上都被无数油漆的细末覆盖，相互望着乐开了花，"谁还认得出我们啊！"

正当大家为此欢呼时，突然，瞭望塔上船员报告，正前方偏左远处发现一艘船，好像是军舰。方枕流立即下令，全船警戒，电台密切监听，各就各位，随时做好战斗准备！

---

① 船舶驾驶台里面存放海图、专供船长和驾驶员在海图上标示船位等海图作业用的舱室。

② 航海日志是指船上专供船长、驾驶员记载船舶航行和停泊时主要情况的重要法律文本，每一页都要由船长审核签字。一般要求船上保存5年。

航海日志

此刻，以"海辽"轮的航速来说，无论如何都无法躲避军舰追击。按计划，若途中被发现，办法只有一个，那就是撞上去，与敌人同归于尽；倘若被抓，那就服毒自尽，绝不当俘虏。

方枕流急忙奔上驾驶台，举起望远镜仔细观察。这艘横在"海辽"轮前方的船，从侧面看的确像一艘巨型军舰。而若是敌舰，必定会向"海辽"轮驶来。可是，该船没有移动，在它周围还有几艘小船。因此方枕流断定，前方并非军舰，而是远洋母子捕鱼船队。

一场虚惊，全船人悬着的心放了下来。

然而天蒙蒙亮，又一个异常情况发生！附近一艘外籍货轮突然对"海辽"轮发出询问船籍①和船名的灯语②。

难道对方识破了"海辽"轮的伪装？

诧异中，方枕流回头一看，猛然发现烟囱上几处明显又致命的破绽！

原来，由于大桅顶部的暴露，特别受潮湿的海风吹打，新刷的油漆来不及干，油漆往下掉，盖不住，原本的颜色又露了出来，这岂非不打自招，露出马脚啦！

船长焦急起来："快，我在驾驶台，你马上去通知大副、水手长，要他们快想办法把它补好！"他催促着三副快去。

大副、水头还有水手从睡梦中被叫醒，昨夜他们实在太累了。听到通知，便一骨碌爬起来，撸了撸脸，飞奔向前大桅。水头重新系上保险绳，带着抹布、绳板、滑车爬上桅顶，大副帮着另外一个水手将油漆和刷子吊了上去，两人重又爬上高高的桅顶和滚烫的烟囱，不顾船身摇晃，用最快的速度涂上了新油漆。

又一个隐患去除了！方枕流连连擦着额头上沁出的汗珠。

是的，作为船长，风云变幻的许多气象，他能在第一时间察觉，并预先防范，及早避让。但对于起义，他也是人生第一次遇到，尽管事先尽了最大的努力去细密思考，但由于从未经历过，终究会有新情况发生在原先预想之外。这就需要更谨慎、更细心地去思考未来的航程中可能出现的一切可能性。方枕流暗暗想。

---

① 船舶所有人向本国或国外管理船舶的行政机构办理船舶所有权登记，取得本国或登记国国籍后取得船舶国籍。

② 这里指船舶利用灯光闪烁，按通用的规定发出的视觉通信语言。

船体伪装的工作仍在有条不紊地持续进行。

甲板上，几位水手在水手长的带领下，正在忙碌着；几个机舱船员用电钻和钢锯，把四个救生筏铁架锯下来。

甲板上这四个斜架竖立的救生筏是"海辽"轮原来的特征之一，如果不除掉，从空中很容易被认出。船员将框形的救生筏用太平斧①（见图）劈开，露出木棉。有人提出，用黑油漆把筏上的船名盖住。大副说，筏子的框架很重，缺少了石棉的浮力应该能沉下海。于是几个人抬着，在一片吆喝声中将框架抛入海中。大家哈哈大笑，就像抛掉了一个包袱。

哪知，被抛下海的救生筏，在船掀起的波涛中翻滚，并没下沉，又漂浮在海面上了。这下大副急了。船员手扶栏杆，望着波浪翻滚的海面，劈开的救生筏在水里沉浮着漂向后方，上面"海辽"的字母清晰可见，一时大家都愣住了。

"完了，暴露行踪啦！"有人叫了起来，"筏不沉下去，就成了浮标了。""这还伪装什么啊！"大家埋怨责骂起来，抛放的两名船员顿时吓得脸色惨白。最急的是大副，是他的估计不足出了这么个乱子。怎么办？"快去报告船长。"

其实船长也没想到，破开石棉进水后的救生筏居然没沉下去！他的脑子轰的一阵响！船南下十多小时，这救生筏一旦被国民党飞机发现，后果不堪设想。他后悔自己还是没有考虑周全。事已至此再自责也没用，他稳住情绪，对大家说："不要埋怨了，这事不怪谁，是我船长的责任，我来想办法。"说完，他迅速奔回驾驶台，用望远镜向后面瞭望，船尾兴起的波澜中，筏迹隐约，他真有点紧张和担心。随即快步到电报房，命令马骏立即打开两部电台，昼夜值班，不间断监听汕头、台北和香港招商局的通信联络情况。

9月21日清晨，经过一夜的监听，被抛弃在大海中的救生筏似乎已经沉没且未被发现。为了彻底消除隐患，船长亲自监督船员把其余的三只救生筏拆下后吊进大舱里。这意味着，从这一刻起，"海辽"轮一旦发生危险，将失去唯一的逃生机会。

这天，方枕流再次给招商局起草了一份电文，声称："主机滑动气门调节阀发生故障，在同安湾进行修理。"这份电报看似简单，实际上却是方枕流事先与刘双恩确定的"海辽"轮起义暗号。

此时，在香港华夏公司"奥灵脱尔"电台等候的刘双恩也收到了这份电

---

① 船上用于消防的安全斧叫太平斧，手柄涂上红色，固定放置在船墙或舱壁上。

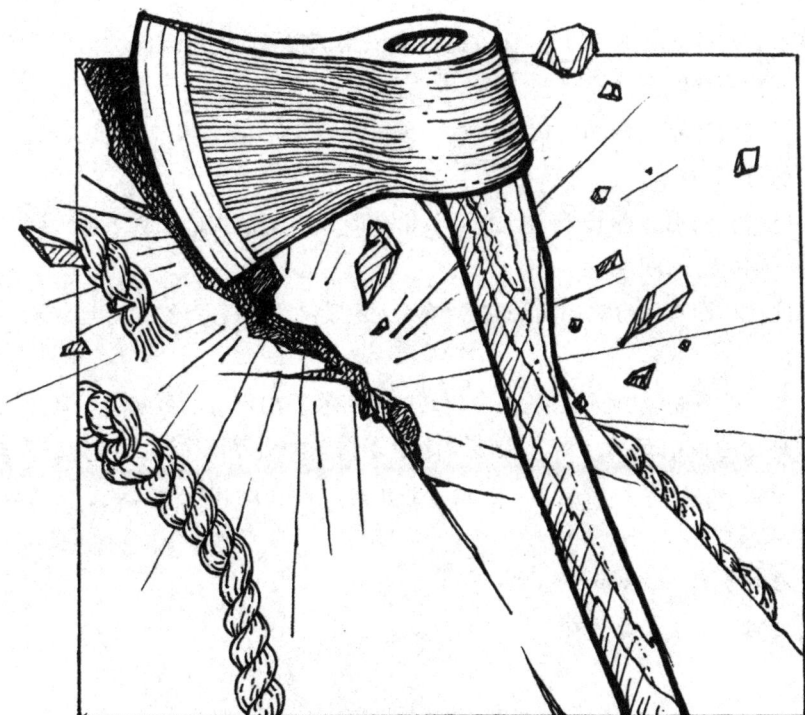

太平斧

文。他立即上报上级党组织，并通报中共旅大市委，全力做好接应准备。

　　从香港到汕头只有200海里，最多只需18小时，而起义航程却需要8天9夜。"海辽"轮逾期未到必然会引起汕头招商局的怀疑。几天以来，方枕流接二连三地发出故障修理的电文，而台北和汕头招商局似乎对"海辽"轮花在修理上的时间没有提出怀疑。然而，危险的信号终于产生！

　　9月25日傍晚，报务主任马骏突然监听到一份由招商局发出的重要电文，说要另派"蔡锷"轮驶来替代"海辽"轮，顺道查看"海辽"轮修理进展。就在破译电文的一刹那，方枕流仿佛意识到谎报了5天修理的"海辽"轮已经引起招商局的怀疑了。

　　方枕流决定再给汕头招商局吃一颗"定心丸"，电称："主机已修好，翌日开航可抵汕头。"

　　电报发出后，船长下令"海辽"轮立即关闭发报机，只听不应，断绝与其他任何电台的联系。

　　此后，汕头和台北招商局通过电台反复呼叫"海辽"轮，"海辽"轮却不再发声。

　　漆黑的夜晚，"海辽"轮高速旋转的螺旋桨发出低沉的轰响，在乌黑的海水中划出一道白色的浪涛。黑暗中隐身于浩瀚的太平洋之中的"海辽"轮，在监视者一片茫然的情况下，已经穿越琉球群岛北端和日本海域，沿着朝鲜西海岸驶去了……

　　星月朔望，该是秋分了吧。

　　突然，方枕流觉得有点想家了。

【第七幕】　归航

　　暮色苍茫。"海辽"轮的船长室里，点着一支很短的蜡烛，闪着微弱的光。

　　船长走进海图室，核对了二副观测小岛所定下的船位，用两脚规在海图右侧边线上量取了距离，再向西北500海里，大连港就在前方了。

　　胜利的曙光即将在眼前出现！

　　此刻，报房里，报务主任马骏和报务员正在仔细监听着：台北招商总局向国民党空军发出急电，请求派飞机搜索"海辽"轮行踪；并通电各轮，所有在航商船如发现"海辽"轮立即报告。

形势是严峻的，穿过济州岛，向西本是国民党的封锁线。虽说东北已经解放，但是，那里是否还有国民党的残余部队，渤海是否还有敌舰巡逻，都很难说。凡事有备无患，船长决定沿着朝鲜半岛北上，尽可能避开国民党军队的封锁线，待接近大连正东位置时再向西行驶。

船长重新用铅笔在海图上标注了转向点，并通知大副和轮机长，夜间全船实行灯火管制，不准泄漏一丝灯光，全力以赴冲过封锁线。

又一个通宵不寐的夜晚。为了进一步迷惑敌人，船长又打开那本《世界各国船名录》，翻到巴拿马籍货轮"ANTONIA"那页，决定再变一次戏法，重新修改船名，改成巴拿马籍货轮"ANTONIA"。

这是一个新的早晨，海上阳光明媚，浪花飞舞，甲板部船员又甩开膀子挥动着油漆刷，将吊杆、大桅、桅屋等都涂上"ANTONIA"轮的颜色。船员在船长的指挥下，仿佛又像魔术大师变了模样，让"海辽"轮穿上了新的护身服，换来船员欢乐的笑声似徐徐海风再次在甲板上回荡……

又一个夜的降临，这是9月27日的夜晚，天上乌云密布，无一点星光，再加上全船实行灯火管制，里里外外都是一片漆黑。船如同一条巨大的黑鱼穿行在黑幕般的大海之中，听到的仅仅是前进掀起的风涛声。

船长摸黑走到驾驶台一侧，突然，后面的围栏边闪过一个黑影，是谁？他警惕地借着夜眼凑近一看，认出是生火工张承恩。

"嗬，是承恩啊，你上来啥事？"

"呃，我，我在检查天窗水隔门是否漏光。"对方嗫嚅着回答。

想起宣布起义时张承恩公开反对的态度，和生火长对他的训斥，方船长以为他已经真正转变了立场，便顺口赞扬他：

"承恩，你辛苦了！我们经过这么些天的航行，快到大连了。"

"大连？这么快到大连了？"张承恩惊讶得手深深插在工装又长又大的口袋里掏不出来……

"这么说起义成功了？我们的船没有风险了？我能回老家了？"张承恩连续发问，嘶哑的声音有些颤抖。

可怜这生火工，看不见也看不懂海图，不知道船行何处，还以为船还在香港或台湾那边打转呢。

船长笑着说："是的，起义快成功了，你马上可以回家了！"

正当船长与生火工说话间，轮机长张阿东上来，听到是张承恩的声音，赶紧质问道："张承恩，你不守在炉子口，到这里来干啥？"

张承恩慌着点头，双手仍紧紧插在裤兜深深的口袋里，嘴上支支吾吾，一句也答不上来。

"赶快下去！"轮机长训斥道。

张承恩闪着身子走下机舱……

船长和轮机长一起走进海图室。

轮机长告诉船长，这几天他担心船上可能会有异动，所以几乎没睡。

其实，船长又何尝能安心入睡呢？

海上的夜，就像一个巨大无比的锅盖，也像一张大黑布，把整个世界全部罩住。这夜的黑，黑得那么深沉，又是那么寂寞，那么使人窒息……他甚至觉得，四周都是黑色狰狞的鬼脸，伸出一双双粗鄙的手，阻挡着轮船的前行。

但是，没有任何力量能够阻止"海辽"轮的北归！方枕流预感：今晚，"海辽"轮就要奋力划破这张黑网，驶向光明的彼岸！啊，光明就在前面，他甚至听到了解放区的秧歌腰鼓，听到了民众的纵情欢呼，当然，也似乎听到了妻子银铃般的笑声，以及孩子们甜美的叫声……

方枕流心驰神往，想得心醉……

他目视着甲板两侧，看着船头正劈浪前进，卷起的浪花不断涌向船尾……

夜，渐渐地退去了，星星逐渐变得暗淡，黑暗的布全被撕碎得没有了踪影，当那颗最亮的启明星消失时，东方的远天就会出现一片霞光，渐渐将层云染红……

船长走上船桥，迎着海风，大口吸着这北方吹来的新鲜空气。他张开双臂，用力做了几下扩胸动作，转身进入驾驶台，兴奋地对大副说："进入渤海湾，穿过眼前这片封锁区，船马上就要到大连了。"

此时的甲板上，水手长和甲板部水手都手扶栏杆，看着东方。他们似乎都得到一个无声的命令，在甲板迎接旭日的升起，迎接光明的降临！其实这一夜，"海辽"轮所有船员都没有睡。

就在这一刻，天穹浩渺，一轮红日从东方的海平面上渐渐露出，水天线像镶了一道金边，托举起出新浴般的太阳。

甲板上所有人叫起来："太阳出来啦，太阳出来啦！"

初升的朝阳，正以蓬勃的光芒照红了天空，然后将千万道金线洒向大海；海水浮光耀金，与满天的曙色和云彩辉映……

刹那间，旭日完全跳出了水天线。顺着展翅飞翔的海鸟望去，前方山岛清晰。船长止不住内心的喜悦，也挤进甲板上的人群，举着帽子，迎着阳光挥舞……

沐浴在阳光下的方枕流此时深深觉得：太阳的光明不仅照耀着这广阔的海面，照耀着远航北归的"海辽"轮，也将他的胸膛照得透亮！

【第八幕】 庆功

"海辽"轮驶近大三山岛，驾驶台顶上，按照预先的约定，船长令一位船员升起"需要加油"的信号旗。

远处的小山顶上，炽烈的阳光下，已在此守望了一整夜的中共中央办公厅驻旅大市办事处主任，透过望远镜，看到了"海辽"轮掀开浪花正朝着大连港防波堤开来，桅顶上升起的彩色信号旗，清晰地映入他的眼帘：

"是'海辽'轮！啊，'海辽'轮来啦！"

这位主任兴奋地跳起来，接着飞奔下山，去向中共旅大市委通报。

然而，在成功触手可及的时候，也会有想不到的意外。

正当船员纷纷拥上船头，为起义成功欢呼雀跃，"海辽"轮进港躲避的请求却迟迟得不到苏军的批准，只能在港口外的海面上漂浮。

与此同时，由于台北招商局不见"海辽"轮踪影，不得不向国民党军方报告。数架国民党轰炸机沿海岸线搜索，正向渤海湾上空扑来……

形势又陡然紧张起来：面对敌机，停泊在海面上的"海辽"轮此刻既无处可藏，又无力还击，犹如敌机的靶子，随时面临着曾经的"重庆"号巡洋舰因起义而遭轰毁的宿命！

然而此时在驾驶台的方枕流却异常镇静。他坐在椅子上慢慢拿起板烟斗，笃悠悠地抽着。他估计，苏联军方的引水艇之所以没有在第一时间接应"海辽"轮进港，是被"海辽"轮一改再改的船型和颜色给迷糊了。在没有弄清情况之前，这样变着戏法的轮船怎么敢接呢？他相信刘双恩，相信杨林，相信党组织！"海辽"轮起义是共产党领导的，党的组织犹如一出戏的导演，会将所有的情节包括细节都考虑周全的。而自己作为船长，也仅是导演指导下的一个角色，只要自己将这个角色做好，具体来说就是将"海辽"轮摆脱黑暗，开到解放区，其他就听从导演的安排了。他坚信，导演一定会安排好，甚至安排得比自己想象的更好！

正在这样想着，忽然，传来一阵敲门声，大副推门进来，叫道："船长，引水快艇来啦！"

这时，船头上重新响起船员一阵又一阵的欢呼声，不少船员举起衣服，使劲向踏浪而来的引水快艇挥舞……

方枕流也冲向船头，对着欢天喜地的船员大声喊道："兄弟们，'海辽'轮起义成功啦，我向大家祝贺！我们终于胜利啦！"

船员纷纷拥过来，围着船长，有的拉着船长的手，有的搂着船长的肩，争先恐后地说道：

"船长，谢谢你带领我们起义成功！"

"船长，你是我们的救星啊，带我们跳出苦海，来到解放区。"

方枕流拱起双手，向大家连连作揖："今天怎么像过年一样，比大年初一还要热闹了。兄弟们，我要告诉大家的是，'海辽'轮起义是共产党领导的，我们要感谢，就要感谢共产党，感谢毛主席，大家说对吗？"

"对——"大家齐声回答。

"所以说，谁是我们人民的大救星？是共产党，是毛主席。谁是为我们指明方向、领导人民前进的舵手？"

已经等不及船长说完，所有船员都将一句强音从心底喷涌而出：

"是共产党，是毛主席！"

"那我们应该送点礼物给毛主席啊。"兴奋的人群中有人说道。

是啊，应该送礼物给毛主席，送什么好呢？方枕流脑子急速地转着：送挂面？送香烟？还是送大连烟台的苹果？看来都不太合适。他脑海中不断盘旋着"舵手""救星"的词汇，突然眼前闪过挂在甲板围栏上的救生圈，赶紧对船员说：

"兄弟们，我有一个建议，毛主席是我们人民的救星，我们就送毛主席一个救生圈的模型；毛主席是新中国的舵手，我们就送毛主席一个舵盘的模型，大家看好不好？"

"好啊！"

"太好了！"

"还是咱船长聪明，想得妙。"

船长的建议引起一片赞叹。

东方正红。

在中国共产党领导下，由方枕流率领的"海辽"轮冲破黑暗，驶向光明，起义终于取得成功!

历史的时针定格在1949年10月1日。

这是一个神圣的日子!

这是一个庄严的日子!

这是一个光明的日子!

今天,"海辽"轮挂满彩旗,迎接着新中国的第一缕阳光。全体船员穿上制服,列队在甲板上。

方枕流船长站在队伍最前列,响亮地喊道:"全体敬礼!"

历史的时针昂然指向1949年10月1日下午2时57分,也就是在开国大典前3分钟,一面五星红旗在"海辽"轮的桅杆上升起,"海辽"轮也由此成为新中国第一艘升起五星红旗的海轮。

广播喇叭里传来北京的声音,人民领袖毛泽东主席在天安门城楼上庄严宣告:"中华人民共和国中央人民政府今天成立了!"

方枕流船长用尽浑身的力量,带领船员振臂高呼:

中华人民共和国万岁!

中国共产党万岁!

毛主席万岁!

这声音穿过甲板,穿过海洋,穿过大地,在神州的上空久久回响着……

经过批准,在"海辽"轮胜利到达大连港以后,由船员精心制作的"海辽"轮舵盘和救生圈的模型,由方枕流交给中共旅大市委转呈毛主席。

同时,一份以"海辽"轮全体船员名义给毛主席的致敬电,寄托着船长和全体船员的美好祝愿,如海燕般飞往北京:

敬爱的毛主席:

我们"海辽"轮原是人民的运输工具,可是自上海解放以后,给国民党反动政府用在违反人民利益的任务上。我们全体船员,被迫在船上替死党工作,内心痛苦异常,渴望解放已久。这次在港汕应差途中,因具有充分的长途旅行之燃油、水、食粮,故毅然于九月十九号上午九时正式宣布解放,首途归航。于九月二十八日晨安全到达东北。现在"海辽"是重归人民所有了。此后在主席英明领导之下,我们愿为全面解放事业与人民航业尽最大努力。

敬祝康健

"海辽"轮全体同人上

1949年10月25日,《人民日报》刊发新华社消息,毛泽东主席向"海辽"轮发来贺电——

"海辽"轮方枕流船长和全体船员同志们:

庆贺你们在海上起义,并将"海辽"轮驶达东北港口的成功。你们为着人民国家的利益,团结一致,战胜困难,脱离反动派而站在人民方面,这种举动,是全国人民所欢迎的,是还在国民党反动派和官僚资本控制下的一切船长和船员们所应当效法的。

毛泽东

一九四九年十月二十四日

这是人民领袖对"海辽"轮起义的高度评价!

新中国已经将"海辽"轮起义记入她光辉的史册!

记功的时刻到了!

鲜艳的五星红旗在"海辽"轮上迎风招展,甲板上,正在举行评功大会。

根据中共旅大市委的指示,在大连轮船公司领导主持下,"海辽"轮组织起义船员自己评功。

方枕流船长容光焕发,健步向前。他向饱经海浪洗礼的所有海员先鞠了一躬,然后朗声说道:"根据上级党委决定,要为参与'海辽'轮起义的所有船员记功!"

大连轮船公司领导接着宣布:"根据大家的评议,方枕流船长为特等功,马骏和席凤仪为一等功。"

掌声如轰鸣在甲板上的滚雷,在"海辽"轮上方一阵阵掠过。

队伍中唯有生火工张承恩低头不语,愁容满面。

船长关切地来到他面前,问他怎么啦?

张承恩两腿一软,跪倒在地:"船长,我……不能记功,我有罪……我对不起你!"

"什么罪不罪的?"船长不解地问。

"船长,兄弟们,你们不知道,我当时怕起义被国民党发觉就没命,还想持匕首威胁船长开船去汕头!"

"你说什么?"船员惊愕了。

"那天晚上,你们不知道,我在黑暗中,身上藏着匕首来到船长室,正想……唉,但我什么都没做啊!这时船长表扬了我,对我说,明天就要到大连了……到大连了,起义就成功了嘛,大家都太平无事了嘛,我也不需要举起匕首对船长说什么了……我,呃,我把这些讲出来,心里才安定哪。"

"小子,你拿匕首干什么?"

"浑蛋!你敢对船长行凶,看我怎么揍死你小子!"生火长愤怒地朝着张承恩骂道。

方枕流的脸瞬间变得铁青,他双目怒瞪,目光似利剑般射向张承恩。

张承恩脑袋垂得更低了,身子匍匐在甲板上,一动不动。

庆功会搞成这样,这是方枕流做梦也想不到的。他定了定神,又看了看倒在地上的这位生火工,想:可怜的小子啊,头脑太简单!可他毕竟不是特务,不是坏人,他害怕起义,其实是害怕起义连累他性命。但无论如何,他最终没有破坏起义,而是与所有船员一起到了大连。

想到这里,方枕流绷紧的脸放松了下来,他蹲下身子扶起张承恩,拍拍他肩膀,安慰说:"你不讲,我们都不知道。现在我们已经回到人民的怀抱,你和大家一样是立功人员,是你把炉子烧得旺了,我们的主机才跑得快,你是我们同舟共济的兄弟哇!"说着,方船长转身对甲板上所有的船员高声说道:

"我们一起戴上大红花,庆功吧!"

欢声,笑声,掌声……如10月的阳光,重新在"海辽"轮甲板上铺展开来。

【第九幕】 海魂

"嘿啦啦啦啦嘿啦啦啦啦,天空出彩霞呀,地上开红花……"

1951年春天,大连港区的喇叭里响着奔放的歌声,方枕流面向阳光下金色的港湾,憧憬着新中国远洋海运的前景。

方枕流回想:受到"海辽"轮的鼓舞,1950年1月15日清晨,香港招商局及"海康""海汉"等13艘轮船的甲板上,举行了庄严的升旗仪式。13面五星红旗迎风招展,13支汽笛齐声轰鸣,宛如一场热带风暴,震动了香港,也震惊了世界。在"海辽"轮成功起义的影响和鼓舞下,香港招商局和停泊在香港码头的所属13艘轮船，于1950年1月15日同时举行起义。在台湾民营船业公司及民营资本轮船公司的船舶中，也相继有30多条船北归，回到了人民的怀抱。同时，对犹豫中的国民党"中央航空公司"和"中国航空公司"产生了影响。11月9日，"二航"公司所属的40余架飞机回到了人民怀抱。起义归来的企业、船舶、船员及专业技术和管理人员，为新中国航海事业的发展奠定了基础。

招商局"海辽"轮等一系列海员起义，集中体现了中国海员"热爱祖国、追求光明、团结奋斗、勇于奉献"的革命传统和优良品质，是中国海员精神丰碑的又一基石，为中国海运事业的艰难起步和发展提供了强大的精神动力。"海辽"轮起义是中国海员的光荣，在中国工人运动史上留下了光辉的篇章。

此时，"海辽"轮已更名为"东方一号"，新中国海运的宏大蓝图已在方枕流面前徐徐展开……

方枕流似乎看到：在辽阔的海洋中，海魂正在飞扬！

光我中华

——记陈宏泽船长

【第一幕】　升旗

1961年4月28日，一个值得中国人民永远纪念的日子。

这一天，广州，黄埔港码头，花团锦簇，彩旗飘扬，锣鼓喧天。新中国第一艘远洋船"光华"轮的首航庆典在这里举行。

首航典礼由广州远洋运输公司首任经理郭玉骏主持，交通部部长王首道、广东省省长陈郁、副省长林锵云，广州市市长曾生，文艺界知名人士红线女、常香玉及华侨学校师生和黄埔港务局职工等约1800人来到现场。

万众瞩目下，"光华"轮船长陈宏泽身着一身洁白的船长制服，走上前台，带领全体船员举行出航前的庄严宣誓："忠于祖国，人在船在；接回难侨，完成首航！"

口号声坚定昂扬，响彻云霄。

而停泊在黄埔港的"光华"轮，桅杆上高高升起的五星红旗，正在蓝天白云下迎风飘扬。

此时红日高照，东风浩荡，飘扬着的五星红旗，如同烈焰般绚丽夺目，激荡着参加"光华"轮首航庆典的每一个中华儿女的心弦。

啊，五星红旗，当您第一次在北京天安门城楼上高高升起，像五颗璀璨的星星照亮了大地。接着，在祖国大地，在长城内外，大江南北，在一座座城市的上空，一片片乡村的田野，五星红旗都在冉冉升起，高高飘扬！

五星红旗，您是国家的象征，您代表着国家主权的展示和维护，象征着国家的独立和尊严！

此时，参加"光华"轮首航庆典的所有中华儿女，当他们仰起头向高高飘扬在新中国第一艘远洋海轮上的五星红旗投以注目礼的时候，都深深地意识到，这面五星红旗又将奔赴新的里程：她是移动的，她是行驶的，她是前进的，她向着远方，她将驶向大海大洋，即使面临惊涛骇浪，她也必将劈波斩浪，一往无前，因为，她升起在新中国第一艘远洋海轮——"光华"轮上，飘扬在新中国移动的国土上！

光我中华，这是"光华"轮命名的神圣含义，也是祖国对"光华"轮全体船员的殷切希望。

"旗开得胜，万无一失"，这不仅是一句上级指示，也是"光华"轮全体船员的庄严承诺。

眺望远方，作为"光华"轮船长的陈宏泽似乎看到了印度尼西亚大批受难华侨的身影。1960年，国际风云变幻，印度尼西亚发生排华浪潮，大批受迫害的华侨亟须回国。当时中国没有远洋船，只好租用苏联等地的船舶接侨，但租用条件烦琐。为了方便接运华侨，也为了发展祖国的远洋运输事业，国家下决心建立自己的远洋船队。"光华"轮，就是作为新中国第一艘自营远洋轮船，肩负着祖国赋予的使命，前往印尼雅加达港，去接运印尼难侨。而高高悬挂在"光华"轮上的五星红旗，就是远在印尼的华侨日思夜盼的救星。

举首望旗，在陈宏泽看来，飘扬在蓝天中的五星红旗，旗面是那样鲜红，似乎是无数先烈用鲜血所染成。这次"光华"轮首航印尼，他和全体船员也不惜以自己的鲜血和生命来捍卫五星红旗的尊严。此时他的脑海又呈现出当年为让五星红旗升起在招商局"海厦"轮的难忘一幕：

那是1950年1月15日8时，香港维多利亚湾风景明丽，碧空如洗，阳光灿烂。香港招商局办公大楼、招商局仓库、招商局码头都升起了五星红旗，与此同时，香港招商局旗下的13艘轮船的甲板上，各轮船长率领全体船员举行庄严的升旗仪式，13面五星红旗一齐升起，13支汽笛同声长鸣。这就是震惊世界的香港招商局集体起义。而陈宏泽担任大副的"海厦"轮，也在船长王俊山的率领下，英勇地参加了这一起义。当陈宏泽冒着生命危险亲手将五星红旗升起在"海厦"轮时，心里真有说不出的激动和自豪。五星红旗，您将指引"海厦"轮驶向光明；五星红旗，您将新中国蓬勃的阳光洒向香港招商局旗下起义的轮船，从此以后，这些轮船将归人民所有，为新中国的建设而航行……

此后，悬挂着五星红旗的"海厦"轮，与香港招商局和招商局起义海员一起，积极响应中央人民政府政务院周恩来总理关于"保护国家财产、听候接收"的命令，不惧敌特威胁，不怕流血牺牲，奋勇保产护船，坚持斗争9个月，驾船开回广州。为此，周恩来总理专门发来嘉勉电，慰问表扬香港招商局和招商局起义海员。

然而，就在"海厦"轮根据中央人民政府命令，从香港返回广州途中到虎门附近时，发生了一件令陈宏泽永远不会忘记的事件：

那是1950年10月9日。

黎明，一群银白色的海鸥挥动着矫健的翅膀掠过上空，朝万浪奔腾的南海飞去。一会儿，巨大的太阳在海的水平线上升起，向着苏醒的海面投射出金色的光芒。陈宏泽在"海厦"轮甲板上迎着阳光挺起胸吸了口南海的风，觉得浑身都充满了力量。他迈步走到旗杆下，从旗箱里取出一面崭新的五星红旗，将旗子系上旗绳，然后拉起旗绳，五星红旗便像火焰般在他手中冉冉升起。

五星红旗迎风在海空中飘扬，陈宏泽抬头仰望着，觉得自己的心也如同五星红旗一般，在天空中飞舞，迎着阳光高高飘扬……

"不许动！"

突然，背后传来一个低沉的声音，陈宏泽感到一支枪正顶着他的后脑。

陈宏泽一惊之下猛醒：有特务！他猛然弯下腰，一个转身，用力向身后的黑影撞去。趁黑影倒下的时机，眼明手快的陈宏泽立即用双手夺过黑影的手枪，用枪顶着黑影的脑门。说时迟那时快，正待他要揪起黑影的时候，船尾客舱接连传来两声巨大的爆炸声。坏了，舱里有船员兄弟！陈宏泽的心跳得快要蹦出来，他急转身，以最快的速度往船舱方向飞奔。迅即，他按船长指示指挥船员全部集中到艇甲板，在还不知道有无第三颗炸弹的情况下，他和军代表联络员一起勇敢地冲到爆炸现场去检查。只见尾舱炸烟弥漫，两位船员倒卧在血泊里，身首分离，其状惨不忍睹。

犹如天崩地裂，陈宏泽怒目圆睁，嘶唤着，声如狮吼雷鸣！这两位船员，不，是两位战友，他们曾经一起和陈宏泽商量过怎么在"海厦"轮上升起五星红旗，怎么举行一个精彩的升旗仪式；当五星红旗第一次升起在"海厦"轮的时候，他们曾和陈宏泽一起向着五星红旗敬礼，一起跳跃，一起欢呼。如今，他们却为了这升起的五星红旗，惨遭国民党特务的袭击，身首已成一片血肉模糊！陈宏泽满腔悲愤全部化为了熊熊烈火，他紧紧地抱住两位无头的战友，迈开艰难的步伐走出船舱。战友的鲜血喷涌，浸红了陈宏泽的衣裳；血又流淌下来，在甲板上留下了一条长长的血流……

战友的鲜血是那样鲜红，陈宏泽抬头一看，飘扬在"海厦"轮桅杆上的五星红旗依然是那样鲜红。陈宏泽此刻更真切地感悟到，五星红旗是无数为新中国奋斗的革命先烈包括爱国海员的鲜血所染成。他也要像两位船员兄弟那样，用鲜血和生命捍卫新中国迎风飘扬的五星红旗！

陈宏泽思绪又返回1961年4月28日的今天，此刻，可告慰昔日牺牲的船员兄弟的是，当年香港招商局"海厦"轮的大副，已经成为新中国第一艘悬挂五星红旗的远洋轮——"光华"轮的船长。就是这面五星红旗，将指引"光华"轮肩负着祖国和人民的重托，开启首航印尼雅加达航线。

此时"光华"轮奶黄色的烟囱，衬着中国红、波浪和五星，色调充满着激动人心的光辉。而广州黄埔港的上空，阳光像千万道金线洒向港湾，阳光透过浮云万朵，又折射出绚丽的彩霞，缓缓移动，向南向南……

陈宏泽登上驾驶台，一声令下：启航！

"光华"轮拉响第一声启航的汽笛。

这是新中国远洋事业拉响的第一声启航的汽笛！

"光华"轮上的五星红旗似乎升得更高了！

船上和岸上的所有中华儿女都在向新中国第一艘远洋海轮上的五星红旗致敬：

这五星红旗的画面在人们的眼中逐渐变大、变亮，并化成一道红色的光芒照红了天空，染红了彩霞，然后又将一团红晕投射在"光华"轮上，组成了一幅辉煌而壮丽的画面。

　　啊，五星红旗，

　　旭日下的彩虹，

　　鲜血染成，

　　多少先烈用生命为她捐躯，

　　这是祖国的骄傲，民族的象征。

当年，冲破危险和硝烟，
起义船的桅顶，
升起五星红旗。

今天，五星红旗升起，
在我们自己的巨轮"光华"号上飘扬，
远洋船，移动的国土，
第一次辉映着蓝色的波涛，
浩瀚的远洋。

新中国的海员，
雄心万丈，
所向披靡，
要冲破封锁，穿越波澜。

开辟新的航线，
远涉南洋，
接回难侨，
五星红旗，你的命令，
祖国的精神弘扬。

【第二幕】　接船

　　都说人间四月天，羊城的4月，果真百花争艳，使人眼花缭乱。尤其那红棉，高耸挺拔，枝头绽放着簇簇繁花，形如羽毛，色若火焰，炽热而耀眼，点缀着人间喜庆的日子。可不是嘛，就在"光华"轮首航的前一天，1961年4月27日，中国远洋运输公司和所属广州分公司同时成立。选择这一日子抓紧成立中国远洋运输公司，有一个重要原因，就是要用中国自己的远洋船去接运印尼难侨，让他们早日回到祖国的怀抱。

　　其实，在中国远洋运输公司成立之前，1958年8月，交通部就从广州海运局抽调27名干部、职工,在原广州海运局党委书记王延年、原广州外轮代理公司经理赵刚的带领下,在广州沙面珠江路48号二楼建立交通部远洋运输局驻广州办事处,宣告创建新中国的远洋运输事业正式开始。第二年,交通部远洋运输局驻广州办事处又搬到沙面珠江路28号办公。可以说,广州的沙面,见证了新中国远洋运输事业的创建与光辉原点。

沙面真是神奇的地方。沙面岛曾经是广州的外滩,是广州重要的商业中心和交通枢纽。这里曾经是英国、法国、美国、加拿大等国的领事馆和商务代表处所在地,也是当时中国最繁华的商业中心之一。沙面岛的建筑以19世纪末20世纪初期的欧洲风格为主,包括新古典主义、新巴洛克、仿哥特式等建筑风格。这些建筑高大挺拔,以石材和砖材为主,细节雕刻精美,形成了独特的城市景观。

然而,在沙面珠江路上匆匆行走的交通部远洋运输局驻广州办事处的工作人员,根本无暇顾及沙面岛上各具特色的欧洲风情,在他们面前,有一大堆创建新中国远洋运输事业遇到的严峻问题呢。

摆在眼前的首要任务是接侨。去印尼接侨需要远洋船,我们的远洋船在哪里?国家一穷二白,自己没有船,那租来的十几艘客船,租金昂贵,附加条件又多……

夜深了,在沙面南街28号小楼办公的广州办事处依然灯火通明,映照着远洋干部职工焦急的心。为了国家的经济建设,开辟航运,必须建立国家的远洋船队。经过枪林弹雨的国家交通部和远洋局首长,在紧迫的接侨任务面前,决定用最短的时间,拿出一条适航①的远洋船,把成立远洋运输公司的时间提前!将租船来往于广州和印度尼西亚的海域,作为中国远洋公司的预演,没有客船,买客船!

买怎样的船?多大的吨位?此时新中国出于各种原因正处于经济困难时期,国库中外汇捉襟见肘。经周总理批准,交通部决定从租船接侨费用中拨出款项买船。买什么样的船呢?新船买不起,就是二手船也差钱,无奈只能找旧船市场,东挑西拣,终于相中了一条1930年由英国建造的已使用了30年退役的旧邮船"玛丽安娜"号。该船长约166米,宽约21米,载重14201.42吨,能容纳653个客位。这条船在1960年初从英国皇家邮轮公司退役,卖给了希腊船公司,闲置在港将近一年。经过论证,决定由我国政府通过捷克公

---

① 适航指船东和承运人提供能够对抗海上危险的船舶和船员的义务。

司买进，改名为"斯拉贝"（Slaby）号，悬挂捷克国旗。

因为当时新中国还不是《1948年国际海上人命安全公约》缔约国，无法自行颁发安全证书，为了将船接回国，只能请社会主义阵营内的捷克帮忙，由捷克船长和船员及波兰的船员带领着我们的船员去接船。

而后，交通部远洋运输局委托广州办事处组织接船人马。

又一个问题摆在交通部远洋运输局驻广州办事处面前，我方必须派一位船长前往负责接船，对外称助理船长。那么派谁去负责接船呢？而且这位负责接船的人，还应该是有能力并且可以担任这艘远洋轮船长的人。

1960年4月的广州，天空如破晓的画卷，一场磅礴的豪雨疯狂地倾泻而下，仿佛大地之母将甘霖洒向这座千年商都的每个角落，每一寸土地都沐浴在清凉的滋润中。然而，围坐在广州沙面南街28号小楼开会的人，却没有感到丝毫的凉意。他们心急如焚，议论着由谁去执行负责接船的重任。

陈宏泽，突然，一个名字不约而同地从与会者的口中跳动出来。

这不就是那位参加过香港招商局集体起义，亲手将五星红旗升起在"海厦"轮的大副吗？

这不就是那位"海厦"轮上与特务英勇搏斗，并从特务手中夺过手枪的英雄吗？

这不就是"海厦"轮发生爆炸时无所畏惧直奔爆炸舱抱起两位身首分离船员的硬汉吗？

后来，陈宏泽又有怎样的表现呢？

后来，起义归来的"海厦"轮改名为"南海169"轮，青年大副陈宏泽立功，被上级提升为船长。

后来，陈宏泽这位年轻的拼命船长，把多装快跑看作己任，发动全体船员积极投入公司开展的生产竞赛、合理化建议活动。公司安排"南海169"轮承运黄埔—汕头间的货物。当时一般跑广州汕头航线的运输船最快是3天一个单航次，而陈宏泽带领"南海169"轮的全体船员，船靠港人不停，加班加点，扬起吊杆，穿上吊货钢丝、网兜，自己搬运、装卸，创造了一个月跑14个单航次的空前纪录。无论是到海南运盐，还是到西沙装鸟肥，他都义不容辞，带领着船员多装快跑，在运输战线上创造出优异的成绩，被评为广东省

---

① 1948年在第三次国际海上人命安全会议上通过了《1948年国际海上人命安全公约》（*International Convention for Safety of Life at Sea*，简称SOLAS），于1952年11月19日起生效。

先进生产者。

还有人补充道，陈宏泽喜欢体育，性格开朗。新中国成立以后，广州招商局改名为人民轮船公司。公司领导让卓东明组织一次以船员为主的运动会，卓东明和起义归来的各船联系动员船员参加，陈宏泽积极响应，带来了一大批船员。体育场上，陈宏泽自己参加篮球、足球、田径和游泳的各项比赛，样样都很出色，是个非常活跃的运动员。让这样具有运动员特质的船长上远洋客轮，不是能活跃客船的气氛吗？

听到这里，所有人都笑了。

领导拍了下桌子，站起身来说："定了，就选派这位陈宏泽去负责接船！"

此时办事处的窗外，雨幕中展现出沙面别样的宁静与深邃。只见雨水敲打着古老的石板路，清脆的声音伴随着微风拂过街道两旁的绿树，像是大自然在为新中国的远洋事业预演一曲动人的乐章。一阵舒爽的凉风终于吹进会议室，吹走了原先焦灼紧张的气氛。

然而陈宏泽的家仍有那么一丝不安。

听到安排自己参加并负责接船，陈宏泽当然兴奋异常："新中国要有自己的远洋船啦！"然而当他兴冲冲地回到久别的家中，才发现第二个孩子即将出生。他看着挺着大肚子的妻子，喜忧参半。出国、政审、报批，经过层层筛选，最后才确定名单。被选去接船是国家的需要，也是上级对他个人极大的信任，怎么能不去呢？看着妻子祈望丈夫能留下的眼神，陈宏泽内心的煎熬怎一个"难"字了得！妻子出身文人世家，自幼受家庭熏陶，勤奋好学，知书达理，20岁那年与陈宏泽在香港喜结良缘，那时陈宏泽在招商局船上当大副，经常出海，新婚的年轻妻子思念丈夫，朝看东流水，暮看日西坠。

海员夫妻分别是常事，生活使海嫂锻炼得坚强。记得1950年初，陈宏泽奋起参加香港招商局13艘船舶起义，正逢大儿子海伦出生，坚强的妻子尽力支持着丈夫，盼望起义的成功，抱着孩子回到了东莞破败的老家。老家已没人，老屋破败，娘儿俩只能住进临时搭建的房子里。海嫂咬着牙单独抚育孩子，不叫一声苦，还一边复习报考大学。随着"海厦"轮起义成功，陈宏泽回到广州看到母子俩，百感交集。妻子正在报考的复习中，说要考俄语，陈宏泽找到沙面俄人居住区，为她请了辅导老师；母子得病，他请了最好的医生给治。如今，接船的任务已经下达，妻子怀着第二个孩子将要出生，分娩是一个女人最痛苦的日子，她多么希望丈夫陪伴左右啊！而陈宏泽，又多么想陪在妻子身旁，亲见第二个孩子的诞生！

然而不能。陈宏泽清醒地知道，此刻等待着他的，是另一个还在远方的

"孩子"，这个"孩子"就是国家新近购买的一艘远洋海轮，它还在罗马尼亚，正等待着自己去领取；而在自己身后，有无数中国人盼望的眼睛。去，一定要去，祖国远洋的"孩子"在罗马尼亚的康斯坦萨港翘首期盼，我义无反顾，一定要去！

此刻这一对恩爱夫妻，心里有千言万语，但都默不作声。临走，陈宏泽对妻子交代了最后一番话："如生男孩，就叫海旋；是女孩的话，就加个女字旁，叫海嫙。"说完，就提上行李走了。

待走出家门，忽听屋内传来妻子的声音："宏泽，你要早日凯旋啊！"

陈宏泽鼻子一酸，眼泪再也禁不住地淌了下来。

满城的花，花开无言，青鸟叽叽，为之探看，陈宏泽船长身负使命，顾长瘦削的身影，在茫茫的人流中匆忙走过。

1960年7月，陈宏泽船长和接船的20名船员在北京转乘飞机，经莫斯科到罗马尼亚的布加勒斯特，再转坐火车到达黑海之滨的康斯坦萨（Constanta），他们要接的"斯拉贝"邮轮就停在港内。

顾不得一路机车奔波的劳顿，顾不得异国风光的多姿多彩，他们直奔船上，与协助接船的21名捷克船员和10名波兰船员会合。

尽管明知道所购买的"斯拉贝"邮轮是使用了30年退役的旧邮船，但一路上陈宏泽还是想象着船体的雄姿、甲板的宽阔、驾驶台的高大……

哪知，真的走到这艘旧邮轮面前，陈宏泽简直不相信自己的眼睛：已接近报废的"斯拉贝"轮船体锈烂老旧，船上的航海仪器、通信设备无法使用，客房、船室、甲板多处漏水，船壳铆钉松动，锚链严重磨损。通风筒已锈蚀得只剩一层漆皮，两台主机的底座曲拐轴支架有十几道裂纹，柴油机运转时上下发火；气缸盖裂开漏水，电缆绝缘性差，一不小心就可能漏电起火。内行的陈宏泽一看就知道：这是条接近报废的破船，内心五味杂陈。他立即放下行李，与先期到船的捷克老船长、船员和波兰船员一起，抓紧检查船舶的状况。

他查阅了船史本，清楚地了解到：这条船建于1929年，原为英国远洋邮轮，有757个客位，吨位14128吨，两台9600马力的八缸柴油机，双车推进，海上航速15节①。1932年，在英国邮轮公司旗下走英国和南美巴西、阿根廷的航线。二战期间被军方征用，经改装用以运兵，至战后继续从事客运。

----

① 航海中广泛应用的约定俗成的测速，单位用"节"，起源于早期的航海时代，水手抛绳计节。1节=1海里/小时=1.852千米/小时，15节便为15海里。

海魂——走近中国远洋船长

1959 年退役，卖给了希腊比雷埃夫斯的船东，改名"玛丽安娜"（Marianna）号，再由捷克买下，改名为"斯拉贝"（Slaby）号，转手到中国门下。

面对"斯拉贝"这样一条报废船，陈宏泽给船员打气，他深有感慨地说："过去我们没有自己的远洋船，真受气；现在我们一定要修好、开好自己的远洋船，争口气！"他告诉船员，"国家经济困难，要体谅国家的难处，能有就好，依靠我们的双手把它修起来、发动起来，开回国。"

在陈宏泽的带领下，船员立即投入抢修。

康斯坦萨是罗马尼亚最古老的海滨城市，在这里的布切吉自然公园有一个非常有趣的景观，它就是罗马尼亚七大自然景观之一的狮身人面像和巴别塔。当然这并不是真正的建筑，而是这片海拔 2216 米的高原上自然形成的。如果这时有人站在巴别塔蘑菇状的岩石上向港口方向看去，就会惊异地发现，停泊在康斯坦萨港湾的一艘破旧邮轮渐渐有了生气，它开始"呼哧呼哧"冒烟了，有时竟然还尝试着拉起了汽笛……

这艘破旧邮轮的生气，来源于一批中国船员的生气。

捷克老船长见陈宏泽自己修雷达，惊叹地称赞道："这位船长了不起，连雷达都能自己修！"

岂止是修雷达，陈宏泽这时考虑的，是整个抢修的步骤和要点。问题太多了，想一下子全部解决，不可能。陈宏泽思路清晰准确，他召开船员会议，把存在的问题分成三大类：

一是从罗马尼亚康斯坦萨港开到中国广州要解决的问题；二是从广州去印尼接侨要解决的问题；三是从长远计，作为新中国第一艘远洋海轮航行于世界需要以后逐步解决的问题。

三个层次的问题需要分出三个时间段处理。

眼下，就要想办法将船从罗马尼亚康斯坦萨港开到中国广州。在陈宏泽的统筹和鼓励下，大家围绕这一目标投入抢修。经过短短两天的检查、修理、试车再试车，"斯拉贝"轮成功发动了起来，办好出港手续，正式离开康斯坦萨港，朝着中国出发了。

回家的路上并不平静，尽管 7 月是地中海和印度洋相对平静的季节，陈宏泽也没少操心，老掉牙的船设备故障不断，各种警报声不停，一度发生机舱起火事故。船员齐心，及时扑灭。就这样，一路走走停停，历经艰难，最终把"斯拉贝"这艘破旧的老邮轮接了回来，顺利地开进广州黄埔港。

捷克老船长赫克尔临走放下一句话："有这么一位能干的陈宏泽船长在

船，我非常放心。这一航次基本什么事都交给他了，他是一位出色的好船长！"

【第三幕】　适航

1960年的广州，黄埔港，6月的晚风从珠江口徐徐吹来，舒缓了白天的炎热。静静停泊在港湾码头的那艘从罗马尼亚康斯坦萨港接来的老旧邮轮，粗大的烟囱已不再冒烟，它太老了，又似乎太累了，再也拖不动那疲惫不堪的身体了。

然而在岸边，依然有一位中年男子用深情的眼光注视着它，久久不肯离开。他就是这艘船的船长陈宏泽。

尽管他和全体船员一起克服重重困难，将船接回广州，如妻所说，叫作凯旋；尽管在接船期间，妻子生下第二个儿子，命名为海旋，寓意凯旋，令他颇感欣慰。然而，亲手接来的船，可以说是新中国远洋航行新生儿，还病着，不能远行，用航运界的行话来说，就是这船尚不适航。这算什么凯旋？顶多算是万里长征第一步，路还远着呢。

黄埔港的夜，虽然说不上灯火通明，但天空却布满璀璨的星星，弯弯的月亮将银光倾泻在港湾，将暂时悬挂在旧邮轮上的捷克国旗涂上了一层青色。陈宏泽睁大眼睛凝视这面国旗，一眨眼，这面国旗似乎变了，变成了一面硕大的五星红旗，在陈宏泽眼帘前飘扬，飘扬，高高地飘扬……啊，五星红旗，新中国的五星红旗，一定要在新中国第一艘适航的远洋海轮上高高飘扬！这声音，像起航的汽笛，在陈宏泽的心中拉响着。

国家一个重要决定，终于让陈宏泽再次领略到了五星红旗的光辉。

国家决定，我国第一艘远洋海轮命名为"光华"轮。

光华，光华，光我中华！

光我中华，是一股强大的力量，它将战胜前进道路上的一切困难，不可阻挡地去迎接胜利！

根据船况，广州的修船厂不是难以修理吗？那就拉到香港去修。

在经济困难时期外汇不是短缺吗？那就想方设法以最少的费用开支使船舶具备合格的适航条件。

在"光我中华"激励下，陈宏泽和他的团队创造了世界修船史上罕见的一幕幕场景：

陈宏泽和政委、轮机长一道，发动各部门船员认真讨论公司的要求，编制了一套切合实际的修理单：能自己修的就不让船厂修，可利用的旧马达，回到内地修，减少在香港的修理费用。做到尽可能因陋就简，修旧利废，节省开支。

船上要置备做饭的蒸汽锅，问了价，买一个新的就要几千港币。陈宏泽舍不得花这个钱。他从招商局朋友那里打听到某拆船厂有废旧蒸汽锅，连忙和几个船员赶到那家拆船厂，结果用几百港币买了4只旧货，拿回来后经过清理、自修，正常使用，仅此一项，就节省了1万多港币，这在当时已经是一笔巨额费用。

几十年的风雨剥触、腐蚀，船上12只木质救生艇实在朽坏得不能修理，而换新的费用又很大。为了寻找合适的铁壳艇，陈宏泽带着干粮带领几名船员跑遍了香港所有的拆船厂，饿了，就啃几口面包；累了，就坐在路边歇一歇。踏破铁鞋无觅处，皇天不负苦人心，终于在拆船厂拆下的废旧物里寻找出14只旧铁壳救生艇。陈宏泽和船员大喜过望，只用了买新艇十分之一的钱，就把船上腐烂的木壳艇全部换了新。

船上订了一套新的电罗经①（见图）和自动操舵仪，合同定了由厂方负责安装，当全套部件送上船后，西德的厂方工程师却没有到达。如果等到他到船，修船期就过了。怎么办？陈宏泽与报务主任商量，决定自己安装。在安装中发现，自动操舵仪与舵机连接的推杆按图示安装有困难。陈宏泽大胆设计，合理完成安装。几天后，西德工程师来船核对检查，一点没错误，认为安装很成功，质量很高。这一项安装及时到位，既节约了费用，又在外国人面前争了光。

救生艇甲板因年久失修，木质腐烂，捻缝脱离、漏水，影响下面一大片客房。如果更换甲板，可能要将整层甲板连同钢板拆除，工程大，工期长。国家处于困难时期，外汇紧张，对这样一艘超龄老船来说，这个方法耗资巨大。一次偶然机会，陈宏泽看到该轮冷藏舱铺有沥青的地板被碰掉一块，露出30年前光亮的钢板，他突然受到启发，挖出一桶沥青带回房间研究，把它烧熔浇在甲板上，用脚踩，发现和一般沥青稍遇热即化不同，并不粘鞋。他带了些样品走访了几家研究所，经过检测，发现这些沥青中含有防热性添加剂，不同于一般沥青。陈宏泽立即返回船上，发动船员挖出冷藏舱内所有的

---

① 电罗经也称陀螺罗经，是船舶航行的重要仪器。它通过高速旋转的陀螺仪来指向北极，不受磁场影响，因此指向更加精确。

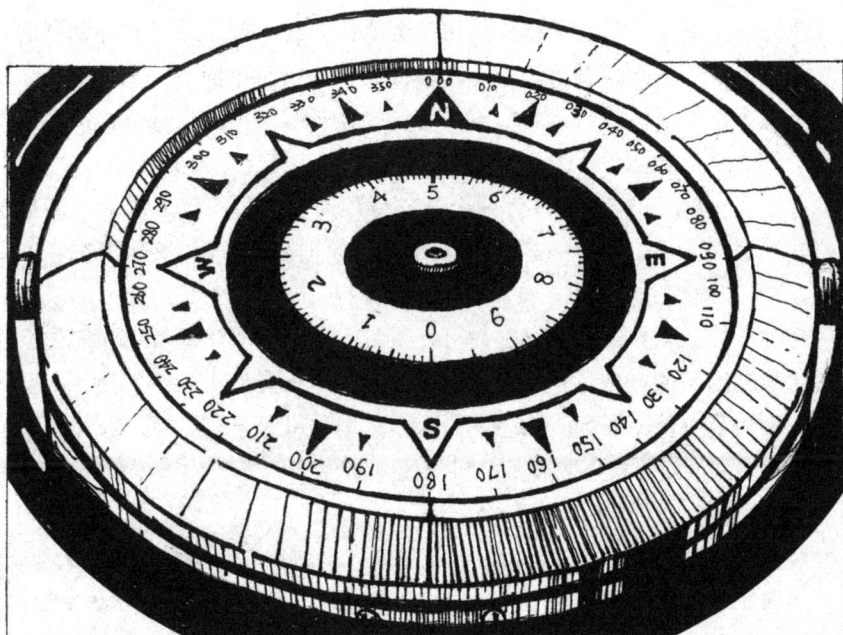

电罗经

沥青，加热后铺在木甲板上，效果很好。于是借来修路的设备，在甲板上修起"路"来。一个平整、宽阔的甲板修理好了，再也没漏过水。一直保持使用了十多年。

船上的舷梯踏板通常是固定的，缺点是潮水上涨或船舷升高时斜度大，影响人员上下的安全。陈宏泽设计用两段拉杆控制的方法，改装了轮船的两侧木舷梯的踏板，使舷梯在任何高度时，踏板都保持水平。这一设计和改进，使后来接运侨胞上下船时既方便又安全！

轮机部发现主机机座裂缝，采用了金属扣方法，像中国老式补瓷器的办法一样，一寸一个扣地补了近千个扣，使主机底座牢牢固定住。气缸从上到下拆开逐个做了清洁检查，将所有设备的操作规程及预防措施都标注在设备边上。业务部对全船客房整理、改造，尽一切可能符合接侨需要。

总之，"光华"轮在香港近两个月的修理中，船员在陈宏泽船长的带领下，开动脑筋，处处精打细算，能修则修，能简则简，不断修旧利废，为国家节省了一大笔资金。

万事开头难啊！今天的朋友们可能很难理解新中国第一艘远洋海轮会经历如此艰难困苦的修理历程，但这就是事实，这就是历史。人们为什么赞美第一？因为第一就是开创，第一就是探索，第一就是突破，第一就是对于前所未有困难的面对，第一就是披荆斩棘地突围！

"光我中华"的道路是不平坦的。

根据中央提出的"旗开得胜，万无一失。埋头航行，不做宣传"的要求。交通部远洋运输局驻广州办事处首先安排"光华"轮以沿海客运的方式试航，检验船舶经过大的修理和更换新设备的技术状况，使每一个船员履行岗位职责，熟悉船上各项设备性能和操作规范。

起舞弄清影，出厂练兵忙。"光华"轮从广州到汕头往返了6个航次。在"光华"轮实战检查设备技术状况的同时，办事处联系上级，着手办理远航接侨的相关事宜。中侨委和中国驻印尼大使馆、领事馆负责安排接侨的具体港口、人数等。

然而，"光华"轮作为接侨的远洋客轮，需要配备食品、淡水以及配备必要的物料。这些在今天，是太普通的小事了。但在经济困难时期，对于交通部远洋局广州办事处，却是难事。

交通部远洋局广州办事处所在的沙面南街28号，是一栋体现欧洲法国古典建筑特点的百年小楼，如同周围的建筑一样，富有历史感。小楼三层，圆柱、尖顶，凹凸多格大立窗，设计极具欧洲浪漫主义的艺术感，四周浓密的榕树掩映，坐落在旗昌洋行旧址的西侧。它像个老迈的贵妇，脸上泛出蒙娜丽莎的面影，宁静地凝神，默默地注视着时代的更替和主人的变易，也注视着一群为共和国日夜奋斗的人。

20世纪60年代，交通部远洋运输局驻广州办事处的30多人就在这里进出、来去，他们在谋划着新中国远洋运输公司的成立和远洋船队的起步，也操心着陈宏泽为船长的第一艘客货轮"光华"号的修理和所需，船用物料尚待配齐，航前练兵的航线需要拟定，一封封给船舶的电报由这里签发，部长对东南亚航线的总结指示由这里转发，新中国的远洋事业在这里起步。他们融汇在新中国建设的行列里，成为一群埋头苦干的人、一群不计个人得失的人，他们无暇顾及日常的生活节奏，同样清瘦的脸，同样抖擞的精神，无私工作，切磋交流，解决着从未碰到过的难题。沿河的石阶路上，树荫底下，留下了他们无数的脚印和思考，还有解决疑难后欢快的笑声。

此时，"光华"轮停靠在黄埔港码头上。陈宏泽根据客货船的需要，拟出物料单，向沙面办事处申领。他为了节约一分一厘的电报和电话费用，一次次地跑去沙面办事处，跨步走进这栋三层小楼。他楼上楼下地跑遍了各个科室，提出建议，协调船上与岸基的物资供应和收发。办事处同志们亲切地说，再大的难题，只要陈船长来了就好办。

1960年，国家正处困难时期，外遭封锁，物资匮乏。船舶的备件、海图以及接侨用的基本生活用品等，在当时都是极度缺乏的物资。但困难再多也要克服，一定要满足"光华"轮的接侨需要。为此，办事处主任郭玉骏同志会同供应科长，骑着自行车到省政府和市政府，请求陈郁省长、朱光市长帮忙解决。船上储备的救生饼干虽然采购数量有限，但厂家要用户自备粮、油、糖才给加工。为了这点原料，连广东省粮食厅都不能做主，找到副省长林李明批示才最终获得解决。生活用品采购好后，还要送到黄埔的仓库。上百吨物资送船，当时办事处连一辆货运汽车都没有，全靠一辆人力三轮车和通过自行车、搭乘公共汽车，人拉肩扛，将船用伙食、物料等，一车车从广州市区运往20多千米外的黄埔港。

为了把供几百名旅客和船员远航食用的鲜鱼、鲜肉及时送上船，送货员往往凌晨两三点就趁凉快从广州市区出发，到黄埔港已经日上三竿。陈宏泽船长和船员再将一箱箱物资吊上船，而后逐一搬进船上的库房。为了"光华"轮首航，他们的汗水流在了一起。

制度和技术规范是船舶安全不可或缺的。为了管理好新中国第一艘远洋船，陈宏泽船长参照海运局、中波公司、中捷公司的资料，结合实际，草拟制定了中国远洋运输史上第一套船舶管理规章。这些规章对我国远洋船队的建设和发展起了积极作用，许多原则精神至今还适用。经过大家的努力以及中央、地方有关部门及兄弟单位的支持，问题基本得到解决。

然而还有最后一个也是最重要的问题：开船需要燃油。

燃油，竟然这也是一个问题？是的，在经济困难时期，这一度是一个无解的难题。

陈宏泽向办事处申请要油，办事处没油啊。办事处供应科科长张俊年说，我想办法。于是就发生了下面这段"张科长找油记"：

张科长为了跑这个油呢，先到广东省广州市石油公司去要油。石油公司说，你们是计划外的，很难解决，还是请到交通部去解决。

好了！张科长就跑到北京找到交通部。交通部说我们这里没有油，只能是提出意见，你到商业部去解决。

于是，张科长又跑到商业部。商业部说油不在我们手里，我们可以批出一个计划，你们到锦西炼油厂去解决用油问题。

锦西在哪里呢？辽宁省的西部。

可怜的张科长带着商业部、交通部的计划调令，乘火车跑到锦西那里。

锦西炼油厂接待的同志问："你们哪儿的？"

张科长答："我们广州的，广州远洋办事处的。"

"你们要多少油啊？"

"800吨！燃料油加上润料油。"

"那你有没有车皮啊？"

"我们是海运单位，没有车皮。"

"那先要解决车皮，我们才能给你拨油呀。"

张科长穿着从广州来时穿的单薄夏衣，望着外面大雪漫天的银白世界，颤抖着身子说：

"要不你先拨给我一件棉大衣吧，我真的快要冻死了。"

锦西的同志问："带上布票了吗？"

"没有。"

"没有布票怎么拨棉大衣？"

"同志，帮帮忙吧，我们的船还等着适航呢。"

"适航？我看你现在最需要的是适温。这样吧，车皮我们帮你解决，你赶快回广州吧。"

当张科长回来把这找油的经历告诉陈宏泽和办事处的同事们，大家都笑得合不拢嘴。

陈宏泽笑着笑着，发现自己的眼眶里已溢满了泪水——"光华"轮的适航，凝聚了多少人的心血和奉献啊！

【第四幕】 证书

你知道吗，要当好新中国第一艘悬挂五星红旗的远洋海轮的船长，不仅要会开船，还要会接船，会修船，会为适航创造条件，还要会炒菜。炒什么菜呢？当然是粤菜喽。

这不，陈宏泽知道今天苏联验船师①为船舶安全证书要上船验船，他一早就嘱咐厨房去菜市场买点菜，并在心里盘算了几个菜品，以备不时之需。

这些天"光华"轮修缮一新，完成航前练兵，但出国远洋还须取得相应的证书才能开航。在20世纪60年代，我国正处于被封锁状态，当时尚未恢复在联合国的合法地位。我国船检机构也只能发一些技术性的证书，而不能以政府名义颁发船舶航行国际航线所必需的法定证书。因此，对急于前往印尼接侨的"光华"轮来说，获得必备的国际航线证书成了一道难题。

找西方国家船级社②检验发证的路子走不通，当时唯一的办法就是找和我国尚有业务联系并在上海设有办事处的苏联船舶登记局。于是，苏联的两位船舶检验师，就这样应邀来到"光华"轮履行检验。

当时中苏关系正处于非常时期，派来的两位苏联验船师一上船，不管中国验船师检查和试验过什么项目，一概要求重新检查。由于"光华"轮全体船员的努力，检验均一一通过。他们最后提出两点：

---

① 验船师即为到造船厂监督、检验、验收造船进度、质量等的职业名称。需要掌握焊接、涂装、无损检测、尺寸测量等和钢结构建造的有关知识。

② 船级社（Classification Society），或称验船协会、验船机构。主要是依照国际海上人命安全的法定要求，对船舶在建造时和建造后进行定期技术检验，目的是设定和维持船舶及其设备的建造和维修标准，并给予合格船舶和各项安全设施授发相应证书。英国劳氏船级社（Lloyd's Register of Shipping），也即英国劳埃德船级社，是世界上成立最早的一个船级社，在世界船舶界享有盛名，是国际公认的船舶界权威认证机构。

现除英国劳氏船级社（LR）外，有中国船级社（ccs）、德国劳氏船级社（GL）、韩国船级社（KR）、日本海事协会（ClassNK）、意大利船级社（RINA）、挪威船级社（DVN）、美国船级社（ABS）、法国船级社（BV）。

一、说陈宏泽船长没有跑远洋的经验，要带他到正在黄埔港的一艘中国接侨租的苏联客船"俄罗斯"轮上去学习；

二、"光华"轮舱室内使用的木料没有经过防火处理，要涂防火涂料。

陈宏泽不动声色，转身跟着这两位苏联验船师登上"俄罗斯"轮后见到了苏联船长。这位苏联船长是一位退役海军军官，据说曾是将军。他让客人站在他的办公桌前，开始以训话式的口吻说："当一位远洋船长，首先要懂得怎么挂旗，对方的国旗挂在驾驶台的桅杆上，自己的国旗挂在船尾桅杆上，你当船长知道吗？"

在场的远洋局租船代表实在看不下去，就说："我们这位陈宏泽船长是航海专业学校毕业，当过15年的海员，其中当过10年船长，也跑过远洋，你说的是常识问题，所有海员都知道，还是说些别的吧！"

这位苏联船长竟然说："既然你们都知道，你们自己去看吧！我要吃饭了！"说完就走了。

当时已是下午1点多，两位苏联验船师原以为苏联船长会留他们在船午餐，看到这样的局面非常尴尬，连忙说"我们走吧"。

回到"光华"轮，陈宏泽安排验船师他们先喝咖啡，自己亲自下厨房炒菜招待他们。

走进厨房，厨师已将食材准备妥当。陈宏泽撩起袖子，先做一个客家酿苦瓜。他将苦瓜切段，掏空中间的心，水烧开后焯水2分钟后捞出，即准备肉馅，加上盐、蚝油、酱油、葱碎、一个鸡蛋、一点点玉米粉、一点点胡椒粉等，把所有材料搅拌均匀，最后一步酿进苦瓜，上锅蒸20分钟。

趁着上锅蒸的时间，陈宏泽又接连做了滑蛋虾仁、腊肉炒蒜苗、白灼菜心、玉米排骨山药汤等。

半小时不到，当陈宏泽端出色香味俱全的美味佳肴时，两位苏联检验师顿时惊叹了。陈船长有如此的美食家厨艺！看来这位陈船长样样在行，他们非常感慨地说："你们中国船长一点架子都没有，又热情，又谦虚，一定能把船管好的。"

陪同去"俄罗斯"轮的公司同志遂拿出一块从该轮舱室削下的家具木片，烧给苏联验船师看，并说苏联客轮的家具、木器也不防火，原因是这些船都是规定颁发前建造的。两位苏联验船师见状抹了抹嘴，痛快地说："检验结束，我们可以颁发证书了。"事情就这样顺利解决。

随后，我外交部驻外使馆联系了印尼方面主管部门，双方共同签署了一份文件，通过"双边协定"的方式解决了国际证书的问题。

几番周折，花了半年多的时间，总算解决所有船舶证书问题。"光华"轮带着我国船舶检验局颁发的船舶安全证书、船舶无线电安全证书、国际船舶载重线证书①（见图）等国际证书和苏联船舶登记局颁发的两套证书，首航到印尼"闯关"成功。

细心的人可以发现，20世纪70年代前，航海方面颁发的证书和正式的国际证书有着不同之处：国外颁发的证书上写明"根据国际海上人命安全公约颁发"，而我国证书是"根据中华人民共和国的有关规定颁发"。这样的证书一直使用至20世纪70年代我国恢复联合国席位。

当然，亲身经历过"光华"轮力争"证书"的船员，也知道了他们的船长炒得一手好菜，经常有船员时不时地会跟陈宏泽开玩笑："船长，今天炒个菜给咱们尝尝吧。"

【第五幕】　首航

1963年2月6日，时任国务院副总理陈毅来到广东湛江参观"光华"轮，他在听取了陈宏泽船长关于接运印尼难侨的汇报后，对"光华"轮所取得的成绩非常满意，对远洋船队船员给予高度评价，即兴赋词一首《满江红·参观光华海轮》：

> 中国海轮，第一次，乘风破浪。
> 所到处，人民欢喜，吾邦新创。
> 海运百年无我份，而今奋起多兴旺。
> 待明朝舰艇万千艘，更雄放。
> 守纪律，好榜样；
> 走私绝，负时望。
> 真英雄风格，人间天上。
> 载运友谊驰四海，亚非欧美波涛壮。
> 看东方日出满天红，高万丈。

---

① 国际船舶载重线证书是指船旗国政府法定检验机构或其授权的船级社，根据《国际船舶载重线公约》的规定，对从事国际航行的船舶进行检验和勘划载重线标志后所颁发的证明该船的载重线和干舷符合公约要求的证书。

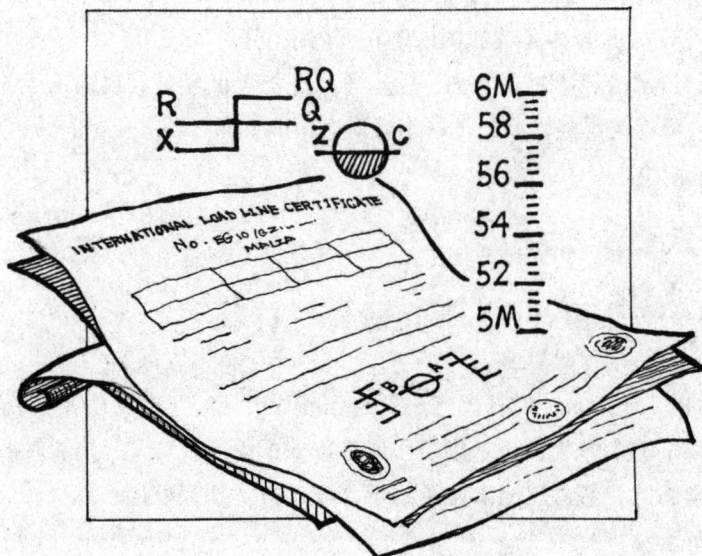

国际船舶载重线证书

在陈宏泽看来，陈毅元帅这首豪放的《满江红》，是对"光华"轮首航的最好描述和总结。

1961年4月29日凌晨，广州城千家万户还在晨曦中沉睡，薄雾似轻纱，缥缈着环绕在城市的建筑和群山上，凉风习习，空气中弥漫着花开清新的芬芳，沁人心脾。此刻，珠江潮水东流，江面上微波荡漾。陈宏泽船长肩负党和人民的委托，指挥"光华"轮从大濠洲锚地起锚开航，驶向印度尼西亚雅加达和文岛。

昨日首航典礼后，海员出身的陈郁省长还随船送了一程，他是等船开至大濠洲才依依惜别。临别时，他深有感触地对陈宏泽船长和政委说："我过去当过海员，对船很有感情。现在看到我国有了自己的远洋船，心里特别高兴！希望你们开好、用好这条船，把远在印尼自愿回国的难侨安全接回来，为中国人争光，为中国争光……"

还是在昨日，刚出访归国的交通部远洋局局长没赶上"光华"轮的首航庆典，他下飞机时，"光华"轮正解缆启航，于是他行色匆匆地赶到锚地登上"光华"轮，为船员送别，嘱托全体船员认真落实交通部指示，预祝首航旗开得胜、万无一失。

是啊，这是新中国第一艘悬挂五星红旗的远洋船，"光华"轮首航的安全牵动着广东省、牵动着国务院，也牵动着中央军委。其时，南海不太平。南中国海上的太平岛、东沙岛为台湾当局所占领，他们的军舰在那里出没。为保证"光华"轮所经海域的航行安全，人民解放军空军和海军值班守卫，严阵以待，随时应对国民党的破坏活动。周总理亲自过问，直接打电话到调度室，询问"光华"轮航行安全，要求每4小时发一次船位报告，通过总参、海军和交通部海岸电台向中央汇报。

"光华"轮首航的日日夜夜，陈宏泽船长精神高度紧张。一路上，他除了关注航线上的安全，督促大、二、三副值班驾驶的准确定位，还要随时接收和观测气象风云的变化，他每晚监测着船舶安全巡视制度的落实情况。他每天伏案书写，将"光华"轮设备操作制度和船员职责汇编成册。

因船的尾轴过热，轮机长就在尾轴边值班，他听着机器的声音，随时洞察变化。别人说没有见过这样值班的，轮机长说："首航关系国家的声誉，我们就要这样值班！"

在航行中，陈宏泽作为船长善于听取船员的意见。有一次讨论雅加达——黄埔航线，计划绕加里曼丹海峡走，那里障碍物多。三副建议设定以灯塔的转向点在实际航行时应该多走一点，直至看到灯塔再转向，保证船位的可靠性。陈船长欣然接受这一建议，每到转向点总是自己在驾驶台观察核对船位①，保证了安全航行。

船上的通信设备曾出现很多故障，他总是和报务主任一道耐心地检修，为了排除故障，常常研究讨论到深夜，直至修好。

5月2日夜，"光华"轮进入爪哇海。

爪哇海是太平洋西部海域，位于印尼爪哇岛、苏拉威西岛、加里曼丹岛、苏门答腊岛之间，是南海通印度洋及亚洲与澳大利亚间的重要航海通道。过了爪哇海，雅加达港就在面前了。

然而，在1961年的这个5月，爪哇海仿佛是一位情绪多变的艺术家，它的风浪时而轻柔如恋人的低语，轻拂过船舷，带来丝丝凉意与无尽的遐想；时而又狂野如不羁的野马，奔腾咆哮，掀起阵阵巨浪。

在5月2日这个漆黑的夜晚，如野马奔腾的风浪果然来到。"光华"轮航行在波涛汹涌的大海上，船体在风雨的无情袭击下发出嘎吱嘎吱的声音。狂风卷起的巨浪以雷霆万钧之力拍打着甲板，船体剧烈地颠簸和翻滚。船上所有人都在担心，轮船随时都有倾覆或被撕裂的危险。

此刻，陈宏泽已两天两夜未下驾驶台了。他胃病发作，脸色苍白，头上大颗汗珠滚滚落下。

厨房给他端来一碗汤，说是用几根鸡翅熬的，陈宏泽胡乱喝了，也喝不出什么鸡味，却感到有点头晕，眼前冒出金星。他使劲眨了一下眼睛，这眼前闪烁的金星又化成了五颗星星，啊，这是五星红旗上的五颗璀璨的星星，他这样想着，浑身似乎又有了无穷的力量。他不吭一声，站在驾驶台咬着牙坚持指挥。值班二副劝他下去休息，被他婉言拒绝。

风暴平息后，大家都松了一口气。这时陈宏泽才走出驾驶台，抬头看了看飘扬在"光华"轮上的五星红旗，脸上发出舒心而欣慰的笑容。

大海总是以其深邃与神奇宣示着它的神秘和威力。所以，关于出海的禁忌也就特别多。陈宏泽曾听老人们讲，以前渔民在出海打鱼前万万不能说"扣""翻"之类的字眼，或是如果在出海前碰到不慎将碗碟打翻之类的举动，都将是代表一种不祥的预感。因此，出海船只经常举行一些仪式，祈求平安。

据说，有这样一种过赤道的古老风俗。每当经过赤道的时候，由船上的老水手装扮成"龙王"的样子，用绳索把年轻的船员捆起来，从船舷的一侧

---

① 船位是指某一时刻船舶在水面上的位置（经纬度）。根据观测手段和方法分为陆测船位、天测船位、雷达船位、测深船位、无线电测船位、卫星船位和联合船位。

抛下海去，然后再拉上来，表示已经到"龙王"那里报到过了，今后出海就不会再有危险了。

为了让第一次远航的海员能亲身感受到航海的乐趣，活跃大家的生活，当船即将驶到赤道时，爱好体育运动的陈宏泽船长也带领大家在船上举行了经过改良的过赤道活动。他组织船员纷纷集中到甲板上，分成两组，有人化装成"龙王"，有人装扮成"虾兵蟹将"，用水龙头相互对冲，那扮相、那动作、那学龙王说话的样子，直逗得全船人哈哈大笑。

赛后，船长陈宏泽还特意给大家颁发了"赤道证书"。那可是"光华"轮自制的"证书"哦。

1961年5月3日，悬挂着五星红旗的"光华"轮抵达印尼雅加达港。除了我国驻印尼大使黄华率领使馆人员热烈欢迎"光华"轮的到来外，在这里迎接"光华"轮的不是鲜花和彩带，而是荷枪实弹、戒备森严的印尼军警。军警设置重重防线把船与印尼居民和华侨隔开。尽管如此，也阻挡不住华侨的爱国热忱。

印尼难侨在我国驻印尼使馆和侨团的组织下依次登船。船上客运部人员身穿白色制服，列队舷梯口，欢迎侨胞。难侨一上舷梯，就仿佛到了另一个世界，积郁多时的思乡之情奔涌而出，激动地流下了眼泪，纷纷振臂高呼："祖国万岁！""共产党万岁！""毛主席万岁！"

有三位难侨一上船就来到国旗下，向五星红旗深深鞠了三躬。

在船上举行的文艺晚会上，难侨含着眼泪，用带着浓重土音的普通话一遍又一遍高唱《没有共产党就没有新中国》。

一位年近七旬的难侨自告奋勇，给大家表演一套山东拳术，他说："这回可回到自己的家了。自己一高兴，人也变得年轻了。"

有的华侨雇船、换船，从老远赶来。一位双目失明的老太太听到祖国派船接侨，执意要到船上去。她在亲属的搀扶下，从1000多千米外的棉兰来到雅加达。警察不让她登船，她就雇了小艇绕着在锚地抛锚的"光华"轮转了三圈，边绕边用手抚摸船壳，泪流满面地喃喃自语："我虽然见不到祖国的故土，但我摸到了祖国驶来的第一艘巨轮！"

在雅加达期间，印尼华侨给"光华"轮赠送了副食品，还赠送了绣上"我们永远不忘祖国的恩情"的锦旗，表达他们热爱祖国的真情。

陈宏泽还清楚地记得一件事，"光华"轮首航时，正逢文学家、时任国家民族事务委员会副主任萨空了率领中国艺术团访问印尼。他们在3月22日搭乘俄罗斯客船时，苏联船长提出4个要求：一要派两艘军舰护航；二要配备手枪;三要配翻译;四要提供2000吨淡水。问题反映到海军首长张爱萍那里,答复:已派海军在西沙群岛周边巡逻。苏联船长悻悻然,客船拖了好几天才起航。而这个苏联船长,就是陈宏泽先前为了"光华"轮航行证书曾去会见而遭其冷遇的苏联船长。艺术团人员回国时不想再乘这条苏联船,欲乘飞机并由捷克转机回国,这样一来,机票要5000多元一张。陈宏泽听闻,提出说,乘我们"光华"轮吧。艺术团登上自己的客船,顺利回到国内。此行省下了一大笔钱,为国家争了一口气。

"光华"轮于1961年5月17日胜利航返广州黄埔港,首批共载旅客577名,安全接回难侨479名。

当日,"光华"轮接到交通部发来的贺电:"你们首次高举五星红旗,远航海外,为祖国人民争得荣誉,为中国远洋事业揭开了新的一页,这是你们大的光荣,也是全国人民的光荣。"

1962年、1963年,党和国家领导人叶剑英、陈毅、邓子恢先后登上"光华"轮视察慰问,并代表党中央和国务院向船员致敬。

1963年2月6日,陈毅副总理视察该轮,走上甲板,元帅诗人胸襟豪放,激情赋词一首——这就是陈宏泽此后经常在"光华"轮高高飘扬的五星红旗下朗诵的《满江红·参观光华海轮》——

中国海轮,第一次,乘风破浪。
…………

【第六幕】 啼声

啊,啼声!这是新生儿的啼声!那哇哇的啼声,划破长空,充满着激越和自由的舒展及柔和,还有渴望,如婉转的百灵,不,是天籁之声!这是陈宏泽船长头一次听到的婴儿响亮的啼哭声啊,这是新生命降生的福音,瞬间,如一股清泉沁人心脾。

随着房门的打开,啼声越来越响了!一位接产的女华侨抱着婴儿出来,兴奋地告诉大家,是个女婴。

"我们'光华'轮得了一女儿了!"

等在门口的陈宏泽船长高兴地叫了起来。他伸出双手,小心翼翼地接过婴儿,像双手捧着一件稀世珍宝一样,端起宝宝认真地看着。婴儿啼声不停,船长一边抱着一小步一小步走着，一边轻抬下巴逗引宝宝，高兴得眼睛都眯成一条缝了。很明显，船长既开心能亲自与宝宝亲密接触，又手足无措地不知如何抱娃。婴儿的啼声更响了，船长只好耸起肩膀，局促不安地托着宝宝，将婴儿交还给女华侨，然后又满脸宠溺地注视着。

"船长，给孩子起个名吧。"一位华侨建议道。

船长说："她是海浪中诞生的新中国的花朵，就叫'浪花'吧。"

大家热烈鼓掌，都说这名字起得好。

船长又宣布："等一会儿，我要依照国际海商法规定，给可爱的小'浪花'签发出生证书。"

在场所有的华侨都惊呆了，谁也没有想到，幸福来得这么快，在船上出生的婴儿竟然能这么快获得新中国移动国土上的出生证！片刻的宁静之后，突然响起热烈的掌声、欢呼声，还有那婴儿更加嘹亮的啼声……

啊，啼声！这是1966年10月6日回响在"光华"轮第25航次的男婴的啼声！这啼声响亮而有力，带着一股新生的朝气和不屈的意志，仿佛是用他全部的力量在向这个世界宣告他的未来。那清脆的声音，穿透了舱房的宁静，也穿透了船长的心，推动着陈宏泽又在"光华"轮上签发出第六份出生证明书，男婴的名字就叫"林光华"。

林光华先生后来回忆道："父母告诉我，当我出生的时候，船上的人都很高兴。"

喜悦，是这个孩童给人世带来的第一件礼物。对于受难的印尼华侨而言，一个新生命的诞生无疑象征着希望，象征着驱散阴霾的阳光。而接运他们回国的"光华"轮，在华侨眼中，无疑是一艘希望之船、喜悦之船。或许正是这份发自内心的喜悦，让这对年轻夫妇为这个孩子取名"光华"，以寄托他们对于"光华"轮的深厚感情和对未来的无限希望。

虽然林光华在"光华"轮上出生，但实际上出生后他就再也没有见过"光华"轮了。当时，尚未出生的他，是与父母、哥哥姐姐、叔叔姑姑一起登上"光华"轮的。因此，他对"光华"轮的印象更多的是来自父辈的叙说和自己的想象："当时的华侨是在棉兰的一间中学集中上船的"，"船上人很多，也许有几千人"，"我这里有当时船上出具的出生证明"，"船长后来还来过农场看过我们家"。

这位林光华口中的船长，就是新中国第一位远洋船长陈宏泽。陈宏泽去过林光华一家定居的广东阳春华侨农场看望他们。他还告诉林光华的父母："要好好保管孩子的出生证，以后拿着它可以免费来坐远洋公司的船。"

林光华在广东阳春市度过了自己的童年，一直到20世纪80年代高中毕业，按照当时的华侨政策应招到广州参加工作。"我曾经想过到远洋公司工作"，林光华对远洋的情感并没有在岁月和生活中淡去，可惜由于当时侨办的安排，他并未能圆远洋的梦。

啊，啼声！我怎么从来没有听到过自己两个儿子出生时的啼声?！船长室里，陈宏泽不时地用手掌拍打着自己的脑袋。一位父亲最幸福的时刻，就是听到孩子出生时的那直抵心底的啼声。可惜我都错过了，我都没听到，我两个儿的啼声啊，再也听不到了。

人生就是这样，当你错过这一程，错过陪伴妻子和孩子的这一程，就永远追不回来，而成为终身的遗憾！

新的生命在"光华"轮上诞生，陈宏泽的心随之咚咚地跳起来，就像听到自己孩子来到这世上的第一声啼声，他当时不在妻子身边的遗憾，仿佛就在听到这一声啼声时得到了弥补，无形的亲情的纽带也好像在此时连接起来，而当自己的孩子发出啼声时，我在哪里呢？陈宏泽苦苦思索着。

哦，当大儿子海伦出生时，陈宏泽正忙着投入香港招商局13艘船舶的起义。船回到人民的怀抱后，他成为"南海169"轮的船长，跑广州至汕头的运输。人民当家做主的翻身感，促使他带领船员甩开膀子拼命地干，每月来回跑，创下航线纪录，哪里有时间回家？

当初到罗马尼亚康斯坦萨港去接"光华"轮时，正值他的第二个儿子即将出生，他仅与妻子商量了为孩子取名海旋后，就提着行李匆匆走出了家门，所以未能在家陪伴妻子渡过分娩的难关，也没能听到儿子出生时的啼声。

他继续用手捶打自己的脑袋，痛苦地呢喃：我对不起妻子，对不起孩子啊。

唯一可以补偿的，就是陈宏泽对船上的啼声特别敏感。在"光华"轮上，只要一听到啼声，他就会在第一时间兴奋地冲过去，聆听这无比美妙动听的啼声，并签上一份出生证明书，表达船长最美好的祝贺。

"光华"轮又一次拉响了起航的汽笛，忽然陈宏泽发现，这响彻云天的汽笛声，就像婴儿甜美清脆的啼声，它充满希望，它冲破阴霾，它迎着朝阳，它犹如一唱雄鸡天下白，万方乐奏有于阗，是天底下最美好的声音！

我错过两个儿子出生时一次又一次的啼声，不就是为了拉响新中国第一艘远洋轮第一声启航的汽笛吗？

仰望着高高飘扬在"光华"轮上的五星红旗，陈宏泽这样默默地想着。

【第七幕】 光华

光华，光华，光我中华！

"光华"这两个大字，不仅写在"光华"轮的船上，也刻在陈宏泽的心中。

一想到"光华"，他的眼前就亮出一道红光，那是飘扬的五星红旗！这五星红旗，他曾第一次将其升起在宣布起义的香港招商局"海厦"轮上；这五星红旗，他曾第一次仰望着她升起在新中国第一艘远洋轮上！

一想到"光华"，他的眼前又会浮现"海厦"轮起义时两位船员被炸牺牲而身首分离的惨烈情景，又想到"光华"轮检验办证时受到苏联船长蔑视的窝囊气……他觉得受气，忍气，决心一定要为光我中华争气！

为了光我中华，"光华"轮先后接送难侨16次，运送中国、朝鲜、越南三国运动员赴雅加达参加亚洲新兴力量运动会；运送中国援外技术人员和物资到北也门；运送中国坦赞铁路工程技术人员到坦桑尼亚等，在这些援外和外贸运输中，无论遇到多少惊涛骇浪，多么艰难曲折，陈宏泽心里就想到两个字——"光华"。

为了光我中华，在紧张的远航接侨中，他积劳成疾，染上肺病，他在接受治疗的同时，仍然没有离开船长的岗位，依旧承担着繁重的工作。领导上安排他休假下船疗养，他坚持到1966年8月接侨告一段落才下来。刚疗养了一个月，10月领导要求他回船工作，他毫无意见，又回到了"光华"轮船长的岗位上，开始了紧张的工作。这年12月31日，他指挥"光华"轮由黄埔开往也门的荷台达，开辟了中国至红海的西亚航线。

为了光我中华，陈宏泽经常总结8年来在"光华"轮上的工作。但在这些总结中，他开宗明义的是检讨自己。他在大会小会上说：当初调去"光华"轮时自己有畏难情绪，船舶长久失修，船老设备旧，影响安全运输，远洋技术要求高，客货船人多，人际关系复杂。后组织上找自己谈话，各级首长到船关心，给了自己很多的鼓励和信心。

为了光我中华，陈宏泽为"光华"轮的安全航行提出一系列要求：

航线计划，不打无准备之仗；

准确定位，做到心中有数；

提高舵工的技术水平是安全的主要环节，要站在边上监舵；

掌握仪器，发挥助航，仪器的说明放在边上；

建立消防温习制度，不断教育船员。

这些简明朴实的要求连同他汇编成册的《"光华"轮制度守则》，放到每个船员的房间。

为了光我中华，管理好新中国第一艘远洋船，陈宏泽参照海运局、中波公司、中捷公司的资料，结合实际，草拟制定了新中国远洋运输史上第一套船舶管理规章制度，后由远洋运输总局下发整个远洋所属的公司学习推广，并伴随着远洋后来的大发展，不断地充实提高。中国远洋运输已形成制度，凡助航仪器，说明必贴在边上；船员守则贴在床头，方便随时解读。这些规章制度对我国远洋船队的建设和发展，对提高海员职业素养都起到了积极作用，许多原则精神至今还在运用。

然而，这位为光我中华不懈奋斗的好船长，却在1965年底作为有历史问题的"四清"对象在政治运动中受到审查。他在1946年期间是广东省中山县滨海一带抗日民主政府成员一事被否认，而把他当过小学校长和读书时集体被迫参加国民党一事大肆宣传，并揪住不放，甚至由此制造理由怀疑他是"黑帮分子"。这条尾巴从此也成为陈宏泽的心病，他像大多数从旧时代过来的人那样，处处谨小慎微，逆来顺受，忍辱负重。

又有一件事被揭发：在驾驶"光华"轮时，陈宏译连续作战，胃痛异常，经常咳嗽，积劳成疾，热心的厨师为他炖汤，并把剩余的几个鸡翅烧了给他吃。"四清"时查他，退赔了400元，这使陈宏泽在人格上受到极大的屈辱。

最令陈宏泽难以接受的是，到了1969年底，又让他参加清理阶级队伍的学习班。陈宏泽到广州远洋运输公司后已连续6年没有公休，他以此为理由，说要请公休假，不参加学习班了。他说："公休假是每个船员应享受的权利，等我休完一年的假后，怎么处理听便。"

到1970年初，陈宏泽被调到广州远洋运输公司船技办公室工作。他报到时的第一句话就是："我是个普通工作人员，是船员，不熟悉机关工作，今后有劳动、派工、出差、跑腿的活就安排给我，我身体还可以，另外还算高工资，今后谁有困难就说，不要客气。"就这样，办公室每天的扫地、打开水，一周一次的派工劳动，他都主动承担了。

有一次"大浦"轮的电罗经和雷达坏了，没人修，有人想到了陈宏泽。陈宏泽二话没说，就带上儿子陈海伦一起上了船。儿子在船上玩，问这问那，他排除了故障，把电罗经和雷达两部仪器修好。

没有表扬，没有感谢，回来后陈宏泽依旧扫地、倒开水、做杂工。

一个曾经驾驶新中国第一艘悬挂五星红旗远洋轮的船长，就这样过着被遗弃、被遗忘的生活。

陈宏泽船长心中苦涩，无处倾吐。好几回，当清晨轻轻掀开夜的帷幔，他带着自信，驱赶心头的疑云和委屈，憧憬着天气的转好。

随后，大批复员军人被安排坐船去海南岛，琼州海峡的风浪不是喊几句口号能对付的，海南的码头难靠，也不是一般人能接的技术活。上面又想到了他，叫陈宏泽去。

此时的陈宏泽还在扫地、倒开水、做杂役。"喂，叫你呢，去开船去。"生硬的口气，哪有起码的尊重！

陈宏泽无言，只"嗯"了一声。他心里明白，为光我中华立新功的时候到了。

其时3000名复员士兵到达海南岛海口港，恰遇大风，"光华"轮吃水深不能靠码头，接运的驳船不能出来。一天过去了，船长和部队领导都很着急，眼看再有一天，伙食就不够了。这么多客人在船怎么办？

陈宏泽上船后，注意收听气象预报。他沉思琢磨，海口港面向北张口，根据预报第二天仍吹东北风，风向直吹码头，他与部队领导研究，决定在第二天中午无论如何要让接运的驳船全部开出来。部队领导担心地说："风大驳船靠不上怎么办？"陈宏泽说："到时我来想办法，总之所有驳船都要在规定的时间到达船旁。"他将他的做法毫无保留地告诉部队领导，领导相信陈宏泽的操船能力，表示同意。

第二天还是刮东北风，陈宏泽暗自高兴。只见近20条驳船挨着顶风驶来，陈宏泽通知机舱备车，并通知所有复员士兵收拾行装，准备离船。在第一艘驳船靠近船旁时，陈宏泽开动了主机将船摆横，右舷对着风向，挡住强烈的东北风，这时左舷下风，没一点风浪。正在部队领导、船员惊喜之际，他立即要驳船靠上舷梯，士兵随即顺利登上驳船。一艘驳船装满，又令第二艘靠上。与此同时，他在驾驶台操纵"光华"轮两台主机，将船身始终保持右舷受风。这样不到两小时，3000名复员军人全部登上驳船，安全运送上岸。

这一艰巨任务的胜利完成，军区领导送来了表扬信，军管组副组长说："陈宏泽同志真不错，任务完成得非常出色！"此后，陈宏泽被正式调回船当船长。

1972年下半年，中远船舶打通了中国沿海南北航线①，船舶陆续北上装卸

① 中国沿海南北航线指中国台湾海峡以南和以北各港口之间的航线，是中国沿海交通运输繁忙的海上大动脉。

货物。初期为安全保密起见，航线计划交由船舶政委保管。返航时，待船到特定地点后再交船长按规定航线走。那年底，陈宏泽在"光明"轮任船长，航经新加坡时，政委房间不慎着火，烧掉了航线文件。公司对此非常着急，唯一的办法是让从广州出航的船再带一份文件去新加坡交给他们。这样"光明"轮至少要等一星期才能开航，损失很大。陈宏泽给公司打电话："不必再带来了，这份航线计划收到时政委曾给我看过一眼，内容我还记得，北上没有问题，请公司放心。"公司有人抱怀疑态度，因为这份航线计划有14个转向点，每个点有经纬度13个数字，这182个数字只看一眼能全部记住吗？偏离航线出了事怎么办？但熟悉他的人都认为没有问题。基于对陈宏泽的航海技术和对他这个人的信任，公司领导同意他起航北上。陈宏泽承担着政治上的极大风险，抱着对国家、对人民高度负责的精神和无比的魄力，胜利地完成了北上任务。

人们都称赞他，说陈船长记性好，说陈船长航海技术好。他说："航海有其规律性，只要按规律办事，领会领导的特殊意图，就可以在大海航行中把握方向。"

1975年，国家批准广州远洋运输公司在日本建造一艘4万吨级的浮船坞①（见图），以扩充其航修站的修船能力。这艘浮船坞拖到黄埔港时，要靠上航修站码头做复原和组装。广远和黄埔港监事先多次研究，都觉得航修站码头前一段水域情况不明，转向角度大，过去没有进过这么大尺度的船，缺乏实践经验，讨论没结果。

当时正好陈宏泽船长在荷兰接收回一艘10万吨级的油船"丹湖"轮到达黄埔港航修，该船长264米，宽37米。领导找他商量："让'丹湖'轮靠一次航修站码头，既可解决航修又可为浮船坞进来摸索经验。"陈宏泽船长没有拒绝，只说那段水域在海图上不详细，他要做些实地调查。在约定的时间，他带着海图和有刻度的长竿，开着救生艇在航修站前的水域、航道上来回测量，他用长竿不断测量，记录并收集了一大堆数据，整整弄了一天。

其时，黄埔港监研究认为，"丹湖"轮这么一艘大船进大濠洲，是过去没有过的，且还要转110度的大弯到航修站码头，弄不好会搁浅。陈宏泽将他的靠泊方案一一介绍给港监，并提出进航修站一段由他自己操作。港监觉得这位老船长说得很有道理，有根有据，愿意大力支持并打算派出4艘拖轮和13

---

① 浮船坞，简称浮坞，是一种主要用于修、造船的构造特殊的槽形平底船。它有一个巨大的凹字形船舱，两侧有墙、前后端敞开，有水舱灌水和排水，使船坞能下沉、起浮。

浮船坞

名引水员参加操作和随船学习。是日，中午高潮前，"丹湖"轮经莲花山驶往大濠洲，在拖轮协助下非常谨慎地向右转了一个大弯，对着航修站那段航道前进。陈宏泽船长开始亲自操纵，他按自己的测量记录，选定岸标，迎着涨潮流，徐徐地驶近码头。下午2时准，"丹湖"轮这个庞然大物稳稳地靠上航修站码头。人们欢呼"成功了！成功了！"这艘巨轮几乎占据了码头全部岸线，把整个航修站都遮盖了。所有进入黄埔港航船上的人，无不为这一壮观的景象所惊叹！

陈宏泽船长勇于面向困难、勇于大胆实践，创造了黄埔港史上的奇迹，鼓舞了航修站全体职工的热情，也为后来浮船坞的顺利进港入靠扫清了障碍。

也许是他创造了10万吨大船靠上小小的航修站的奇迹的原因，三个月后的1976年4月，春和景明，陈宏泽被调到香港中远友联船厂，担任总经理。

当时一般人认为，调到香港条件优越，生活舒适，工作轻松。陈宏泽却把办公室安置在车间的顶上，办公室后的小间兼做内部会议室，也是他的卧室。由于船厂连续生产的特点，他没有假日、周末，在那里没日没夜地工作，24小时值班，一心扑在这项既熟悉又生疏的工作上。他参与船厂的购买土地、接收船坞、新厂布局、生产管理、修船业务等各项工作。由于他是船员出身，常到香港又懂广东话，平易近人，很快掌握了全面情况。友联船厂的生产业务也蒸蒸日上，修船能力大大提高，每年达到100艘修船、300艘航修船的高水平。友联船厂不但效率高、质量好而且服务周到，在内地和香港的修船行业中影响很大，扭转了大厂垄断修船的局面。1978年，交通部号召全国交通系统船厂向友联船厂学习，友联船厂成为修船行业的一面旗帜。

20世纪80年代初，我国南海、东海发现油田，一台台钻井平台开始在这些海域钻探。钻井平台在海上工作受大风大浪的袭击，它的桩脚容易变形损坏。修理平台必须进入宽度大的船坞。当时我国还没有宽船坞，只能拖到日本或新加坡去修理。这样不但修费昂贵，拖带费用也很高，而且不安全。有人就提出能否在香港修理，但没有大坞怎么修？陈宏泽也在想，如果南海的平台能在友联船厂修理，既为客户节省费用，又能为船厂增加收入。但没有坞，不进坞能修吗？他带着一大堆问题，几次跑到湛江拜访平台钻探的公司，不断地调查研究，回到办公室做起模型试验，征求别人意见："这样行吗？"他为此到了着迷的程度，见面第一句话就是："你说修平台不进坞行吗？"细问之下，对方才知道他在琢磨在码头旁修平台的事。平台重达七八千吨，码头承受不了。他集中考虑这个关键问题，终于想出让海床①去承受的构思。但如何加强海床，如何架起平台？又是一系列复杂的技术问题。经过几个月的试验，最后决定在码头旁海底打桩，用沉箱顶住平台的办法。1983年下半年，"南海1号"平台进厂修理，入场后，船厂在已打桩的海床上陆续放上数个沉箱，顶住平台的一角，一条近130米的桩腿升起，吊了出来。全厂职工一片欢腾。

陈宏泽就是这样不知疲倦地工作着，过去在船上时，由于工作繁重，他曾得过肺病。调到香港后，工作更为繁忙，但他仍然不改初心，在岗位上竭尽全力，身体显得很虚弱。

1985年1月，交通部为纪念香港招商局暨13艘海轮起义35周年，在北京举行大型活动，邀请当年起义的职工、船员参加。陈宏泽在北京见到30多年没有见面的老同事、老部下，追溯往事，畅谈现在，分外兴奋。在此期间游览活动颇多，就在颐和园登山之际，陈宏泽倒下了，急送医院抢救，诊断为心肌梗死。陈宏泽醒来后，焦急地说："我还有很多事未交代、安排，快给我一个录音机。"他怕时间不够，不顾医生劝阻，连夜口述录音。因抢救及时，恢复后，他很不好意思地说："我还以为就这样走了！"不久，他又回到香港，要求工作。领导让他休息，他总是停不住，其间又两次旧病发作，心肌大面积坏死，终在1988年3月14日11时40分在广州病逝，时年67岁。

新中国远洋的第一位船长，新中国远洋事业发展的见证人，一位终身为"光我中华"而不懈奋斗的中国船长，就这样匆匆地离去，令所有远洋人痛悼不已！

在1988年3月19日的追悼会上，香港招商局常务副董事长袁庚也来了，他是陈宏泽治丧委员会副主任，此时人们才知道，这位百年招商局第二次辉煌的主要缔造者、中国改革开放事业的重要探索者，1965年担任过"光华"轮的政委和党委书记，曾和陈宏泽船长肩并肩赴印尼组织接侨，他们之间有太多的话要说，有太多的情感要抒发。

为缅怀陈宏泽船长，并让后人永远铭记陈宏泽船长"光我中华"的崇高品德和献身精神，经中国远洋运输（集团）总公司批准，广州远洋运输公司为陈宏泽塑像。1998年4月27日举行了陈宏泽塑像揭幕仪式。

---

① 海床是指海洋板块构成的地壳表面。假设海水全部退去，就可以看到那里与陆上地形非常相似，有高山和深谷、缓坡、平原以及沟壑和丘脊。

　　如今，广州远洋运输公司已改制为中远海运特种运输股份有限公司，而在公司的文化展厅里，一篇蓝底白字的醒目序言，激情洋溢地书写出陈宏泽船长和新一代中国远洋人心中共同的"光华"——

　　初心照亮前路，使命指引未来。半个多世纪以来，几代远洋人为了心中的光华梦，筚路蓝缕，孜孜不辍，艰苦奋斗，走过了艰难历程，创造了光辉业绩，谱写了新中国远洋海运事业的壮丽篇章！一路走来，并非坦途。是梦想，引领了坚定的脚步，踏出荣耀的金光大道。

　　光华光华，光我中华！筑梦光华，中国梦圆，是为序章。

　　（在采写本文时，中远海运特种运输股份有限公司党工部，转来原中国远洋运输总公司副总经理、总工程师卓东明先生生前撰写的一系列纪念陈宏泽的文章，在此予以特别鸣谢，并视卓东明先生为本文作者之一。）

英雄交响

——记贝汉廷船长

【第一幕】 变奏曲

1985年3月1日，虽然春节假期已过，但春姑娘显然还没有来到。凛冽的寒风仍呼呼地穿过上海乌鲁木齐北路，街上的行人即使穿上棉袄也感受到那股透彻心扉的寒冷。直至傍晚，寒风才逐渐放缓脚步，周围弄堂又响起了零星的鞭炮声，似乎在告诉人们，今天恰是乙丑年正月初十，元宵节还没到。这年啊，还没过完呢。

朦胧的夜色中，二楼的寓所灯亮了，淡黄色的灯光漫出遮着薄纱的窗户，给阴冷的弄堂带来一丝暖意。

这是贝汉廷的家。从挂在客厅四壁的那一幅幅英俊潇洒身着船长制服、手持望远镜的照片来看，主人是一位远洋海轮的船长。

客厅里坐满了人，除了坐在沙发上的船长妻子，站在一边的儿子、女儿，还有远道而来的亲戚朋友。

据说，船长明天就要再涉重洋了。

这一屋子的人，是来送别船长的吗？不，航海是船长的正常生活。船长曾有无数次远航，但从来不要人送别，也没人想到送别。

但是这一次不同。远航的船长生病了！他浑身浮肿、举步维艰，患上心衰，具体来说，就是心脏二尖瓣膜狭窄引起的心衰。这种心脏病，发作起来难以救治，尽管船长已经交给上海远洋运输公司一份证明，一份船长千方百计从医院拿来的健康证明。

其实，坐在客厅里的这一屋子人，唯一的使命就是劝船长不要出行，不要远航。但是谁也没有办法，谁也不知道该讲什么。

静。寂静。除了厨房里水壶发出的"嘟嘟嘟"的煮水声，没有任何一点声响。

然而此时，在客厅背后的卧室里，却回荡着一首乐曲，一首钢琴变奏曲。这是一首从德国汉堡飘来的变奏曲，确切地说，是从贝汉廷在汉堡一家音乐书店买的一张巴赫《哥德堡变奏曲》唱片中飘出的。

贝汉廷半躺在床上，如痴如醉地聆听着唱机里播放出来的旋律，那旋律中活泼的变奏，那变奏中灵动的升华……

贝汉廷想躺下，让身体放得平缓些。但是不能，平躺下来反而更加气喘，还是斜靠在折叠的棉被上，气息倒平稳些。

对于巴赫，贝汉廷是熟知的。他知道这位德国音乐家伟大，知道巴赫的音乐浩瀚，知道巴赫的作品深沉、悲壮、广阔、内在，充满了18世纪上半叶德国现实生活的气息，知道在巴赫以后出现的伟大音乐家中，几乎没有一个没受到过他的滋养。但是对于巴赫的变奏曲，却是作家柯岩给了他欣赏的新视角。

大概7年前的1978年吧，柯岩采访了贝汉廷，去过他的船上，也到过他的家里。后来柯岩在1979年第11期《人民文学》上发表了她那篇著名的报告文学《船长》，主人公是贝汉廷，其中第一章的标题就是《汉堡港的变奏》。贝汉廷想不到，这位作家竟会用古典音乐中的一个曲名，来形容1978年4月"汉川"轮在汉堡港的一次装载。

那次贝汉廷接到指令，驾驶15000载重吨的"汉川"轮，去西德汉堡港装运天津化纤厂进口的成套设备。这套设备共44个大件、近5000立方米，最高的4.3米，最长的37.8米，不能压，要求极高，而且货主要求一次运回。船长贝汉廷和大副、货运代理等在堆货场看了这些设备，不由得皱起了眉头。根据货物的体积和形状，对照"汉川"轮的甲板与舱容，船长约略觉得这批货起码要装一船半。但是，货主既然要求一次运回，就要尊重货主，千方百计满足货主的要求，再说若一船装不了改用两船装，包干运费，航运公司的成本就会大大增加。

于是船长带着船员、拿出卷尺，开始紧锣密鼓地丈量这些化纤设备。量完尺寸后，他又请人找来了硬纸板，按照设备的形状，以1：100缩小比例制作模型，逐一模拟试装，精确到毫厘之间。经过精密计算、反复测量、反复调整、反复试装，终于将这些"奇形怪状""张牙舞爪"的"家伙"全部妥妥当当地安置在了船舱里、甲板上。

杂货船货物装到这种水平，在汉堡港前所未有。向来严谨有加的德国人骨子里不相信中国货船能够装得如此严谨、紧密，但这次"汉川"轮做到了。全体船员和货主及德国代理见状都情不自禁欢呼雀跃起来。装卸公司则又是录像又是拍照，说要把这次装货当作经典案例研究学习。汉堡电视台闻讯，风驰电掣般赶来要采访船长。码头上人头攒动，赞声不绝。一艘坐满人的交通小艇绕着"汉川"轮转个不停，据说为的是让行家的眼睛记下"汉川"轮甲板配载的各个角度。

这一"轰动效应"引起的结果是：自那以后，只要"汉川"轮进入汉堡港，引水员一接到船，汉堡港就响起昂扬的中华人民共和国国歌，德国人以此向贝船长表达由衷的敬意。

"'汉川'轮就是这样引起了汉堡港的变奏，为我国的海员，为我们的祖国争得了荣誉。"

作家柯岩将以上这段话定义了对这一章节的描述，也使贝汉廷对德国音乐家巴赫的变奏曲有了兴趣。

贝汉廷后来了解到，"变奏"一词源出拉丁语variatio，原意是变化，意即主题的演变。从古老的固定低音变奏曲，到近代的装饰变奏曲和自由变奏曲，变奏手法各异。而巴赫的《哥德堡变奏曲》，则是音乐史上规模最大、结构最恢宏的变奏曲。

贝汉廷想，如果说变奏就是变化的话，那么航海，自然是一支充满无穷变化的漫长的变奏曲。哲人说道，人不能同时跨过同一条河流。同理，轮船也不能同时驶过同一片海洋。浩瀚无垠、喜怒无常的海洋，其最大的特点就是变化，时时在变，昼夜在变，大海中的航行，就是适应各种变化的一段充满变奏的航程。

每当贝汉廷回忆起"汉川"轮在汉堡港的这段往事，总不无得意地说：我无意间成就了响遍汉堡港的变奏曲，真所谓乐中乐，曲中曲。

那些天，贝汉廷的生物时钟昼夜连轴快转，密集的工作节奏使他无法入眠。白天，他亲力亲为，不放过任何细微之处。晚上，他思如泉涌，沉思于深谋远虑之中。

深谋，没错，是他一贯的思维方式。他向来习惯于透析万物表象的底层逻辑。两船货并一船，表象光鲜亮丽，谁能预料深不可测的潜在风险呢？

远虑，也没错，物理距离从汉堡港出发，经过大西洋和红海，横跨印度洋，穿过我国南海，直抵目的港天津，绵延3900海里（相当于7222千米），又有谁能保证浩瀚中的平静如镜呢？

那些天，他常常独自登上驾驶台。在那里，他从左舷到右舷，来回踱步。

他透过玻璃窗，无意中望见大舱里船员和码头工人们在紧张地装载和绑扎；他极目远眺，琢磨着剑指东方的远航。驾驶台一片宁静，只有他挪来挪去的轻轻脚步声。

宁静中，他心中不停流动着一股股思绪……

他想到了两船设备合并装在现在看来相对狭小的"汉川"轮上，一路的气象、地文与洋流等对船舶稳性①的影响；他又想到燃油和淡水等物料消耗的变量参数；他甚至想到在天津港安全卸货的全部流程……

贝汉廷突破鸟笼的思维能让大洋失去肆虐、风浪留有喘息，"汉川"轮得以在风险的幽谷中划破天际。

他于是止步于海图桌前，徐徐铺展开海图，耕耘于历史和当下的各路气象、地文资料和数据库，起笔又搁笔，像是一位音乐家在伏案谱写即将上演的变奏曲总谱。

思如泉涌时，他用铅笔一气呵成三个乐章：

第一乐章，从汉堡到苏伊士运河，把燃料和水等物料消耗维持在到达运河的最低安全值。充分参考欧洲气象权威机构发布的即时信息，判断4月比斯开湾风力、洋流和海浪的最佳窗口期（仅仅24小时），实现平稳安全穿越。

第二乐章，船在运河期间，加载仅维持到达新加坡的燃油和淡水等物料。横跨印度洋时，选择低纬度的赤道，巧妙避开印度洋的季风带。

第三乐章，在新加坡添加能抵达天津港的最低量燃料和淡水等物料。

他一路预测并跟踪东南亚早期的台风，在安全和风险之间，酝酿出一个绝妙的平衡。至此，贝汉廷胸有成竹，心中已荡漾起美妙的变奏曲调，伴随

---

① 船舶稳性是指船舶在外力矩作用下偏离其初始平衡位置而发生倾斜，船舶具有抵抗外力并当外力矩消除后船舶还具有恢复原来平衡状态的能力。

着"汉川"轮一路高歌猛进，平安抵达天津港。

变奏曲完美演绎，铿锵而又丝滑。

贝汉廷船长舒了一口气。那天晚上，他睡得很香很香。

谁知公司发布了通函，不是一道嘉奖令，而是不宜提倡的禁止令。公司的决定无疑是正确的，因为没有人像他这样擅长安全穿越的绝活。此时的贝汉廷淡淡一笑，心里油然升起了一个符号——休止符，因为他期待接踵而至的将是更为华丽绚烂的人生篇章。

其实，贝汉廷甚至认为，作家柯岩在写报告文学《船长》时，也充分运用了变奏曲这一音乐的叙述方式。你看，她不是按时间的顺序去铺展船长的经历：她的笔如一只飞翔的海鸥，一会儿回望自己年轻时关于海员的诗情，一会儿又飞临汉堡港去聆听"汉川"轮发出的动听音符；海鸥沿着大致规划出的主题飞翔，但有时又忽然闪闪地跳出主题的框架，去咀嚼枯燥的航海生活中变幻出的诸多诗情画意；她的笔写乘风破浪的首航，写严谨细致的配载，写训练有素的绑扎，也写李斯特的《革命挽歌》、高尔基的《母亲》，乃至德国的歌德、贝多芬、舒曼……读柯岩的报告文学《船长》，犹如聆听一首灵动飘逸的变奏曲，给人以音乐般的美感。

航海是一种文化，是东南西北文化的交会。贝汉廷以为，像柯岩这样用变奏的方式写航海，才写出了具有航海内涵的壮美。难怪这篇报告文学出来后，许多中学语文教研室都在研究《船长》中的结构美和节奏美。贝汉廷也非常喜欢这篇报告文学，这倒不是因为写了他本人，而是这部作品展现出的格调与情调，以至于后来有人仍想采写贝汉廷，基本上被他谢绝了。他认为，很少有人在这方面再会超过柯岩那支善于变奏的文学之笔。

然而此时躺在床上的贝汉廷又觉得，现在回想起来，柯岩的《船长》也有小小的缺憾，这些小小的缺憾与他本人当时没有告诉柯岩几个小小的秘密有关。

在柯岩采访时，贝汉廷告诉了她汉堡港的变奏中那份精致的积载图①和精确的装货方案，却没有告诉她这背后的灵感，其实来自他的妻子朱佛容——

---

① 这里指的是船舶积载图，又称"货物积载图"，是指按规定格式详细地表示船舶航次积载意图或实际积载状况的一种简化船图。如对杂货船，图中应将装货清单所列的每一票货物的装货单号码、货物名称、件数、重量、堆放位置、装卸港名称以及装卸中的注意事项等完整地表示出来。积载图又分为计划积载图和实际积载图两种。前者是装货前根据预配编制，用作指导装货；后者是装货结束时，按货物实际装舱货位所绘制，是卸货的依据。

上海交通大学副教授——灵巧而智慧的双手。

朱佛容毕业于北京航空航天大学，曾留校任教，后因解决夫妇两地分居，才调到上海，先后在上海科技大学和上海交通大学任教，是位容颜秀丽、才华出众的理工佳人。夫妻俩一个学航海，一个学航天，真乃天合之作。

贝汉廷记得妻子曾对他说过："阿贝呀，当船长不能光懂得开船，还要会玩。譬如在船上装货，等于是拼图游戏，所以没事我们就玩玩拼图吧。"这使贝汉廷脑洞大开。是啊，他想起玩过一种"伤脑筋的12块"，这套玩具就是考验拼接能力的。第一次玩的人，打开后，肯定装不进盒子，一筹莫展，但玩着玩着就渐入佳境了。后来贝汉廷搬家，夫妻俩也是先量好家具尺寸，做出模型对照，一一模拟摆放妥当后，再开始实际搬场的，搬进来后一一对准摆放即可。受此启发，就有了后来"汉川"轮在汉堡港装货时，他找来硬纸板，按照设备形状，缩小比例拼图试装的变奏。

还有一个是在英国伦敦港装卸滑石粉背后的小小秘密。

贝汉廷曾告诉柯岩，一次"汉川"轮在冷藏舱盖上装了152吨化妆品原材料——滑石粉运往伦敦。伦敦的码头装卸工人得知"吸入滑石粉致癌"的传言后，集体罢工，拒绝卸载这批货物。

贝汉廷看在眼里，急在心里，表面上却不动声色。他彬彬有礼地前去拜访货物代理和码头工会负责人，邀请他们到"汉川"轮品尝中国菜。待码头工会负责人将信将疑地登上"汉川"轮，贝汉廷却压根儿不提卸货的事，只跟他们说"我喜欢莎士比亚，他是位伟大的作家"。

工会负责人见船长跟他说莎士比亚，心想：你一个外国人，充其量知道莎翁的名字，顶多加上几部作品的名称罢了。然而，令他万万没有想到的是，贝汉廷用莎翁时代的英语声情并茂地背诵了一首莎士比亚的十四行诗，把这位工会负责人惊讶得无以复加！

这一招果然管用，立马镇住了这位工会负责人。他立即放下筷子，停止咀嚼，拉拉领带、抻抻衣襟，恭谨地问贝船长有何见教。

贝汉廷慢条斯理地问："我想冒昧问一下，贵港装卸工人的太太是否每天化妆？"

对方笑起来："伦敦女人哪有不化妆的。"

贝汉廷说："那我请教你们，既然太太们化妆，而这些化妆品里都含有滑石粉成分，码头工人每天都跟太太亲吻拥抱，为什么没患上癌症呢？"

双方开怀大笑。工会负责人觉得贝船长言之有理，这罢工确实有点轻率，然而又提出要船运方提供劳动防护用品。

"当然喽!"贝汉廷一口答应。

贝汉廷当时没有对作家柯岩说的小小秘密是,这化妆品中含有滑石粉,是妻子无意中在一次讲述化妆品的化学成分时告诉他的。这位理工女又对他讲,当船长的不仅应该懂航海,懂天文地理与潮汐,还应该懂物理、化学、动物、植物、矿物及历史、文化等。譬如你船舱里载的货物物理与化学成分是什么,它有什么属性,有什么用途,会有什么反应,作为船长都要了解。所以贝汉廷很佩服家中这位理工女妻子,他们之间经常谈航海,谈航天,谈星辰大海,谈天文地理,谈物理化学,似乎有谈不完的话题。

贝汉廷还没有告诉柯岩的是,他和朱佛容两人都酷爱音乐。一次,贝汉廷和妻子在上海一起去音乐厅听小提琴协奏曲《梁祝》。这部中国式的小提琴协奏曲,宛如一个凄美的爱情故事,草桥结拜、十八相送、抗婚、楼台会……这一幕幕音乐形象、一段段优美旋律,让朱佛容听得如痴如醉,回家后仍一次次地对贝汉廷说:"真好听!"

贝汉廷饶有兴致地与妻子交流:"你知道这是什么音乐吗?"贝汉廷告诉太太,小提琴协奏曲《梁祝》是借用西洋乐器的优势来表达中国古典乐曲的一次尝试,乐曲的三个部分,其实融于欧洲传统奏鸣曲式的框架结构。如果你在欧洲,可以听到更多更纯粹的欧洲经典奏鸣曲。妻子说:"那好啊,以后你远航欧洲,就带些唱片来听听吧。"于是,这就有了他们家的卧室兼书房里有一个直抵天花板的硕大书橱,数千张黑胶唱片挨着数千本书,唱片中有拉赫玛尼诺夫的、肖邦的、莫扎特的及陈钢的《梁祝》等,将书橱塞得满满当当。

后来,当贝汉廷看到作家柯岩发表的报告文学《船长》时,惊奇地发现她竟将欧洲古典音乐的曲名"变奏曲"放入第一章的标题之中,看来这位女作家也同样酷爱古典音乐,她的音乐审美是开放的、高雅的,她在北京的家里,也一定会经常回响着欧洲古典音乐的优美旋律……早知如此,当初何不和她多交流一下音乐,这样或许这篇报告文学还会流淌出更多的优美音符呢。

也许,奏鸣曲的长河是由一批具有哲学思维的音乐巨匠,在漫长的200多年里潜心修缮而成的。奏鸣曲的三部体裁,呈示,展开,再现;一个主旋律与副旋律前后呼应,由单一到多样,由弱到强,生生不息,环环相扣,交织和缠绕……如果把人生比作音乐,那么人的生命航程不就是这样一首跌宕起伏的变奏曲吗?而人生谜一般的魅力,也在于谜一般的变奏!贝汉廷默默地想着。

飘逸着西西里舞曲风格的巴赫《哥德堡变奏曲》那30段美妙变奏还在交替着，活泼地在贝汉廷的卧室中回响，但卧室的主人贝汉廷却坐躺在床上渐渐进入梦乡，进入那个仍不时跳跃出动听音符的梦乡了……

【第二幕】　前奏曲

冬季的晨光渐渐透过窗幔映照进来，附近的弄堂又响起了噼里啪啦的鞭炮声，尽管离元宵节还有4天，看来人们还是急不可待地想迎接20世纪80年代这第五个元宵佳节了。

贝汉廷半躺在床上，揉了揉眼睛，醒了，精神感到好多了。看来无论怎样，只要是早晨，太阳就会照样升起！早晨是一天的前奏，而早晨应该听什么音乐呢？对了，应该听一段前奏曲吧。

贝汉廷对前奏曲的理解就是序曲，记得有一部电影叫《东进序曲》，就是引用了这一曲名。实际上轮船起航时的鸣笛，在贝汉廷听来，就是远航前一段高亢激昂的前奏。

在古典音乐中，早期的前奏曲带有引子的性质，而肖邦的前奏曲则摆脱了"引子"的桎梏，以独特而崭新的面貌出现，成为音乐会及唱片中的常用曲目。所以贝汉廷特别喜欢听肖邦的前奏曲，特别是在这曙光乍现的早晨。

在贝汉廷听来，肖邦的前奏曲无不渗透着肖邦那"钢琴诗人"浪漫主义的情怀，其中有怀念故乡之情的独白，有对祖国未来美好的向往，有树影婆娑、小河潺潺的声音，以及被称为"雨滴"的那美得让人心颤的旋律……特别是唱片播放的这首《雨滴》，乐曲的开始部分十分抒情，歌唱性的旋律伴随着悠悠的雨滴，仿佛是从朦胧的雨中传来的大珠小珠落玉盘的滴答声；音乐渐渐远去，雨滴声慢慢消失，却愈加留下无比丰富的想象。

音乐有前奏曲，一个人的一生，又何尝没有自己的前奏曲呢？

贝汉廷感叹，光阴似箭，今年已经59岁了，回顾自己的航海生涯，最难忘的前奏曲是什么呢？

哦，是1964年，是自己指挥"友谊"轮抵达阿尔巴尼亚都拉斯港，正在那里访问的周恩来总理亲切接见了全体船员，并同船员交流，合影留念。那是一段感人至深的前奏曲。在座谈会上，周总理一再问在座的每个船员：远航在外，本人或家中有何困难？贝汉廷简要地汇报了自己和家里的情况，他激动地对周总理说："总理，我要一辈子不离开海轮，不离开海洋，把青春和生命献给祖国。"这是贝汉廷一生中的光荣回忆，是他航海生涯中最难以忘怀的前奏曲，而他此次在周恩来总理面前表达的决心，也成了他以后至死不渝的誓言。

即使是前奏曲，也有个酝酿与创作过程。贝汉廷此刻回忆，引发自己投入航海的引子或因子，或在更早的读书时代。

贝汉廷祖籍浙江宁波镇海贵驷憩桥，1926年出生于上海市国货路，有兄长和姐姐6人，他最小。父亲经营一家小烟纸店，日军侵占上海时，烟纸店被炸，一家生活变得拮据。为了减轻家里的负担，贝汉廷的哥哥贝汉醒念完小学后即辍学工作，开始养家。贝汉醒虽然读书不多，但他深知读书的重要性，因此，鼓励弟弟努力读书，不断往上走，进最好的学校，毕业后成为杰出的人才。贝汉廷牢记哥哥的叮嘱，刻苦学习，小学毕业后，以优异成绩考取了上海中学。

上海中学创始于1865年，当时叫龙门书院，是上海开埠以来最早的地方官办新学，1904年龙门书院改为龙门师范，辛亥革命后改为江苏省立第二师范。1927年，随着欧美教育思潮涌入，一批留学欧美的学者满怀"教育救国"思想，力倡改革。大夏大学教授郑通和先生出任改名为江苏省立上海中学的校长，通过置换校舍，选择现址建校区。上海中学由传统的单一性师范学校变为理、工、商、师合科的综合性学校，学校也由此逐渐声名鹊起。抗战胜利后，一大批上海中学学生走上革命道路，这些人中，日后有50多位担任新中国的高级干部，获得"两院"院士的也有20多人。贝汉廷在这样的中学读书，所受的教育当然是一流的、全面的、开放的。彼时的上海中学教材多半是英文版的，贝汉廷的英文基础就是这样打下的。一般的学生，即使勉强进去了，英语不好就跟不上。

贝汉廷没有令哥哥失望，他在上海中学门门功课均得优秀，到毕业时，已经能够阅读原版的惠特曼的诗歌和莎士比亚的戏剧了。

贝汉廷喜欢朗读美国诗人惠特曼汪洋恣肆的自由体诗歌，其中最令他刻骨铭心的是那首《啊，船长！我的船长！》——

> 啊，船长！我的船长！
> 我们可怕的航程已经终了，
> 我们的船渡过了每一个难关，
> 我们追求的锦标已经得到，
> 港口就在前面，

我已听见钟声，

听到了人们的欢呼，

千万只眼睛都在望着我们的船，

它坚定，威严而且勇敢；

只是，啊，

心哟！心哟！心哟！

啊，鲜红的血滴，

就在那甲板上，

我的船长躺下了，

他已浑身冰凉，

停止了呼吸。

啊，船长！我的船长！

…………

贝汉廷读着读着，眼眶不禁充满泪水。

贝汉廷知道，惠特曼的这首《啊，船长！我的船长！》是为悼念美国总统林肯而作，然而诗人却偏偏独具匠心，将诗的视角对准航船与它的船长，并且撷取航船进湾这一瞬间的情景来写，每个诗节的外形恰似一艘扬帆巨轮的剪影：鼓风的帆由四行长句构成，而四行短句则像是巨轮的船舷。全诗的三个诗节俨然三艘巨轮浩浩荡荡，扬帆远航。这种视觉效果恰好与诗的内容相得益彰。这首诗，也使中学时代的贝汉廷，对于船长产生了强烈的敬仰之情。

为了更加深入理解美国诗人在《啊，船长！我的船长！》体现的诗韵和意境，贝汉廷还经常清晨在校园里用英语来大声朗诵这首诗：

Our fearful trip is done,

The ship has weather'd every rack,

The prize we sought is won,

The port is near, the bells I hear, the people all exulting,

While follow eyes the steady keel, the vessel grim and daring;

But Oh heart! heart! heart! Oh the bleeding drops of red!

Where on the deck my Captain lies, fallen cold and dead.

Oh Captain! My Captain!

…

贝汉廷庆幸自己能进入这么开放的上海中学，能在上海中学非常方便地读到中外名著，并高质量地受到外语教育与训练。他想，人类世界是由各种文明组成的，东方文明是悠久的、伟大的，西方文明也是久远的、丰富的，一个人活在世界上，如能同时从不同的文明中汲取智慧和营养，并促进各种文明的交流和融合，这是多么美好的事情！

　　从上海中学毕业后，考虑到家里的经济条件特别是减轻哥哥的经济负担，贝汉廷选择去报考可以免收学费的航海专业，于1946年考取上海交通大学航海系（后划归吴淞商船专科学校）。

　　贝汉廷珍惜这来之不易的学习机会，如饥似渴地吮吸知识的琼浆。在紧张忙碌的学习中，3年的时间宛如白驹过隙，一晃而过。1949年6月，贝汉廷从上海航务学院（吴淞商船专科学校改名）毕业，以军管会特派联络员身份前往辽宁营口，在海鹰轮船公司的200吨木壳机帆船"安海5号"上，开始了航海生涯的前奏。

　　不要以为前奏曲就一定是一种非常自由、多样化的音乐体裁。贝汉廷在"安海5号"船开始的航海生涯就是一种非常简陋、非常严格甚至严酷的体验。

　　"安海5号"船上只有一个磁罗经，还是旧得不能再旧的，此外，再无任何导航设备。因此，他们跑的都是沿海航线：天津、烟台、青岛……船小浪大，"安海5号"经常在海浪里穿梭，宛如《水浒传》里描述的"浪里白条"，同行戏称他们开的是"潜水艇"。

　　由于船小，贝汉廷和同学沈百锟同住在船头的小舱里，睡下后，浪涛声、风声、机器轰鸣声便声声入耳，好在"年轻的朋友在一起，比什么都快乐"，他俩照样倒头便睡，安然入梦、睡得很香。

　　一年后，他和同学茅秀松一起，先后被分配到广州华南海运局和上海海运局实习。实习时，船长严厉有加，对他们的要求近乎苛刻。

　　贝汉廷清楚地记得，当时船行至秦皇岛海域，零下20摄氏度，他穿着单裤，在驾驶台上瞭望海面。双手冻僵了，下意识地插进口袋里暖手，岂料被船长察觉，船长飞起一脚，踢在贝汉廷屁股上。疼痛刚起，耳边便传来一阵詈骂。这次经历给贝汉廷留下难以磨灭的印象，因为在接下来的提拔二副会议上，船长力排众议，坚决提名贝汉廷。这让他意识到，船长的严厉甚至苛刻是出于对他的培养和磨炼。由此，他升任二副。

　　往事，像一艘艘远去的船影，又像一个个前奏的音符，在贝汉廷的脑海中一一展现。这些前奏曲的音符有高昂的，也有低沉的；有依谱弹奏的，也有即兴而就的……

1964 年，贝汉廷出任"友谊"轮船长，船行至斯里兰卡首都科伦坡时，就即兴弹奏了一首意外的乐曲。

事情是这样的——

船靠码头卸货时，一个喝得醉醺醺的码头工人满嘴喷着酒气，口中骂骂咧咧，见"友谊"轮的三副下船，迎面走来，不知怎的，竟扑上来扇了三副两记耳光。在场的大副见三副无端被打，路见不平，一把揪住醉汉，让舵工用信号旗报警。

警方接报，立即赶来，带走了醉汉。

这本是一起微不足道的纠纷，孰料被人利用，发起了有针对性的罢工——不给"友谊"轮卸货。

贝汉廷批评大副不该如此草率报警，而应该报告码头工会，内部处理。小而言之，货物卸不掉，必定影响船期；大而言之，没准会影响中国与斯里兰卡两国之间的关系。

果然不出贝汉廷所料，码头方借题发挥，意欲泄愤，将三副告上了当地法庭。

闻听此讯，三副和大副气愤难耐。这个时候，贝汉廷反而安慰大副等，他说，我们不惹事，但我们不怕事。我也做原告，出庭。说完，便一头钻进船长室，从书架上抽出几本书，开始埋头研究斯里兰卡的有关法律。

开庭了，贝汉廷代表"友谊"轮当事人出庭，轮到他陈词时，他用纯熟、流利的英语义正词严地指出——

无故殴打中国船员，是严重的错误。作为中国船长，我必须严正指出这一点。但是，考虑到肇事者喝了酒，在失控状态下发生的打人行为，我们愿意撤诉，请求法庭不要处理他。

码头工人本以为这事会闹大，他们万万没想到，贝汉廷原谅了打人者，还撤回了原诉。对这一举动，他们报以热烈的掌声。

打人者酒醒后也感到后悔，此时见贝汉廷宽宏大量，便当庭向三副道歉，码头工人复工，罢工事件就此结束。

现在回想起这一事件，贝汉廷也悟出：航行于海上的船长是对外友好的使者，到一个地方，怎样处理好对外的关系，其中有方法，更有艺术。

贝汉廷半躺在床上，思绪又回到眼前的一刻。根据公司安排，今天就将飞赴德国弗伦斯堡船厂接船。而 20 年前，即 1965 年，他下了"友谊"轮转而去接收购自法国的万吨远洋新船"九江"轮的一幕又浮现在眼前——

在验收时，贝汉廷发现新船的船壳板上斑斑锈迹，触目惊心，这是新船不该有的。根据经验，他初步断定是造船时钢板未经过处理或是以次充好导致的，不然，不会有这么大面积的锈斑。

如果把船公司领导比作家长，船长比作保姆，船舶就是公司的女儿。接新船是来产房接诞生的女儿回家，新生女儿怎么能有先天疾患、怎么能不健康呢？贝汉廷万万不能接受。因此，他决定索赔。大副坚决支持并协助船长，两人于是开始拍照保存证据、查阅资料以为佐证。经过一番紧张而有序的忙碌后，船长写出了"索赔意见书"，提交给法国船厂代表。

但傲慢的船厂代表根本不睬贝汉廷，递给他的"索赔意见书"看都不看。这种居高临下、拒人于千里之外的态度激恼了贝汉廷。他便直接找到船厂厂长，用流利的英语和熟练的法语跟对方展开有理、有利、有节的谈判。对方见贝汉廷是个行家里手，不得不承认法方的过失，答应赔偿50万法郎。

谈判结束，法方船厂代表对贝汉廷竖起大拇指说："你是个很难对付的谈判高手，Captain Bei。"

然而继这次接船之后，贝汉廷能记起的曲调却是灰暗的。

1970年，贝汉廷在家中休假时，突然接到通知，要他到广州远洋运输公司报到。接到指令的他以为南下接船，便对妻子说，接到新船我再写信给你，等我消息。

孰料，是让他回公司参加专题学习班，改造思想，交代为何"里通外国"，怀疑他是特务。活儿跟开船、接船八竿子打不着，他便没有写信告诉夫人。

贝汉廷左思右想，绞尽脑汁也不明白，他连特务的职责都不甚了了，怎么突然就成了特务。至于他们给他安上的"里通外国"的罪名，贝汉廷不禁莞尔，他解释：远洋船不通外国，怎么运输货物？

所幸贝汉廷是新中国培养的船长，历史清白，没有政治问题。尽管如此，也不能重用。因此，将他下放到上海航道局，安排他到老旧的挖泥船"航峰壹号"上当三副，月薪从438元直降到260元。

历史跟他开了个不大不小的玩笑。

然而，贝汉廷不开玩笑。遗憾，是的，生命中每一段航程都会有遗憾，但遗憾也会被有心之人转换成一种机会。毕竟，上海航道局在上海；毕竟，下放给了他难得的时光，他可以利用这时光把家整好。

说起家，这是贝汉廷需要挂靠的僻静安逸的港湾。他太爱家了！多年来，他无暇顾及小家的"基础建设"，这正是他弥补缺憾的好机会。于是，他争取多一点的时间，陪伴太太和孩子们，也趁机给孩子们做做规矩。

贝汉廷一家住在上海市南市区，后又搬到黄浦区福建中路，他想换一下环境。那时的上海，老百姓是通过相互置换来创造稍好一点的居住条件。于是贝汉廷写了几十张字条，贴在他想要的地段的电线杆上。就这样，经过几次操作，他的家居环境有所改善。

贝汉廷不开玩笑。偷得浮生半日闲，登高何必上龙山。他几乎每天挤出时间，独享心爱的古典音乐。在音乐的宇宙里，他汲取时空的能量，感悟人生的真谛，抚慰失落的灵魂，澎湃大海的情怀。乐天派的人，在逆境中，也总有乐子可找。

贝汉廷不开玩笑。他利用这个玩笑垫伏下来，在挖泥船"航峰壹号"上潜心学习，研究国际海洋法、国际商法、海上保险法等法律及国际航线等，蓄势待发。

贝汉廷不开玩笑。他正准备酝酿以后的一场正曲，这或许是高潮迭起的组曲，或许是雄浑壮阔的合唱，它即将到来，它也必将到来！

【第三幕】 月光曲

1985年3月2日上午，出征前的贝汉廷依依不舍地关掉黑胶唱机，下了床。他拉开窗帘，打开窗户，尽管呼啸的寒风随之吹进房间，然而早春的阳光也斜斜地映照进来。这阳光不仅照进房间，也似乎照进他的心房，贝汉廷感觉心情也亮堂起来。

坐在外面客厅的亲戚已经散去，妻子已将早餐放置在餐桌上。宁波人将早餐称为"天亮饭"，今天的"天亮饭"特别丰盛，除了宁波人爱吃的海苔花生、黄泥螺、海蜇皮、粢饭糕等，还有一碗糯糯的宁波汤圆。妻子朱佛容说："本来再过几天全家就团团圆圆地在家里吃元宵，你非要急着走，就提前将这碗汤圆吃了吧。"

贝汉廷知道妻子的心意，但实在吃不下，象征性地吃了一只汤圆，就放下了调羹。

出发的时候到了，朱佛容拉过手提箱交给女儿贝颖言。

昨晚妻子一夜未睡，帮助丈夫细细地整理手提箱。手提箱内除了一般的生活用品外，最重要的就是要放好一套整齐的船长制服。其实，妻子最喜欢的就是阿贝戴着船长帽、身着船长制服的照片。你看，在带有五星和锚的铁质帽徽的船形大檐帽下，那两道明亮清澈的目光，透露出阿贝的自信和威严；

而无论是白色、淡蓝色、藏青色的不同季节的船长制服，肩上或袖标上都会有金丝绣成的四条杠，再加上阿贝举起望远镜向前瞭望的样子，真是帅气极了。所以阿贝每次远航，她都嘱咐他拍一些身着船长服的照片回来。但是昨晚她一边熨烫着船长服，一边想象着阿贝穿上船长服将在船上艰难行走的模样，心里却有一种说不出的酸楚。

妻子不知道阿贝具体什么时候回来，但她估计时间不会短，因为去德国这么远的地方接船，还要经过漫长的航程开回上海。其间4月23日，他该怎么度过自己59岁生日啊。朱佛容不敢向阿贝提起他的生日，其实她自己一想起阿贝将在漫漫大海中过59岁生日，眼眶就禁不住涌出泪水。她确信，阿贝也不会告诉船上的船员他的生日，甚至他自己也忘了自己的生日，所以他59岁的生日一定是在没有生日蜡烛、没有生日蛋糕、没有生日祝福的情况下度过的。啊，我亲爱的阿贝，可怜的阿贝！朱佛容不敢再想下去，将手提箱往女儿手中一递，就掩着脸对着墙壁默默哭泣。

贝汉廷在餐桌前扶着椅子艰难地站起，转身对妻子说："放心吧，有你保佑，我一定会平安回家。"说完慢慢地朝门外移动脚步。女儿想扶他，被他拒绝了。到了门口，他又喘着气，双手扶墙，摸索着向电梯口一步一步移去。进入电梯，他拉着扶手对女儿说："等会儿你只管拎着手提箱，别管我，也别多话。"待电梯到达底层，梯门打开，女儿惊奇地看到，父亲像变了个人似的，竟挺起胸膛，迈开脚步，稳稳地向接他的面包车走去。

到了虹桥机场，随机同去的一班同事已经到达，贝汉廷和他们有说有笑，像没事儿一样。这次他们是要乘飞机赴京，转乘赴德国的航班，到联邦德国接新集装箱船"香河"轮。

在安检口，贝汉廷朝女儿挥了挥手，快步走了，再也没有回头。

然而这次父亲挥手远去的背影，却久久地刻在女儿的心中，永远没有散去。

应该说，这次去德国接船的任务，是贝汉廷动足脑筋、千方百计争取来的，他已下意识地将此作为自己航海生涯的最后绝唱。

1982—1986年，中国远洋运输总公司在德国建造了16艘全集装箱船，将其中的"香河"轮、"冰河"轮、"庄河"轮、"玉河"轮及"松河"轮5艘船划拨给上海远洋运输公司。

1985年2月，上海远洋运输公司接到总公司的接船通知，要求立即着手派员飞赴德国弗伦斯堡船厂接船。期待已久的上海远洋运输公司经理李克麟随即开始挑选合适的船长前往执行这一任务。

握着候选船长名单，看看这个，不合适，划去；看看那个，不合适，划去。红叉打了一大堆，还是没选中一个。正在犹豫不决时，门外走进来一位风度翩翩的老船长，让李克麟眼前一亮——贝汉廷！

"贝船长，您怎么来了，不是休息在家吗？"

"去德国接船，为何不通知我？"进得门来，贝汉廷就开火了。

"您身体不好，我怎敢惊扰'大驾'啊。"

"不用费神费力挑选张三李四王五赵六了，"贝汉廷放下公文包，坐在经理对面，接着说，"这批新船装置了许多新设备、采用了许多新技术，这些我都比较熟悉，我不去谁去？"

"您身体不佳，不适合这趟接船。"李克麟干脆利落，用的是否定句。

"身体不佳？什么叫身体不佳？喏，这是什么？"贝汉廷从口袋里掏出一张不到万不得已不会拿出来的健康证明，递给经理。

贝汉廷显然有备而来，此前，他专程去了趟上海远洋医院，软磨硬泡，让医生开具了出海必备的"健康证"。

趁着李克麟端详健康证，贝汉廷宛如教授给学生上课般说开了——

"'香河'轮装载1686标准箱，其中，甲板装载852个，舱内装载834个，内含冷藏箱插座108个。你不是一直希望多装冷藏箱嘛，我准备和德方商量修改图纸，争取增加到200个以上，怎么样？"

这口吻，哪里是请战，完全是获准后的排兵布阵嘛。见李经理尚在犹豫之中，贝汉廷撂下一句话——

"这是我航海生涯里最后一次做船长了，你看着办吧。"说完，拎起公文包，迈开大步向办公室外面走去。

"请稍等——"实际上，贝汉廷甫进门来，李克麟已经感觉到，没有谁比贝汉廷更适合执行这趟接船任务。因为，倘若就各项指标打分，综合分数没有谁会超过贝汉廷。

不过，李克麟确实担心贝汉廷的身体状况，于是他对贝汉廷说："好吧，您去，但您得照我的安排行事。"

"那当然，听领导的。"

"我把我当年'盐城'轮同船的包医生派去跟着您。健康方面，您必须听从医嘱。"

"没问题，没问题。在岸上，听李经理的；在船上，听包医生的。"贝汉廷为获得最后胜利暗自得意。

就这样，1985年3月2日，贝船长带着30名船员，包医生怀揣7种治疗心脏病的药物和一张英文的病症说明，一起飞往德国汉堡。

然而到了德国弗伦斯堡船厂，贝汉廷的"船长程序"立即紧张启动了：审阅造船合同、造船说明书、技术图纸和操作规范，检验技术设备、组织培训、试航……一会儿登上高达6层的驾驶台监测雷达等助航仪器，一会儿奔向船尾，监测舵机运行状况，记下正舵到满舵运行时间。车、舵、锚是船长的手脚，安全的核心，丝毫马虎不得……

新生儿诞生，于一个家庭来说，是添丁进口，预示着这个家庭蓬勃的活力；新船下水呢，于船公司来说，一样是添丁进口，增加新鲜血液，增强公司运力和市场竞争力。

因此，"香河"轮下水，德国方面依照传统，举行了盛大而隆重的仪式。

传统仪式之一即由一个德高望重者将一瓶香槟掷向甲板，瓶子打碎，酒液溢出，象征船行平安。这个仪式，既是祈福，也是庆祝。

这次，本由中国驻德大使夫人扔酒瓶，但大使夫人因故未能出席。因此，毫无悬念地，贝汉廷船长成为扔酒瓶的不二人选。

在众人齐刷刷的目光下，贝汉廷熟练地拿起拴在彩色绳子上的香槟酒瓶，右手用力一甩，如战士投弹般，将瓶子甩向船首。孰料，出席仪式的众人并没有一如既往地听到瓶子破碎的声响，也没有目睹酒液四溅的情形。

原来，瓶子在彩绳的牵拉下缩了回来，落在了船长眼前、脚下。船长一个愣怔，立即明白了，马上低头弯腰，捡起瓶子，再次用力扔了出去。

依然没有声响，不见酒液，众人大惑不解，难不成这是主办方故意设置的悬念？全场鸦雀无声，屏气凝神，等待谜底揭晓。

德方总经理一直凝视着贝船长，他明白个中玄奥，立即健步上前，解开酒瓶上的彩绳，将香槟酒瓶递给贝船长并握住他的手，合力将酒瓶"呼——"地投掷了出去。"砰——"的一声，脆响如期而至，"哗——"的一片，掌声随即腾起，仿佛广场鸽一般飞向空中。

经久不息的掌声响彻"香河"轮，一时间，船坞里弥漫着欢声笑语。

此情此景，包医生看在眼里，急在心里，他知道贝汉廷已经浑身乏力、力不从心了。

然而，贝汉廷仍然马不停蹄，为"香河"轮的处女航而废寝忘食地忙碌着。

基尔运河是德国北部连接北海和波罗的海的重要通道。夕阳西下，"香河"轮犹如一座大山在德国平原上平缓地移动，一派壮观又梦幻的景象。

贝汉廷走出驾驶台，到右翼船桥瞭望。暮色中，两岸的景物变得模糊起来。突然，余光中，他隐约感觉到有个黑影迎头甩了过来，说时迟那时快，他敏捷地猫腰侧身躲过了。巨物飞掠而过，掀翻了平台的顶棚。原来是高悬在运河上方的码头岸吊上吊钩惹的祸。一场重大险情与他擦肩而过。

形影不离的包医生事后问道："您为什么不拔腿跑呢？"

贝汉廷苦笑道："事发突然，我的腿不听使唤。"

他又接着关照一句："包医生哪，可不要对别人说啊。"

夜幕降临，贝汉廷又信步来到甲板上。此时，"香河"轮已驶出易北河，平稳地航行在一望无垠的波罗的海。贝汉廷慢慢仰起头，极目眺望，一轮当空皓月映照下，浩瀚的海面泛着粼粼的波光。浪涛徐徐涌起，这海面上的波光如飘逸的绸缎正被无形的巨手挥舞着，向着船长迎来，并伴着有节奏的涛声。贝汉廷看着、听着，发现这月光下的波澜和涛声其实是有旋律的。是什么旋律呢？他细细分辨：嗬，原来是《月光曲》。

听，贝多芬的这首月光奏鸣曲轻推慢陈，如轻泻一地的月光，缓缓移来，移至贝汉廷的心房。贝汉廷知道，这首原名为《升C小调钢琴奏鸣曲》的《月光曲》，是1801年贝多芬在经历情感波折后，创作出来的举世闻名的钢琴奏鸣曲。德国诗人路德维希·莱尔斯塔勃听后，将此曲第一乐章比作"犹如在瑞士琉森湖月光闪烁的湖面上摇荡的小舟一般"，而冠以《月光曲》之名。

对于贝多芬的这首《月光曲》，贝汉廷还宁愿相信这样一个未经证实的美丽传说：

一天夜晚，贝多芬在莱茵河边一条幽静的小路上散步，听到断断续续的钢琴声从一所茅屋里传出来，弹的正是他的曲子。贝多芬靠近茅屋，琴声忽然停了，屋子里有人在谈话。一个姑娘说："这首曲子多难弹啊！我只听别人弹过几遍，总是记不住该怎样弹。要是能听一听贝多芬自己是怎样弹的，那该有多好哇！"一个男的说："是啊，可是音乐会的入场券太贵了，咱们又太穷。"贝多芬听到这里，推开门，轻轻地走了进去。茅屋里点着一支蜡烛。在微弱的烛光下，男的正在做皮鞋。窗前有架旧钢琴，前面坐着一个十六七岁的姑娘，脸很清秀，可是眼睛失明了。皮鞋匠看见进来个陌生人，站起来问："先生，您找谁？走错门了吧？"贝多芬说："不，我是来弹一首曲子给这位姑娘听的。"贝多芬于是坐在钢琴前面，弹起盲姑娘刚才弹的那首曲子。盲姑娘听得入了神，一曲弹完，她激动地说："弹得多纯熟哇！感情多深哪！您，您就是贝多芬先生吧？"

贝多芬没有回答，他问盲姑娘："您爱听吗？我再给您弹一首吧。"

一阵风把蜡烛吹灭了。月光照进窗子，茅屋里的一切好像披上了银纱，显得格外清幽。贝多芬望了望站在他身旁的兄妹俩，借着清幽的月光，按起了琴键。

皮鞋匠静静地听着。他好像面对着大海，月亮正从水天相接的地方升起来。微波粼粼的海面上，霎时间洒满了银光。月亮越升越高，穿过一缕一缕轻纱似的微云。忽然，海面上刮起了大风，卷起了巨浪。被月光照得雪亮的浪花，一个连一个朝着岸边涌过来……皮鞋匠看看妹妹，月光正照在她那恬静的脸上，照着她睁得大大的眼睛。兄妹俩被美妙的琴声陶醉了，等他们醒过神来，贝多芬早已离开了茅屋。他飞奔回客店，花了一夜工夫，把刚才弹的曲子——《月光曲》记录了下来。

此时贝汉廷伫立在甲板上，面对月光下浩荡的波罗的海，也看到了越升越高的月亮，看到了一缕一缕轻纱似的微云，看到了被月光照得雪亮的浪花，看到了月光正照在她那恬静的脸上，照着她睁得大大的眼睛……不过随着月光的飘移，这个"她"，似乎不再是莱茵河边茅屋里的那位盲姑娘了，而是上海乌鲁木齐北路家中的妻子。

想起以前的语文课本中有一首唐代诗人张九龄的诗《望月怀远》，记得头两句是：

> 海上生明月，天涯共此时。
> 情人怨遥夜，竟夕起相思。

此诗用在这里，真是太恰当不过了！如果妻子此时此刻正在上海黄浦江边，与在波罗的海的我同样披着银色的月光，千里共婵娟，那是多么美好的景象啊！

贝汉廷记得，去年，也是明月高挂的夜晚，蓝色的光线透过家中的窗户，温柔地投射到他和妻子的身上。

"Beethoven Moonlight Sonata"（贝多芬《月光曲》）黑胶唱片摆放在沙发的茶几上。

情有所起，音乐相伴。

他轻轻地把唱片安放在留声机的转盘上，向左划动唱臂，唱头和密纹摩擦出的沙沙声弥漫开来，时光仿佛在那一刻旋转一般。

月光曲，那样安详、纯粹，时而明澈、时而朦胧的韵味，像是一股股山泉流淌在他俩心间，他闭着眼睛倚靠在沙发上，手臂不由自主地舞动……

贝汉廷对这首曲子情有独钟，因为它是孤寂的陪伴，也是惆怅的安慰。

思乡的心潮似乎要冲决身体的提坝，贝汉廷倚靠在甲板边的栏杆上，借助栏杆的把持，深深地陷入了沉思。

他突然又怨恨自己，自结婚以来，他竟然从来没有一个晚上携妻子和儿女们来到黄浦江畔去看月光，看银盘似的月亮怎么挂在轮船的桅杆上，又悄悄地穿过薄纱似的微云，向船尾移去……

海员真是一个既荣耀又折磨人心的职业！

人类是陆生生物，通常情况下脱离陆地我们是无法生存的。尽管存在一些特殊的人类群体，如巴瑶族人，他们长期与海洋生活紧密相关，甚至不适应陆地环境，但这并不能改变人类作为陆地动物的基本属性。人类的生活和进化历史主要在陆地上进行，人类的家居也只能在陆地上生活。家是什么？家是温暖的港湾，是心灵的归宿，是情感的寄托；家是有至爱之人等候的地方，是一起吃饭的团圆，是晚归守候的灯火……然而，海员却注定要离开陆地，离开家，漂荡在大海之中。由于长年航行在海上，贝汉廷与家人聚少离多。1959年，他与同学的妹妹、小他9岁的朱佛容结为秦晋之好，至今婚后26年，夫妻相聚的时间不超过5年！

姑且算他5年吧，$5 \div 26 = 0.1923$，相聚系数才可怜得不能再可怜的0.19。何似人间的牛郎织女啊！

贝汉廷记得，他在广州远洋运输公司工作时，妻子带女儿去探亲，那是1960年夏天，女儿来到人世刚三个月。贝汉廷时任中捷海运公司"奥拉伐"号大副，负责装卸货。凌晨进出港要当班，一夜间起身多次，根本无法体验初为人父的喜悦。见到一旁默默不语却深情凝视着他的妻子，贝汉廷大副满怀歉疚地对她说："我要继续努力，等当了船长，就有更多时间陪伴你了。"

如果说这是个美好愿望，那么没过多久，这个愿望的一半——当上船长——实现了；如果说这是贝大副对妻子的承诺，那么贝船长没有兑现这个承诺。因为，当船长后，他更忙了，更没时间陪伴妻子和儿女了。

由于长年航行在海上，对家里的照顾自然是鞭长莫及。加之妻子朱佛容从哈尔滨调回上海后，在位于嘉定的上海科技大学工作，远离城区。大女儿出生后，只能请个保姆照顾。由于夫妻俩长年不在上海市区工作，家里的事情都交由保姆打理。

由于长年航行在海上，贝汉廷与家人的相聚、相伴，成为一件极其奢侈的事。常常是好不容易上岸，刚刚到家，立足未稳，公司电话接踵而至，工作内容无外乎或出去接船或接受新任务。

由于长年航行在海上，除了妻子朱佛容，他与女儿、儿子相处的时间也少得可怜。

记忆之门打开，如波罗的海的潮水汹涌而来：

三个孩子出生，贝汉廷都不在上海。问起"爸爸在哪儿"，他们都不约而同指着墙上挂着的照片。小女儿贝颉言1966年出生，直到1968年，贝汉廷回沪休假，她才第一次见到父亲，竟开口叫"阿哥"，一家人都笑了，她感觉不对，立即改口叫"叔叔"，直到哥哥姐姐在一旁告诉她"这是我们的爸爸"……这像个笑话，却令人伤感。由于与父亲长期分开，孩子竟然不认识自己的父亲！

一声简单的"爸爸"，生生拐了三道弯，何其艰难！

这一声喊，令堂堂男儿贝汉廷全身骨头彻底酥软，眼泪夺眶而出，所有的辛苦、劳累，此刻完全化作柔情。他一把甩开行李，将女儿从妻子手里揽入怀中，亲狎不已。目睹这一幕，妻子眼中噙满泪水，脸上满布柔情。

这是一次地地道道的离别亲人的团聚，这是一幕名副其实的海员家庭的喜剧。海员家庭聚少离多，该要多么珍惜这不定的、短暂的团聚。他们将这团聚当作节日一般，欢呼雀跃，喜气洋洋。

儿女绕膝之际，贝汉廷拿出一红一蓝两支圆珠笔。他先让大女儿贝颖言挑一支，女儿见有礼物，总觉得是父亲的奖励，就喜不自禁地挑了红色的那支。贝汉廷没把红的给女儿，但什么都没说，转而让儿子贝嘉城挑。儿子也挑了那支鲜艳的红笔。

这时贝汉廷语重心长地开了腔，他对女儿说："你是姐姐，应该让着弟弟，弟弟比你小，你怎么能先挑呢？"转身对儿子说，"虽然你是弟弟，比姐姐小，但你是男孩，男子汉嘛，怎么能跟女孩子抢呢？"

接着，贝汉廷讲了三国时孔融让梨的故事，即《三字经》上收录的"融三岁，能让梨"。

姐弟俩听了，皆点头，一致认为父亲说得对。

这种信手拈来的循循善诱宛如春风化雨般，滋润着姐弟俩幼小的心田，让他们从小明辨是非善恶，懂得谦让，养成良好的品质。

静谧的月夜，辽阔的海面，习习的微风，起伏的甲板，贝汉廷月光下的思念又落在儿女身上。此时他又深深责怪自己，在家的日子不多却对子女的管教过于严厉。

贝汉廷是宁波人，宁波人注重家规，对孩子样样管头管脚。女儿说，父亲属虎，其威严和他的属相极其相配。

1979年7月19日，贝船长驾驶"柳林海"轮首航美国西雅图回沪后，在写给美国友人"曾经理"的信中，他这样说道："……'柳林海'轮返沪后，公司安排我休假（我已五年未休假），这是领导上对我的照顾。休假期间，主要辅导孩子们的学习。看来他们没能刻苦钻研学习，我有些恼火。"

在学习和玩耍（娱乐）之间，贝汉廷要姐弟仨取得平衡。精通英语的贝汉廷深刻领会"All work without play makes jack a dull boy"这句英文谚语的含义，译成中文大体是"只学习不玩耍，聪明的孩子也变傻"。

因此，为了帮助缺乏自控力的儿女们正确处理两者关系，贝汉廷给他们制定了"家庭生活守则"，一二三四、甲乙丙丁，教导他们遵章办事。

譬如晚上 7 点前不准看电视，看电视也只准看新闻，每天必须做功课、练钢琴，有客人在座、小孩子不能上席，等等。

对于儿子，贝汉廷管教更加严厉。男孩子嘛，免不了调皮捣蛋，这不，小子偷偷抽烟被贝汉廷逮住了。香烟是家里备着招待客人的，贝汉廷自己也不抽烟。一气之下，贝汉廷要儿子写"检讨书"，当儿子写到"上了阶级敌人的当"时，贝汉廷严厉但幽默地说"我看是阶级敌人上了你的当"。此言一出，惹得一家人忍俊不禁。

为了弥补对子女陪伴的缺失，贝汉廷每次归航回家，都会带回很多学习和日常生活用品，如英文词典、琴谱、尼龙游泳衣及各种食品，形形色色。对了，还有孩子们极其喜欢的市场上买不到的方便面。

那个年代，"进口货"是很令人羡慕的。所以，父亲回来，孩子们都很兴奋，趁他不注意的时候，就翻看他的包。

天气有点凉了，此时包医生拿着一件大衣披在船长身上，叮嘱船长早点回船舱休息。船长示意他还要站会儿。他要看月光如何像一位沉默的画家，用它柔和的笔触，将星辰大海渲染成一幅美丽的画卷；他要听月光如何似一串飘洒的音符，在大海大洋中弹奏出动人的乐章。

其实世人或许不知，航海又是这世界上最富人性的职业之一。海员和海上探险与贸易相生相伴。海员用专业的知识、过硬的技能和丰富的经验守护着每一次航行的安全，为着全人类在海洋间的互通有无与文化交往。远洋海运承担了全球 90%的贸易运输，全球 80 亿人的生活都离不开海员的默默付出。这不是海员的大爱是什么？海员以海洋为家，与风浪共舞，在一次次直面狂风巨浪的挑战中，诠释着勇敢坚毅的航海精神；他们向海扬帆沐风雨同行，航迹遍布七大洲，历经艰辛收获美好。就在这月光倾泻的夜晚，海员或许就在这星辰大海中用生命弹奏出一支感人肺腑的《月光曲》。

贝汉廷的眼前又浮现 1978 年 12 月 12 日那难忘的一幕：

这天，贝汉廷驾驶着"汉川"轮途经地中海远赴英国伦敦，航行中，电报员突然收到"艾琳娜斯霍普"号商船"梅代梅代"（呼救信号SOS）的求救信号，立即报告贝船长。

船长接到电报员的报告，立即查找出难船在海图上的位置，然后三步并作两步跨出船长室，奔向船桥，用望远镜在海面上仔细搜寻。望着地中海的狂风巨浪，虽然有月光，夜晚的主宰仍是黑暗。尽管风急浪高，但救人一命胜造七级浮屠，更何况是一条船，它上面有十几条甚至几十条鲜活的生命——海难救援火烧眉毛，义不容辞、刻不容缓。

有人嘟囔，救人可不是一时半会儿的事，这可不是救一两个不小心落水者，而是一条船上的人，时间没法预估。公司船期安排得很紧，一旦耽误了时间，是要受处罚。再说了已经过去了几艘船，人家的吨位比我们的大，条件比我们的好，设备比我们的先进，它们都舍之而去，我们何必强出头充好汉呢？

贝船长略一思忖，斩钉截铁地说，船期可以赶，生命不重来。公司损失的是利，遇难的人失去的是命。救人是大义，在大义面前，再大的利也得让步。

难船就在前方，船长当机立断，立刻下令施放救生艇并指挥大副、水手长一干人等，驾驶救生艇围着遇难船开始搜救。

经过一番努力，终于在黑魆魆的海面上找到了塞浦路斯商船"艾琳娜斯霍普"号。经过迅捷且简短的交流得知，此货船已倾斜近30度，船舱正大量进水，面临随时沉没的危险，16名船员和一名家属的心情笼罩在濒死的感觉之中，一小半人在呼救、在想辙，一多半人在哭泣、在祈祷。

微弱的光照中，依稀见到中国船员前来，"艾琳娜斯霍普"号上的人仿佛溺水的人见到救命稻草一般喜出望外，欢呼雀跃，大声叫着"China、China"。此时贝汉廷指挥"汉川"轮逐渐靠近救生艇，随后，有条不紊地指挥船员将遇难船上的人一一救上"汉川"轮并妥善安置了他们。

随后，贝汉廷指令报务员立即向有关方面通报进展状况，其中包括当地电台和亚历山大塞得港、雅典、马耳他、塞浦路斯，以及远在万里之外的上海电台等6个海岸电台，还有接到求救信号前来救援的船只等。

考虑到航行安全，贝汉廷命令打开甲板照明灯，以此作为航标①（见图），

① 航标是助航标志的简称，以特定的标志、灯光、声响或无线电信号，标示航道方向、界限与碍航物，也称浮标。其种类有过河标、沿岸标、导向标、首尾导标、侧面标、左右通航标、示位标和桥涵标等，是帮助船舶安全航行的助航设施。

航标

用灯光示意来往船只避开遇难船。

"汉川"轮在此海域坚持了一个通宵，引导"华尔德·居雷"号、"费力柴"号、"阿脱拉斯"号等6艘船安全通过遇难船海域，避免了次生灾难的发生。经过的船只擦肩而过时，都在表示感谢和敬意。

来到"汉川"轮上，"艾琳娜斯霍普"号船长流着泪，询问贝汉廷的住址；与此同时，他在贝汉廷的笔记本上写下了自己在哥伦比亚的住址，并写下"不要忘记我，我一辈子不会忘掉你们"的话，签下了自己的名字。

当东方露出鱼肚白，微弱的阳光冲出海平面，贝汉廷又做出一个决定：将脱险船员和一名家属就近送往希腊的克利蒂岛上。

如果说昨晚的施救行动是人道主义精神的体现，那么今天一早的再送一程就是温暖人心的同行情谊了。此举让脱险船长伊科优斯感动不已，他抓住贝汉廷的手，泣不成声地说："我们终生不会忘记，而且叫我儿子也记住，是中国人救了我们！"

"艾琳娜斯霍普"号轮机长阿松年底斯·康诺是获救者中年龄最大的，获救后，他希望用"汉川"轮上的无线电话跟家里通话。电话接通、听到他妻子的声音时，这个希腊汉子涕泗横流，哭得说不出话来，十几分钟后才断断续续地表达了自己的所想：你一定听到我遇难的消息了……放心吧……中国人救了我们，并且……船长、政委和我们一起用餐呢。

离别时，"艾琳娜斯霍普"号获救船员与中国船员依依不舍，中国船员也是一步三回头。就在中国船员转身、即将离去的时候，获救船员突然全体扑过来，紧紧抱住中国船员，个个泪眼婆娑。希腊大管轮佛来季·本德里斯说："你们不但救了我，还救了我家已经怀孕的妻子，她还有8天就到预产期了。这次若生个儿子，就取名'汉川'，以纪念你们的再生之德。"

在上海海事大学档案室，至今还可看到贝汉廷船长关于这次海难救援的详细记录，贝汉廷写了16页纸，落款是"中国远洋运输公司上海分公司'汉川'轮船长贝汉廷"，日期是"1978年12月20日"，地点是"伦敦"。

在贝汉廷看来，这一长长的16页纸的记录，恰似当时贝多芬从莱茵河边的小茅屋回到家后奋笔写下的乐谱，所不同的是：贝多芬写的是钢琴上的《月光曲》，而贝汉廷与"汉川"轮海员写的是大海中的《月光曲》。贝多芬的《月光曲》，饱含着贝多芬至深的感情，是失聪的音乐家用心和灵魂谱写而成，乐曲最后急风暴雨般的旋律中，表达的是高昂的斗志和不畏艰辛、继续创造的精神。而1978年12月12日黉夜，"汉川"轮全体船员在地中海海域奏响的《月光曲》，尽管有点凄凉、略带悲壮，也许还带着点忧伤，但它却表达了中国海员最真诚的人道主义精神和博大的人性之爱。

此时贝汉廷仰望满天繁星衬托下的皎洁明月，长长地舒了口气，感叹道："这是我30年来航海生涯中一个难以忘怀的航程。"

【第四幕】 欢乐颂

来吧！高唱一首欢乐颂，

为了和平，兄弟们！

高唱一首欢乐颂，

人类终会相爱：

欢乐女神圣洁美丽，

灿烂光芒照大地，

我们心中充满热情，

来到你的圣殿里，

你的力量能使人们，

消除一切痕迹，

在你光辉照耀下，

人们团结成兄弟……

贝多芬的《欢乐颂》，以它震耳的声音和智慧的光芒，讴歌纯洁、自由、爱与和平，缭绕在宇宙上空，经久不衰。

贝汉廷非常喜欢这首《欢乐颂》。在他听来，这首气势磅礴的《欢乐颂》，是人声与交响乐队合作的典范之作，也是贝多芬音乐创作的最高峰。其实《欢乐颂》原本是德国诗人席勒的一首诗作，而贝多芬本人正是席勒的忠实崇拜者，这首《欢乐颂》也是贝多芬最钟爱的诗作之一，席勒在诗中所表达出来的对自由、平等生活的渴望，其实也正是一直向往共和的贝多芬的最高理想。

贝汉廷觉得很奇怪，无论自己在岸上或痛，或病，或受伤，或受气，只要一到船上，一到大海，就如同遇见了圣洁美丽的欢乐女神，灿烂光芒立即照亮心房，于是心中充满热情，就想唱一首激情四射的《欢乐颂》。

贝汉廷不止一次说过 My Wrinkles at Sea（岁月的年轮镌刻在苍茫的大海上），他没说出来的是 My Happiness at Sea（人生的欢乐洒落在浩瀚的海面上）。

"柳林海"轮首航美国载誉归来后，贝汉廷曾经来到上海海运学院。学校大门横幅高挂，赫然在目：欢迎航海家贝汉廷船长归校（上海海运学院的前身是吴淞商船专科学校）。他是应邀给航海系学生做一次专题为"怎样成为一位航海家"的演讲。

当时在场的大多数航海学生后来都成为优秀的远洋船长，当他们回忆起那次激情澎湃的演讲，仍然感到兴奋不已。

一眨眼，45年过去了，时光匆匆。

记得那天，灰蒙蒙的云雾，烟雨微微，同学们心中却燃起一缕明媚的阳光，期待着这位学长的光临。

学院大会堂座无虚席，许多外系学生闻讯赶来，挤在会场两旁，一睹这位传奇人物的风采。

贝汉廷环顾四周，映入眼帘的是一张张热情洋溢的青春面庞和一双双清澈明亮的眼神。他用"浪迹天涯行八方，我心归处是海洋"开场，简略回顾他的童年和青春：那是在书海里苦作行舟的艰苦岁月。

面前仿佛是久违的亲人，他娓娓道来，讲述着做船长的担当和光荣，艰难和成就——汉堡港的变奏，向船厂的索赔，地中海的施救，等等。

话锋一转，他直奔主题，说道：

"亲爱的校友们，大航海时代①，那些充满智慧、胆略和好奇的航海家，不畏艰险、永无止境地探索这个未知的星球，为人类开拓出一片片新天地。

"有所追求，有所发现，才能有所实现。

"西方列强的航运世界，无论是战略、船队还是营运模式，已经发生翻天覆地的变化，而且这样的变化一直在持续着。反观我们，老祖宗留给我们960多万平方千米，18000千米绵长的海岸线的神州大地，确实得天独厚。可是，

---

① 15世纪到17世纪，欧洲的船队出现在世界各处的海洋上，寻找着新的贸易路线和贸易伙伴，以发展欧洲新生的资本主义。在这些远洋航海的探索中，欧洲人发现了许多当时在欧洲不为人知的国家与地区，所以称为新航路发现的大航海时代，也是探索和发现时代。在这个时代中，欧洲涌现出了许多著名的航海家，其中有克里斯托弗·哥伦布、斐迪南·麦哲伦、瓦斯科·达·伽马、佩德罗·阿尔瓦雷斯·卡布拉尔、胡安·德拉科萨、巴尔托洛梅乌·迪亚士、乔瓦尼·卡波托、胡安·庞塞·德莱昂、亚美利哥·韦斯普奇与胡安·塞瓦斯蒂安·埃尔卡诺等。

我们做了什么呢？我们沉睡了那么多年，那么多年哪！"

说到这里，他声浪潮涌，略带几分悲壮和不服。

同学们面面相觑，神情严肃。

回望过去，贝汉廷无不感慨：

"请看看我们当下的状况吧，新中国的航海事业取得巨大发展，然而，与航运发达国家相比，很多细分领域还是空白。我们没有集装箱船队，没有超级油轮船队，没有液化天然气船队，没有特种船队，没有极地航行，很多的没有。我们要迎头赶上！历史的责任重重地落在你我两代人身上，艰巨而又光荣。"

"亲爱的同学们，"贝汉廷语重心长地说，"毋庸置疑，你们都会成为光荣的远洋船长。但要成为一名名副其实的航海家，尚需风雨兼程。除了精进前辈们的航海技术以外，我们要博学多才，熟悉外国哲学、法律、宗教和人文历史，还要通晓工程、社会活动、外交和文学。你若要赢得别人尊重，你就得完善自我。"

话音刚落，他脑海里浮现出当年与伦敦码头工会一位负责人为装卸滑石粉而交流的场景。他乘兴而来，先是用中文朗诵一首莎士比亚十四行诗《爱是亘古长明的灯塔》：

> 我绝不承认两颗真心的结合
> 会有任何障碍，爱算不得真爱，
> 若是一看到人家改变便转舵，
> 或者一看见人家转弯便离开。
> 哦，绝不！爱是亘古长明的灯塔。
> …………

接着他又用英语来朗诵这首十四行诗——

> Let me not to the marriage of the minds
> Admit impediments, love is not love
> Which alters when it alteration finds,
> Or bends with the remover to the remove.
> O, no, it is an ever—fixed mark
> …

贝汉廷深有体会地介绍道，只有用英语朗诵，才能更真切地了解莎士比亚十四行诗中丰富的思想和形象，且为其丰富的语汇、精练的语言、巧妙的结构、悦耳的音调所惊叹！

他稍带有宁波口音，抑扬顿挫的朗诵声震撼了全场。

……爱是亘古长明的灯塔。

灯塔，是的，贝汉廷是在抒发着一种爱，去点燃照亮他们今后人生航程的灯塔。他殷勤嘱托：

"在你们身上，寄托着民族强海的梦想。前面的海路很长，潜伏着艰难险阻，任重而道远。古人曰：天下兴亡，匹夫有责。祖国等待着你们早日成为民族的脊梁。

"大学是垒起基础知识结构的地方，你们踏入社会，有太多的学问要探究，有太多的领域要突破，有太多的处女航要驾驭……所以永远不要停止思考、学习和实践。"

贝汉廷洋洋洒洒、长达4小时的精彩演讲在同学们的心中激荡，一阵阵热烈的掌声传递出他们的心声。

最后，贝汉廷站起身，大声呼唤：

"爱你们的大海吧！它浩瀚无垠，变幻而又神秘，咆哮而又宁静，狂暴而又细腻，实在而又浪漫，大海是一切。

"爱你们的巨轮吧！'它是一个天姿绰约的美人，它身体的每一部分都有令人爱慕之美。'它承载你的躯体，放飞你的灵魂，你爱心呵护有加，你们逐流荡漾，守望相伴！

"当你缓缓步入晚霞，生命渐渐折起皱褶时，你会有感而发：'我行过的海里丈量我的时光，汗水留痕在航迹里，青春烬燃在浪花中。'"

同学们依依不舍地欢送贝汉廷到学校大门。那里，欢声雷动，成了一片群情激昂、青春涌动的海洋。

暮色降临，晚餐时间已过，尽管饥肠辘辘，同学们仍兴致盎然，不愿散去，因为他们已经享受了一顿丰盛的、难以忘怀的精神盛宴！

是的，贝汉廷是船长，更是航海家。他乐于与海浪搏击，在搏击中显示男子汉钢铁般的力量；他敢于向暴风叫板，在叫板中显示专业性的科技神威。总之，他感到在船上、在海上的欢乐远多于在岸上（陆地）的欢乐。他受不了两点一线式的机械的办公室生活。他认为，男人就该面对大海，风里来，浪里去，接受挑战，天涯海角不辞远，直挂云帆济沧海。

1961年，贝汉廷作为大副随广州远洋运输公司"和平"轮首航缅甸仰光时，许多华侨闻讯祖国的船舶抵达，高兴万分，纷纷前来，蜂拥上船参观，激动得热泪盈眶。一位老华侨久久不愿离开，老泪纵横地坚持在甲板上多留一会儿，他说："这是祖国的领土，我要多站一会儿。"

此情此景，令贝汉廷同样感到自豪和骄傲，他知道自己的脚下踩着的"流动的国土"极其珍贵，五大洲四大洋，世界各地，无论航行到哪里，都踏踏实实站在祖国的土地上。这种感觉，未曾亲身经历者无法感同身受。

这时，他想唱一首《欢乐颂》。

1962年，贝汉廷升任"友谊"轮船长，成为新中国培养的第一代船长。"友谊"轮抵达坦桑尼亚时，受到当地人的热烈欢迎。华侨纷纷拥上船来参观，该国总统、副总统也登船慰问，与贝汉廷在甲板上合影，成为当地新闻焦点。

这时，他想唱一首《欢乐颂》。

贝汉廷船长成为友谊的使者，驾驶着友谊的航船，满世界播撒友谊的种子。

1979年3月底，上海远洋运输公司"柳林海"轮首航赴美，船由贝汉廷驾驶。公司领导钱永昌也参加以交通部副部长彭德清为团长的代表团，赴美访问。

这个航次，贝汉廷深感责任重大。行前，他反复查阅、深入研究后，拟定了——

自沪赴西雅图航线：根据上海远洋运输公司海监室的推荐，参照中国至加拿大航线各兄弟船舶的经验，查看了英文版的航道图[①]和世界大洋航线，将各个航段的经纬度、航程、风力和气候、航行时间、各转向点、里程等都进行精确、详细的计算。

自西雅图返沪航线：根据美国海军出版的每三个月更新一次的《北太平洋航路图》推荐的航线，至胡安·德富卡的西口……也包括了经纬度、气候、风力、大雾、水文、航行时间、各转向点、里程等详细资料。事无巨细，一一罗列。

这次航行贝汉廷又很兴奋。"柳林海"轮1971年造，为远洋散货船，载重38405吨，这次它将作为中美友谊的使者开往美国，这是中美两个大国在航运领域的破冰之旅，30年的坚冰终于被打破，"柳林海"轮此行扮演的角色

---

① 航道图也称水道图。为指引船舶安全航行采用比例尺所制的专用的水道图，适合航行用。一般每个港口的江河和狭窄水道都有这样的图。图中绘有详细的航标、航线、磁差、水深、浅点、流向、流速、引航区域、障碍物以及岸线、大桥等建筑物，使用时一目了然。

非同小可。接到这个任务，一贯作风严谨、穿着正规的贝汉廷行前特地将船长制服送正章干洗店洗熨了一次。

这一天终于到来了，1979年4月19日清晨，贝汉廷一身笔挺的船长制服，头戴大盖帽，精神抖擞地站在驾驶台上，在"'柳林海'轮开船——"指令下达时，贝汉廷指挥起锚、船从上海港出发，横渡太平洋，劈波斩浪，驶向美国。

航行至加拿大和美国之间的胡安·德富卡海峡，贝汉廷拿起挂在胸前的望远镜，眺望海峡两岸的壮美景色。弯弯曲曲的海峡为加美两国共有，向南是美国城市西雅图，向北便是加拿大城市温哥华。因此，对讲机里一忽儿响起加拿大瞭望台的呼叫，一忽儿响起美国瞭望塔的呼叫。就在这时，对讲机里传来引水员的声音："'柳林海'轮去西雅图港。"

贝汉廷从望远镜里看到，西雅图河流纵横，岛屿众多；港口码头分散，不少年代久远的木质码头点缀其间。河岸两边，小镇与村庄错落有致地坐落着，巨大的广告牌矗立在小镇岸边，煞是引人注目。

"柳林海"轮抵达西雅图码头时，美国运输部部长、海运总署署长、州长、参议员杰克逊、西雅图港口高级官员亨利·考克金和中国驻美大使柴泽民一行，以及全美华人协会西雅图分会的代表臧英年先生，还有财团主席戴耶等，早已等候在彼。待船驶近，港口领航的喇叭里响起激昂雄壮的中华人民共和国国歌。

"柳林海"轮预先布置的彩旗迎风招展，彩带猎猎作响，船稳稳靠上码头后，贝汉廷发表了热情洋溢的演讲。他说——

中美航线中断了30年，今天，我们来了。你们也看到了，我们的船舱是空载的。但我们的船果真是空的吗？不，"柳林海"轮装满了友谊，中美两国的友谊几十艘、几百艘、几千艘这样的船都装不下。

坚冰已经打破，航道已经开通，浓雾刚刚散去，阳光已然普照。今天，我们来了，欢迎你们明天就过去，去上海、去中国，礼尚往来，互相走动。这样，中美的大门才能越开越大，中美之间的往来才能越来越频繁……

贝汉廷话音甫落，岸上就响起一片经久不息的热烈掌声，人群高声喊着——

贝汉廷、柳林海，China；贝汉廷、柳林海，China！

这次，贝汉廷真想和美国朋友共唱一曲《欢乐颂》：

　　　　Come！ Sing a song of joy

来吧！唱一首欢乐的歌

for peace shall come, my brother!

为了和平，我的兄弟！

Sing! Sing a song of joy

唱歌！唱一首欢乐的歌

……

for love and understanding.

为了爱和理解。

Come! Sing a song of joy

来吧！唱一首欢乐的歌

……

【第五幕】　英雄曲

中美首航任务完成后，贝汉廷回到上海，开始驾驶集装箱船。

1981年5月，他出了一次严重的车祸。

当时离船上岸，在回家路上，他骑着轻型摩托车，遇到横穿马路的行人时避让不及，摔伤了头部。由于当时没有CT（计算机断层扫描）和MRI（核磁共振成像）等检查设备，上海长征医院的医生当场做了开头颅检查手术，这次手术给他身体带来很大伤害。

车祸之后，上级安排他去在英国伦敦的联合国国际海事组织（IMO）①任代表，贝汉廷认为这不是他的专业，他还是心系自己所热爱的航海和船舶。为此，他拖着妻子去找长征医院的主任医生，请他开具可以上船工作的证明。医生说，他从来没有碰到过这样的病人。

由于长年累月驾船出海，贝汉廷积劳成疾，身体逐渐虚弱。1984年11月他去上海胸科医院检查，医生诊断为心力衰竭。

但工作至上的贝汉廷丝毫没有因为身体不佳影响工作。当时拖拉到1985

---

① 联合国国际海事组织（International Maritime Organization，简称IMO）是联合国设在英国伦敦的专门机构，负责海上航行安全和防止船舶造成海洋污染的一个专门机构。该组织最早成立于1959年1月，原名"政府间海事协商组织"，1982年5月更名为国际海事组织。1973年3月1日，中国恢复在政府间海事协商组织的合法席位。

年4月，在德国接船的贝汉廷仍然认为，如同古希腊神话中大力神安泰，只要他不离开地面，他就有无穷的力量；而他贝汉廷作为海洋之子，只要不离开海洋，也会有无穷的力量，去战胜一切病痛与磨难。所以在这59岁他航海生涯的最后绝唱中，他要使出浑身的力量在德国接好船，并开启"香河"轮的处女航，不允许有丝毫的瑕疵。

而此刻，受公司指派随船的包医生却忧心忡忡、面有难色。船员以为贝船长行动迟缓是劳累导致的，但包医生知道，他的心脏承受着巨大的、不可想象的压力。

肾病、甲状腺病等都可能导致双腿水肿，但只有心脏病导致的水肿才会如此严重。贝汉廷的心脏已经无力扩张、收缩，导致四肢，尤其是下肢内的血液无法完成回流。

"不能再迟疑了。"包医生立刻向李克麟经理汇报。

接到包医生通过卫星电话汇报的状况，李克麟经理心急如焚，电话中，他声色俱厉地要求贝汉廷随包医生"立即乘飞机回上海，进医院！我已经另外选派了俞船长，接替您"。

宁波人对宁波人，"钉头碰铁头"。

几个来回，李克麟还是说服不了他。"没必要再派船长来吧。这艘新船还是由我开回去，我这点小毛病，你不用担心。"贝汉廷固执地说。

李克麟假装生气了，带着命令的口吻："如果您坚持不离船，就发份电报给我，保证身体无碍，能安全返航。否则，我不同意！"李克麟使出最后一招。

想不到贝汉廷软硬不吃："发就发！我马上就发。"他立刻发了一份保证书。

将在外，君命有所不受，遑论万里之遥。李经理无奈地摇摇头，但他再次叮嘱包医生形影不离贝汉廷："他在驾驶台，你就在驾驶台；他在船长室休息，你就在沙发上守着他。"

从汉堡到奥斯陆，再到伦敦、安特卫普，直至满载返航，"香河"轮频繁进出欧洲各港口。按照惯例，船舶进出港，船长均须在驾驶台，这么短距离的港口穿梭，贝汉廷几乎没法离开驾驶台，一站就是十几小时。

甭说带病的船长，即使健康的人，即使是壮小伙，十几小时站着工作也殊非易事啊。这一番劳累，贝汉廷双腿更肿了，还出现了胸闷、气短、咳喘症状。包医生急得双脚跳，喊着大副，硬拽着贝船长离开驾驶台，回船长室休息。

也巧，"香河"轮此时进入比斯开湾，实在力不从心、几乎瘫痪下来的贝汉廷对大副说："现在正常航行，你来吧，我休息一会儿。"说完他把航向指挥交给了大副，离开驾驶台。

贝汉廷这一"休息"就是11小时！

他实在是累坏了，若不是绝对支撑不住，按照他的脾气，硬汉子贝汉廷是不会须臾离开驾驶台的。

醒来后，贝汉廷又上了驾驶台，和政委一起商量当天的工作。政委见他眼皮下垂，脚步移动缓慢，建议说："贝船长，您身体还需要休息，下午的会议就推迟吧。"

贝汉廷摇摇手道："不要不要，你主持会议，我讲话。"

4月23日下午4点半，会议如期召开。此时，"香河"轮航行在西班牙拉科洛尼亚港附近。预期2小时的会议才过半小时，贝汉廷就体力不支、脸色苍白，倚靠着桌子。他声音低沉地开了腔：

"估计我们船5月1日过埃及苏伊士运河，19日靠香港，25日到天津新港，3天后回到上海……新船缺少一些工具物料，各部门抓紧开出物料单，到塞得港，我把物料单航寄上海；船到香港，再把复印料单寄上海，务必做到万无一失。"

讲到这儿，他已经上气不接下气，脸色苍白、浑身颤抖，强力支撑着说："……我讲不动了……"

话音未落，身体已如土委地，瘫了下去，倒在了轮机长徐以介的怀里。

包医生见状，大叫一声"不好啦"，立马冲过去按压他的胸腔，实施心肺复苏。

政委见状，立即命令大副呼叫西班牙海岸警备队①……

船员围着倒下的船长一声声地呼喊："船长！船长！"

贝汉廷似乎听到了，眼皮动了一下；他又似乎什么都没有听到……

贝汉廷似乎听到了，隐隐听到柯岩写过的一首诗《周总理，你在哪里》：

> 周总理，我们的好总理，
> 你在哪里呵，你在哪里？
> 你可知道，我们想念你，
> ——你的人民想念你！
> 我们对着高山喊：
> 周总理——

---

① 海岸警备队（Coast Guard）又称海警、海洋警察。主要负责一个国家的海岸线上的警戒、巡逻和执法，是一支军事化的综合执法队伍。目前世界大部分沿海国家都拥有自己的海警力量。

山谷回音：

"他刚离去，他刚离去，

革命征途千万里，

他大步前进不停息。"

我们对着大地喊：

周总理——

大地轰鸣：

"他刚离去，他刚离去，

你不见那沉甸甸的谷穗上，

还闪着他辛勤的汗滴……"

我们对着森林喊：

周总理——

松涛阵阵：

"他刚离去，他刚离去，

宿营地上篝火红呵，

伐木工人正在回忆他亲切的笑语。"

我们对着大海喊：

周总理——

海浪声声：

"他刚离去，他刚离去……"

周总理啊，我贝汉廷今天也要随你而去啦。此时此刻，我可以欣慰地报告周总理，我实现了1964年在"友谊"轮上向您发出的誓言："总理，我要一辈子不离开海轮，不离开海洋，把青春和生命献给祖国。"

当1979年柯岩采访我贝汉廷时，我曾满含热泪在她面前朗诵她写的这首著名诗篇：《周总理，你在哪里》，也曾一次次地向她讲过，我在周总理面前发出的"我要一辈子不离开海轮，不离开海洋"的决心，如今我终于实现了我的誓言，我终生无憾了。

周总理，你在哪里，我要寻您来了……

为贝汉廷竭尽全力实施心肺复苏按压的包医生越来越感觉不到贝船长的心跳，却迟迟不见海岸警备队的直升机前来，急得带着哭腔声嘶力竭地叫喊起来："直升机什么时候到啊？直升机！贝船长快不行了！"

"嗡嗡嗡"的声音由远而近，一架西班牙海岸警备队直升机终于飞抵"香河"轮上空。

直升机试图降落在集装箱上，但由于风急浪高，船舶横摇角度过大，不能满足降落要求。最后，直升机只得空中悬停，放下了悬梯。

船员按照机长的手势指示，用毛毯裹好贝汉廷，绑在网状担架上，再将担架捆绑在悬梯上，包医生和电工也爬上悬梯，一起被垂直提拉上去。

海风阵阵吹来，直升机悬在空中摇晃，悬梯不停地在海风中摇来摆去。

几多惊险，几多惊恐。

在场的所有人都为他们捏了一把汗。直升机螺旋桨高速旋转，扬起海面浪花，鼓起阵阵刺骨的寒风，包医生顾不得这一切，双膝跪在冰冷的直升机座舱地板上，脱掉外衣和羊毛衫盖在船长身上，继续按压，做人工呼吸。

当直升机飞离现场的瞬间，船员心里都明白，这一别，凶多吉少。

顷刻间，只见西北角乌云滚滚压进，大雨倾盆如注。船员肃立在甲板上，雨水和泪水顺着他们的脸颊而下，汇流到澎湃的波涛中。

而在船长室里，唱机依然转动着，播放着一支交响曲，一支贝多芬创作的《降E大调第三交响曲》，又称《英雄交响曲》第一乐章。

音乐真美。它是语言，更胜于语言，它是灵魂和精神的象征。它是永恒的。贝多芬10部交响曲中，贝汉廷最钟爱的，就是这首融合雄壮（及悲壮）、戏剧和浪漫于一曲的、点燃"自由和革命"火焰的《英雄交响曲》了。音乐家瓦格纳是这样赞美的："恰似自然的熔炉一般，表现了天才青春所涌现的种种情绪。"贝多芬这首《英雄交响曲》，也是贝汉廷患病期间特别是抱病在"香河"轮上听得最多的乐曲。这大概是想同作曲家在创作这首交响曲时正在受伤又渴望新生的灵魂同频共振吧。

从1796年开始，贝多芬的听觉出现了问题，1798年至1799年病症明显加重。到1801年，病症越发严重，从而使贝多芬内心出现危机。1802年贝多芬在海利根施塔特写的遗书就是一个明证。但是他无休止的作曲欲望把他从自杀的欲望中拯救出来。《英雄交响曲》中崇尚的英雄主题、自由气息，是这部交响曲给后人留下的最宝贵的财富。贝多芬甚至为《英雄交响曲》第一乐章起了一个标题：《一位英雄的死》。

直升机终于飞抵医院。甫进急救室，医生立即检查，血压：0，脉搏：0，呼吸：0……西班牙医生摇摇头、耸耸肩，双手一摊，做了个无能为力的动作，充满遗憾地宣布了贝汉廷的死讯。西班牙医生感慨万千地对泪眼婆娑的包医生说——

病人的心脏像烂橡皮一样，千疮百孔，居然工作到最后一秒钟，竟然还能驾驶船舶航行，中国人真是太不可思议了！

这一天是1985年4月23日，恰是贝汉廷59岁生日。

大海呜咽、苍天无光、海鸥悲鸣、同事抽泣，船员不愿相信朝夕相处的贝船长驾鹤西去了，一个鲜活的生命就这样陨落在了异国他乡。

然而，"香河"轮的船长室里依然回荡着《英雄交响曲》第一乐章《一位英雄的死》之旋律：

灿烂的快板，降E大调，3/4拍子……奏鸣曲形式……乐章没有传统的引子，而是以两个雄壮的齐奏开头，然后立刻引入宽广的分解和弦大提琴主题……小提琴发出重复的高音，和声变得模糊……在一段狂暴、充满冲突的小高潮过后，突然安静下来……弦乐与管乐交织在一起，演绎出无尽的苦难和挫折，随后迎来了一段铿锵有力、充满信心的旋律，欢快的二重奏将英雄的一生推向巅峰——钟鼓齐鸣，号角长响，万众呼喊着他的名号，在凯旋之门下，雄姿英发，步入荣光之中……

【第六幕】　永恒的交响

1985年8月17日，贝多芬《英雄交响曲》继续在上海市龙华殡仪馆大厅回响，不过，这次不是《英雄交响曲》的第一乐章，而是它的第二乐章。

《英雄交响曲》第二乐章名为《葬礼进行曲》，慢板，音乐始终有进行曲的特点：英雄的葬礼在缓缓地行进，哀悼的音乐在暮色下沉重、庄严、低调，但绝非绝望、悲观，而是表现发自人们内心的崇敬、哀悼和沉痛的思念……

罗曼·罗兰将贝多芬《英雄交响曲》第二乐章称为"全人类抬着英雄的棺柩"。贝汉廷追悼会上，《英雄交响曲》第二乐章以其庄重、哀伤又充满美感和独特的感情张力，伟大而宽宏、具有悲怆感的沉思，使悼念者深感步履沉重，神情哀伤，他们仿佛也在抬着英雄的灵柩，去往那长眠之地……

贝汉廷追悼会上的这一乐曲，是由贝汉廷儿子贝嘉城选定的。

贝汉廷儿子贝嘉城的眼泪诉说着爸爸曾经娓娓道来的他心中的英雄交响。

《英雄交响曲》的生命力是永恒的。贝多芬在谱写《英雄交响曲》的时候，不仅仅是为了某一个英雄，而是为了自己心中理想的英雄形象，是为了我们每一个心中有英雄的人。在这世界上，任何时候有英雄，或者有我们心中牵挂的英雄，这辽阔的天空、浩瀚的大海，就会响起《英雄交响曲》的旋律。

1985年4月23日，贝汉廷去世后的一天，贝汉廷妻子朱佛容走出家门，顺便打开位于底楼的邮箱，发现一封寄自挪威首都奥斯陆的信，打开一看，竟是丈夫贝汉廷发出的。这一刻，朱佛容似乎听到了英雄的交响。

1985年5月的某一天，贝汉廷女儿贝颖言出门，顺手打开位于底楼的邮箱，发现一封寄自英国首都伦敦的信，一看便知，是父亲贝汉廷的笔迹留痕。这一刻，贝颖言似乎听到了英雄的交响。

1985年5月的又一天，贝汉廷儿子贝嘉城出门，顺手打开位于楼底的邮箱，发现一封寄自比利时安特卫普的信，一看便知，是父亲贝汉廷的笔迹留痕。这一刻，贝嘉城似乎听到了英雄的交响……

贝船长驾鹤西行后，家里依然陆陆续续收到他从奥斯陆、伦敦、安特卫普、汉堡、鹿特丹等地寄来的家书。每到一地，写封家书，报个平安，倾诉衷肠，这是贝汉廷的习惯。然而这一封封因大海阻隔而姗姗来迟的家书，却似一曲曲绵长而未有中断的英雄交响，一次又一次地回荡在亲人的心间。

每收到一封信，朱佛容都要情不自禁地问一声：阿贝，你还好吗？在那个世界你还开船呢？一望无垠的蔚蓝的大海上，"汉川"号、"柳林海"号、"杭州"号、"友谊"号、"南海157"号、"唐河"号、"建德"号、"雪海"号、"洛河"号、"九江"号……乘风破浪，你开的是哪一艘呢？

贝颖言握着妈妈的手，望向窗外，喃喃自语："爸爸在远航……"

是的，划破天际，游弋星海，贝汉廷船长永远在远航。

是的，《英雄交响曲》犹如一首英雄的赞美诗，仍在辉煌地延续：

在《英雄交响曲》的第三乐章中，谐谑的音符将听众从悲怆的气氛之中跳跃出来，带入充满朝气和激昂的氛围，对于英雄的思念，犹如激流奔腾，把人引入湛蓝的无边无际的大海之中。

而在《英雄交响曲》最后乐章即第四乐章，则是规模巨大、戏剧性强烈的变奏曲，这里的每一次变奏都具有崭新的形象，每一次变奏都奔向这首交响曲辉煌的顶端，每一次变奏都汇聚着更多的英雄力量、更狂热的激情、更强烈的生命冲动……一支新的明亮光辉的旋律加入了，这支旋律同固定低音旋律一道经历了以后的变奏，变得越发宽广，犹如一支庄严的颂歌。

此时的贝汉廷，是否依然站立在大海波涛中的巨轮上？这巨轮在这位航海家眼中，是一艘唯美体形的航船，恰似一架巨大的钢琴。而他，习惯安坐在驾驶台黑白相间的琴键前，用羽毛笔将枯燥乏味的航海主题，谱写出跌宕起伏、汹涌澎湃的英雄交响……

啊，这永恒的交响！

如雷似海

——记雷海船长

【第一幕】 我是"船长"

　　飞机在印度洋上空飞翔，舷窗外的天空呈现出深浅不一的蓝色，阳光穿透薄薄云层，如在浩瀚的天幕射下千万支金箭。突然，飞机开始爬升，穿过那些如棉花糖般的白云，随着高度增加，云层变得越来越厚。渐渐地，太阳被厚厚的云层挡住了，舷窗外一片漆黑。紧接着，一道闪电划破天际，照亮了整个机舱，并伴随着一阵轰隆隆的雷声。飞机下面是波涛汹涌的大海，此时大海的巨浪翻滚着、怒吼着，好一派如雷似海的壮阔景象！

　　说来也巧，飞机座舱内正坐着一位名叫雷海的中国船长。此刻，他根本无暇去观看窗外海天翻滚的奇观，那黑黝黝的脸膛，粗重的眉毛下，一双专注的目光只管翻看着摆在座位前桌板上的一沓沓纸。

　　其实，以常人的眼光，这些纸实在没有什么好看的。

这无非是一些枯燥乏味的单据，用航海运输界的说法，就是提单①。然而在这位壮实的中年汉子——中国船长雷海眼中，这些提单可能激起急风暴雨、滔天巨浪，也许会展示风平浪静、岁月静好。这是被迫停泊在霍尔布斯海峡的中国1700箱的集装箱船"银河"轮的装货单据。1993年7月23日，美国声称有足够的证据，表明中方的"银河"轮藏匿了危禁化学品出口伊朗，于是派出飞机和军舰予以拦截。时任中国远洋运输集团副总裁的雷海，就是奉命作为海事专家参与中方检查组前往沙特去处理这一事件的。

飞机在云间飞行，云状如团，坐在一旁的中方检查组组长愁思如云，不安地说道："雷船长，这次谈判和现场检查，在专业上全靠你啦!"

雷海仍在心无旁骛地核对、梳理着眼前一堆单据。好在出发前他所在的中国远洋运输集团已经多方面勘查，核对了"银河"轮该航次数以千计的提单、装货单据，心里基本有了底。但长期养成的远洋船长严谨的工作责任心，还是促使他继续认真地细查。

"放心吧。"

雷海头也不回，对坐在一旁的组长扔出三个字。

"为什么?"组长问。

"因为我是船长。"

"哦——"

看来组长还是有点不解。

雷海这时才意识到，自己的回答有点简单。

不过他真的认为，"因为我是船长"的回答，已经包含了许多丰富而完整的内容。

什么是船长?

在雷海看来——

船长是傲立于大海波涛的勇者，他具有坚韧不拔的意志，即使波浪像高山般压过来，他也毫无畏惧，指挥巨轮迎头冲上;

船长是游历世界的传奇，他胸襟博大、视野开阔，什么样的风雨没经过，什么样的世面没见过?

船长是往来于世界各地的友好使者，他带去的是丝绸，是财富，而不是战争与伤害;

---

① 提单是海运提单的简称。提单是证明船方已收到货物、承诺将货物运到目的地，收货人提取货物的书面凭证。它是承运人和收货人之间的契约证明，也是物权凭证。

船长属于中国，也属于世界，中国船长熟谙并遵行国际海事通行的法规，又视船为祖国领土的一部分，出于对祖国的忠诚，在关键时刻，他会奋不顾身地维护国家主权和所在轮船的正当权益与合法权利；

船长又是大海航行中对于船舶精细的管理者，无论对于驾驶台、甲板上、船舱内，包括承运的货物、单据等，无不了然于胸……

所以尽管雷海担任中国远洋运输集团副总裁，但是他名片的第一栏上始终印着：中国远洋船长。

然而这一切，此时坐在飞机上的雷海根本无法与之细说，也不必细说。"银河"轮那边，还有许多事情等待着这位中国船长呢。

"船员兄弟们，我是祖国派来的船长——雷海，我来看望大家啦！"

这是中方检查组成员抵达沙特阿拉伯的达曼港，登上"银河"轮慰问被拦截后受尽折磨的海员兄弟时，雷海说的第一句话。

此刻，看到祖国派来的船长不远万里来到达曼港，看望停泊于此的"银河"轮船员，全体船员都感到了来自祖国的温暖和依靠，从而爆发出热烈的掌声。

达曼港地处波斯湾西南，干旱少雨，正是盛夏八月，沙漠的地表温度达到50摄氏度，犹如火炉一样炙烤，闷热干燥。此时，"银河"轮已被美方围困在公海长达30余天，即使停泊在达曼港，舷梯口都有持枪的沙特士兵把守，直升机在轮船上方不间断地盘旋。放眼附近海面，美国巡洋舰巡逻游弋，如临大敌。船上伙食、淡水断供，船员像漂荡在海上的无根的草，日夜盼望着祖国亲人的到来。

雷海继续说："大家放心，我们已同美方讲定，淡水、伙食明天就供应到船。"

处于生存危机的"银河"轮船员，最需要听的就是这句话。船员又自发地鼓起掌来。

"我是雷海船长，张船长，你还好吗？"

慰问了船员，雷海急忙奔向船长房间，他要去看看老同学张如德船长。

张如德是雷海在大连海运学院的同学。当时，雷海和他分别在航海系四班和三班任党支部书记。毕业后，雷海留校当老师，张如德被分配到广州远洋运输公司的船上当海员。至此两人海北天南，再也没有顾得上联系。想不到此时会在陷于困境中的"银河"轮上会面。当雷海进门见到老同学，关起门来第一句话就是："老同学啊，海运学院毕业后你上了船我留校，你做船长时，我还刚刚做水手，你要知道，今天我们都是中国船长，肩上的责任重大啊!"

"我们是中国船长!"这句铿锵有力的话语,给了陷于迷茫的张如德船长无穷的力量。两人交谈着,反复核查着船上的货单。拉开舷窗,天色已经大亮,阳光将"银河"轮披上一层金色的光芒。

美国大兵顶着火辣辣的毒日,在船上翻箱倒柜,忙得大汗淋漓,也没有发现他们要找的化学品原料。美国代表疑惑,这怎么可能呢?于是,提出对船上货舱内所有的货箱,包括CSAQ为首的箱号全部吊下码头开箱检查。

对于美方的这一要求,中方检查组组长征求海事专家雷海的意见。雷海答道:

"查!我们中国人胸襟坦白,全船不就是782个箱子吗,就是7000个箱子也让查。"

同意全部检查的决定,完全出乎美方的意料。美方的商务参赞赫华德私下对雷海说:"雷,我们都没想到你们做这样的决定,太使我感到吃惊了。"

显然,中方的表现令他们赞叹。雷海顺便告诉他:"心里没有鬼,不怕你们查。我们中国人,维护契约精神,做事光明磊落!"

尽管美方查不到"银河"轮上有任何危禁货箱,但仍不放过,其中一位当过船长的美方代表说:"可能货箱在航行途中扔下海了,又或者船员开箱把货扔了。"

雷海听后当即回他:"你们看'银河'轮上有一根吊杆吗?货箱起码十几吨重,船上用什么来上下翻动货箱?再说,每个货箱都上锁有保险号码,你凭什么说出这种外行话?"

一连串提问,说得美方代表哑口无言。

当检查结束,雷海拿出计算好的赔款单,递交给美方时,那个商务参赞赫华德拉着雷海问:"雷,我能否问你,你是谁?"

雷海抬起头,笑着回答:

"我是船长!"

此后,美国和西方的许多媒体,都知道中国有个如雷似海的船长,他叫雷海。

【第二幕】 我是"黑囡"

其实,雷海小时候在上海的家里叫"黑囡",那是他阿爷给起的小名。

雷海在家是老二，生下来皮肤黑黑的。阿爷抱在手中，笑眯眯地望着他，捋捋他的小脸蛋，说："葛小崽，咋噶过黑啦？（宁波话，怎么那么黑呢）交关像我啦，哈哈，一个小黑囡。"

从此，他在家里的小名就叫黑囡。

孩子们早年失怙，是在阿爷阿娘的亲手抚养下长大。因黑囡最像阿爷，所以最受阿爷喜欢。

阿爷是个海员，12岁就跟着亲戚从家乡宁波镇海出来，到英国轮船上当学徒做水手，后来改行做厨师。经受苦难经历的阿爷明白一个道理，一个人一定要有本事才有饭吃，才不会被人瞧不起。他勤勉不懈，刻苦钻研烹调技术，到了约20岁，就成了专门为英国船长做西餐的大师傅，也赚了点钱。他省吃俭用，有了积累，就在上海英租界买了房子，成了家，膝下两个儿子。抗战期间，阿爷在英国船上做，因为二战中英国与德国、日本是交战国，受德国军方封锁，阿爷无法回国。那时，英国许多商船被德国潜艇击沉，阿爷没有船可上，只能流落英国街头。后来，靠着同船的兄弟相互帮衬和接济，才苦熬着活了下来。

黑囡5岁那年，阿爷终于回到了上海，他风尘仆仆走进家门，看到孙儿们欢蹦乱跳，顾不得放下肩上的包裹，把一袋巧克力塞到黑囡的小手里。巧克力，那是多么新奇又好吃的外国货啊！黑囡开心极了，那个奶油的香甜味道使他终生难忘。

那时，黑囡跟着阿爷住在上海许昌路济宁路同乐坊的三层阁，离黄浦江边不远。阿爷经常将黑囡掮在他厚实的肩膀上，走到黄浦江边去看轮船，看着那轮船的大烟囱冒着黑烟，裹着团团飘上天。

夜里，黑囡和阿爷睡在一头，听阿爷讲船上的故事。阿爷告诉黑囡，他在船上受尽洋人欺负，餐点做得稍不如意，英国船长就将盘子朝着自己头上掼过来。他要黑囡长大了好好学习，长志气，当船主（宁波话，船长），做中国的船长。从此，阿爷的话深深地刻印在黑囡幼小的心灵上，长大后当船长成为他魂牵梦萦的人生目标。

黑囡心中有了目标，暗暗告诫自己要认真读书。1957年夏天，他从鹤亭中小学校初中毕业。当时的鹤亭中小学校是一所私立学校，后来就改名为许昌路中小学校了。这年，鹤亭中小学校初中同期毕业的有甲、乙、丙三个班，总共有140余位毕业生。高中考试的最后一天考作文，不料黑囡用的钢笔漏墨水，把考卷都沾染了一大摊。原来，他用的是捡来的破旧钢笔。这使他忐忑不安了好些天，担心会影响考试成绩。等到鹤亭中小学校张榜公布，只有黑囡和另一位同学考入市东中学。当年市东中学还是杨浦区唯一的一所市重点中学。

福难双至。也就在这一年，阿爷病逝。黑囡心里的一座大山倒了，放学回家他再也无法听到阿爷爽朗的笑声，再也吃不到阿爷做的沙拉、煎排骨和滋味十足的罗宋汤了，再也不能听到阿爷讲船上的故事。哀伤和困难同时袭来，一堆孩子哭声悲戚，如鹃啼哀鸣。生离死别，风雨长夜，生活还要继续，阿娘揩干眼泪，踮着小脚，独自一人挑起抚养儿孙的重担。好在阿爷在大东银行有存款，帮助阿娘支撑起了这个家。阿娘勤俭，她踮着一双小脚，每天拎着放针线的竹篾篮，跑去码头为装卸工人缝补衣裳，收取一点零碎钱，贴补家用。黑囡每天一早帮着提起竹篾篮，陪阿娘走去码头，把缝补的摊子和竹椅摆好，看着阿娘坐定，戴上老花镜开始做起来了，他才放心去学堂。傍晚再帮阿娘收摊，然后扶阿娘一道走回家。

生活在贫困中度过，但这丝毫没有影响黑囡对学习的渴望，他在市东中学刻苦学习，功课门门优秀。他怀揣理想，立志要实现阿爷的愿望，走向海洋，去当一名船长。

阿爷讲过，当海员要有强健的身体，才能经得住风浪。黑囡记住阿爷的话，在学校里注意锻炼身体，积极参加各项体育活动。高二那年，他参加了上海市跳伞队，并担任队长。上海只有一座30米跳塔，这个高度的训练远远不够，跳伞队只能到济南去训练，准备参加全国第一届运动会。但预赛的成绩还是没有赶上，跳伞队落选，队员退回学校。高一的学生由于长时间投入训练，回到学校，已经脱课了整整一个学年，是选择重读高二还是补考高三？黑囡决定花力气拼着把耽误的时间补回来。他毫不气馁，在不到一个月的时间里，对8门功课做出合理规划，夜以继日地投入复习，终于补考合格，如愿以偿地进入高三。

黑囡很穷，穷得只穿上一件百衲衣。这原来是一件长袖衫，两个袖子破了，剪去袖子成了短袖衫，短袖衫破了，补上，再破，再补。黑囡穿着这件百衲衣到一位同学家里过团日活动，同学的妈妈见黑囡就说："没妈的孩子好可怜啊。"说着就把他领到灶台旁悄悄塞给他一个馒头吃。同学姓张，同学的爸爸老张师傅是上海船厂的船坞长，他对黑囡除一丝怜意之外，更多的却是欣赏。

1960年高考，黑囡如愿考入了上海海运学院，成为航海系的一名学生。后因院校调整，航海系学生并入大连海运学院。

而就在此时，张同学家又议论起了黑囡。

老张师傅问女儿："女儿啊，你对黑囡有没有感觉啊？"

女儿道："这是我哥哥的同学，我哪有什么感觉啊？"

老张师傅说："我对他有感觉。女儿啊，如今讲自由恋爱。如果你看中别人，跟别人结婚，我没意见。但你再也别来见我了，也当我没有你这个女儿。而如果你跟你哥哥的同学，就是这个黑囡恋爱结婚，你就是我最喜爱的女儿。"

"为什么？"女儿问，"他这么黑、这么穷，你为什么这样看好他？"

"为什么？就因为黑囡是我心中的三好学生。他皮肤黑，身板结实，还是跳伞运动员，说明身体好；他油灯下做作业，再穷没有耽误他考进市东中学和海运学院，说明学习好；他中学里最早入团，和你哥一样是团支部书记，说明思想好……穷算什么？这样的三好，才是一个人最珍贵的财富。女儿，听爸爸的话，嫁给黑囡没错的！"

老张师傅一锤定音，女儿同意了，黑囡后来也同意了。

老张师傅的女儿就是黑囡以后的妻子张继芳。

后来的事实证明，老张师傅的这一选婿决策高瞻远瞩，慧眼独具，黑囡夫妇至今感恩戴德。

【第三幕】 我是"雷海"

雷海除了小名叫"黑囡"以外，在姓名中还有一个秘密，即他原本既不姓"雷"，也不名"海"。

在他的档案中，他曾经的姓名是徐升华。

他现在的姓名，是他1965年在大连海运学院读书时改的，不仅把名改掉了，连姓也改掉了。

他要学共产主义战士雷锋，所以将姓改成了"雷"；

他要学"推开惊马救列车"的欧阳海，所以将名改成了"海"。

改得是如此彻底！

作为家里读书最多、文化程度最高、影响力最大的老二，他又希望全家和他一起学雷锋，所以兄弟姐妹都将姓改成了"雷"。

20世纪60年代，神州大地掀起学习雷锋的热潮，城市和乡村到处在传唱一首歌：

学习雷锋好榜样，

忠于革命忠于党，

爱憎分明不忘本，

立场坚定斗志强……

作为大学生的时代青年徐升华，也满怀激情冲进这红色的时代潮流之中。

夜深了，宿舍里的同学们都睡了，徐升华仍在床上拧开手电筒翻看着《雷锋日记》。

雷锋说："如果你是一滴水，你是否滋润了一寸土地？如果你是一线阳光，你是否照亮了一分黑暗？如果你是一颗粮食，你是否哺育了有用的生命？如果你是一颗最小的螺丝钉，你是否坚守在你生活的岗位上？如果你要告诉我什么是你的思想，你是否在日夜宣扬那最美丽的理想？你既然活着，你又是否为未来的人类的生活付出你的劳动，使世界一天天变得更美丽？"

在大连海运学院的徐升华同学看来，雷锋这一句句朴素的话语，如一股清流沁入心田，闪烁出崇高的精神与智慧的灵光，震撼着他的心灵。这与他要当船长的人生目标并不矛盾，反而激励他坚定理想的风帆，投入未来无限的为人民开船的航海生涯中。

雷锋又说："一块好好的木板，上面一个眼也没有，但钉子为什么能钉进去呢？这就是靠压力硬挤进去的。由此看来，钉子有两个长处：一个是挤劲，一个是钻劲。我们在学习上也要提倡这种钉子精神，善于挤和钻。"

徐升华想，我们在学习上不也要有这种钻研精神吗！为了争取将来毕业后上船当船长，他要发扬雷锋的钉子精神，如饥似渴地学习航海知识，准备着为人民航行于大海大洋的本领。

激情燃烧的岁月，正是英雄辈出的时代。

1965年7月，作家金敬迈创作的长篇纪实小说《欧阳海之歌》发表。小说中的解放军战士欧阳海，为保护国家财产和人民的安全，奋不顾身推开受惊的战马，献出了年轻的生命。

《欧阳海之歌》以生动细腻的笔触、富有感情色彩的语言，塑造了欧阳海的英雄形象，显示出独特的思想特色和艺术特色，在当时引起强烈的社会反响。

中华人民共和国元帅陈毅说："这是一部带有划时代意义的作品，是我们文学创作史上的一块新的里程碑。"

果然，在这崇尚英雄的年代，小说风靡大江南北，在年轻的读者中掀起阅读的热潮。《欧阳海之歌》也一下子就把爱好文学的徐升华吸引住了。课余，他一头钻入书中，看得如痴如醉。他还不满足去学校图书馆借阅，特地跑了很多路，从新华书店买了一本回来。书桌前的他，穿着百衲衣，啃着干馒头，掩卷静思，欲罢不能。他几乎翻烂了400多页的《欧阳海之歌》全书。

徐升华此时已经加入中国共产党，并且作为德智体全面发展的优秀学生担任大连海运学院航海系学生会主席，对照着《雷锋日记》和《欧阳海之歌》，他边看边想，雷锋和欧阳海原来都是穷苦人家的孩子，在党的阳光下，成为坚强的共产主义战士，并为了人民的利益献出了宝贵的生命。我徐升华身为大连海运学院航海系学生会主席，应该向他们学习，带领同学们投入火热地为人民服务当中。他抑制不住对两位英雄模范的向往和敬仰，遥望窗外，心向远方，仿佛整个生命站到了一个新的起点上。

别了，过去的徐升华，迎来无限为人民服务的新的"雷海"……

徐升华大笔一挥，将自己姓名改成"雷海"，毅然向派出所走去申请改名……

于是在新中国滚滚向前的时代潮流中，出现了一位时代青年，他叫雷海。

榜样的力量，指引着年轻人沿着英雄人物的轨迹前进。时代青年雷海严格要求自己，从小事做起，用实际行动向雷锋和欧阳海学习。

时代青年雷海在学校放假时到大连海运学院附近的畜牧场割草，将割到的草给畜牧场换几分钱，积下来捐给困难同学。

时代青年雷海在食堂里仅吃窝窝头、高粱米，早餐吃玉米稀饭，饿了就到海滩挖海蛎子，捞海虹、海带、海蜇、海草充饥，而把省下的粮票、钞票寄给大旱中的临沂灾区。

时代青年雷海课余时间到大连客运码头餐厅当服务员，穿上印着"5号服务员"的白色服装，热情地为旅客端茶送饭，成为《旅大日报》刊发的大学生学雷锋新闻。

时代青年雷海在社会主义教育运动中，参加交通部孙大光部长带队的"四清"工作队，深入基层，与群众打成一片，在劳动实践中写出调查报告，被送给部长阅后获得部长批注。

时代洪流滚滚向前，时代青年雷海在学雷锋的道路上不断成长，他怀揣着为人民航海、为人民当船长的炽热理想，梦想着有朝一日像阿爷一样成为海员，但不是在船上烧菜烧饭，而是当悬挂着五星红旗的新中国巨轮的船长，他要让外国佬看看，当年阿爷的孙子如今已经能够驾船驶向世界大海大洋！

然而时代青年雷海临到大学毕业，忽然接到一纸通知，被要求留校当教师。

留校任教，这是组织上百里挑一做出的选择啊，这是大连海运学院对院

海魂——走近中国远洋船长

里唯一的旅大市五好学生的信任啊，这是多少同学日思夜盼所向往的岗位，这是上级领导对时代青年雷海学习雷锋好榜样的高度肯定！

然而，时代青年雷海收到这个分配通知却傻眼了。这不是他想要的，他想要的是出海，上船，当船长，这是阿爷对黑囡的叮嘱，是他对阿爷的承诺。看着同学们一个个都奔向海洋，雷海感到憋屈，他想不通，找院学生科毕业办公室去反映。办公室老师说，上面定下的决定，哪能随便改动呢？况且，你还是党员，是学雷锋积极分子，怎么能不服从组织分配呢？

啊，雷锋，一个闪光的名字。在雷海的人生航标中，不仅有阿爷的叮嘱，还有《雷锋日记》中那激励人心的话语。在从学生科毕业办公室出来的路上，雷海默默记起雷锋在日记中说的话：

"一滴水只有放进大海里才永远不会干涸，一个人只有把自己和集体事业融合在一起的时候才能最有力量。"

还有共产主义战士欧阳海呢，他的人生格言是：

"如果需要为共产主义的理想而牺牲，我们每一个人，都应该也可以做到脸不变色心不跳。"

对照英雄的语言和行为，时代青年雷海感到惭愧了。

他责问自己，为什么平时立志学习雷锋、欧阳海，轮到自己毕业分配没如心愿就想不通，甚至闹情绪了呢？为了学习雷锋和欧阳海，我已经连自己的姓名都改掉了，还有什么个人的愿望不能抛弃吗？

想到这里，雷海感到脑子像被水洗了一遍，瞬时从满脑子的阿爷叮嘱换成了英雄的话语。与英雄相比，顿时觉得自惭形秽，这是多么不应该啊！他这样想着，一阵耳热直冲脑门，旋即转身，从原路返回学生科毕业办公室。

雷海敲了敲门，听得里面有人问："谁呀？请进！"他清了清嗓子门，答道："是我雷海，我来向组织报到。"

多少年以后，雷海才知道，这次他敲门，是向命运之神敲了门。

从这天起，雷海坚持说服自己，自己当船长的梦想无法实现，但是可以培养更多的学生去兑现，同样可以为国家建设、为社会主义贡献力量。

于是雷海学习雷锋好榜样，服从分配留学校，成为大连海运学院一名年轻的教师，同时兼职担任了航海系团委书记。

然而，时代却同时代青年雷海开了一个"玩笑"。

1966年开始的那场运动，高校首当其冲。大连海运学院一个接一个校长、书记、资深教授被戴上高帽子，被批斗游街。昔日的学雷锋标兵，也无法幸免。担任航海系团委书记的雷海，成为大连海运学院最年轻的"走资派"，没完没了地被批斗、陪斗直至被殴打。他不服气，提了点意见，随即又惨遭毒打，造成肾脏出血，气息奄奄仅剩下一口气。

时代青年雷海想不明白，他从小就随时代的潮流而进步，小学时鲜艳的红领巾在百衲衣前飘扬，准备着做共产主义事业接班人；中学时是光荣的共青团员，任团支部书记；大学一年级时就加入中国共产党，并成为旅大市学雷锋标兵；毕业时服从组织分配，克服个人愿望，留校任教，并成为学院里一位最年轻的干部。为什么现在却被时代无情抛弃？

雷锋啊，能告诉我吗，我究竟犯了什么错？

雷锋，你可知道：运动中，雷海被遣去大连市复州农村参加劳动，本来应该用于开船的手，现在被用来"修地球"，整日在那里填土、种地、插秧。

雷锋，你可知道：寒冷的冬天，雷海他们住在石佛寺附近的王村，是善良纯朴的房东王嫂为他们捧来干柴，烧暖冰冷的屋子，那是当时他看到的人间尚存的亮光。

雷锋，你可知道：雷海他们还被赶到大连郊区普兰店去开荒筑路。作为最年轻的"走资派"，雷海让年老的院长陈新丰和教授张则谅双手扶住钢钎，自己挥着双臂抡锤砸钢钎，把一块块石头凿下来铺路。他双手禁不住震痛终发严重腱鞘炎，手指疼得根本伸展不开，不仅无法参加农田劳作，连日常的生活自理也困难，上面只得准予他回上海治疗。此时，这位昔日学雷锋的标兵，蜷缩着疲惫的身子回到上海杨浦区唐山路上的家。

与雷海结婚才一年的妻子张继芳，已是上海船厂的一名工人，她想象着作为大连海运学院青年教师的丈夫，此刻一定在教室的黑板前给学生讲授航海的知识，或在学习雷锋的康庄大道上继续意气风发地向前，谁料这天推门一看，眼前竟是一个衣衫褴褛、瘦骨嶙峋、精神萎靡的男人！

"雷海，你咋了？"妻子一把抱过雷海，岳父岳母也赶紧过来搀扶着雷海。

一向被老丈人看好的雷海哽咽着："我已经被打倒了，我被监督劳动，我腱鞘炎发作，手也动不了了，我已成了废物，爸、妈，我对不起你们，我对不起继芳啊！"

岳父拉过雷海的手端详，缓缓说道："孩子，不怕，这点风浪算什么？站起来，挺过去，你一定是个好汉！"

这位老张师傅转头又对女儿嚷道："继芳啊，这些天你就专心照顾好雷海，把他的身体养好。"

张继芳"嗯"了一下，就全盘接受照顾雷海的重任。她千方百计为雷海找医生治疗，每天除了服侍他的日常生活起居，还为他端汤煎药、洗脸洗脚。

当妻子端起澡盆，用温暖的双手为雷海搓背的时候，他的双眼禁不住流下感激的泪水。眼前这个女人，虽然没有念过大学，也许没有看过《雷锋日记》，没有读过《欧阳海之歌》，但是她比大学里的那些激进分子要强上千百倍，她纯洁的心灵、真诚的奉献，体现着人世间最普通的也是最珍贵的善与爱。

经过家人连续数个月体贴入微的关怀照顾，雷海终于康复。数月后，他重又回到大连市复州农村接受监督劳动。

1972年，雷海经批准结束5年多的劳动改造回到学校。但此时的雷海已经不是教师，而是一名学校水站中打杂的工人，面对的是周遭横眼的冷淡、世态的炎凉。当然，再冷漠的世界仍有温情在。同住教工宿舍的英语教授江老师一家给了他极大的温暖和同情。大年三十，江师母特地给他端来一大碗热气腾腾的白米饭，他激动得说不出话来。雷海用筷子扒开晶莹浓香的米饭，里面还藏着一大块喷香的红烧肉，几年未见肉的他，止不住热泪盈眶。这份情、这个好，雷海记了一辈子。

又要重新规划以后的人生了。

此时的雷海已经下最大的决心要离开大连海运学院了，不，他要离开的是一切岸上的工作，他不想停留在这陆地上再去经受什么急风暴雨的考验了……

雷声大作，暴雨如注，雷海在学院教工宿舍里奋笔疾书，这是一份请调报告，是一份不留任何余地的请调报告。请调的方向是海船，是广袤无垠、奔腾不息的海洋，是这窗外远处电闪雷鸣下的大海。

此时雷海庆幸，自己改后的姓名有一个"雷"字、一个"海"字。不过按他现在的理解，这"雷"不仅是"雷锋"的"雷"，而是人的生命，一定要按照自己的愿望去奋斗、去拼搏，去爆发出如雷霆万钧的生命能量；这"海"，也不仅是"欧阳海"的"海"，而是那湛蓝色的无限宽广又无限美妙的大海。

雷海写完请调书，揣在怀里，拉开门，向着校办公室，冲进密密的雨帘之中……

此时，雨越下越大，地上的积水一会儿就漫过了雷海的鞋底。远处的天空出现一道道闪电，犹如银河从天而下。轰隆隆……一阵巨大的雷声如同山崩海啸，好像大地都被震得颤动起来。豌豆大的雨点伴着电闪雷鸣"哗啦啦"地从雷海头上滚下，雷海全身像被暴风雨洗刷了一遍，然而他感觉头脑无比清醒、无比兴奋，又无比超脱——啊，前方就是大海了吧！

请不要再用什么"假大空"的话语来教育说服雷海了，他已经铁了心，遵从自己的心愿，听从阿爷的叮嘱，登上轮船，奔向大海，去做一个如雷似海的汉子！

【第四幕】 我是"海员"

终于下海了，终于上船了。

雷海，这位昔日大连海运学院的教师，来到大连海运局的"钢铁八号"船上当起了一名水手。

水手在船进港靠码头时要带缆，与钢丝和缆绳打交道；靠上码头装卸货，要值班看仓；开航到海上，日常的工作就是保养船舶甲板上的设备，敲铁锈、打油漆，所以一身工作服上，沾满了星星点点的油漆……但雷海却深深热爱水手的工作，因为水手是海员，海员可以像阿爷那样，每天面对奔腾不息的大海！

在水手劳作之余，雷海就在甲板上扶栏眺望：

啊，大海是那么宽广！地球上的海洋总面积约为3.6亿平方千米吧，覆盖了地球表面超70%的面积。在浩瀚无垠的海洋面前，人，是多么渺小；即使是数十万吨的巨轮，在大海面前，也只是沧海一粟。雷海深深感到，海洋是有治愈力的。心中有什么郁闷，有什么委屈，面对壮阔的大海，一切都释然了，昔日的阴霾已经散开，顿时感到心胸开阔。

啊，大海是那么壮美！清晨，当朝霞一缕一缕从天际开始燃烧，然后一轮旭日蓬勃地跳出海面，万道金光瞬间闪耀在海面；黄昏，夕阳将天空烧得通红，余晖如五彩缤纷的彩带在空中飘荡，而远处挂在海平面的落日，如一团红色的火球，将最后的辉煌洒向海洋；即使在夜晚，你也能真切地看到，似黑幕般的天空上星光熠熠，一钩弯月将银光洒在海面，波光潋滟，好一副星辰大海的壮阔景象……海员，只有海员，才能最充分地观赏和享受到大海的美景，雷海感觉太幸福了。

大海似乎是喜怒无常的，忽而风平浪静，海平面像诗与远方在前面徐徐展开；忽而风急浪高，山一样的浪涛伴着暴风骤雨黑压压地朝船头盖来，似乎要将轮船撕裂、掀翻……但是，海洋的波浪、潮汐与洋流①毕竟是有规律可循的，而岸上人为的风浪对于雷海来说，却诡异得令人完全晕头转向，它可以一会儿顶你到高高的潮头之巅，一会儿又将你甩到浪的谷底，你再努力、

---

① 洋流即海流，是指海水沿着一定方向有规律并具有相对稳定速度的水平流动，从一个海区流向另一个海区的运动。洋流分暖流和寒流，暖流比流经海区的水温高，寒流比流经海区的水温低。航海者要阅读世界洋流图，了解和熟悉世界洋流的分布和流向。

再挣扎，也难以掌握其中的奥秘。

无论怎样，雷海从陆地来到海上，觉得生活获得了全新的意义。是年他已37岁，但是他觉得自己生命才刚刚开始，这是新的航海生命的开始。尽管他来到大海已经迟到，从大连海运学院毕业已经6年，许多同学早已上船，有的同学已经做了船长，但是不要紧，只要上船就行，只要在海上就行。面对日思夜想的大海，他犹如游子回到故乡那样亲近，迎风伫立，任海风吹拂，感觉心胸无限开朗。无数次梦里萦回，如今面对大海，该有多少心事要向你倾吐！

雷海记得：在大连海运学院那几年，我爬上桅杆练习远望，我学习大洋气象的规律，我计算天体春分点①（见图），我观察月相引潮力②（见图），我学习所有的航海知识，那都是为来到大海的怀抱而准备的。但正当满怀豪情整装出发时，我却像小船驶入漩涡飘忽着打着弯，又跌入谷底，挣扎着来到大海面前，大海呀！请张开你温柔的怀抱，展现你宽阔的胸膛，包容我的一切吧！

雷海感慨：生活在这世界上的人，确实被命运这只推手所捉弄。你的一生想做什么样的人，想过什么样的生活，标准答案似乎不仅仅在《雷锋日记》中，而事实上，恐怕也没有绝对的对错标准和好坏之分吧。在同样的生命长河里，许多人既会遭遇难以忍受的磨难，也会承受无法名状的孤独与难堪，既会囿于枯燥单一的安逸，也会经受大风大浪的洗礼，也同样会被要求奋起和进取、自省与反思。生活正是因为种种不确定性才显得如此迷人，倘若一切都早已命中注定，不就变得索然乏味了吗？然而对于我来说，只能选择在大海漂泊。很难想象，我的生活没有航海会是怎样，这是一种无法用语言来表达的爱！

在大海面前思绪万千的雷海，此刻又多么想告诉阿爷，自己将从水手起步，努力争取当船长。海是龙世界，云为鹤家乡。他要沿着阿爷的足迹，从水手做起，像阿爷那样，把自己的一生奉献给大海。

---

① 太阳、月亮、行星、恒星等总称天体。它们好像分布在巨大的天球的半球面上，无论观察者在什么地方，总是在这个半球的中心。因此，可以将观察者自己视作为球心。地球每天自西向东自转一周，地球赤道面和天球的交线称为天赤道；太阳每年在天球上移动的路径是一个大圆，叫黄道；黄道和天赤道的交角叫作黄赤交角，其数值约为$23°\ 26'$；黄道和天赤道每年交于两点，太阳从天赤道南侧向北侧移动时所通过的一点，叫春分点；相对的一点叫秋分点。春分点在天文测量和天文航海上是一个非常重要的标准点。

② 地球上潮汐的变化主要受月亮引潮力的影响。每月的农历初一和十五，即月相为朔和满月，届时由于月亮和太阳引力叠加，潮水涨得最高、落得最低。在上弦月和下弦月时，月亮和太阳的引力方向相反，导致引潮力减弱，形成小潮。

162

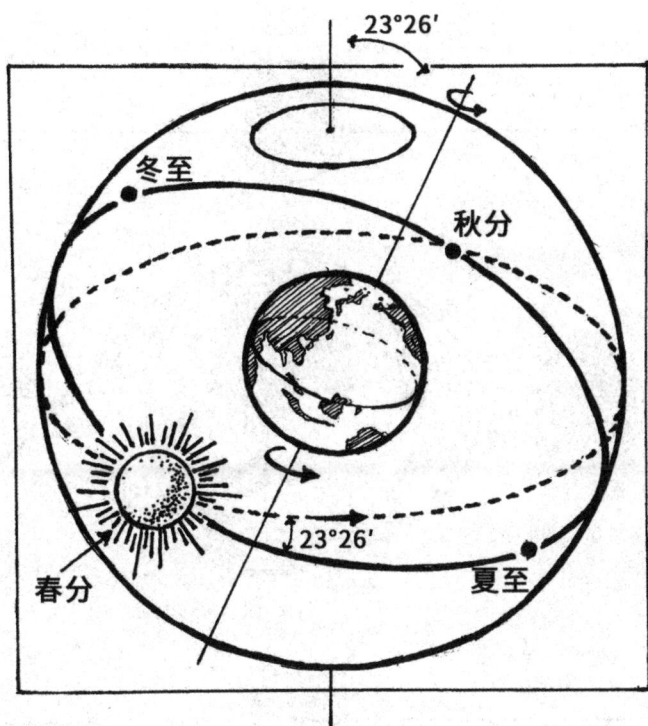

23°26'

冬至

秋分

春分

23°26'

夏至

天体春分点

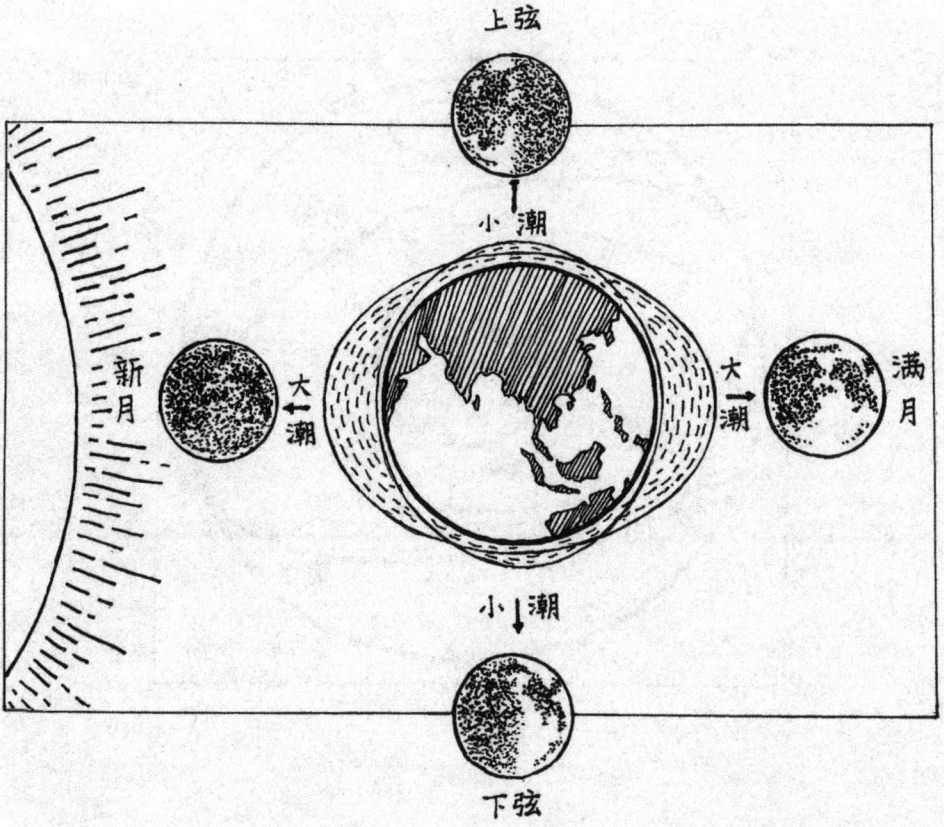

上弦

小　潮

新　月

大←潮

大→潮

满月

小　潮

下弦

月相引潮力

雷海当海员中的水手，是个好水手。上大连海运局的"钢铁八号"轮不久，雷海就当一级水手了，担任舵手。船在海上航行，他在驾驶台操舵，精准地把握住航向。换班下来，他不休息，主动协助瞭望：观察海面，观察浓雾，认真辨认物标；见到来船就报告，好让驾驶员或船长及时采取措施避让。他并不限于水手的工作，一次船上的雷达坏了，雷海运用在大学里学到的助航仪器知识，一小时就排除了故障。

雷海当海员中的三副，是个好三副。雷海被调到"钢铁二号"当三副后，继续拼命学习、实践。这条老式的船上，三副的房间设在船尾，螺旋桨的震动很大，单层的顶上没有遮盖，冬冷夏热，尤其到了盛夏，酷热难耐。但雷海安之若素，他在床边贴着一条标语：把过去耽误的时间夺回来！一次，"钢铁二号"到烟台装散装煤，开航后在渤海湾遇到8级大风，船左右摇晃，舱内散装煤移动，船倾斜20度，他立即报告船长，建议抛锚平舱保证航行的安全，船长采纳了他的意见，使这次险情得到及时处理。船安全抵港后，雷海被提升为二副。

雷海当海员中的二副，是个好二副。二副管装货，为了争取多装快跑，他主动与大连港调度员交流业务，联络感情。他看到北方人喜欢吃面食，而上海产的富强牌卷子面很受这里的大连人喜爱，所以每次船跑上海，他都给局里调度室的同事捎上些卷子面。由此，大连海运局的调度员对雷海所在的"钢铁二号"轮装卸货工作很支持，船员议论雷海"花头浓"（上海话，有办法）。

然而其中也出了一次"喇叭腔"（上海话，出洋相）。那天，停靠在上海港的"钢铁二号"轮计划下午开船，家在上海的雷海上午赶紧抱着发高烧的孩子上医院，当他料理好家事，按时赶到上船码头时，哪里知道，船提前两小时开航了。他心急火燎，背着准备带给大连港调度员的30多斤卷子面，在黄浦江上乘坐交通艇赶上船。当他喘着粗气爬上绳梯，一不留神，肩上的卷子面似天女散花，统统掉进了江里。这次险些漏船的情况，受到政委的严厉批评。尽管有客观原因，但是雷海一点没有感到委屈。他觉得在船上，在海上，所有对他的批评，都为了航运这一个共同目标。

1973年，雷海被提为"钢铁八号"轮大副，后又在1979年调入上海远洋运输公司，在"丹江"轮做大副。

雷海当海员中的大副，是好大副。一次，"丹江"轮在日本装起重机和卷钢南下，途经海峡，遇到8级大风，船开始倾斜，当时工人出身的船长没经验，操纵有点慌。政委说，再不改变航向就要开到台湾去了，于是临时决定要雷大副这个科班出身的大学生大胆把关，拿出所学的知识，想办法扭转了倾斜的危险局面。

后来，雷海被派上"银川"轮担任实习船长兼大副。"银川"轮是南斯拉夫船厂设计建造的4条新船中的一条，船型美观，线形舒展，设备先进，被誉为上海远洋运输公司的王牌船，跑西欧航线。船从上海开出，经新加坡，穿越印度洋，通过苏伊士运河，进入地中海，过直布罗陀海峡，抵达英国伦敦。在20多天的远洋跨海航行中，朝夕相处的老船长经过仔细观察，知人善任，即向公司领导报告：雷海完全能胜任船长。随即在欧洲交班由雷海正式担任"银川"轮船长。老船长撂下一句话："你当船长我放心。"说完便拎着皮箱坐飞机回国了。

至此，雷海成了海员中的船长，终于实现了自己的船长梦！

【第五幕】　我是"标兵"

上海最漂亮的地方在哪儿？

这个问题如果由雷海来回答，那无疑就是黄浦江畔。

无论是黄浦江畔的哪一段，只要能看到黄浦江，看到黄浦江来回驶过的轮船，雷海就认为是上海最美丽的风景。

上海远洋运输公司的办公楼，恰在东大名路的黄浦江畔。初为"银川"轮船长的雷海，一有到公司办事的机会，事毕以后总喜欢在附近江畔久久地眺望黄浦江。那也是小时候，阿爷带着当年的黑囡经常来的地方。阿爷会指着大轮船对他说，这艘有着大烟囱冒着大黑烟的大轮船，就是驶向外洋的远洋轮。黑囡啊，你以后就要上远洋轮，做远洋轮的中国船长，为阿爷争气，为中国人争光！

为了当上远洋轮的船长，大连海运学院教师出身的雷海，不久前去考证培训船"明华"轮参加船长证书①考试，结果获得第一名，其中气象学考了

① 船长证书又称船长执照，是国家海事管理部门颁发的、用于证明持证人具备船长职务所必须具备的航海知识和技能的证书。只有持有船长证书的专业人士，才有资格担任船长。船长证书划分为甲类、乙类和丙类三个等级。甲类船长证书适用于无限航区，即可以在全球任何海域指挥船舶航行。乙类船长证书则适用于近海航区，即距离海岸线较近的海域。丙类船长证书适合沿海航区，即仅限于沿海海域航行。不同等级的划分和要求不同，有助于确保船长具备与其航行海域和船舶类型相适应的专业能力和经验。

115分，考官说他的答案比标准答案更完美。

小黑囡终于圆了阿爷的梦，如今的雷海上了远洋轮，又成了远洋巨轮"银川"轮的船长。雷海站立在东大名路的黄浦江畔，任凭江风吹拂着乌黑的头发，心里默念：阿爷，黑囡不仅要当船长，还要当船长中的标兵！

当时在上海远洋运输公司，"银川"轮是王牌船，凡是能上得了"银川"轮的船员，多少有点自傲。说实话，他们也要掂掂新船长雷海的分量。而雷海呢，作为出身于大连海运学院的高才生，他工作的特点就是仔细，就是专业。所以就有了下面"银川"轮上一场雷海船长和水手长的对手戏：

"银川"轮开航后，雷海找到水手长，很客气地问："头佬，向你请教几个问题，一桶灰漆可漆多少面积？'银川'轮有多少灰漆面积？油漆一遍船壳需要多少桶，用多少人工和时间？"

因为船在上海上物料，油漆是水手长申报的，其中有十几桶灰漆，所以雷海对此发问。

水手长呆住了。雷海见他答不上来，便问："你这十几桶油漆领料单是怎么开出来的？领这么多灰漆压在船上，一旦过期岂不浪费国家财物？"水手长脸红了，被将了一军。

雷海又问：

"节日船上拉满旗有哪些讲究？应该怎么指挥水手去挂满旗？"

"船上有5只舱，换一次钢丝绳要几筒钢丝？"

这一连串的问题把水手长问得一脸茫然，只能回答个大概。雷海说："管理要讲究科学，弄上去再说的马大哈方式不能适应时代的要求，要学习精细管理，小到一条线的描绘和一桶油漆的使用，都要做到合理使用，有据可查。"通过这次对话，水手长领教到这位新船长的管理风格，从此再也不敢摆谱。

如果你当时偶尔踏上"银川"轮，只要雷海不穿上船长制服，或者你没注意到雷海所穿制服臂章上的四条杠，那你就会分不清船长与水手的区别。在"银川"轮甲板部的维修保养中，雷海提出能自修的不航修[①]，能航修的不厂修。雷海船长和大家打成一片，水手活拿得出手，甲板敲锈，上大枪油漆，大家都佩服雷海的功夫。船员一天辛苦下来，雷海船长要慰劳大家，叫厨房

---

　　① 航修是航次修理的简称，是指船舶在营运中发生影响航行的故障或一些缺陷，必须进入船厂或航修站修理。

167

海魂 ——走近中国远洋船长

加菜，叫管事开啤酒，他发中华牌香烟，慰劳船员。船员竖起大拇指说："第一次看到这样的船长！"

1981年，雷海离开"银川"轮，被调入"丰城"轮当船长。"丰城"轮是远洋运输系统的安全优质标兵船，这是一条7000吨级的远洋杂货船①（见图），航线往返于日本神户港和中国上海港之间。因老同学方嘉德船长升任公司调度室主任，就推荐雷海到"丰城"轮担任船长。方嘉德船长说："把这条船交给雷海，我放心。"

对于雷海担任"丰城"轮船长，方嘉德船长确实是可以放心的。

1982年夏天，雷海驾驶"丰城"轮通过日本关门海峡，从门司港去神户港。关门海峡旧称"下门海峡"或"马关海峡"。中央水通深15~20米，西部在10米以下。因处于海上交通要塞的海峡有众多的船舶通过，最狭窄的海域只有约600米宽。"丰城"轮通过濑户水道遇到下雾抛锚，雷海从雷达屏幕上发现左边有座大山，便指给两位70多岁的日本引水员看，要他俩当心。11时30分左右雾散后，船起锚，进入繁忙的航道，水流十分湍急，岸边电子导航标牌上显示着水流6~7级。前进中，"丰城"轮顺流航行，船速飞快，在众多交叉的船舶中穿行，突然船受到一股横流挤压，只见船首向左边的大山冲过去，引水员忙叫右舵，压不住。在甲板上吃午饭的船员吃惊地大叫："雷船长，船要撞山了！"雷船长大声叫大家不要慌，一边镇定叫"前进三"，并打电话叫机舱开到最高速，命令右满舵！船速高过流速，舵效凸显，船在撞山前的一瞬间右转向，安全脱险。船员放下饭碗鼓掌，称赞雷船长有一手，临危不惧，化险为夷！瘦瘦的日本引水员摇着大拇指说："雷船长，您这一招救了船，也救了我俩。"

雷海踏上"丰城"轮当上船长时，中国改革开放的大门已徐徐打开。当时进入中国的，不仅有资金、有技术，还有先进的管理经验。舆论开始形成共识：必须大胆吸收和借鉴人类社会创造的一切文明成果，吸收和借鉴当今世界上一切反映现代社会化生产规律的先进经营方式、管理方式。往返于中日航线的"丰城"轮，最早接触到日本的管理方式，此前的方嘉德船长敏感地抓住这一契机，引进日本的管理经验，在"丰城"轮推行"货运全面质量

---

① 杂货船（General Cargo Ship）是主要运载成包、成箱、成捆杂件货的船，是干货船的一种。远洋杂货船要求有良好的经济性和安全性，其总载重量为10000~14000吨，有的可达20000吨以上。

远洋杂货船

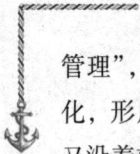

管理"，使船舶的生产、技术、货运质量和生活管理逐步走向制度化、条例化，形成良好的生产秩序，促进了运输生产和货运质量的提高。雷海接任后，又沿着前任之路继续开拓。

雷海开始埋头于对全面质量管理的探究。

全面质量管理是以产品质量为核心，建立起一套科学严密高效的质量体系，以提供满足用户需要的产品或服务的全部活动。日本是企业管理闻名于全球的国家，他们以严格著称，"质量管理"的TQC概念就是由日本提出的。怎样借鉴全面质量管理与日本的"质量管理"的TQC概念，结合中国船舶运输的实际情况，创造出有中国特色的船舶管理经验？雷海苦苦思索着。

在全面质量管理基础上，雷海提出了精细管理的理念。他在"丰城"轮上成立TQC质量管理小组，以运输质量为中心，以民主管理为方式，全面梳理船舶运输中的管理细节，提出一系列改进措施。雷海在"丰城"轮任船长的近5年中，装载过百万件货物，未发生过一件货损货差，业绩突出，"丰城"轮的TQC质量管理小组，连续4年被评为全国优秀质量管理小组。

精细管理要精细到什么程度？雷海提出要精细到芝麻，因而又称之为芝麻管理。原来，跑中日航线的"丰城"轮经常装运芝麻，为了确保芝麻运输质量，雷海在"丰城"轮上专门成立了运输芝麻TQC小组，自任组长，进行PDCA循环与统计，总结经验，制定课题目标，写出课题理由。这个小组后来被选进全国十大TQC课题小组，在国家计经委、全国总工会和全国质量管理协会组织的科学会议上进行课题发布，一鸣惊人，荣获全国第一名。

全面质量管理须全面到什么范围？要全面到每一个船员。雷海在"丰城"轮上提出，要培训全能船员。譬如做到人人都会施放救生艇，人人能用消防水灭火等。一次船到上海港，上级公司进行安全大检查，要求他派船员施放救生艇。雷海船长自信地说，你们随便叫任何船员去做，绝对没问题。检查人员便叫"丰城"轮服务员去放艇，结果这名服务员熟练地完成了收放艇的复杂操作程序，令安全检查人员大感意外。

雷海在"丰城"轮上实施的全面质量管理、精细管理、芝麻管理，其影响已远远超越航运界，超越交通系统，在全国引起强烈反响，这是雷海自己也始料未及的。这种影响已经大到他不能再去开船了。他接到国家计经委、交通部和全国总工会的指令，被安排到大连、青岛、天津、厦门、广州等地去讲TQC管理知识，推广运用TQC管理法，提高这些港口的货运质量管理。

雷海似乎又成了一名大学的讲师，不，是研究全面质量管理的专家了。

他与孙荣兴、刘长宽合作，总结TQC管理经验，撰写出《船舶运输中的全面质量管理》一书，共13万字，这是雷海的第一本专著。1985年，雷海获评"文革"后第一批高级工程师称号。

"标兵"的旗帜再次插上了"丰城"轮，在雷海任"丰城"轮船长的5年中，"丰城"轮连续5年被评为"全国标兵船"。而雷海自己，则成了航运界著名的"标兵"船长。

雷海作为"全国标兵船"船长和全国施行全面质量管理的标兵，根据国家计经委、交通部和全国总工会的安排，在全国各地传经送宝近半年以后，终于回归航运系统。但是此时，交通部已经感到，不能将雷海再放回"丰城"轮去开船了，应该把这个管理人才提起来，提到上海远洋运输公司当领导。于是在1985年5月，一个普通轮船的船长，未经过公司中层的台阶，一纸调令，直接提为上海远洋运输公司副经理。

尽管雷海的名片上仍然印着"船长"两字，然而一个更为广阔的世界、更为浩瀚的海洋，却在这位"标兵"船长面前徐徐展开……

【第六幕】 我是"远洋"

大概是这些年长期航行于大海的缘故吧，雷海已经不太习惯在陆地上行走了。他总觉得有点晃。

上海远洋运输公司坐落在上海东大名路378号的一幢红楼内。这里原是耶松船厂旧址。大楼为五层砖混结构，平面呈正方形，立面为台锥状，上部三层做退台收进，窗口上设连续的绿瓦挑檐，三层有一圈白色的挑出外廊，因其红砖贴面构成墙壁，又被人称为小红楼。1973年5月起，上海远洋运输公司入驻这幢小红楼。

然而，此时的雷海已没有过多心思去欣赏这幢颇具缅甸风格的历史建筑。作为上海远洋运输公司副经理，他上上下下，快步穿梭在楼内的各个处室，以尽快了解公司的总体情况。当他沿着走廊行走的时候，总感到这平坦的楼面和自己的脚步不太合拍，走起来有点别扭。唉，还是在船上好啊，即使轮船颠簸在风浪之中，在甲板上行走，也比这舒坦、踏实。好在这次工作无论怎样调动，都是为了祖国的远洋运输事业，所以自己也就服从了安排。就像这座小红楼，虽然在岸上，但是只要推开沿江的方格大窗户，就能看到黄浦江上来往的船舶。院子东南方向的围墙外是上海港务局五区的高阳路码头，那是从小跟着阿爷到黄浦江边看轮船的地方，那时就能时常看到靠泊在码头边的海船烟囱，听闻海船靠离码头的汽笛声。所以对于雷海来说，如果必须在岸上干活，那么这里就是最好的地方了。

一艘海轮又拉响汽笛，从高阳路码头起航了。雷海站在窗前，目送着远洋巨轮远去的船影，心也随之飘向了上海远洋运输公司旗下 100 多艘海轮航行于全球各大海大洋中的深蓝色的远方……

然而，前些年，远处传来的信息令人担忧。

在 1980 至 1983 年间，上海远洋运输公司在外的船只接连发生重大恶性事故，如"和田"轮撞沉外轮，"赤城"轮货舱失火，"莲花城"轮爆炸起火，"红明"轮失控坐礁全损，"建德"轮碰沉外国渔船和"龙溪口"轮爆炸起火沉没等。

纵观这些事故，其中确有偶然性因素，但种种迹象表明，在更大程度上应该归结为人的主观原因。

时任上海远洋运输公司经理李克麟，是个有冲劲敢担当的开拓型领导。他在上海远洋运输公司任职期间，积极发展集装箱班轮运输①，组建了环太平洋集装箱干支线网络，将船队打入国际市场，使公司经济效益连年得到较大幅度的提高。但是海上安全是航运企业的生命线，没有安全，什么发展集装箱班轮运输，什么组建环太平洋集装箱干支线网络，都是零，都无从说起。恰好雷海此时来到公司任副经理，分管安全，李克麟连忙和他商量，如何在全公司形成一个"人人重视安全，时时不忘安全，事事强调安全"的局面。雷海拍着胸脯说："具体工作就交给我来做吧。"

军中无戏言。

怎么办？雷海决定还是采取"丰城"轮上实施过的全面质量管理的方式，只不过这次要将一艘船上的全面质量管理，更大规模地创造性地运用到整个公司的安全管理之中。

在雷海分管下，以安全为重点的全面质量管理活动开展起来了，按照决策、管理、执行三个层次，公司领导对安全负第一责任，负责组织和协调；

① 是指集装箱班轮公司按事先制定的船期表，在固定航线的固定挂靠港口之间，按规定的操作规则为广大货主提供规范的、往复的集装箱货物运输服务，并按"箱运价"来计收运费的一种营运方式。

主管经理负重要责任，其他领导和综合责任部门负相应责任；执行者按标准、制度把关。

以预防为主的"工作质量确认制"建立起来了。雷海牵头设计了12种确认表格、426项确认事项，基本涵盖了船舶安全管理的主要内容，形成了自我确认、层层确认、上下确认的职责分明的标准作业体系。

在对船舶的安全管理中，雷海还创造性地融入了颜色管理，把甲板与机舱的管系阀门根据不同的功用，用不同颜色的油漆加以区别，紧急时不会开错阀门与方向。他将安全方面的全面质量管理精细到挂牌管理，他要求将开辅机操作规程写在板上，挂在辅机操纵台旁，让船员对照检查。

雷海对公司的安全管理高屋建瓴，缜密周详，繁简相宜，疏而不漏，井然有序，似乎就是一位出色而优秀的航运安全管理专家了。在雷海的分管下，上海远洋运输公司自1985年起，连续8年未发生责任性重大事故。1987年的船舶海损安全面为93%。后续的几年，一路上升。1991年和1992年均达到99.3%，创历史最高水平。

有人说，在上海远洋运输公司，作为经理的李克麟傲立潮头，挥斥方遒，以豪迈的气概指挥着公司开辟出一条又一条航线；而作为副经理的雷海却甘愿小心翼翼地分管航运安全，像绣花针似的将安全管理融入精细化的全面质量管理之中，从而让李克麟经理无后顾之忧地推进航线的开辟与运营。

有人说，在上海远洋运输公司，作为经理的李克麟唯才是举，凡有用之才，便委以重任，凡不合心意者，便弃之一旁。而作为副经理的雷海则唯人为贵，视船长、海员及员工为主人。船长、海员及员工不仅要使用，还要培养，由此他力主创办培训基地；经常远航的船长、海员太不容易，远洋海员的防病治病应该得到保障，雷海提出不能依赖一家海员医院，应建立自己的远洋医院。

有人说，在上海远洋运输公司，作为经理的李克麟工作上大包大揽，大权独揽，公司所有的财务报销单只能由他一个人签；而作为副经理的雷海对此毫不在意，相反却处处维护李克麟经理在公司的威信，当然如果有不同意见，他也会坦诚地向经理提出。

也有人说，在上海远洋运输公司，作为经理的李克麟目光远大，豪情万丈，敢于并善于"逆势扩张"；而作为副经理的雷海却性格内敛，较为稳重，因此两人时有分歧，正副不和。其实，这不符合事实。

雷海与李克麟是宁波镇海同乡，虽性格各异，但在为发展远洋运输事业

173

海魂——走近中国远洋船长

这一点上却高度一致，且相得益彰。试看下面一例：

1987年8月，李克麟担任经理伊始，获知马士基（MEARSK）意欲出售5条1414箱位的全集装箱船，李克麟欣喜若狂，立刻拍板与对方商讨收购协议。副经理雷海提醒他："这么大的一笔投资是需要上会讨论的。"李克麟不假思索地回答："来不及了，必须速战速决。"

后来在"补手续"的党政联席会上，公司党委书记拉长了脸，神色凝重，他原本是打算批评李克麟的。可不是吗？你李克麟擅自行事，且不谈"尊重"二字，集装箱船队连年亏损，市场仍未见明显起色。况且去年刚刚花巨资签下5条新船大单，怎么可以在此盲目追加投资，而且还是散装船改造的二手船？

李克麟还在挥舞着手描绘着他的宏伟蓝图，但亏损的现实摆在眼前，投资失败的后果是上海远洋运输公司所无法承受的。几位班子成员忧心忡忡，大家把目光投向雷海副经理，指望从他这位业务负责人的嘴里说出些道道。

瞬间，会场气氛凝固了。

然而雷海却起身示意要去卫生间。他想舒缓一下紧张的情绪，同时在表态前再对自己的思绪做一番精细的全面质量管理。此时书记又跟到卫生间，与雷海咬耳朵，希望他不要忧虑，大胆地实事求是地在会上谈出自己的想法。

雷海又回到会议室，所有人的眼光齐刷刷地向他投来，特别是李克麟经理紧锁的眉头下，原来犀利的目光，现在也带着焦虑和期待的眼神看着他。

雷海仍是那样不紧不慢，他站起来，拎起桌上的热水瓶给班子成员一一倒水。

书记再也等不及了，厉声道："雷海，这不是你干的，现在是需要你发言，需要你发表意见。"

其实，雷海是拖延时间在进行紧张的思考呢。

李克麟未经集体讨论，擅自决定购买5条船只，有违决策程序，如果深究下去，可以说是违反财经制度，无视党委领导，弄不好是会受处分，甚至撤职的。也有人议论，一旦经理撤职，雷海这个副经理就能补位扶正了。但是在这种情况下，这个正经理职位雷海是无论如何不会接受的。

刚才去卫生间去的走廊上，雷海曾推开窗户，朝黄浦江望了一眼，江上行驶的，码头上停靠的，大多是外籍货轮。在市场特别是航运市场高度开放的今天，外籍货船对我国航运企业已大有包围之势。中国远洋航运如果一直按部就班，没有大的动作，怎么能突破重围，取得迅猛发展？李克麟经理有时确实过于急躁，不按常规出牌，但他是为祖国的远洋运输事业着急啊。不光是他，为了远洋，我雷海也着急呀。至于说由于我的反对，可以引发李克麟下来，我上去，这是我压根都没想过的事情。经理算什么？心中最重要的一句话——

我是"远洋"！

想到这里，雷海推开眼前的杯子，开始了他的表态：

雷海首先肯定书记的态度，对各位的顾虑表示理解，然而话锋一转，他提高声调，朗声说道：

"我对李克麟经理的果断决策深表赞同。船在海上行，哪有不遇浪？市场不等人哪！在中国改革开放大背景下，外贸将会有爆发性增长，上海远洋怎能止步于中国与日本间周班服务。只要大家拧成一股绳，强化揽货，科学设计航线，提升管理能力，严控成本和风险，定能克服市场的不确定性，最终实现船队能级提升过程中的财务自由。"

谁也没有料到，平时话语不多的雷海，此番讲得如此慷慨激昂，如同一阵强劲的海风，吹散了海上的迷雾，也驱散了李克麟头上的阴云，顿时整个会议室云开雾散。

由于东南亚航线、大洋洲航线和南美航线的不断开拓，由于中国集装箱运输跨洋周班航线挺进太平洋，上海远洋运输公司的发展进入了一个高光时期。

中国远洋运输事业的发展，需要德才兼备的领导干部。1992年仅一纸调令，雷海受命赴京参与组建中国远洋运输（集团）总公司，不久被任命为中国远洋运输（集团）总公司副总经理兼中国外轮代理公司总经理。

要离开东大名路的这幢小红楼了，要离开阿爷以前经常带他来看大轮船的黄浦江畔了，要离开上海远洋运输公司上上下下的航运兄弟了，雷海终究有些不舍，然而，为着远洋，为着远洋更大的平台，实现更大的梦想，雷海只能选择北上。

北京，东长安街6号，中国远洋运输（集团）总公司大楼。老实说，身处这样的大楼，雷海一点也不习惯。雷海离不开海洋，即使离开海洋，他也离不开江河，那一定是要通向海洋的江河，譬如黄浦江。如今在这远离大江大海的北京，却要指挥航行在深蓝大海大洋中的远洋海轮，雷海总觉得很有些隔靴搔痒。不过，既然组织上决定了，他还是以极大的热情，配合总经理，投入中国远洋运输（集团）总公司的筹建与管理之中。

如同一个弄潮儿，雷海站在公司机构改革的前沿，直接参与谋划创建了

海魂——走近中国远洋船长

中国远洋运输集团公司：

雷海提出了中远集团的新管理模式，即集团总公司是决策层，其下属各地方远洋公司为管理层，船舶为执行层架构。各地方专业分工，上海中远建集装箱船队，大连中远搞大型油轮船队，天津中远和青岛中远搞散货船队，广州中远搞杂货船队。同时建立货运航空公司、外轮代理公司、旅游公司、财务公司、贸易公司、船员公司、船厂、房地产公司、劳动服务公司、燃料供应公司等10家公司。积极组织资产评估，在新加坡上市，在内地和香港上市。

雷海力荐上海远洋运输公司的李克麟进京任中远集团副总经理，筹建中远集装箱经营总部，集中优势力量统筹经营各地的集装箱航运，并由李克麟兼任中远集装箱经营总部总经理。后来事实表明，这一重大战略决策，极大地推动了我国集装箱航运事业的发展，也在世界航运业的激烈竞争中留下浓墨重彩的一笔。

远洋，远洋，雷海身处北京，心系远洋，特别是心系终年航行在远洋中的海员。为鼓励远航的海员，海员的报酬一般享有30%的水陆差，并已实行多年。随着海员实行职务工资，有关方面对水陆差提出异议，有人提出取消水陆差。当上级有关部门派员到中远集团就此调研时，想不到发生了以下的一幕：

分管劳动人事管理的中远集团副总经理雷海听后拍案而起，瞪着眼珠发声："我是海员出身，我是船长，我了解船上了解海员，他们为了远洋，不惜抛开家庭和亲人，长年在海上艰苦奋斗，他们的奉献，你们知道吗？"

调研的同志看他激动，请他别急，慢点说。

雷海反而站起来，走到窗前，手指向窗外，大声说道：

"我不能不激动！每到过年过节，你们在家里欢聚一堂，我们的海员漂荡在远洋与海浪搏斗，你们知道吗？你们下班回家，岁月静好，天天老婆孩子热炕头，星期天带孩子上公园，孩子生病了，抱孩子上医院，可我们在远洋船上的海员呢，漫长的航程，恋人变心，爱人担忧，父母双老，孩子上学、工作，什么都管不上，就是写封信都要靠岸才能寄，你们知道吗？你们头疼脑热的，随时上医院看病，我们海员呢，只能忍着熬着，弄点土办法对付着，你们知道吗？什么取消水陆差，我坚决不答应！"

他大声疾呼，语惊四座。那份发自内心的强硬，为保护海员关照海员弟兄的那种精神，令调研人员惊奇不已，最终还是维持原有水陆差待遇。

远洋，远洋，在北京东长安街6号的这座大楼里，雷海这位皮肤黝黑的铁汉子为祖国的远洋运输事业操碎了心。一次，就在这幢大楼里举行的会议上，坐在主席台上的雷海突然感到胸口疼痛异常，他强忍着，脸色发青，黄豆般的汗珠从脸上淌下，渐渐地头不由自主地垂下来，突然，人扑通一下从座位上摔下来……

"雷海，雷海！"人们呼叫着。

雷海不语，他似乎只听见大家喊着："远洋，远洋……"

救护车呼啸着穿过北京东长安街将雷海送往医院，检查结果：心肌梗死并引发大出血。

雷海病倒了，雷海没有倒下！出院后不久，雷海又从病床上爬起来，背着氧气袋前往北京东长安街6号坚持上班。

背负千斤担，无奈体不支。根据雷海的身体状况，不能再这样在中远集团工作下去了。上级领导专门找他谈话，摆出种种可以选择的官职征求他的意见。雷海两眼闪着真诚的目光，说："我是远洋的一颗小小螺丝钉，就把我安排在中国远洋这部机器上吧，我属于远洋，我只要远洋，还是在远洋吧。"

结果，1998年雷海被调任中波轮船公司中方总经理。他远赴波兰，事业仍在深蓝的远洋之中……

【第七幕】　我是"中国"

20世纪90年代，雷海曾多次来到瑞士日内瓦。雷海至今仍记得，他到日内瓦的时候，这里微风和畅，到处花木扶疏，姹紫嫣红，静静的罗纳河依然流淌着晶亮亮的河水缓缓地穿城而过，显得宁静而悠然。日内瓦湖中的大喷泉，洁白的水柱直冲云霄，神圣而又美丽。位于日内瓦湖畔的万国宫，与巍峨的阿尔卑斯山遥遥相望，周围绿树环抱，环境优美。

万国宫又名国联大厦，是联合国的前身"国际联盟"的总部所在地，现为联合国日内瓦办事处，又称联合国欧洲总部。今天雷海来到这里，就是应邀参加联合国贸易和发展会议召开的航运发展会议，他将作为中国航运代表，登上万国宫大会厅的讲台，向与会代表报告中国远洋运输发展的成功经验。

雷海迈步走进万国宫，他想起，也就是在这里，65年前，中国近代航海先驱、第一位总船长陈干青先生曾出席第十三届国际劳工大会。当时，劳工大会主要是讨论海事问题，诸如改善海员待遇、改造船舶和码头的安全设备，以及确定和完善相关的技术规范等，但陈干青先生根据国内航运状况，向大会提交了"欲改善海员的待遇及免除劳资纠纷，会员国间必须先要尊重彼此领海内航权"的提案，那是遍体鳞伤的东方弱国近乎挣扎的呼声，何其憋屈！而今天，伟大的祖国航运蓬勃发展，远洋航线遍及世界各国，我作为中华人民共和国的远洋船长，应邀出席大会，站上主席台，国家发展，扬眉吐气，告慰先驱，强海非梦，这是何等荣耀！

178

雷海走上主讲台，炽烈的聚光灯打在他的脸上，他感到眼睛有点迷茫，看不清台下坐着的黑压压的人群。他使劲眨了眨眼，朝大会厅金色的门外望去：

迷茫中，怎么看见阿爷今天也来了？阿爷在光里笑盈盈地看着他，看着黑囡今天穿一身船长的制服，四条杠的肩章，镶着四条金边的袖子闪着金色的光彩，好样的黑囡，你圆了阿爷的梦！

啊，曾经含辛茹苦养活他们兄妹几个的阿娘，也踮着小脚，迎着风，提着缝补针线的竹篾篮走来了……

朦胧中，他看见妻子带着两个女儿也跨进了大会厅！想当年，我下放劳动时患上腱鞘炎，是妻子你服侍在侧端汤拿药，寸步不离，你是我的恩人哪。可叹这么多年，我心系远洋，家里百事不管，女儿上学和工作的事从不过问，我对不起你们呀。

雷海定了定神，知道自己出了幻觉。他举目四顾，会场里2000多位代表正襟危坐，不过他还是不由自主地想起了大连海运学院的江教授一家，想到了江师母过年时端来的那碗夹着红烧肉的热气腾腾的米饭；他想起"银川"轮、"丰城"轮的船员兄弟，想起上海远洋和中远集团的拍档同事……

雷海想：是的，中国远洋运输事业的迅猛发展，已经震惊了全世界。经过几代中远人的艰苦创业，依靠智慧、勤劳和真诚，带着光荣与梦想，中远集团已由成立之初的4艘船舶、2.26万载重吨的单一型航运企业，发展成为今天拥有和经营着800余艘现代化商船、5000余万载重吨、年货运量超过2.6亿吨的综合型跨国企业集团。中远集团在全球拥有8万余名员工。在海外，以日本、韩国、新加坡、北美、欧洲、澳大利亚、南非和西亚8大区域为辐射点，以船舶航线为纽带，形成遍及世界各主要地区的跨国经营网络。标有

"COSCO"①醒目标志的船舶和集装箱在世界160多个国家和地区的1300多个港口往来穿梭。

啊，中国，我亲爱的伟大的祖国，如果没有祖国强大的力量，没有各位父老乡亲、兄弟朋友的信任和支持，哪有我雷海的今天！时来天地皆同力，正是我国外贸和远洋运输的大发展，才有了今天的国运，也才有了我雷海，才有我今天代表中国远洋海运走上国际舞台，受到各国代表的欢迎和尊重！

想到这里，雷海庄重地展开讲稿，昂起头，将目光投向与会代表，发出洪亮的声音：

"各位代表，女士们，先生们，我来自中国，代表中国海运，我是中国船长雷海！"

全场响起如雷似海的掌声……

这是世界给中国的掌声！

【第八幕】 我是"海路"

2002年5月，雷海在中波轮船股份有限公司②中方经理任上退休，戴着波兰政府颁发给他的一枚十字勋章。

退休，就是过清闲的生活嘛。但是在雷海看来，清闲并非一般人理解的"闲"，而是一种蓄谋已久的"中断"，是一种回望、沉思和享受孤独的艺术。

实际上这种对于退休后"清闲"的蓄谋，从雷海在波兰的中波轮船公司工作时就开始了。

中波轮船公司波兰分公司濒临波罗的海的格但斯克湾。航运与贸易始终是格但斯克这座波兰城市赖以生存与发展的根基。同时，作为前汉萨同盟的重要成员，该市与其他前汉萨同盟城市，也保持着密切的经济关系和文化关

---

① 中国远洋运输（集团）总公司[China Ocean Shipping（Group）Company]的缩写。该公司简称中远，是中国最大的航运企业，全球最大的海洋运输公司之一，也是由中央直管的特大型国企之一，成立于1961年4月27日，当时称中国远洋运输公司（交通部远洋运输局）。

② 中波轮船股份有限公司是中华人民共和国与波兰共和国合资创办的新中国第一家中外合资企业，也是新中国第一家股份制企业和远洋运输公司，成立于1951年6月15日。

系。格但斯克又是波兰重要的文化中心。在16世纪，该市就主办了莎士比亚戏剧的巡回演出。1743年成立了但泽研究学会，是世界上最早的同类组织之一。雷海在这里工作，不仅率领全体员工重振中波轮船股份有限公司雄风，还利用这个窗口，汲取与学习世界优秀文化。为此，雷海在公司特意办了一个小型图书馆，鼓励公司人员在空闲时和他一起多读书。

在一次读书会上，雷海这样对大家讲道：

时光过得飞快，我的心还是那么年轻，但岁月不饶人，青年这个名词不再属于我。

所以我和大家一样，增强紧迫意识，牢牢抓住分分秒秒，千万不要让宝贵时光白白流走。

现在中波分公司虽然是自己做饭，但家务事毕竟比国内少得多，属于自己支配的时间比国内要多得多，如果我们抓紧在波兰工作时间，给自己订一个计划，多看一些书，肯定能学到很多东西，韶华好读书，老来不悲伤……

雷海这番话，是给他年轻同事的勉励，也是对自己的要求。

当从波兰退休回家，回忆起自己的航海生涯，待两鬓斑白时，雷海这才发现，原先对航海的理解有些狭隘，甚至幼稚。总以为航海就是远洋，就是开船，就是当海员，当船长……这是对的，但是还不够。后来到了上远和中远公司以后，才知道航海还包括管理，包括运营，包括航线，包括金融……其实，航海是一个巨大的系统，这个系统涉及海商、法律、仲裁、保险、气象、导航、海图、人文、文学、影视，乃至人工智能……这是一个如无垠大海般的巨大系统，需要多少人一代一代地去学习、去读书，去投入其中！

想到此，雷海思绪澎湃，夜不成寐。当今世界，航路与海商法有关。雷海决意先从海商法着手，走上与航海相关的法律之路。

放眼奔腾不息的世界航运史，可以看到，海商法是随着航海贸易的兴起而产生和发展起来的。就其历史发展而言，它起源于古代，形成于中世纪，系统的海商法典诞生于近代，而现代海商法则趋于国际统一化。海商法的表现形式除国内法外，还包括有关国际条约和国际航运惯例。中国要成为世界航运强国，不仅要有世界一流的远洋船队，还要有一批通晓海商法的海事法律专家。好在从1992年起，雷海就参与过中国海商法协会的筹建，并任该协会的副主席，1993年他去沙特参与处理"银河"轮事件，就是作为海事和海商法专家去的。

自 20 世纪 80 年代以来，中国已成为国际海事组织 A 类理事国。雷海清楚地知道，海事仲裁①作为航运法律服务的高端产业，处于枢纽地位。应将海事仲裁看作是中国航运界的软实力，而不是软任务。海事仲裁事业的发展，可以带动海事法律咨询服务业的整体发展。例如英国伦敦是公认的国际航运中心，也是国际海事仲裁中心，其海事仲裁与相关航运服务业年收入占航运业总收入的 45%。伦敦是中国海事仲裁追赶的目标。现在，刚从远洋公司岗位上退下来的雷海，就想静下心来做海商法和海事仲裁方面的研究和咨询。

认准了的事情就要去做。雷海矢志不渝，且乐此不疲。他受聘于海事法律事务所，担任海事顾问，负责调查、分析、处理海事案件。同时，他奉命筹备和组建海事仲裁委员会上海分会。在这些社会职务背后，是雷海不辞辛劳，一次次代表船公司、中国人民保险公司和保赔协会处理海事及商务事故的踪影。

中国终于新增了一位船长出身的海商法专家，中国终于新增了一位既有丰富的海上航行实践经验又有深厚的远洋航行管理经历，还有广博的海商法理论知识的学者。不久，雷海成为联合国贸发组织航运法律专家会特邀亚洲代表，又担任英国 SSM 保险协会董事、英国伦敦保赔协会董事、中国国际贸易促进委员会海事仲裁委员会委员、中国海事仲裁员评审委员会副主任、中国海商法协会副主席等。

然而，一次意外的骨折又使雷海的人生航向有了新的变化。从事海事法律服务，不仅是个技术活，还是一项体力活，需要经常奔赴现场考察。毕竟年纪大了，70 多岁了，过甲板、爬舷梯等愈加力不从心，尤其经历这次骨折，使得雷海不得不考虑，该进入下一个航程了。

雷海在家艰难地从床上起来，移步到窗前，推开窗户，远处中山公园的树林郁郁葱葱，在微风吹拂下，如波浪般缓缓起伏，雷海不禁感叹：生命的年轮不停旋转，似水流年的生活把我带进垂暮之年，我安静地在时光的隧道里漫游，思绪的闸门在夕阳光辉下打开，关于航海，我究竟能给世人再留下什么？

自航海生涯以来，雷海就喜欢写书写文章。雷海认为，一个船长的辉煌，

---

① 海事仲裁是指海事纠纷当事人根据事前或事后订立的仲裁协议（条款），将纠纷交由约定的仲裁机构进行裁决的制度。

不仅在于船上的经历，还在于将船上的经历积累下来，沉淀起来，扩展开来，而成为一种知识财富的再造。知识的积累和再造，可能没有那么惊天动地，也许是悄无声息的，或许就是坐在冷板凳上的辛苦劳作，但它却是可以传播的，可以留给后人的，可以化为众多船长乃至整个航海界共同的知识财富。如今雷海坐在上海中山公园附近家中的书房里，看着书柜上那一排排自己撰写的著作，不禁感到一丝欣慰。

让我们一起随着雷海的目光去看看这位老船长撰写的著作书单吧：

《船舶业务电文》1982年

《航海常用气象词汇（中英文对照）》1984年

《远洋船舶质量管理简明教材》1986年

《航海应用文汇编（中英文对照）》1986年

《TQC在船舶上的应用》1987年

《船舶运输全面质量管理》1987年

《航海应用文指南》1989年

《船舶事故处理手册》1990年

《船舶经营管理》1991年

《船舶经营和管理》1991年

《实用船舶事故处理指南》1993年

《现代企业操作实务》1994年

《船舶管理实务》1995年

《世界航线》1995年

《船员实用英语对话》1996年

《"2006年海事劳工公约"履约操作指南》2013年

书柜中还有一大批雷海参与编写的书籍、许许多多优秀论文及雷海参与编审的著作，这里无法一一列举了。

真是一位著作等身的船长啊！

将以上长长的书单，放眼中国乃至全球的船长，恐怕都很少见吧。

很难想象，一个在大海中颠簸的船长，怎么能写出这么多的书籍？

难道，他在担任往返于中日班线的"丰城"轮船长期间，就写下了《船舶业务电文》《航海常用气象词汇（中英文对照）》《远洋船舶质量管理简明教材》《航海应用文汇编（中英文对照）》《TQC在船舶上的应用》《船舶运输全面质量管理》等6本书？

难道，他在担任上海远洋运输公司副经理期间，就写下了《航海应用文指南》《船舶事故处理手册》《船舶经营管理》《船舶经营和管理》《实用船舶事故处理指南》等5本书？

难道，他在担任中国远洋运输集团副总裁期间，就写下《现代企业操作实务》《船舶管理实务》《世界航线》《船员实用英语对话》等4本书？

难道，他在2002年退而不休以后，又写下了《"2006年海事劳工公约"履约操作指南》？

雷海是船长，雷海的确早就离开了大连海运学院教师的岗位，然而雷海一系列密切联系实际的研究成果，绝不亚于大学教师。

航海是一门应用科学。用雷海的说法，写应用科学的书，就要写到"入木三分"的深度，写到"眼睛一亮"的明白。

航海是一种文化。雷海一直赞叹中国明代郑和下西洋①，为15世纪末欧洲地理大发现②的航行以前世界历史上规模最大的一系列海上探险，但是又痛感这次史无前例的海上大航行并没有留下任何航海资料。所以至今关于郑和船队的航海目的、航行范围及其航行的海路，仍存在争议。

海路，对，就是这个海路，今天中国远洋航行开辟了那么多航线，我们应该编出有中国特色的海路资料与信息。国家提出，要建设21世纪海上丝绸之路③，这条路，不就是海路吗？

想到这里，雷海对自己今后的人生航程有了新的方向。他要画海路，他要写海路，他要把余生最后的能量奉献给海路！

于是，他在家中书房的桌子上摊开纸，戴上老花眼镜，他要画一张世界

---

① 郑和下西洋是明代永乐、宣德年间由正使郑和带领的一场海上远航活动，首次航行始于永乐三年（1405年），末次航行结束于宣德八年（1433年），共计7次，且船队航行至婆罗洲以西洋面（明代所谓"西洋"），故称郑和下西洋。这是中国古代规模最大、船只和海员最多、时间最久的海上航行船队，也是15世纪末欧洲人地理大发现的航行以前，世界历史上规模最大的航海活动。

② 15世纪到17世纪，欧洲的船队出现在世界各处的海洋上，寻找着新的贸易路线和贸易伙伴，以发展欧洲新生的资本主义。在这些远洋探索中，欧洲人发现了许多当时在欧洲不为人知的国家与地区。

③ 21世纪海上丝绸之路是2013年10月习近平总书记访问东盟时提出的战略构想，是"一带一路"倡议的组成部分。

海运大地图，也就是有关"一带一路"经济走廊的海路图。

唉，这么大的一张海图，书桌上放不下，怎么办呢？不要紧，他又拿着纸往客厅的地板上一放，人趴在地上画起来。

谁说我年老了，骨折了，不能爬舷梯了，我在家里不是一样能干？

作为老船长，雷海驾船亲自跑过的航线，如当年"银川"轮时走的西欧航线，"丰城"轮时走的中日航线，雷海当然是异常熟悉的了。但是对于更多的航线，雷海先后作为上海远洋运输公司和中国远洋运输集团的领导，依然对所开辟的每一条航线熟记于心。当时公司或集团所派出的每一艘海轮，无论航向哪个天涯海角，雷海的心都随之而去。所以他对世界海运地图中的每一条线、每一个点都非常清楚。

此刻雷海匍匐在所画的海图上，犹如航行在广垠无际的大海大洋……哦，这里是苏伊士运河，河面宽度在160~345米之间，深度则介于12~24米之间，自己曾驾驶"银川"轮经过这条连接地中海与红海的航线；这里是加拿大和美国之间的胡安·德富卡海峡，长130~160千米，宽18~27千米，贝汉廷船长曾在1997年4月驾"柳林海"号轮穿越这里，完成中断30年后的中美航线首航；这里是介于法国西海岸和西班牙北海岸之间的比斯开湾，以多风暴著名，猛烈的暴风时速高达113千米，一年中任何时候均可发生威胁航行的雷飓，雷海本人和陈忠船长等驾船经过比斯开湾，都曾遭遇到猛烈的风暴……

海路，用其航海的术语来说，就是海运航线。人类在陆地上运输，行的是陆路，即要花巨资去建造公路和铁路。而大海是如此慷慨，不需人类做任何投资，就这样浩浩荡荡在人类面前展开极其广阔的海路，任船舶自由地航行。然而，海路的选择和航线的开辟，又是天文地理、海洋气象、世界经济、港口设施等诸多因素下的科学选择。

就说从巴西巴拉那瓜港到中国赤湾港吧，雷海多年来一直寻思，到底是走马六甲航线呢，还是走巽他航线？就航程距离而言，马六甲航线只比巽他航线长17海里，不到两小时的航期。而从航行条件来看，在印度尼西亚部分，两条航线差别很大。马六甲海峡为国际上的主要海运通道，其航道简单，灯塔明显，灯浮众多，没有航海障碍，而巽他海峡中有众多小岛及两个礁石，并伴有湍流，航道复杂，航海障碍多，船舶操作困难。两条航线分别经过的北印度洋和南印度洋，海域季风与热带气旋①的情况也完全不同，并且这种气象情况又因不同的季节而变化。这就使得对于航线的选择应综合考虑各种因素，并因时因地而变化。雷海一边画着海图，一边对此深深思索着。

"老头子啊，油瓶打翻了！"突然传来一阵叫声，是妻子在大声喊道。

这叫声似乎一下子将雷海从海洋拽回陆地，他惊醒过来，也喊道："啊，油瓶打翻啦，快拦住，别让油流过来。"

妻子转而笑道："哪有啥油啦？我是说你画了海图，连家里油瓶打翻都不会去扶的。"

雷海一看，周围果然没有什么油瓶，便舒了一口气，笑着说："别吓我，这可不能开玩笑的。如果我一走神，海路少画一毫米，海上可能就误差上百千米呢。"

经过一年半的绘制，雷海所画的《世界海运地图（"一带一路"经济走廊）》终于交付人民交通出版社正式出版发行了。皇皇巨制，大洋航路尽收眼底，又一目了然。站在图前，众多航行于大海大洋的船长顿觉荡气回肠，豁然开朗，领略者无不慨叹！

为了海路，雷海再接再厉。2016年5月，他向国家海事局提出建议，应该编辑当今世界通航密度最大、航线最密集、港口发展最快的中国沿海航行指南。雷海的"航行指南"梦想，也是广大中国船长共同的梦想。在此之前，中国没有自己船长编纂的"航行指南"，就是从国外引进翻译的"航行指南"，也都是数年前的陈旧资料。

雷海和众多中国船长的呼声引起交通部海事局的高度重视，将这任务交给海事局下属的东海航行保障中心与人民交通出版社合作完成，并邀请雷海担任主编，组织和遴选30多位船长和大副等，建立航海编写组，投入编写。

接到邀请以后，雷海心潮涌动，彻夜难眠。

长期以来，有个疑问一直萦绕在雷海脑中：600多年前郑和7次出使西洋，但为什么他率领的这支庞大的船队却没有留下宝贵的航行资料和海图？距郑和第一次下西洋80年后，才有了葡萄牙人绕过非洲南端的好望角，此后

---

① 热带气旋是生成于热带或副热带洋面上，具有对流和确定的气旋性环流的非锋面性的天气尺度的涡旋的统称。它从热带低压开始生存、发展为热带风暴、强热带风暴、台风、强台风和超强台风，一般在离开洋面登陆后强度逐渐减弱直至消亡。

才有了欧亚之间的新航路；其后，海图与航路、进港指南，都成了海上霸主英帝国的专利，直延至今天。随着全球贸易的发展，中国的航线遍及全世界600多个港口，中国的船长已经积累了丰富的航海实际经验和大量的数据，这个海路怎么走，这个航线怎么画，虽都成为船长内化于心的知识，我们却至今没有在世界航海界发刊中国船长写的"航行指南"。这个历史的紧迫性和重要性，如大海的浪涛，时刻撞击着中国船长澎湃的心。

天降大任于是人，年近八十的雷海，思虑再三，决定挺身而出，揽下这个主编任务，到编写的中流击水，去大干一场。

2016年11月14日，编写组成员举行第一次会议。主编雷海在会上做动员，把使命感和光荣传达给每一位编写人员。

为大海铺路，为国家争光，使命感在编写人员心中不断激荡。编写组内的陆船长离雷海住得近，于是由他来负责送审。每次当他拎着厚厚的一堆稿件，推开雷海的书房时，总能看到雷海伏案阅读认真投入的状态。而对于编写组内所有船长和专家的艰辛努力和卓越贡献，雷海都念念不忘，逢会就说。譬如：

用"网盘"作为编写工具，是陆建荣船长提出来的，这样大大加快了编写和修改进度；南海诸岛航线设计是由刚去诸岛送油的毛鸿来船长负责编写，长江下游即南京以下各港航行指南由王齐船长负责编写；有关编写《船长建议》栏目，秦瑧、蒋玉忠、黄洪家、黄已宏船长出了不少好主意；王公禄大副在第一稿被推翻后，无怨无悔，任劳任怨，在很短的时间内完成重写；张哲草、朱育良两位船长充分发挥其电脑编写优势，承揽巨大工作量；船长作家王以京把住文字最后一道关，为《航行指南》编写交出一份漂亮答卷……

雷海是事实上的主编，但是在《航行指南》中却见不到主编的大名。他如同用大海蕴含的最深沉的力量，将优秀的编写者托举起来，自己却隐藏在大海的深处。

经过几年的集体奋斗，上下十多卷本的《航行指南》《港口指南》两套专业书籍终于隆重出版。这是21世纪海上丝绸之路航海保障的系列丛书，也是中国航海史上的首创。

海图的语言是五彩斑斓的。

展开《航行指南》中的一张海图，你会看到在其他世界海运大地图上带有弧线的海上航线在这里变为直线，那是采用墨卡托投影①（见图）的缘故；海图上密密麻麻的数字表示海洋的深度，而各种图示则表示暗礁、暗沙、沉船、港口、航道、山脉、岸形……

在旁人看来，海图与《航行指南》非常复杂而枯燥。然而在雷海眼中，海图与《航行指南》却是那么奇妙：

在那里，人类在海上活动的舞台被浓缩在方寸之间，人类在海上的各种活动信息，政治的、经济的、军事的、航海的、捕鱼的……都可一一承载其上。

中国应当对人类有较大的贡献，中国应当对人类的航海事业有更大的贡献。雷海和《航行指南》编写组30多位中国船长的目光又延伸到更远，一系列新的航行指南，如《波斯湾及附近航路指南》《地中海及附近航路指南》《北极东北航道指南》等海图又正在继续编写。

一部《航行指南》关乎中国船长的声誉。一位编辑曾这样提醒编写组同事："咱们编的航行指南，咱们就是权威，咱们就是海路。"

是的，中国版《航行指南》的横空问世，向世界表明：我就是权威，我就是"海路"！

【第九幕】　如雷似海

《航行指南》编写组的活动地点设在上海复兴岛的交通部下属东海航海保障中心，雷海的家在上海中山公园附近。雷海经常去复兴岛，路上要转乘三条地铁线，至少一个半小时。这对80多岁的老人是个不小的考验，对于雷海更是这样。因为，雷海熟悉海路，不熟悉陆路。

平时，他每天一早环绕着中山公园散步，在他眼里，如同进入一片蔚蓝的海洋，他将这里看成对应的一个浓缩的世界地图，走到东北角，他就想到

---

① 墨卡托投影，是等角正切圆柱投影，由荷兰地图学家墨卡托（Gerhardus Mercator，1512—1594）在1569年创立。早期的航海家很难将他们的航线画在图上，因为地球是圆形的球体，子午线像橘子瓣一样会合在南北两极，航海家很难将航线绘制在平面上。墨卡托把球面上的图形投影到圆柱体上，再把圆柱体展开，选定基准纬线上的投影绘制出的地图。所以，航海家可以在海图上用直线画出航线。英版的海图都用墨氏的方法绘制，别称墨卡托海图。

海魂——走近中国远洋船长

墨卡托投影

北极的东北航道，他自己就像一条船，走在冰海前，他思考着，如同听到主机的轰鸣声，应该将其开通！我们的远洋船走该航路远比常规的亚欧航线节省航程，又可摆脱繁忙的咽喉要道，具有极其可观的经济价值，打通它，那可是捷径啊！刹那间，他眼前那片白色的繁星花就如同那北极的冰海，他继续想着，无冰期有多长，冰山、冰流和冰困，要有破冰船开道；商船要有一定的破冰能力；船长要良好的心理素质，要有坚韧不拔的意志！园中的一棵棵花草可以做证，他哪里是在游园观花，他只想着航路，他的魂在海上。连着回家的路，上了楼，回到自己的书房，他又一头钻进了海洋和航路的天地。

　　而在去复兴岛的路上，雷海经常搞不清应该从地铁站的几号门出来，他觉得地铁站应该有个进港指南，有个非常清晰的导引图，图中应采用墨卡托投影，将弧线变为直线……

　　编写组的船长曾提出派人在地铁站口等他，他说，我入港不需要引水员……

　　从地铁站出来，到东海航海保障中心还有一段路，雷海一个人走在路上，为保证方向正确，经常会默念着口令：

　　右舵15°；

　　舵角减到5°并保持把定；

　　正舵；

　　航向复原……

　　他一直提示自己，无论走路还是驾船，眼睛都要有余光，不能仅盯着一个方向看。特别在靠泊的时候，还要观察水流和风向等各种因素。

　　在到达目的地之前，脚步应慢下来，这称之为控制余速。在停车淌航中，控制余速是关键。这时候要不断注意观测横向串视物标的移动快慢，来判断余速的大小……

　　突然，天色变得昏暗起来，黑色的浓云挤压着天空，掩去了刚刚的满眼猩红，沉沉的仿佛要坠下来，凌厉的风吹得复兴岛上两排树枝乱颤……

　　雷海判断，雷阵雨马上就要来了！这时全体船员应各就各位做好准备。他也下意识地从包里取出一把雨伞。

　　一道明亮的闪电划过天空，随之轰隆隆一声巨响炸在复兴岛的上空，雷阵雨终于来临了！

　　雷海顾不着迎面扑来的雨珠像一把把白色的豆子撒在自己身上，透过密密的雨帘，他的眼光已经投射到两旁江色苍茫的黄浦江，这雷阵雨下面的黄浦江水正滔滔流向吴淞口，并快速奔向东海。啊，这东海，这雷雨下的大海，

189

海魂——走近中国远洋船长

又该是怎样一幅如雷似海的壮丽画面啊！

　　口袋中的手机响起一阵阵急促的铃声，雷海打开手机，耳边传来编写组一位船长焦急的呼喊："雷总，您在哪里啊？"

　　雷海答："我在全速前进！"

　　那位船长叹了口气，喊道："要不要来接你？"

　　"怕什么？我是经过大海风浪的，这点风雨算什么？"

　　雷海，这位80多岁的大海的儿子，他那如雷似海的中国船长背影，似乎又投入如雷似海的一片苍茫之中……

夕阳无限

——记陈忠船长

我的爱

他在海上，

乘风破浪，

一如那狂野自由的风；

想想你们的妻子和孩子，

他们渴望那个总是不回家的男人，

唯有石头相伴。

闻着野玫瑰香味的女人们，

都以为我们的香水能让男人流连忘返，

他一年中，

只有部分时间属于我；

然而，总是丢下我孤零零的一个人，

唯有眼泪相伴。

——电影《燃情追踪》主题歌词

【第一幕】　退休后的返聘

清晨，从上海远洋新村某幢六楼的阳台向外望去，这城市如同刚醒的少女，还带着一丝蒙眬的睡意。初升的朝阳，像捉迷藏似的：一会儿躲在摩天高楼的背后，迟迟不肯露面，只是将射出的金光洒在天空；一会儿又在高楼间的缝隙中探出通红的脸膛，朝着这座刚刚苏醒的城市绽开充满朝气的笑容……阳台对面和平公园郁郁葱葱的绿荫中又传来叽叽喳喳的鸟鸣，早起锻炼的人们一个个穿着轻便的运动服走进公园。最多的还是老年人，他们有的在打太极拳，有的在跳扇子舞……这几乎是每个晴朗的清晨展现在上海远洋新村某幢六楼阳台前的美丽画面！

意大利电影《海上钢琴师》那位名叫"1900"的钢琴师，出生在海上，一辈子没有上过岸。他最怕的就是这城市鳞次栉比的楼房，他不知道这无数楼房中无数黑洞洞的窗户里究竟隐藏着什么。里面有虎？有狼？或许欺诈？或许阴谋？但本文的主人公陈忠却不怕，虽然他作为远洋船长曾长期漂泊在大海，但他毕竟出生在陆地，成家在上海，他知道在这城市连片的如波涛般的高低起伏的楼区中，在这一扇扇窗户内，有温暖的家庭，有男人的港湾，有忙碌的主妇，有上学的孩儿，有营养的早餐……当然在这上海远洋新村楼房一扇扇窗户内，还闪动着企盼海员早日归来的忧郁的目光。而即将退休的陈忠，早就想告别惊涛骇浪的大海，想跃进这称之为家的窗户，回归自己温暖的小家了。况且，退休以后，还有一大堆事等着他料理呢。

这是1999年6月的一个上午。8时许，陈忠从远洋新村某幢六楼走下来，他穿着一件半新不旧的白色衬衫，戴着顶黑色耐克太阳帽，拎着个黑色的简约公文包，宛如古时男子出行从马棚里牵出代步的马匹一样，从自行车棚里推出一辆男式"永久"牌自行车，也就是上海人挂在嘴上的"老坦克"。他左脚踩着踏板，右脚轻轻一点地面，跨上车座，双手扶把，昂首挺胸，朝位于长阳路的上海远洋运输公司进发。上午金灿灿的阳光铺展在他的身上，如同披上了一层金色的盔甲。

是的，也许这个世界上，阳光是最公平的救世主了。不管你在海中还是在岸上，不管你是达官还是百姓，不管你是富翁还是穷人，只要太阳在，它都会慷慨地给你抹上一缕金色的阳光。如同眼前这位骑着"老坦克"的陈忠，这位在城市浩荡的自行车流中毫不起眼的男子，无论他是远洋船长还是退休老人，抑或退休后会有一段更为绚烂的经历在等待着他，会成为停泊在黑海上的一艘海上大型漂浮物的法定船长，他依然和这座城市所有的市民一样，只要沐浴在阳光下，就是最普通的金色的存在。

当然，今天与此前的一个个工作日一样，陈忠这是去上海远洋运输公司海监室（海务监督室）上班。对于60岁的陈忠来说，今天或许是最后的工作日。回顾这些年的日子，陈忠觉得自己还是走得离家太远。他要回老家看看，不仅回崇明老家，还要回更早的启东老家。

陈忠1939年出生于江苏省启东一户贫穷的农民家庭，由于家境贫寒，养不活7个嗷嗷待哺的子女，父亲周龙郎万般无奈之下，只得忍痛将9岁的"周林祥"过继给陈家——陈协昌家，改名陈忠。那以后，"陈忠"这个名字就成了周家这个儿子的人生符号，伴随着他走南闯北、起落沉浮、风雨一生。

陈协昌是一位党员，担任过农村干部，颇有见识。

"见识"之一是，陈协昌膝下无儿，但并不把陈忠当作"外来人"，相反视如己出，呵护有加。

"见识"之二是陈协昌相信识文断字是人生必需，他认为"养儿不读书，恰如养头猪"。因此，千叮咛万嘱咐儿子：要好好读书。

陈协昌的妻子却不这么看。她说："种田吃饭，读书毕业后找工作也是吃饭，干什么不是吃饭？"她的意思是："既然都是吃饭，何必浪费那么些钱、那么些时间读书呢？"直路不走，偏走弯路，她不以为然。

况且，陈忠小时候读书很不上心，成绩不尽如人意，还吊儿郎当的，三天两头下河摸鱼捞虾。

陈协昌却坚持对陈忠说："脱了衣裤卖了，也要给你读书。"

陈忠深知父亲的一片苦心，可他实在是前期学习不用功，"欠债"太多，四年级升五年级考试愣是没通过。他不敢让母亲知道，悄悄告诉了父亲。

这个时候，陈忠仿佛觉醒了似的，一门心思要读书，要上进，要走出农村，要出人头地。

因此，他同时告诉父亲，在集市上卖鱼虾时，听说"启东考完了，崇明还没开考呢"（崇明于1958年划归上海，当时属于江苏省，作者注）。父亲一听，喜出望外，忙不迭地对他说："那就去崇明考啊，去找你姑姑，赶紧的。"父亲显然比儿子更急。次日，他一早挑了一担农产品（一头小猪、鸡和玉米）上镇卖了5元钱交给陈忠。

于是，陈忠就怀揣继续上学的梦想，沐浴着月光，连夜坐船奔赴长江对面的崇明岛。父亲将他送到码头，站在栈台上，目送着儿子乘上渡轮，驶向江中，直到渡船慢慢变成一个小黑点，又随着渐渐隐入江中、驶向对岸，目力所及，唯见长江天际流，方才依依不舍地转身回家。

江风吹拂着，父亲眼中噙满泪花，口中嘀咕着：这小子，终于醒了。

姑姑蓦地见到侄子到来，高兴得合不拢嘴，忙问他所来何事。陈忠就三言两语地把过江赶考的事跟姑姑说了，姑姑听了，也表示支持，说我明天一早送你去吧。陈忠说不用，我自己去。他不想再麻烦姑姑，春争日、夏争时，姑姑有自己的事要忙。不过，第二天还是由姑夫陪同去合兴小学报了名。

升学考试那日，陈忠就目不转睛盯着姑姑家的门槛看，那时候家里没有钟，遑论手表，只能根据日影判断时间。所谓对日定时，正此谓也。

这天，陈同学很用心，鸡叫三遍即一骨碌从床上爬了起来，目不转睛地一直盯着日影，宛如值守的边防军人盯着边境线。他见日影差不多到了门槛外，立即走出家门，朝学校方向发足奔去。

学校离姑姑家大约4里路，途经一片田野。可他哪里有心欣赏"漠漠水田飞白鹭"，根本无心倾听"阴阴夏木啭黄鹂"，顽皮捣蛋的淘气鬼改邪归正了，一心想着赶到学校参加考试。

陈忠同学这一通奔跑啊，到学校门口时，已是满面通红、上气不接下气。

当他似离弦之箭一般冲进学校大院，却见操场上空无一人，心里一凉，顿时愣住了：难道考试结束，同学们都回家了？不可能啊，我算好时间赶过来的呀。再一看，操场一侧的井台上，一位女老师正在埋头浣洗着衣物。

陈同学三步并作两步奔过去，怯生生地问："老师，考场在哪里？我来参加考试的。"

老师闻听，头都没抬，自顾自继续搓洗着衣服，说："考试早开始了，你迟到了。"等她抬起头来，撸去手上的肥皂沫，定睛一看，见到满面通红、气喘吁吁、汗流浃背的陈忠，稚气的脸上挂满慌张的神色，这才指着前面一间教室，说，"喏，那儿，赶紧去吧。"

陈同学奔到教室门口，向站在门口的老师出示准考证，老师看后，眉头一皱，说："这么晚才来，怎么搞的嘛，迟到一刻钟了。赶紧进去吧。"

浪子回头金不换。这一考，彻底改变了陈忠的人生轨迹。后来陈同学从合兴小学一跃进了马桥中学，又保送进了崇明中学，最终考上了大学。昔日龌龊不足夸，成天价摸鱼捞虾的陈忠蜕变成了正儿八经的读书郎。

村里一个冬烘先生听说了陈忠易地赶考的事，有感而发，调寄一首【西江月】《赶考》，送给陈忠——

周郎已作陈子，摸鱼捉虾无赖，一觉幡然醒过来，启东瀛洲跨海。

准考证揣在怀，发足奔考场外。昔日农家放牛仔，摇身一变秀才。

陈小秀才看不懂这么深奥的长短句，他更熟悉的是儿歌——

"小呀么小儿郎，背起个书包上学堂。不怕太阳晒，不怕那风雨狂。只怕先生说我懒呀，没有学问，无颜见爹娘。"这首儿歌恰如其分地描述了陈忠同学的读书生活和心理感受。

陈忠忘不了合兴小学的读书岁月，更忘不了老师的关怀与呵护。这呵护宛如父母，温馨又体贴。

就是那位井台上洗衣服的老师见他每天吃玉米棒子面，长期不见荤腥，再见他面黄肌瘦、身体单薄、豆芽菜的样子，觉得这样的饮食对于发育长身体阶段的孩子健康十分不利，就向教导主任和校长汇报了这一状况。学校领导宅心仁厚，决定让他住校并减免他的读书费用（每月交7元，书本费、学杂费全免）。

这一措施让陈同学既节省了上学放学路途奔波的时间，又增加了营养，温暖直抵心窝，陈忠深切感到，合兴小学是一所有温度的学校，在这样的学校里读书，是人生的幸事。因此，陈忠发奋刻苦，努力学习，顺利读完了高小，以优异成绩考入崇明马桥初级中学。

离开合兴小学的时候，陈同学眼中噙满泪水，一步三回头，依依不舍，口中念念有词：老师，我一定会回来看你们的！他的确终生铭记这些给了他知识的同时又给予他温情的园丁，以及这个温情脉脉的校园。

1961年，从崇明中学毕业后，陈同学考取上海专科海运学院（后并入大连海运学院）。至此，陈同学开始了高等学院的专业学习，向职业化迈进了一大步。

草窝里飞出金凤凰，陈忠考取大学的事不胫而走，很快传遍左邻右舍、街坊乡里，乡亲们夸奖的有之、羡慕的有之、恭喜的有之，乃父陈协昌更是喜不自禁，摩挲着儿子的头乐开了花。

1966年秋，学完32门功课，陈忠与王继东等获上海远洋运输公司青睐，上"和平60"轮实习。从那以后，陈忠与上海远洋运输公司，与船舶、与航海结下不解之缘，风里雨里浪里、汗水海水雨水，开始了近30年的航海生涯。

"上海远洋运输公司到大连海运学院挑选5名毕业生，我是五分之一！"半个多世纪后回忆往事，陈忠依然充满无比的自豪，但他心里更多的是对养父、对姑姑、对崇明学校老师辛勤教育培养的感激。

无数的必然构成了历史的链条，而这必然的链条是由无数的偶然构成的：

假如陈忠的养父不让陈忠继续上学读书，假如陈忠当年紧追慢赶仍然错过了考试，假如他考试铩羽没进入合兴小学，假如合兴小学领导没有眷顾陈忠导致他受到挫折辍学……今天，还有今天的陈忠吗？

显然没有。但，历史没有那么多"假如"。

1968年，风华正茂的陈忠意气风发地登上3000吨的"新安"轮，做实习二水，航行日本。这是职业生涯的开始，也是追逐梦想的开端。站在职业之舟、梦想之船的甲板上，眺望前方，浏览两岸，陈忠无比骄傲、自豪，梦寐以求的航船载着理想启航，奔向无比灿烂的远方。上船，上船，扯开风帆远航；远航，远航，看我乘风破浪；破浪，破浪，自此扶摇直上。

1969年12月，公司派他去首航欧洲的"朝阳"轮任三副；1970年4月，升任见习二副。在该船开航之前，修改西北欧英版海图。

无论在哪个岗位上，陈忠都像他读书求学时那样，刻苦钻研，吃苦耐劳，虚心学习。因此，他进步很快。

同年10月，陈忠从实习二副升任大副。如果把他的航海生涯比作登山，陈忠无疑在拾级而上，步步登高。这真是"大鹏一日同风起，扶摇直上九万里"，陈忠的人生步入快车道。

1973年4月，陈忠奉命赴南斯拉夫监造"江川"轮、"银川"轮等4艘新船，这次经历为他1989年赴英国接任造船组长奠定了扎实基础。

1973年7月，陈大副升任船长。航海依然是航海，大副已然做船长。至此，17年船长生涯摁下启动键。

1974年，陈忠任3000吨级的"玉泉"轮船长。看到这艘船时，陈忠哑然失笑：这艘船已经25岁，比他仅仅小11岁。可船舶不同于人类，它已属高龄，老态龙钟。甭说冷藏功能欠佳，许多部位锈蚀斑斑，连螺帽都拧不紧……这样的船况跑日本航线？但陈忠没有退缩，当其时也，提倡和信奉的是"有条件要上，没有条件创造条件也要上"。

1975年，陈忠正公休在家，蓦然接到公司电话，派他赴广州黄埔港就任18000吨级"静海"轮船长。陈忠二话没说，拎起行李即刻出发。

上得船来才知道，原船长突然发病住院，无人交接，书面资料无从得到，船舶性能无法了解。雪上加霜的是，此次航行澳大利亚他从未去过。

陈船长无愧于"救火队长"桂冠，凡是临时的、紧急的、重大的任务，领导总是第一个想到他，而诸如此类的活儿到了他的手里，他总是能按期按质完成。在陈忠眼里，没有完不成的任务，只有"报告，任务已完成"。

事非经过不知难，个中酸甜苦辣，唯有陈船长自己体味。陈忠当船长17

年，是直挂云帆济沧海的17年，也是惊涛骇浪风雨行的17年。苍茫的大海上，留下了他航行的足迹；汹涌的波涛中，镌刻着他岁月的年轮。五大洲三大洋，哪里没有他的身影？那些压弯腰的、吓掉魂的、累断筋的，堆满了记忆仓库。花开三朵，暂表一枝，咱先说一个吓掉魂的：

1984年，两伊战争爆发，战火波及红海海域。8月，陈忠任"唐河"轮船长，驾驶一艘装载1300箱的集装箱船从比利时安特卫普港出发，经苏伊士运河南行，至南红海组盖尔岛附近海域时，热浪袭人、酷暑炙烤，两岸的山上，盎然的绿色失去了往日的神采，绿叶耷拉下了脑袋。高温，炽热烤得人头晕脑涨，昏昏欲睡。由于水中缺氧，成群的小飞鱼跃出海面，箭一般射向空中，很多就落在"唐河"轮甲板上。

劈波斩浪间，驾驶台左舷外侧突然一声巨响，伴随着震耳欲聋的响声，几十米高的水柱冲天竖起，恰如船体被鱼雷击中，陈船长浑身一凛，暗叫一声：糟糕！

身处驾驶台的陈船长发现，主机已停止轰鸣，空调也不再运转，驾驶台与机舱的电话联系已中断……

陈船长立即让各路人马分头检查压载舱水①、淡水及污水舱，测量燃油舱②、各舱底水③，还有甲板、机舱等，得到均无变化的报告后，陈船长悬着的一颗心这才落了下来：这一切表明，船壳完好无损。

谢天谢地！陈船长心中默念道，长长地舒了一口气。船壳完好，它就是"诺亚方舟"，不幸中的大幸。

随即，陈船长召集部门负责人开会，部署检查主机、舵机、助航仪器、电台等受损状况。各部门听令行事，很快汇总：状况不算严重，除了倒下的配电板无能为力，受损的仪器或部件基本可以自修。

经过一天紧张而有序的忙碌，到傍晚6时，试车正常。陈船长指挥"唐河"轮朝红海出口处的丕林岛驶去，加速驶离出事海域，乘风破浪，安全回到上海港。

---

① 压载舱水是船舶为了保持平衡，而专门向水舱注入的水。

② 燃油舱是船舶用于贮存主、辅机所用燃油的舱室，一般是双层底内的若干舱室，大型船舶也有将深舱作为燃油舱的。

③ 船舶在运输过程中，货舱内管路渗漏、冷凝出汗，机械设备的泄水、管路漏泄，尾轴套筒和舵杆套筒渗漏以及舱壁温差引起的湿气冷凝，都会形成积水流入舱底，俗称舱底水。在正常情况下，一般以机舱舱底水为最多。舱底水不仅腐蚀船体，而且造成货损，影响操作，严重时影响船舶的稳性和航行安全，所以要及时抽出排干。

事后得知，这是交战方布置的水雷漂流到了红海海域，导致了这次有惊无险的爆炸。

除了意外的水雷，还有意外的台风。航行在海上，台风是家常便饭。

1985年10月3日，船行至法国和西班牙之间的比斯开湾。

比斯开湾有着极强的两面性。风平浪静的时候，它像一位闺阁少女，温柔娴静；一旦变脸，就是《水浒传》里的鲁智深，暴躁凶猛。这种两面性极具欺骗性，常常导致经过此海域的船舶遭受灭顶之灾。

那天，大副见阳光和煦、万里无云，船舶踏浪而行，胜似闲庭信步，便到驾驶室一坐，与陈船长品茗畅叙一番。

两个老伙计神侃海聊，说到航行海上的不测时，陈船长说：啊，比斯开湾风浪一旦发作，就是猛虎下山、蛟龙出海，惊天动地。大副有点不信，说：不会吧，您看现在这风和日丽的。陈船长说：风和日丽？它可是说变就变，翻脸就不认人。

话音刚落，温柔的大西洋突然变脸，如洗的天空黑云压城城欲摧，狂风遽然而至，面目狰狞。

陈忠发现气压下降很快，意识到，天要变了。他二话不说，立刻板起脸通知大副及轮机长，全船各部门出动，做好安全检查，迎接比斯开湾风浪的挑战。

随着时间的过去，海风开始增大了，海面上开始发出呜呜的巨响，冰凉的海风扫在脸上，如同刀割一般。没一会儿，整个天空完全被破碎疾飞的乌云遮盖，大西洋浩瀚的海水瞬间变得墨黑。更奇异的是，因风浪增大，浪尖被凌厉的海风吹出阵阵白丝，顿时白丝罩满了全部海面，驾驶台前方看出去是白茫茫一片。

海面上的风力如恶魔起舞，海面上波涛起伏，渐成巨浪开始冲击"唐河"轮船体。这时，"唐河"轮已开始激烈地摇晃，不时听到大浪撞击船首发生的巨大冲击声，随着冲击声，就带来整个船体的剧烈抖动。

次日早晨，气压下降到974毫巴①，恶劣天气持续。航行在海上，与这样的天气不期而遇无疑是厄运。

狂风声嘶力竭地怒吼着，深黑色的大西洋如同开了锅。陈忠站在驾驶台上俯瞰四周海面：小山似的巨浪一个接一个，不规则地从东南方向扑向"唐

---

① 毫巴是一个用于测量压力的物理单位。在气象上，通常以毫巴做气压单位，如标准大气压被定义为1013.25毫巴。现改称"百帕"，1毫巴等于100帕（hPa）。

河"轮，似一只只巨兽狠狠地扑过来并撕咬着船体。"唐河"轮在大海的手里，如同一个小玩具，一下子呼地随着巨浪被高高地抬上浪峰，一下子又被狠狠地抛到谷底。

面对平生未见的狂风巨浪，陈船长也觉得"天外黑风吹海立"，凶险堪与泰山齐。但他比谁都明白：此时此刻，他不能乱了方寸，群龙无首，只会增加风险。因此，他叮嘱全体船员镇静自若、坚守岗位，恪尽职守。

茫茫天地间、辽阔大海上，"唐河"轮宛如一叶扁舟，随浪起伏在无边无际的海面上。甲板上，如果不抓住船板或过道上的立柱，根本无法站立，遑论行走。这样的颠簸，久经考验的船员也开始呕吐起来……

更恐怖的是，由于风浪持续较久，海面上除了巨浪外，又出现了可怕的涌浪①。别看涌浪的波高不高，节奏也显得缓慢，看起来没有巨浪可怕，但它的力量巨大，极具破坏性。浪是直接冲撞，涌是柔软地将船身轻轻托起。如果是11级的大浪加上涌浪，就很难依靠调整船舶的航向及车速去控制船舶的横摇和纵倾。说时迟那时快，这时一个铺天盖地的巨浪压过来，加上涌浪的推搡，高昂的船头深深扎进水里，"唐河"轮像潜水艇一样，仅剩高大的驾驶台露在外面，陈忠船长双手抓紧驾驶台前的沿栏杆，进行船舶进入大风航法操作，他全神贯注地看着涌浪退出时，露出的舱口是否仍然保持严密的水密②（见图）状态。直到船从浪峰里钻出，才深深舒出一口气。

屋漏偏逢连夜雨。就在"唐河"轮不断被涌浪压下，大量的海水形成对舷墙巨大冲击的情况下，值班驾驶员报告，一侧雷达失去扫描效能，不能显示。陈船长下令："关闭雷达！"话音刚落，另一侧报告："雷达失效。"陈船长当机立断："关闭！"

关闭两侧雷达，风险急速增大。此时风急浪高，视线模糊，能见度低。陈船长下令：加强瞭望。他明白，此时此刻，天昏地暗，稍一疏忽，便酿成大祸，船毁人亡的事随时会发生。他自感责任重大，不能有一丝一毫疏忽、懈怠，而必须打起十二分的精神，同心协力、全力以赴渡过难关。

惊鸿一瞥，水手长蓦然发现，陈船长"加强瞭望"的指令话音甫落，伸出右手，正了正大盖帽。熟悉陈船长的水手长明白，这是陈船长出征的号令，是他下定决心排除险阻的习惯动作。水手长由此受到极大鼓舞，全力以赴投

---

① 涌浪是大风过后和减弱后，海面形成的波浪。

② 水密指物体或结构与水接触下不被水侵入或渗透。船舶的水密，包括甲板、舱口围板、舱盖板、舷墙、舱门等在遭受风雨和风浪侵袭时不致有水侵入舱内。

水密

入工作，配合陈船长闯过万难。

"唐河"轮陈船长不断调整船首与浪头的夹角，不断摆正船身回避巨浪的正面冲击……这哪像开船啊，简直是冲浪中的过山车。

天助自助者。在陈船长指挥下，经过一整天的紧张拼搏，"唐河"轮闯过了惊涛骇浪、穿越了13级超级风暴。雨过天晴，风逐渐平息，大海仿佛癫痫病人度过了发作期，恢复了此前的宁静。碧空如洗明如镜，万顷碧波作画图。此时的海面是那么平静、那么可爱。"唐河"轮踏浪而行，宛若闲庭信步。

事后想起，陈船长心有余悸，暗自庆幸老天保佑，人船两安。船员则按着胸口，站在船尾，面对经过风浪的海域做告别状，祈祷这夺命风暴一去不复返。

经过了13级超强风暴，以后的航程里陈船长依然认真对待、一丝不苟。严谨是他的名片，审慎是他的风格，认真是他的标签。

1986年，公司将陈忠调入上海远洋运输公司海务监督室，嘱他抓安全生产。1990年10月，陈忠升副主任；1991年，升主任。

当其时也，上海远洋运输公司事故频发，爆炸、起火、撞船……此伏彼起，没个消停。社会声誉不佳倒在其次，影响经营效益让公司领导十分头疼。

当其时也，公司已拥有大小船舶150多艘、船长300多人、驾驶人员1200多人，规模庞大、人员众多，成年累月、夜以继日航行在五大洲三大洋，稍不留心就会出错，进而酿成事故。

走马上任伊始，陈忠汇总公司近年来发生的各类事故，归类后深入分析，随后拟订了"安全管理方案"：第一，公司建立三级安全管理制度；第二，用5年时间对驾驶人员（包括船长）实行轮岗培训；第三，结合培训，开展安全主题活动；第四，加强老龄船舶管理。

培训课上，陈主任语重心长地告诫船员：安全是100000前面那个"1"，甭管赚了多少钱，一旦出了事故，这个"1"没了，后面再多的"0"全是白搭。

自陈主任走马上任后，实行的一系列措施，使上海远洋运输公司的事故数量直线下降，相应地，经营效益直线上升。

从来系日乏长绳，水去云回恨不胜。不知不觉间，陈主任在海监室就埋头工作13个年头了。

1999年，陈忠年届六十，退休在即。羁鸟恋旧林，池鱼思故渊。在海上忙忙碌碌地漂泊了半辈子，为海监安全进进出出十多年，陈忠终于盼来解甲归田、缓驶入港的日子，自是喜不自胜，满心欢喜等待着公司的通知，去人事部门办手续，办完手续回家。

公司人事部的通知如期而至，但伴随着退休通知的是公司经理金忠明的电话。这个节骨眼上，经理亲自打来电话，自是非同一般，他说了什么呢？这个电话会改变陈忠退休后的人生航向吗？

【第二幕】 返聘后的专家

就在陈忠似一艘海轮欲缓缓驶入"退休"港之际，公司领导亲临海监室，与陈忠促膝长谈，殷殷挽留，聘请他为海监室顾问（设置海监室专家办公室，请他坐镇）。

陈忠深谙领导的良苦用心和爱才诚意，不须扬鞭自奋蹄，一鼓作气继续干。

如此，陈忠不是解甲归田、入港湾休整，而是"正舵""把定""左舵二""前进三"，沿着既定航线继续前进。

无论在哪个工作单位，无论在什么岗位上，陈忠都像颗钉子似的，坚定稳固扎根在那儿。

虽然已不再是海监室主任，尽管已经退居二线，但陈忠依然像身居一线那样对待工作，兢兢业业、一丝不苟。骑着他那辆"老坦克"，每天迎着朝阳前往位于长阳路的上海远洋运输公司，背着夕阳一脚一脚踩着"老坦克"骑回位于远洋新村的家。两点一线，宛如一座精准无比的老式座钟。

这个时期，循规蹈矩的陈忠不在家就在公司；不在公司，就在奔赴公司的路上；不在家里，就在悠悠回家的路上。

在上海远洋公司海监室任顾问一年多后，2000年12月3日17：05，61岁的陈顾问一如既往地整理文件、收拾东西，离座站起，准备回家。这时，桌上的电话铃声急遽响起，陈忠拎起话筒接听。

是中国远洋运输总公司总经理办公室打来的，对方自报家门后，便直奔主题，而主题也只有一句话：到中远总公司报到。

陈忠将电话听筒贴着耳朵，意欲倾听接下来的话语，不料对方径直挂断了。陈忠觉得有点奇怪，总公司越过上海远洋公司直接找到我，一定有什么极其重要、极其紧急的事。只有十万火急的事，才会一竿子到底，直奔执行者。

这一次，陈顾问虽然仍旧是一脚一脚踩着他的"老坦克"回家的，但踩下去的力度大大加强了，也就是说，他的频率大大提高了。结果就是，自行车前进的速度明显加快了。半小时的"车"程，20分钟就到家了。

进得家门，他一如既往地跟妻子通报一声"明天出差"，简短得不能再简短。至于出差去哪儿、干什么、跟谁去、何时回来、干些什么等，一概没有透露。这是陈忠的习惯，也是夫妻俩几十年来达成的默契——陈忠不多说一个字，妻子不多问一句话。妻子是上海海运局的职工，深知丈夫的为人。该说的，他不会隐瞒；不该说的，问也白搭。

一如1997年5月某一天，陈忠告知妻子"明天出差"，妻子似乎充耳不闻一样，毫无反应。只有陈忠知道，她字字入耳，但她不问一字。直到一个多月后，陈忠从香港归来，告知她"这次去蛇口，是参与香港回归大典的相关保卫工作，领导接见了我们"时，她才"哦"了一声。轻描淡写的，仿佛这事跟她无关。但陈忠知道，妻子是往心里去的，只是她不善于表达而已。

闻令而动，陈忠拎着个袖珍型手提箱，按照指定时间节点，风尘仆仆赶到了北京。前脚刚踏入中远总公司的大门，公司相关领导便告诉他：你这次执行的不是公司的任务，请你立即去中国船舶重工集团总公司报到。说着，递给他一个信封，信封里面有一封公函，写明了任务、地点、联系人及联系方式等。

陈忠瞄了一眼，将信封一折为二，小心翼翼揣进了口袋。二话不说，离开了公司，匆匆赶往中国船舶重工集团总公司。

大大出乎陈忠的意料，中船重工相关工作人员跟他甫一见面，连起码的寒暄都没有，便递给他一张聘书，聘请他为澳门创律公司专家（顾问）。陈忠有点丈二和尚摸不着头脑，这是唱的哪一出啊？中船重工聘请的不是本公司的顾问，而是远在千里之外的澳门一家公司的顾问，这家公司我闻所未闻，跟开船有关系吗？为什么不是它自己聘请我呢？我这个顾问要做些什么呢？聘期多久呢？

然而，一脑门问号的陈忠并没开口问一个问题，也没来得及问一个问题，中船重工跟他对接的人又开口了，这次是一个指令：即刻赴土耳其。

"去土耳其？"

陈忠更是惊讶得无以复加，这也太具有跳跃性了吧，护照没带、签证没有，连换洗衣服都没准备，这就出国？但对方是有头有脸的人物，根本不是跟他开玩笑。陈忠明白，服从是唯一的选择，或者说他压根儿没选择。工作了一辈子，陈忠把组织摆在至高无上的地位，从来都是服从组织的。

不过，这次出差看来很特别。人尚在途，专家的"帽子"已然戴在了头上。退休前是船长，开过太多的船；退休后获聘顾问，左一个顾问，右一个顾问，这还没到岗，顾问已到位了。

他突然想到一个问题：这次匆忙来京，连换洗衣服都没带，任务倘若是开船（陈船长总是三句不离本行），我连船长制服和大盖帽都没带，更重要的是，以船长的身份上岗，船长证书也没带，这可是船长的上岗证，该如何是好？

没大盖帽、没制服、没换洗衣服，我这不是"三无"人员嘛。想到这里，他暗自笑了。

等到中船重工领导召集会议，介绍了与会人员后，宣布了此行任务，陈忠才知道，是中船重工向中远公司要人，中远公司力荐了他。但中远公司也不知道中船重工要一个船长派什么用处。他们只是公事公办，照章办事，把陈忠推了出去。陈忠是金牌船长，公司当然派他出去。

散会后，陈忠看了相关材料，才得知有关此次任务的更多信息。澳门创律公司在乌克兰购买了一艘废弃的海上大型漂浮物，意欲作为旅游资源开发。国家有关部门得知后，同意将这一海上大型漂浮物运回国内。然而它现停泊在黑海上，要运回国内，必经之路是土耳其海峡。

出于种种考虑，土耳其方面以这一海上大型漂浮物通过海峡不安全为由，不予放行。土耳其海事署是此事的对接单位。陈忠此番赴土耳其就是随一批专家，应土耳其海事署的要求，参与拟订可行性方案。为此，中船重工聘请陈忠为专家组专家（顾问）。

原来如此。

"土耳其海峡，我多年没有走了，"陈忠说，"我曾走过，有所了解，是跟我同学一起走的。"陈忠深情回忆往事，眼眸中闪烁着光芒。

陈忠了解土耳其海峡，但读者诸君也许不甚了了，请恕在此聒噪几句，略加介绍。

土耳其海峡又称"黑海海峡"，是连接黑海和地中海的唯一通道，故而有"天下咽喉"之称。它包括博斯普鲁斯海峡（又叫伊斯坦布尔海峡）、马尔马拉海和达达尼尔海峡（又叫恰纳卡莱海峡）三部分，全长361千米，整个海峡呈东北—西南走向，是亚、欧两洲的分界线。两岸多悬崖绝壁，山岩十分峻险，战略地位十分重要。

土耳其海峡最窄处只有700米，最深处达120米，最浅处却只有27.5米，有些地方表流与深流的海水流向是相反的，水文状况十分复杂。

海峡入口处的伊斯坦布尔原名君士坦丁堡，是土耳其最大的城市，是土耳其经济和文化中心。

伊斯坦布尔市被土耳其海峡一分为二，一边是欧洲，一边是亚洲，两部分由博斯普鲁斯海峡大桥（横跨欧亚的加拉塔大桥）连接。加拉塔大桥建于1845年，全长1560米。此前，城市两边的往来依靠轮渡，效率极低，遇上大雾或大风天气，停航在所难免，十分不便；现在，桥面上车辆穿梭来往、川流不息，交通十分便捷。

海峡两岸建筑鳞次栉比、错落有致，风格各异，有圆顶的清真寺，有平顶的民居，有拜占庭夏宫，还有奥斯曼帝国的建筑，有清一色的宗教建筑，更有色彩丰富的民居和公共建筑。海鸥翩飞于水，游客填塞街衢，商人不绝于途。风光旖旎，景色迷人。

不过，陈忠一行可没时间一览伊斯坦布尔风光，也无心旅游。到了伊斯坦布尔，他们顾不上休息，便投入紧张的工作。陈忠更是在例行工作之外，加班加点勘察海峡，以求得到详细的天文、水文、地理和气象及与航行相关的数据，为撰写报告做好前期工作，打下扎实基础。一本厚厚的黑色硬面抄里，写满了陈忠考察海峡的数据，画满了海峡地形、地貌图。白天外出考察，晚上回到住处，便琢磨和研究海上大型漂浮物通过海峡的相关数据（风向、水流、速度、距离、天气、水文、拖船、人员配备和布置等）及图形等。

从黑色硬面抄上的日期和不同的字迹可以看出，在土耳其的日日夜夜，陈忠一刻都没有闲下来过。几天前，专家组乘直升机登上漂泊在黑海上的这一海上大型漂浮物，目睹的状况令人触目惊心。

由于日晒雨淋和人为破坏，它的内部破烂不堪，许多地方伤痕累累、锈迹斑斑。舱内没有照明，漆黑一片；舱与舱之间的楼梯极其狭窄且没有扶手，走在上面，稍不留心就有摔下去的危险……自它遭弃始，已经在黑海上漂泊了9年、3000多天，它漂泊得太久了……

同时，委托土耳其航海专家组成的专家组、工作组夜以继日，争分夺秒地工作着。终于，2001年3月，关于通过土耳其海峡的方案定稿并提交给土耳其海事署。然而，此方案被土方一口否定。

无奈之下，2001年3月底，陈忠随专家组离开土耳其回到国内。

至此陈忠已经在土耳其待了三个多月了。离开上海时走得急，本来就没想到来土耳其，替换衣服带得少，是该回家了。再说自己早过了退休年龄，家里一大堆事等着他做；妻子腰背不好，家住六楼，老式的房子没有电梯，买米买菜她怎么拎得上去……专家，专家，再怎么专家也不能忘记家啊！

海魂——走近中国远洋船长

【第三幕】 专家后的船长

然而回到上海后，有关方面又把陈忠从家中召唤出来。

2001年4月20日—22日，陈忠应邀出席中船重工在上海组织召开的通过土耳其海峡技术方案专家论证会。

5月18日，又请陈忠参加专家会。经过缜密研究，会上提出了拖航通过土耳其海峡受风流影响程度及制动距离和时间计算的报告。

6月1日，陈忠又踏着"老坦克"，去出席交通部洪善祥副部长在上海主持召开的会议。洪副部长指出，要将各种不利因素在最坏的条件下论证，从而使技术方案无懈可击。

2001年6月6日，交通部副部长洪善祥率队访问土耳其，随行的有交通部救助打捞局局长、专家组组长宋家慧，中国远洋集装箱运输公司安监部主任陈忠，上海港务局高级船长陈文忠和上海救助打捞局副总工程师袁国民等。

此次行前陈忠多了一个心眼。他骑着"老坦克"东奔西跑，将家里的柴米油盐买足，冰箱里各种食物塞得满满当当；将整个房间来个彻底大扫除，连阳台也扫得干干净净；将家里要洗的衣服都洗了，床上的被单都洗好晒干；临走时带了个大行李箱，将替换的衣服带足；然后又将一张工资卡亲手递到妻子手中，嘱她不要太节省了，对自己好一点。

再次奔赴土耳其，且是执行同一任务，陈忠颇多感慨：要做成一件事，是多么不容易啊。

在伊斯坦布尔，大大小小的会议开了无数次，长长短短的交涉进行了太多场，嘴皮子磨出了老茧，土耳其方面依然是原来的答复：不放行。理由是：不安全。

但中方的专家仍然在继续优化和细化方案，加大拖轮动力，加大技术支持；并且按照土耳其方面的要求，开始改装这一海上大型漂浮物，即安装柴油机、电罗经、雷达、通信、照明等仪器设备。

10月2日凌晨，专家组成员迅即变身为工程师、电工、焊工、吊车司机等，开进海上大型漂浮物，按照预案奔赴岗位。

太阳落山后，黑海海面漆黑一片，伸手不见五指，只能借助手电筒光线操作……

10月4日21时，改装、加装及拖船缆绳安装等诸项工作圆满完成。

继10月5日土耳其方面的检查验收后，10月9日上午，土耳其海事署伊斯坦布尔分局局长卢汉带领9名专家再次登上海上大型漂浮物，检查验收改装工程。数小时后，检查验收终于结束，他们对中方的工作效率和工程质量感到惊讶，不由得赞叹。在返回伊斯坦布尔市的拖轮上，土耳其专家组长用扩音器大声说："中方在这么短的时间内做得这么完美，了不起！"

他这一嗓子倒是喊出来了，但同时也把中方工作人员的泪水引出来了。

这些天在海上大型漂浮物上，大家过的是什么日子呢？缺乏新鲜蔬菜倒也算了，从俄罗斯买来的肉不咸不淡，味同嚼蜡。这也没啥，要命的是缺乏淡水，奇缺！

是的，这一海上大型漂浮物泊在黑海中宛如一座孤岛，上下极其不方便。从事改装工程的工作人员所需淡水全靠直升机运送，送一次1000多美元；而送一次，也就是大家很节约地用一天的量。

因此，陈忠和轮机员唐士源只能用海水洗脚。海水洗脚是个什么滋味？您泡过海水澡吧，对，就是那个味儿。

因此，陈忠开玩笑说，在这工作的人都"不要脸"——几天不洗脸。洗手？您要酷爱干净的话，就只能干搓了。水洗，没有水，没有淡水。

因此，洗衣服只能是奢望，在水贵如油的海上大型漂浮物上，用淡水洗衣服那么铺张的事，无异于犯罪嘛。至于洗澡，那更不可能了。

因此，陈忠船长说，11月1日那天还好站在海上大型漂浮物顶上指挥，要是站在人堆中，谁不嫌弃我身上的馊味？

不幸的是，10月24日—29日，黑海连续5天刮大风，即使直升机也无法送水上船了。

26日，饮用水只剩下25升了，饮用水告急。

交通部救助打捞局局长宋家慧和上海救助打捞局副总工程师袁国民急中生智，他俩带领甲板人员在船尾用绳子系上空塑料桶，通过海上顺风让其漂至尾拖轮，经尾拖轮上的乌克兰人灌满淡水后，再由海上大型漂浮物上的人牵引绳子拉回船尾，经过三个多小时的艰苦努力，取得了2.5升的淡水10桶，大大缓解了饮用水危机。

10月15日，中方负责的首尾拖轮配置完成。至此，土耳其方面提出的所有要求全部得到满足。

2001年10月25日，一份中英文对照的"中华人民共和国海船船员适任证书"（俗称的"船长证书"），由中国寄达土耳其，陈忠被正式任命为法定船长。此时，陈忠后悔行李箱内没有放入船长制服。不过也没关系。因为此时陈忠面对的不是一艘严格意义上的船，而仅是一艘无动力的海上大型漂浮物，它只能由拖轮拖曳前行。

因此，与其说陈忠是船长，毋宁说他是指挥一艘巨大的海上漂浮物行进的指挥长。但他指挥的不是自己身处的海上大型漂浮物，而是前后的拖轮。担任这么特殊的船长、执行这么特殊的任务，陈忠生平还是第一次。

对此陈忠既感到兴奋，又感到紧张。兴奋是因为他发人之所未发，紧张是因为以往接船都是到船厂把船"开"回来，而这次是到海上把船"拖"回来。一字之差，差之千里。"开"船，他经验丰富，驾轻就熟；"拖"船，他可是大姑娘上轿——头一回。因此，责任重大，不可懈怠。

现在开始，他要切实履行船长职责了。

根据土耳其方面的要求，陈忠主持拟订了一系列规章制度，包括《人员和防火守则》《防污染守则》，以及参与制定《工作岗位和人员安排》《人员安全和防火守则》《船长和每个工种船员的资格及其职责》等。

譬如《防污染守则》规定：

1. 严防油类物质流入海峡水中；

2. 切勿将油污废弃物抛入海峡中；

3. 切勿将生活垃圾随意扔入水中或甲板上，船首、尾和船桥备有存放垃圾的塑料袋，拖航通过海峡后由事务员统一处理；

4. 船上设有临时性卫生间，不得随地方便；

5. 人人有责保护海峡环境的清洁。

……

此外，还配备了方位仪①（见图）、望远镜、土耳其海峡海图及海图作业器材，还有救生衣、灭火器、安全带、撇缆枪，等等。

10月23日下午，第一次试验拖曳，起拖后，首拖轮缆绳断开，尾拖轮缆绳部分断裂，试拖失败。

10月29日下午，再次试拖。这次十分顺利，14：30开始，17：30结束，3小时，圆满成功。

锣声变急，鼓点加密，"角儿"终于登台亮相了。

10月31日晚间，首拖船长轮接到海峡交通控制中心通知，于次日早上6：30将海上大型漂浮物拖至距伊斯坦布尔海峡北口港界线以北5海里处等候指令。

———————————

① 用以测量目标方位和舷角的仪器，附设于罗经上配合使用。

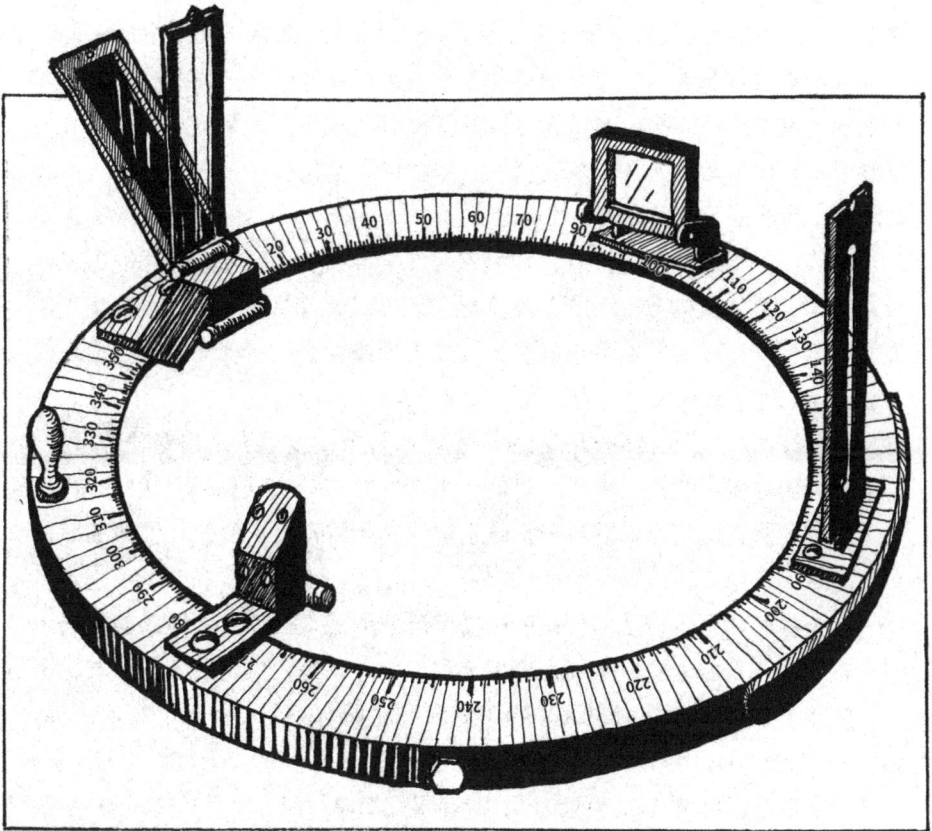

方位仪

11月1日，天气晴朗，万里无云，碧波荡漾，海鸥翻飞，海风习习。

一大早，土耳其海事署下令，海上大型漂浮物及船队9时出发。这个指令宛如东风，至此，在黑海游弋了502天的这一海上大型漂浮物，终于可以堂而皇之地穿越土耳其海峡了。

之所以说"船队"，是因为主角登场，配角和龙套成群结队。这是一支船队：参加本次拖航行动的各种船只共计23条，除了首尾拖轮外，还有辅助拖轮4条、引导船1条、系缆船3条、引水船1条、救助艇2艘、消防船2条、伴随船1条、警船3条、海岸警备船4条等，船队蜿蜒550米。不仅海面上前呼后拥、浩浩荡荡，蔚为壮观，天空中还有5架直升机巡视，其中一架是土耳其电视台用于直播此次拖航场面的；不仅天空，两岸还有各40名全副武装的警察分别在两座跨海大桥上负责警戒。水、陆、空联袂"出演"、立体行动，这阵势，比国家元首出行还要壮观吧。

此前，陈忠等一干工作组、专家组人员早就在船上中方人员总指挥兼船长顾问宋家慧的安排下，严阵以待。指令下达，戴着黑色太阳帽、穿着灰色夹克的陈忠，意气风发地乘小艇登上海上大型漂浮物。穿着橙色救生背心的陈船长宛如将军出征披上战袍，如一身戎装，格外威武。

8：52，陈忠船长接到指挥组命令，他精神抖擞地迈步走到驾驶台顶上，拿起手中的高频呼叫机，中气十足的一声"开船"，恰似摁下了起航的按钮，一声嘹亮的汽笛响彻博斯普鲁斯海峡上空，仿佛将军发出的气壮山河的出征令，船队正式起航。

伴随着船队缓缓移动的，是两岸密密麻麻的观众。往日，博斯普鲁斯海峡千帆竞发、百舸争流，水面上商船来往，络绎不绝，煞是热闹；今天，土耳其海事署伊斯坦布尔海事局控制了海峡，将所有的商船挡在了海峡两头，为这一海上大型漂浮物清场，以策安全。

伊斯坦布尔市及其周边的市民、游客得知海峡封闭，"角儿"登场、一艘著名的海上大型漂浮物及船队启动的消息，仿佛观看盛大演出，蜂拥而至两岸。加上土耳其电视台的直播渲染，欧亚大桥上也挤满了围观的人群，人山人海的观众"布"满30千米的海峡两岸，保守估计至少在100万人。

这个时候，陈船长的心情甭提有多豪迈了，站在驾驶台顶上，他真想长啸一声"土耳其海峡，我们来了！"但长啸显然不合适，即使关掉手持的高频呼叫机。引吭高歌一曲呢？还真有这个激情。唱什么？"让我们荡起双桨，小船儿推开波浪"，呵呵，太小了，海上大型漂浮物可不是小船。那唱什么？

《我的祖国》，对，就是《我的祖国》——

一条大河波浪宽，风吹稻花香两岸……

但这里是海峡，不是河流，也不是我国国土，所以不够贴切。他就是想表达"仰天大笑出门去，我辈岂是蓬蒿人"那种豪迈、骄傲的心情。胜利了，班师回朝嘛，当然是心潮澎湃、载欣载奔的。

10：10，在两岸地动山摇的喊叫声中，船队进入博斯普鲁斯海峡。

12：50，从高出海面65.5米的"征服者苏丹迈赫迈特大桥"（苏拉塔大桥）下通过，桥上观众一片欢呼雀跃，异口同声大叫着"China，China!"声浪此起彼伏。

13：25，通过海峡最窄的700米处。

14：15，进入马尔马拉海。

此时，视野瞬时变得开阔了，宛如从狭窄的弄堂顿时来到了开阔的广场。陈船长瞭望之后，胸有成竹地认为引水员报的航速太慢，命令拖船加速。因此，首拖轮由50%加速到55%马力。

11月2日10：45，船队进入恰纳卡莱海峡。

17：00，顺利抵达恰纳卡莱海峡入爱琴海海口。

至此，船队驶离了土耳其海峡。历经30小时，航程164海里，此举标志着海上大型漂浮物拖回国内的任务取得决定性胜利。

22：45，洪善祥副部长和有关部门领导来到恰纳卡莱市欧洲一侧的埃杰阿巴德（ECEABAT）小镇，迎接26名船员凯旋。

11月3日，我驻伊斯坦布尔领事馆总领事徐鹏夫妇设宴招待全体工作人员，祝贺海上大型漂浮物顺利通过土耳其海峡。

算下来，这一海上大型漂浮物通过土耳其海峡全程共计30小时。之后，它穿过直布罗陀海峡，经好望角，越印度洋，于2002年3月3日安全靠泊大连港西区，结束长达15200海里航程，耗时123天。

【第四幕】 船长后的荣归

2001年11月6日，陈忠等完成了既定使命，从土耳其伊斯坦布尔乘飞机回国。

熟悉的航线，熟悉的机场。下了飞机，进入上海虹桥机场，没有鲜花、没有掌声、没有新闻记者，更没有闪光灯、采访车。锦衣夜行郎，默默回家乡。一如既往地回归，一如既往的平常。出了航站楼，陈忠叫了辆出租车，独自一人，穿过闪烁的霓虹，穿过熙攘的人流，穿过熟悉的街道，默默回到了上海远洋新村的家。

事了拂衣去，深藏身与名，这便是陈忠。

陈忠一如这座城市千千万万早出晚归的上班者，上到六楼，摸出钥匙，打开家门，拔出钥匙，蹑手蹑脚地进得门来，轻轻掩上门，插进钥匙，轻轻拧了一圈，锁上门，轻轻拔出钥匙，一把抓住，轻轻挂在门边墙上的挂钩上。之所以如此轻手轻脚，是因为这个点妻子已经入睡，他不能扰其清梦。

依然没有开灯，黑灯瞎火地放下行李，走进厨房。找出妻子吃剩的饭菜，在微波炉里稍微热了热，吃了两大碗饭后，碗筷往水池里一放，澡都没洗，便拉上被子，蒙头大睡，这一觉就连睡了两天两夜。

太久没这么昏天黑地、酣畅淋漓地睡过了，上次这么睡是什么时候？对了，是1986年9月26日，一晃，已经是15年前的事了，弹指一挥间，年华似流水。那次是因为什么事如此疲惫以至于如此酣睡？

哦，是运输"压力壳"任务，"黎城"轮的日本神户港—中国上海港航次。

往事如电影一般历历在脑海中浮现——

上海的秋夜，月色如洗，寒蝉鸣叫，陈忠已经进入梦乡。

突然，刺耳的电话铃声将他从睡梦中惊醒，惺忪睡眼中，看出是上海远洋运输公司李克麟经理的电话。午夜惊魂，陈忠心里一沉：又有什么大事？

"老陈，证书可用吗？"

"当然可用啊，怎么啦？"

"没什么，我问一声。"

"有什么紧急状况吗，李经理？"

"没什么，明天上午8点，公司调度会上详说。"说完，电话挂断了。

陈忠深知，在公司，能够黉夜接到李克麟电话的人，都是特别能干事的。但陈忠同时深知，特别能干事意味着承担特别的风险。闯海久了，知道海洋的脾气；公司干久了，知道领导的秉性。

原来，中国远洋运输总公司交给上海远洋运输公司一个特殊任务——去日本运回我国秦山核电站一期机组盖顶大件——550吨的压力壳，可是公司经理李克麟万万没想到航运处调度安排了"黎城"轮去受载，显然与自己的想法存在一定的差距。因为"黎城"轮吨位小，抗击风浪的能力较差，眼下进入秋季，中日航线上季风逐步形成，怎样保证运输途中的万无一失，特殊运输的安全系数究竟有多大，都要通盘考虑。重如泰山的庞然大物，本身就运输困难，遑论它还有特殊要求，外表油漆不能有一丝擦痕。重如泰山的庞然大物，却有娇如瓷器的运输要求，这可难住了李克麟经理。总公司既然将这个任务交给了上海远洋，上海远洋一定要完成。派谁去呢？

李经理夜不能寐，五更起来绕阶行，人悄悄，帘外月胧明！

次日一早的公司调度会上，陈忠见党委书记李庆伍在座，预感事情非同小可。

看各位入座，李克麟经理用低沉而又铿锵的语气，开门见山地说："'黎城'轮装载550吨大件，调度配载不当！这么小的船舶，这么大的家伙，安全余地太小，这是一个严重的失误，必须马上纠正！"

书记李庆伍表态："国家把这么重大的任务交给我们，我们一定要安全地运回国……"

李克麟附和道："既然装载完成，就不考虑更换船舶了，免得增加货损风险，既然装了，就尽最大努力把它安全运回来。"

李克麟接着提高声调，说："现在不去考虑换其他船，免得增加货损风险，既然装了，就要把它安全地开回来！"

他将目光投向陈忠，说："你去把它开回来。三个要求：风力小于4级，浪高小于2米，大件表面油漆不能有擦损。"话语坚定，言简意赅，没有商量余地。

此前，陈忠一直以为调度会及昨天黉夜的电话都是李克麟经理要他出席会议并在会上与他保持一致，而这一致的意见是将此任务派给某位船长。孰料，这"某位船长"居然是他自己！

陈忠惊愕得张大嘴巴，差点下巴脱臼。陈忠不是挑肥拣瘦，但这么艰巨的任务，总得先……

他太清楚日本神户港—中国上海港航线的状况了。

入秋后，南部太平洋的台风影响尚留余威，北方的低气压开始南下，冷空气和寒潮接踵而至，风浪渐大，直接威胁"黎城"轮的行程安全。小船装大件，稳性本身就偏低，更兼风浪造成的颠簸导致移位……

李庆伍察觉了陈忠的犹豫或者说担忧，缓步来到他面前，安慰他道："船小，风险系数大，任务艰巨，老陈，但只要每一个环节做到位，你放心，出问题公司担责。"

看来，这小船装运大件的任务非陈忠莫属了。

陈忠每次接到不同寻常的任务，总要反复查阅资料、深入研究问题，确保万无一失。如此，自然寝难安、食无味，为伊消得人憔悴。这次，陈忠也不例外，即使乘"鉴真"轮头等舱前往神户港，他一样无心娱乐、美食，而埋头于一大堆资料，研究中日韩气象、参照世界推荐航线，反复比较"黎城"轮回沪航线。

到了神户港，他马不停蹄地直奔"黎城"轮，检查装载状况。仔仔细细看罢，他强调，为了安全，必须备妥方木、橡皮衬垫和绑扎钢丝，加强巡回检查。千里之堤，溃于蚁穴，丝毫的疏忽大意，都是超大事故的隐患。

神户—上海航线不外乎两条，大隅海峡或日本内海。出大隅海峡西行上海，海面开阔，但秋冬季节易受横风影响，安全系数偏低；而走内海，出门司港南下，则可避免风浪，安全系数略高。

安全，是到达目的地最短的距离。

但是，内海航线多变、船只众多，航道狭窄、潮流急湍，航向难以把握，非常考验船长的驾驶技术。

两害相权取其轻，经过反复比较，一贯遵循"安全优先"原则的陈忠决定走内海。

站在"黎城"轮驾驶台上，手擎望远镜，瞭望着宽阔的大海，陈忠心里无时无刻不挂念着装满整个舱室的大家伙。这个庞然大物一旦借助风浪发起威来，后果不堪设想，必须小心翼翼，不能有丝毫懈怠。

黑夜笼罩四合时，"黎城"轮驶至九州东北关门海峡北出口。此时，附近风力强于4级，浪高超过2米，不符合安全的航行要求。陈忠当机立断：抛锚避风！

在船长室里，耳听窗外呼啸的风声，目睹海面涌起的大浪，陈忠心里惴惴不安。直到深夜，陈忠等得有点焦急，他信步来到报务主任室，询问上海、大连、九州和东京的气象预报。船舶已抛锚等待27小时。时间就是金钱，船期就是命令，时间不等人哪。

当报务主任告知，我国山东和韩国上空有两个小高压正缓缓东移时，陈忠以自己多年的航行经验敏锐地判断：机会来了。接下来，南下济州岛的海域风力会小于4级，浪高不会超过2米，陈忠果断发出指令：起锚，开船。

随着一阵急促的锚钟声，"黎城"轮宛如离弦之箭驶离锚地，驶过关门海峡出口乘风破浪驶向大海。

"黎城"轮沿着九州北岸以西偏南，驶过对马海峡，直奔长江口。这是最短航程，也是最安全的航线。

1986年9月26日傍晚，华灯初上、万家灯火时，"黎城"轮缓缓驶入黄浦江，系挂北京东路外滩45号浮筒。浦江两岸璀璨的霓虹仿佛给凯旋的陈忠悬挂的彩色气球和彩条、彩带，欢迎"黎城"轮不辱使命、胜利归来。

把这个超大体量的庞然大物卸下船舶，压力壳安全运抵目的地，核电专家仔细检查后，比画了个OK手势，一切堪称完美。上海远洋运输公司又一次圆满完成国家下达的重大任务，获得交通部和核工业部的嘉奖。

当然，这都是后话。

同船的人都知道，在神户回上海的3天航行中，陈忠船长一直坚守在驾驶台上，几乎没有合过眼。系挂上浮筒，陈船长始终悬着的一颗心这才稳稳地放了下来，他没有参与卸载，而是默默地在船长室和衣睡下，把疲惫的身躯托付给了那张小小窄窄的床铺。

俗话说"一夜不睡，十夜不醒"，47岁的陈船长太累了，他需要休息、需要补觉。好嘛，这一觉居然昏天黑地地睡了三天三夜。

两次酣睡，相隔15年，却何其相似乃尔。

这次从土耳其回来睡醒之后，陈忠一看日历，发觉居然连续沉睡了两天两夜，不禁暗自笑了。这是第二次如此酣睡了，人家用欢庆给重大事件画句号，我用沉睡给重大事件画句号。

2001年11月9日，周五，陈忠一如既往地骑着那辆"老坦克"到长阳路上海远洋运输公司二楼海务监督专家办公室上班。同事一如既往地跟他打招呼、寒暄，他一如既往地处理工作事务。仿佛他没出去过，同事也没觉得他离开过。

上班，日复一日，月复一月。

直到2002年4月的某一天，陈忠正在处理手头的工作，忽然接到公司打来的电话，电话内容是让他去管理部领奖金。

奖金？半天打个雷，陈忠乍一听一愣，我最近没做过什么啊，奖金从何而来？再一想，立即明白了，一定是去年海上大型漂浮物的事。

一想到海上大型漂浮物通过土耳其海峡的前前后后，陈忠也有些激动，他脑子里闪过一念，再掐指一算时间，若有所思，立即伏案，奋笔疾书，夜以继日，写了份近万字的总结，将自己参与海上大型漂浮物拖航任务的前因后果一一诉诸书面。心想：万一要我发言，这个稿子可以派上用处；倘若不用发言，交给领导也算有个交代。稿子写完改，改完写，来回折腾了大半夜，直到东方既白才定稿。

孰料，急匆匆赶到管理部，进了处长的办公室，处长告诉他，什么仪式都没有，连小型会议也没有，他只是奉命行事。陈忠没问为什么，正准备把总结稿子交给处长，处长倒是"哗——"拉开办公桌当中的抽屉，从抽屉里拿出个厚厚的牛皮纸信封，放在办公桌上，推到陈忠面前，说：这是你的奖金，2万元，你点一点。

陈忠看了处长一眼，接过信封，正要揣进夹克内口袋。处长又递给他一个很精致的墨绿色盒子，说是中船重工一位总工程师来上海特地送他的。陈忠照样接过，处长示意他"打开看看"。陈忠于是揣好奖金，打开盒子，映入眼帘的是一块设计感十足的男式手表。表面上是"加拉塔大桥"（连接伊斯坦布尔的欧亚大桥），背面标有2000.6.14—2001.2.28和中俄两种文字的"渡海纪念"字样。陈忠看了看，一声不吭，合上了盖子。

见处长没再准备说什么，他知道应该起身告辞了。因此，便拿着手表默默地揣好，默默地离开管理部，默默地回到了自己的办公室。至此，陈忠知道，这是他参与海上大型漂浮物拖航工作的句号，是这一乐章的休止符。至此，这件事情就成为过往、成为历史、成为记忆了。

如今，这块纪念手表和陈忠当年在土耳其所持的"船长证书"，都静静地躺在中国航海博物馆的陈列橱窗内。陈忠认为，中国航海博物馆才是它们的最好归宿。他毫不犹豫捐了出去。

【第五幕】　荣归后的淡泊

土耳其海峡穿过了，直升机离去了，两岸如堵的观众散去了，当时的喧嚣沉寂了，海上大型漂浮物拖航回国这件事沉入了记忆。但这段经历并没有沉睡，伴随着这段经历的是陈船长的思考。琢磨，是陈忠的爱好，多年以后，这个爱好成了习惯。无论运什么，走哪条航线，开什么船，结束任务后，他都习惯性地琢磨一番、思考一番，总结经验、吸取教训，为接踵而至的工作，为未来的顺利前行。琢磨，成了陈船长工作的一部分。

陈忠在海上大型漂浮物拖航实际操作虽然只有30小时，但"汝要学作诗，功夫在诗外"，此前的大量工作全是为这30小时服务的。回顾、总结这次拖航经历，陈船长挥笔写下了洋洋洒洒的关于此次拖航的技术研究，评委会慧眼识珠，给予这篇论文"中国航海科技奖三等奖"。

正因为陈忠爱琢磨、爱思考，业界慧眼识英才，聘请"陈琢磨"担任《世界港口》《世界航线》《国际海事组织标准航海用语》《上海港航路指南》等的编委或作者，他还任《航海技术》编委多年及《中国航海》杂志副主编。作为航海界的专家，他到处发光发热，像一盏航标灯，给中国的航海事业闪亮、指路。

老骥伏枥，志在千里；烈士暮年，壮心不已。

"陈琢磨"的琢磨成果远不止此，回聘在海监室任顾问的8年里，他大致做了两个方面的工作：编辑写作与打官司。譬如后者，他参与应对了多起复杂的海事诉讼案件。如果说开船是创造效益，打官司（应对诉讼）则是挽回损失。前者是正向创造效益——开源，后者是反向创造效益——节流。一言以蔽之，就是为了让企业效益最大化。

1998年，上海远洋运输公司的"泰河"轮从天津驶向日本，航行在渤海湾内时，与挪威一家公司的工程船"触碰"。当时，工程船正在该水域从事水下地震测量电缆铺设作业。该工程船所在公司以"地震测量电缆被'泰河'轮损坏"为由，诉至新加坡一家海事法院，狮子大开口，要求赔偿担保600万美元。

作为被告方，上海远洋运输公司聘请新加坡著名的律师作为代理人，陈忠作为"泰河"轮法人负责技术把关并出庭应诉。

接到此案传票后，陈忠立即与公司法务部同事一起去图书馆，找来一大摞相关书籍，如饥似渴地开始阅读。

功夫不负有心人，他俩终于找到了相关材料，喜不自胜地击掌叫好，去复印处将材料复印下来，心满意足地带着复印件离开了图书馆。

庭审时，陈忠义正词严地以地震测量电缆应有应急避险功能为由，即事故发生时，电缆的工作水深为5米，若地震测量船发现险情，应在短时间内将电缆下潜到25米深度。由此，陈忠反诉该工程船施工作业有过失，以此分解我方的责任。

法庭上，对方代理人一听陈忠陈述完毕，立即意识到"碰上硬茬了"，心里一阵痉挛。前去旁听的公司代表觉察到法官和对方代理人的表情，由此判断：转折点出现了。

果然，这一理由顿时使得一边倒的案情出现了重大转机，它极有可能让上海远洋运输公司由"全责"方变为"主责"方甚至"次责"方，庭审形势180度转向，朝着有利于上海远洋运输公司的方向发展。

果然，新加坡二审法院经过审理认为，地震测量船存在施工作业瑕疵，应承担相应责任。如此，上海远洋运输公司以赔偿9万美元的理想结果结案。结案离开法庭时，对方代理人在法院门口情不自禁地对陈忠竖起了大拇指，表示由衷的敬意。

诸如此类由于技术支撑使得案情由败转胜的案子，陈忠都在其中起了至关重要的作用。他像庖丁解牛那样解剖案情，将发案环节一段段摊开；又像外科医生那样分析案情，让航海技术、海事法律加持、支撑，从而驾驭案情、扭转局势。

贡献还在于，陈忠将这些案件归纳分析后，反哺到上海远洋运输公司的安全监管工作上，总结成功经验、吸取失败教训，培训船长、船员，在以后的航行中少发生或不发生事故，即使不可避免发生事故，小事故总胜于大事故。就像高明的医生治病救人，更高明的医生是治未病，即防患于未然——采取各种措施，尽量不生病或少生病，即使生病也尽量生小病。

2006年3月31日，退而不休的陈忠正式（应该是"彻底"）退休回家了。1939年出生的陈忠自1968年上船做实习二水，航行了38年的"陈忠"号靠上码头，上岸回家了。

这个航次，陈忠的目的地既不是日本神户、比利时安特卫普、英国格拉斯哥、南斯拉夫里耶……航线也不是黑海、地中海、爱琴海、南海、东海、黄海、日本海……其目的地是上海虹口区远洋新村，航线是从长阳路公司所在地出发，航向是从东往西，沿着……

陈忠推着他的"老坦克"，跨出大门的那一刻，回首一瞥，心生伤感，依依不舍地跨上自行车，背着夕阳的光辉，伸直双手、昂首挺胸，朝着和平公园方向踽踽前行。炯炯的目光中，满是坚定和自信。夕阳的光辉照射在他坚实的背上，一片绚烂；而背光的正面，平淡中透出坚毅。把一切辉煌都置放在身后，一往直前，拥抱家庭。

此时此刻，他的心情轻松异常，38年了，虽然下班无数次，但从来没有像今天下班这么轻松、这么释放，因为今天是回家，彻底回家。

回家，对，就像航船进入港湾。切割一切工作、抛下所有公事，不再有夤夜电话，不再有接船指令，也不再有航行调度会，甚至不再有海事案件应诉的技术支持……一切都随风飘散。陈忠不再是陈顾问，也不再是陈主编，更不再是陈船长，彻底回家，回归家庭，做回陈丈夫、陈家长。后者，分离太久了，必须抓紧找补回来。若说感情有欠债，陈忠认为他是这个家庭巨大的债务人。

一如完成海上大型漂浮物通过土耳其海峡后，默默回国、默默回沪、默默回家一样，这次退休一样无任何仪式，哪怕连小型的欢送座谈会也没召开。他就这么静静地离开，正如他当年静静地进来。上海远洋运输公司宛如一个老朋友，当年默默欢迎他的到来，今天默默目送他离开。一切都没变，只是朱颜改。

上海远洋运输公司海监室一众同事独具匠心，送他一个带有舵轮的"八音琴"，以资纪念。琴上，镌刻着同事对他的16字评价："应目会心，迁想妙得，高风亮节，潇洒人生。"上海远洋报社编辑部闻讯，送他一副对联，上联是"品如红荷情操美"，下联是"德似白杨风格高"。档案里是组织鉴定，这里是众口皆碑。

宛如绚烂的樱花花期过后归于质朴，陈忠船长告别了往日的辉煌，回归家庭，步入平淡，与妻子为伴，打理柴米油盐酱醋茶。

"我这是赎罪啊！"陈忠带着十二分的歉疚感说，表情仿佛铸成大错的孩子。让七尺男儿如此愧疚万分的究竟是什么事呢？"儿子、女儿结婚我没管过，搬家4次，我一次都没参与过。"陈忠说，"户口本上有我这个名字，家里却没有我这个人。做船长，我是优秀的；做家长，我是失职的。有人说我是'甩手掌柜'，我这'甩手掌柜'丢人哪。"

陈忠的愧疚感如滔滔黄浦江水，汹涌澎湃，铺天盖地。

的确，船长，尤其是优秀船长，谁能一肩双担、家船兼顾？不定的是船期，变化的是家事，要将两者平衡兼顾殊非易事。开船，陈忠得心应手、应付裕如；顾家，他力不从心、鞭长莫及。

解甲了，回家了，他要处理家事。回家的当天，他告诉妻子："现在开始，家里的所有开销由我支付，所有家务活由我来做，你的钱只用于你自己看病吃药。"

解甲了，回家了，他要寻找，寻找恩情，寻找亲人，寻找亲情。

时不我待，甚至刻不容缓。2009年7月20日，他马不停蹄地赶到崇明，回到阔别了44年的家乡，来到合兴小学，寻找当年闯进合兴小学赶考时，"井台边洗衣服的那位老师"，找张三，问李四，询王五……一遍遍地跑、一次次地问，地毯式地搜寻、篦子式地寻找，均无所获。最后，当从那位老师的同事口中得知她已过世时，顿时泣不成声，泪湿衫袖。男儿有泪不轻弹，只是未到动情处。暮年回忆往事，他动情地说："是她把我送进考场并给予关怀帮助，让我安心读书，是她让我远离愚昧，是她改变了我的人生。否则，一个地地道道的农民的儿子，大字不识几个的人，怎么可能当船长？想都别想，绝对不可能的！"

故人念旧情，游子思故乡。

为寻找亲情，陈忠马不停蹄地赶到启东，赶到自己的出生地，逢人就问、四处打听。经过一番艰苦的努力，找到了大哥周其昌的儿子施斌，侄子施斌带着他，掏出预先打印的"寻人启事"贴遍老家周围方圆五里的电线杆、弄堂口和闹市处、菜市场。功夫不负有心人，数日的心血结出了果实，他找到了已89岁高龄的二哥周其良和侄子、子女及外甥女。

65年了，漫长的岁月不能磨灭浓厚的亲情，亲人相见，格外亲切。兄弟促膝，彻夜长谈，说不尽的分离，道不完的思念。临别分手，意犹未尽。十里相送，长亭短亭。

不回来不知道，回到家才知晓。左邻右舍、街坊里人"人人夸秀清"，夸她啥？每月中，当邮递员扯开嗓子喊"秀清的单子来了"，陈家人知道，上海来钱了。

秀清是谁？她乃陈忠妻子孙秀清。

原来，自1970年开始，陈忠便将自己的工资全部交给了妻子，嘱咐她"将工资的四分之一汇给乡下的父母"。自那以后，启东的陈老先生每个月都收到汇自上海的汇款单，几十年如一日，始终如一。变化的是随着岁月流逝不断增加的数额，不变的是儿子媳妇那份自始至终的惦记和孝顺。

孝顺，那不是嘴上说的、书上写的、墙上挂的，那是要付诸行动的。讷于言而敏于行的陈忠用实际行动，几十年如一日地诠释了孝顺的含义。

至此，陈忠更加体会到妻子的贤惠，体会到妻子那份深藏不露的爱。

陈忠是个公私分明的人，在职时，全力以赴完成工作；退休后，全心全意做好家务。在业界，他是享受国务院政府特殊津贴专家、劳动模范、优秀（指导、高级）船长、有突出贡献的中青年专家、ISM（船舶安全管理体系）①国家级审核员、中国航海学会驾驶专业委员会委员、上海市航海学会驾

---

① ISM（船舶安全管理体系）是指航运公司及其所属船舶为了满足《国际安全管理规则》（*International Safety Management Code*，简称ISMCode）有关安全和防污染管理强制要求，而建立的船舶安全操作和防污染管理体系。该体系建立后必须向船旗国政府授权的船级社申请认证，取得该船级社颁发的符合ISMCode的合格证书及其SMS证书，并应接受其定期审核，以确保船公司及其船舶所持证书处于持续有效状态。

驶专业委员会副主任、市科技精英奖获得者……可是，在远洋新村某幢601室，在家务领域，他是新兵，他是擀面杖吹火——一窍不通的门外汉，他得从头开始、虚心学习。

如果说工作是人生的上半场，那么退休是人生的下半场。上半场优秀有加的陈忠怎么甘心下半场一败涂地呢？

脱下船长制服，穿上炊爨围裙，好比舞刀弄枪的张飞摆弄起了绣花针，陈忠决定学习炊事。跟谁学呢？不像考级厨师，他只是烧家常便饭，不需外出拜师学艺。因此，他求教于"度娘"，求教于"小红书"等，甚至跟着上海电视台的《人气美食》栏目照葫芦画瓢。"三人行，必有我师焉。择其善者而从之，其不善者而改之"，只不过信息时代，这"人"换成了传播媒介罢了。昔日叱咤风云的陈船长彻底放下身段，当起了陈厨师、陈保姆、陈学徒。

万事开头难，难就难在一切都是自己摸索。好在万变不离其宗，烧菜煮饭与开船有相同之处，道不同、理一样。现在，他再也没有此前的手忙脚乱和顾此失彼，再也没有滚油溅出烫伤手臂、手背的窘状，再也没有不是生了就是糊了的尴尬，再也没有直接将鱼放水烧汤的无知，再也没有……

工作场所由船长室转移到厨房，妻子在一旁边指点边"嘲笑"他："老陈啊，大的切切小，小的烧烧熟，不容易吧？"

陈忠没搭腔，摇摇头，苦笑笑，更深切体会到妻子多少年来的艰难，遑论还要一手炊爨，一手带娃。陈忠想：军功章上，有我的一小半，有她的一大半。我船开得再好、工作再优秀，无非是尽职尽责完成本职工作而已；而她，不但尽了岗位职责、完成单位里的工作，还在家里带大两个娃并培养他们成为有用之才，一副肩膀挑两副担子，她的工作量起码是我的两倍以上。

退休后的陈忠不但回归家庭，而且融入家庭。他成了地地道道的"马大嫂"（沪语"买汏烧"的谐音），与左邻右舍浑然一体、不分彼此。

那天，他一如既往下楼梯、出小区、奔菜场，拎着菜篮子打道回府的时候，邂逅居委会的王书记。王书记见了陈忠，笑语盈盈打趣道："陈船长，手上滚油烫的伤口好了吧。"陈忠咧嘴一笑，慨然答曰："好了，早就收口结痂了。"被烫的当天，邻居见了，跟他开玩笑："老陈，这是你做家务的考勤章，模范丈夫、顾家男人，老（沪语，很的意思）光荣的。"说着，伸出了大拇指，做赞赏状。陈忠见状，立即接茬："是的，不用签到，有章为证。"

两个月后，陈忠由"炊爨"上升到了"厨艺"，技术上升到了艺术，不但学会了烧饭、做菜、煲汤，还学会了变花样，一周里，每天不同的菜谱，色、香俱全，味、形皆佳，看着舒心、吃着可口。

百尺竿头，更进一步，取得长足进步的陈忠进而研究菜肴的健康价值和营养搭配，向着专业目标迈进。妻子见状，啧啧称赞，喜笑颜开，整张脸乐成了一朵带露绽放的芙蓉花。

"我们老陈，在海上是英雄，在家里是模范。"妻子的话是最权威的鉴定，还有比这更悦耳的评价吗？

坐在北阳台上，面对一墙之隔的和平公园，大片葱茏的绿色映入陈忠的眼帘，解甲归田18年来，陈忠记不清多少次这样坐着，什么也不干、什么也不想地坐着。和煦的朝阳罩住了和平公园，盎然的绿色沐浴在灿烂的阳光里，勃勃的生机弥漫在清新的空气中，充分的满足洋溢在自信的面孔上。

看了一会儿朝阳，呼吸了一阵新鲜空气，陈忠一如既往地提起菜篮子，一如既往地走下六楼，一如既往地奔向菜场，一如既往地与菜贩子讨价还价，然后一如既往地回家择菜、挑菜，一如既往地生火炒菜、做饭，一如既往地在饭菜齐备后，一往情深地喊妻子"开饭啦"……

习惯成自然，18年前回归家庭至今，陈忠就像一台输入了固定程序的电脑，这个程序叫作"一如既往"，启动指令是"我这是在赎罪啊"。之后，陈忠就"一如既往"地运转着，日出而作，日落而息，日复一日，年复一年，周而复始，春夏秋冬。行走在路上、徜徉在人群中、跻身于菜场里，86岁的陈忠就跟上海2700万居民中的任何一人毫无两样，谁也不知道这个曾经的英雄是那么辉煌、那么璀璨。

最美夕阳红，淡定又从容。

又一个清晨，陈忠套上厚外衣，换上旅游鞋，系上红围巾，拎起菜篮子，一如既往地走下六楼，走出远洋新村，迎着朝阳，神采奕奕地走向菜场，暖融融的阳光照在他身上，陈忠仿佛镏了一层金粉，一身绚烂！

魂系蓝梦

——记李克麟船长

中秋，凉爽的秋风在黄浦江上荡起阵阵涟漪，月光下一片波光粼粼。

站在位于东大名路上的上海远洋运输公司小红楼落地玻璃门前，李克麟从酒柜中取出一瓶威士忌，倒了一杯拿在手里，望着夜幕下的黄浦江，思绪万千。

要不是女儿打电话来，李克麟都忘了女儿和妻子此刻正等着他回家。没过几天，就是国庆节了，女儿就要出嫁了，难得她一片孝心，说是要在出嫁前在自己的家里与父母共度一个不同寻常的中秋节。

女儿真要出嫁了吗？恍惚间，李克麟觉得自己就在梦里，往日时光如尚未消逝的烟幕在脑海中荡漾开了——

此时他觉得对女儿亏欠太多：

在船上时，女儿读小学，自己从来都没有接送过一次；学校开家长会，自己也从来都没有去参加过一次；后来，女儿去了远在南翔的嘉定二中寄宿就读，不仅自己没有去看过一次，还不赞成妻子去，妻子只好烧点菜，让偶尔回家的女儿带去学校。假如说，那时还能有一个自我安慰的托词，如船舶航次密，抽不出空来，好不容易盼到下船到机关当处长了，还是一个忙，忙得不曾陪女儿出去游玩过一次，忙得从来没有手把手地教过女儿学习。女儿争气，靠着自己的努力，考上了华东师范大学中文系。后来，他当上了公司经理，更忙，特别是在组网太平洋航线的前后，简直忙得不可开交，风风火火，又哪里会有时间去关注"女大十八变"？

女大当嫁，可在记忆中，女儿明明还是那个头扎马尾辫的小姑娘呢，"怎么一晃就长大了？什么时候开始谈恋爱了？如今就要出嫁了？"

今年的国庆节，无论如何都要留给自己、留给女儿、留给家人了。

不过，今宵中秋，李克麟想，还得先去看望一下"鉴真"轮上的船员。

"鉴真"轮是一艘载运中一日两国间旅客和货物的班轮，此刻就停靠在小红楼旁边的上海国际轮渡码头。作为中日轮渡公司的董事长和总经理，李克麟时常会在小红楼眺望，那洁白的流线型的船体、银色的高耸着的桅杆、在微风中飘扬的彩旗，一切都是赏心悦目的。

与以往一样，这年的中秋之夜，李克麟仍然走进上海国际轮渡码头，走上"鉴真"轮的舷梯。大台间里，透出明亮的灯光，耳边却传来一片悠远而又缠绵的歌声："有什么心事告诉我，告诉我你在想什么，如果你还在恋爱，让我分享你的快乐……"

邓丽君演唱的《心事》有着缥缈的颤音，柔声细语，吟唱着追忆中的爱意，恍惚在昨日里，"烛光在眼前闪烁，那就是爱的灯火。指引你追求的方向，不要把自己冷落……"

我的心事，又向谁人诉说？李克麟不由自主地走向船舷的另一边，凭栏远望，滔滔江水向东流，千古明月是一梦，自己究竟魂系何方？

泪水，怎么就禁不住地从脸颊上滚落了下来？在黄浦江上汽笛声与贯穿《心事》全曲小号声的交织回荡中，李克麟把手臂伸向天空，信手画着一个比一个更大的圆。

【第一幕】　李克麟船长

无论谁，只要他把某一头衔印在名片上，几十年始终不渝，无疑表明他极其看重这个头衔，李克麟先生便是这个"他"。李克麟先生的名片上，数十年始终不渝印着的头衔是"船长"。

是的，船长，英文表述是Captain。哪怕他担任上海远洋运输公司经理甚或中国海运集团总裁，他递出的名片上仍旧赫然印着"船长"。

1942 年 9 月 14 日，宁波镇海一户普通的渔民家庭，一个婴儿呱呱坠地。那一声响亮的啼哭仿佛一声强劲的号角，宣告了一个未来船长的诞生，他便是李克麟。

1959 年，上海海运局的一则"招生启事"将李克麟召唤进了南京海运学校。从此以后，李克麟便与"海"结下了不解之缘，一辈子相依相伴，不离不弃。

尽管父母与兄长不同意，但吃了秤砣铁了心的李克麟决定了的事，九头牛也拉不回。他如愿以偿进了南京海运学校，攻读船舶通信无线电专业。入学伊始，学的是莫尔斯电码①。这是无线电专业的基本功，也是这个专业的看家本领。

嘀、嘀、嗒，嗒、嗒、嘀……

在这普通人不辨其义而内行人深识其音的"枯燥"的嘀嗒声中，17 岁的李克麟，踌躇满志地开始了自己的航海生涯。

毕业后，经过三个月的轮训，李克麟到上海海运局"和平 37 号"货轮当报务员。

如果说 1959 年违逆全家人的意见报考南京海运学校是他的第一次"不安分"，那么上船当报务员后的李克麟开始了第二次"不安分"。

"和平 37 号"轮由南往北，从上海开往大连。起锚前，船员做着本航次的各项准备工作。李克麟恪尽职守，将收到的气象资料呈送船长。

走到船长室门口，门虚掩着，透过门缝，李克麟见船长双目紧闭，口中念念有词，便不敢上前打扰，只得在门口伫等。直待船长睁开眼睛，才小心翼翼地叩了叩门，走进了船长室。趁着呈递材料的当口，李克麟好奇地问道：

"船长，您刚才在祈祷吗？"

"祈祷？哈哈哈。"

实际上，船长此前念叨的是船起锚后驶出上海、开向大海的航线和沿线的地点：离开白莲泾码头，过董家渡，经陆家嘴，到杨树浦，沿闸北发电厂去军工路，转弯到吴淞口，从吴淞口经长江口南水道驶向大海……

"请您给我个机会，我也想学习学习。"李克麟诚恳地请求，态度谦卑有加。

---

① 莫尔斯电码（Morse Code）是一种时通时断的信号代码，通过不同的排列顺序来表达不同的英文字母、数字和标点符号。它发明于 1837 年，是一种早期的数字化电码通信形式。

　　船长打量了面前的这个年轻人一眼，宛如扫描仪，将李克麟的影像高精度扫描了下来并保存在了"硬盘"（大脑）中。

　　鼓励是实实在在且接踵而至的，因为精湛的业务和出色的报务工作，李克麟赢得了船长的青睐，获得提拔，由报务员升为报务主任。

　　然而，船长发现，李克麟并不因为获得提升而沾沾自喜，不，他甚至没有一点喜悦之色。莫非他得非所盼？

　　那天，船长经过李克麟的房间，瞥见里面摞着一大摞书籍，定睛一看，没有一本娱乐消遣内容的，全是关于航海专业的，什么《海洋船舶驾驶》《海洋货物运输》，什么《船舶结构与货运》，还有《航海气象学》，更有《航海仪器》《船舶管理》等。

　　这一发现，让船长心中的谜团豁然开朗：小青年胸怀大志，可喜可贺。

　　那天，船长正在驾驶台全神贯注地工作着，眼角余光蓦然发现门外有个影子在张望。按规定，驾驶台是船舶航行指挥室，无关人员不得靠近，遑论入内了。可船长发现后，却破例招呼道：想看就过来吧，大大方方地看。

　　果然是李克麟，完全不出所料。

　　第一次步入驾驶室，站在船长身边，靠得那么近，李克麟既紧张，又兴奋，有点手足无措的感觉。船长见了，微微一笑，说道：

　　"跑船，首先要熟悉船；熟悉船，第一步要懂得车、锚、舵的性能……"

　　这就开始上课了吗？航海第一课就这样开讲了吗？他有点不敢相信，却又是置身其中。船长的声音在耳畔继续——

　　这是舵轮，是操纵和控制船舶的装置，也是权势的象征、成功的标志。

　　说到这儿，船长示意他伸出双手，握紧舵轮，体会操纵船舶航行的感受。

　　两眼直视前方，双手紧握舵轮，驾驶着轮船乘风破浪、勇往直前，这不是此前一直在书上读到、在画报上看到的船长的形象吗！

　　不在课堂上，也没有正规拜师仪式，李克麟就这样"糊里糊涂""顺水推舟"地开始聆听驾驶第一课。而且，还是船长手把手言传身教的极其宝贵的第一课。李克麟一辈子也不会忘记这位授课老师——船长钱永昌！

　　机会，总是垂青时刻准备的人。

　　1970年，李克麟报名参加实习船长培训。如果说在"和平37号"轮上聆听了第一课，那么在"盐城"轮则是他当"实习船长"的第一轮。"盐城"轮是一艘7000载重吨的远洋杂货船，自1971年投入营运后，与姐妹船"丰城"轮同在中日线上航行。无巧不成书的是，"盐城"轮船长赵安泰也不是科班出身，换句话说，他是"师带徒"模式培养的船长，同样的出身，就让李克麟平添了一份认同感，由认同感油然而生一股亲近感。

一如不敢相信钱永昌船长让他试着握紧舵轮、体验开船的感觉一样，李克麟断然不敢相信赵安泰船长让他这样一个实习船长直接驾船驶出上海、驶往日本。他手心沁出汗珠，口里带着颤音，发出一连串车令、舵令，指挥"盐城"轮缓缓离开码头，在千帆竞发、百舸争流的黄浦江上，驶出了上海。

上海—日本第二个航次回港时，赵船长郑重其事却又故作轻松地对李克麟说：

"小李，我跟你交班了，从现在开始，你就是'盐城'轮船长了。"

李克麟乍一听，一个愣怔，实习船长期不是三个月吗，怎么这就交班了？幸福来得猝不及防，太快了吧。回过神来想想也是，早在第一个航次驶抵日本港口、赵船长向引水员介绍时，措辞就已经是"这是李克麟船长"。而在跟他交班前，赵船长已经到公司人事处办理了交接手续，调令也开具了。

李克麟眼眶湿润了，声音沙哑了，百感交集、万分激动之际，他紧紧抓住赵船长伸过来的双手，浑身颤抖着说："谢谢赵船长！"

赵船长走下舷梯，挥手告别，健硕的身子在落日的映照下留下长长的影子……

如梦似幻！船长，是李克麟孜孜以求的，这不仅仅是个职务，更不仅仅是个岗位，而是一个梦想，一个蓝色的梦想。

从那以后，无论走到哪里、无论担任什么职务、无论调到哪个单位，他的名片上都始终不渝地用加粗的黑体印着——"李克麟船长"。

【第二幕】　集装箱起航

作为中日航线杂货班轮的船长，李克麟在神户港的遭遇给他敲响了一记振聋发聩的警钟。

那天，船到神户港，照例是靠泊、卸货。日本代理本腾先生一如既往地上船，却一反常态地紧锁着眉头，板着张脸，走到李克麟船长面前。一向彬彬有礼的他这次却是开门见山，一通抱怨倾泻而出——

李船长，以后没有集装箱船运货的话，就没法安排这么多人装卸了，贵船再也不能靠泊这里的主要泊位，你们只能靠泊港口边缘那儿了。

李克麟自然听得出本腾先生这番话传达的所有含义。早在20世纪50年代，欧美就已开始集装箱运输模式，日本紧随其后，兴建集装箱泊位①（见图），如横滨港、大阪港、神户港等，尤其是神户港，承接大量欧美和本国集装箱船。

当其时也，中国来往于中日之间的都是些吨位偏小的老旧杂货船。两相对照，明眼人一目了然。李克麟早已看在眼里，记在心里。今日本腾先生甫一提出，便引起他强烈共鸣。此前，他在其他港口见过集装箱码头，也在经过巴拿马运河时目睹"台湾集装箱之父"张荣发的长荣海运在科隆港建造的集装箱码头，此刻转身看看装卸工人的操作，感受更加强烈——从"盐城"轮里往下一票一票地卸下货物，都由工人肩扛手提，一包一箱一袋地装进网兜，挂上吊钩，再用吊机吊上码头，一艘万吨轮，装卸一次动辄十天半个月，甚或30天。工人费力费神、效率低下，舱口计数的理货员也嫌麻烦，遑论装卸过程中抛洒遗漏、货物残损……

本腾先生见李克麟半晌不语，以为自己话说重了。谁知，李克麟转过身来，对本腾先生说："您说得很对，到了非改不可的地步了。这样，请您给我们安排一次考察。"

听罢此语，本腾先生喜出望外，立即打电话联系了神户港最大的集装箱码头，带李克麟前去参观。

李克麟站在码头制高点上，放眼望去，映入眼帘的尽是标志奇特、颜色各样的集装箱装卸设备，集装箱卡车穿梭来往，川流不息。不远处的集装箱码头上，一艘外轮正在装卸集装箱，一箱箱货物起起落落，忙碌而有序，紧张而高效。

见李克麟看得聚精会神，本腾先生自是十分高兴。他介绍道："这是日本最大的集装箱专用码头，堆场可放7540标准箱，与它配套的集装箱货运站面积达到6016平方米。集装箱装卸不需到现场，都是在办公室里由程序操控的。"

"在办公室里由程序操控"，这句话深深刺激了李克麟。来到"办公室"，李克麟饶有兴趣地观察操作员在台式计算机屏幕前，手指飞舞在键盘上，打印机不停地吐出长长的单证。这是计算机替代人工的世界。

李克麟着实感到震惊，为日本的先进，为自身的落后，为集装箱运输的灿烂前景。

---

① 集装箱泊位指港区内专门停靠集装箱船舶的位置，有专用的集装箱起重机（桥吊）、集装箱堆场及专用拖车等。

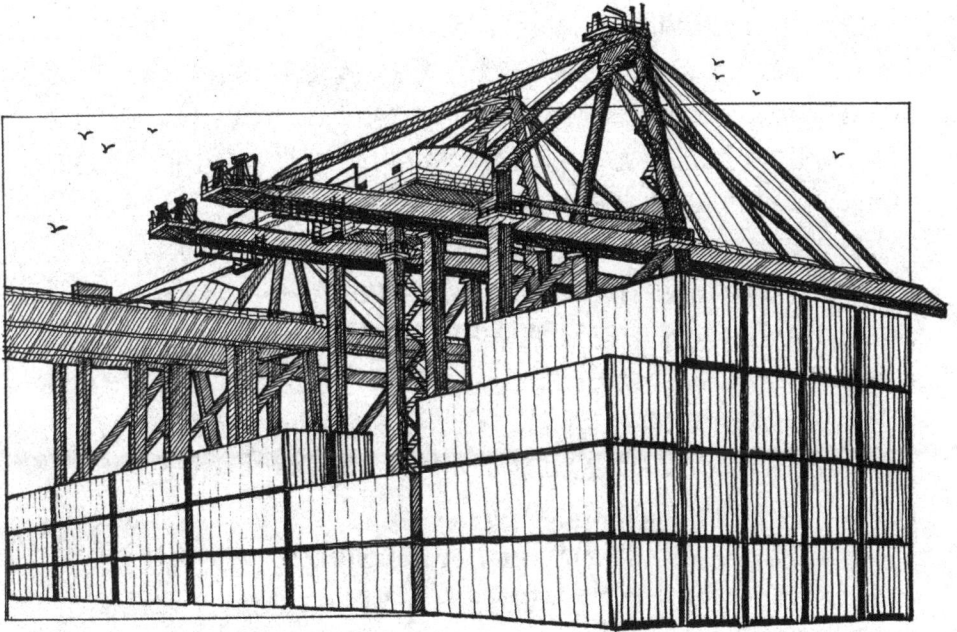

集装箱泊位

"中国，上海，一定要搞集装箱运输。"李克麟斩钉截铁地说。

船回到上海，李克麟便拉着二副乔归民，直奔福州路上的上海科技书店。急不可待的李克麟在书店"交通运输"书架前止步，扫视了一眼书目，便把架上仅存的有关集装箱运输的5本书悉数揽入怀中，走向收银台。

回到家，李克麟行李一丢，便一头钻进了书房，喊他吃饭也毫无反应。妻子觉得奇怪，一向"饿死鬼"一样的丈夫这是怎么啦？她蹑手蹑脚走进书房，只见他聚精会神地在看书，一边看，一边拿支记号笔在标注。

因为，一个宏大的故事深深吸引了他：

1937年的一天，当美国一家运输公司老板麦克莱恩的车停在新泽西州霍博肯码头，心急火燎地等卸货装船的时候，"急中生智"地想：难道不能找到一个办法把拖车直接送上船，从而节约大量的时间和劳力吗？于是"集装箱"的念头在他头脑中诞生了。

1955年，麦克莱恩收购了一家小型石油运输公司——Pan大西泽公司。他着手对公司的油轮进行彻底改造，以便装载储运货物的大金属箱——现代集装箱的雏形。这就解决了装船慢、货物累积量小的历史性难题。1956年4月26日，只运载了58个集装箱的退役二战军用油轮"理想—X"号，开始历史上第一次成功的集装箱船运航程。然而，这一革新却遭到保守的海运公司、火车运输公司和装卸工人的激烈反对。直到1966年他派了一艘货船赴荷兰鹿特丹之后，集装箱运输才逐渐走向世界。

集装箱运输这种运输方式的问世，使全球运输业发生了革命性的变革，实现了海陆联运，大大提高了运输效率。在不到半个世纪后，全世界90%的货物都是通过集装箱运输的。麦克莱恩创办了世界上最大的集装箱运输公司——海陆联运公司。2000年，麦克莱恩被"国际海运名人堂"命名为"世纪伟人"，被同行誉称为"集装箱运输之父"。

"老李，吃饭了。"

妻子的柔声呼叫将他从阅读世界里唤醒，李克麟从书本上抬起头来，孩子般纯真的笑靥让妻子禁不住嗔怪道：

"你怎么像小学生似的如饥似渴啊。"

"在集装箱运输领域，我可不就是个小学生嘛。"

李克麟笑道，合上书本，谦虚有加的样子。

是的，在这一系列专业书中，"集装箱"就像一道闪光，将李克麟的脑海照个透亮：

原来，集装箱运输是一种先进的现代化运输方式，其要求用现代化运输工具——集装箱船和港口装卸、陆上运输各个环节的有效合作,实现货物的安全快速转移和交接,具有运输货物简便、快捷、安全、质优的特点。

要么不干,要干就干最先进的。李克麟真想摩拳擦掌,立即投入集装箱运输这一现代化运输方式之中。

不久,李克麟就有了一次可以尝试的机会。他后来回忆说:"当时,与上海远洋合作的日本代理公司跟我商量,能不能在我们装杂货的船上也装一些集装箱。我想可以啊,于是我们就试试看。当时试的还不是标准的20英尺集装箱,而是小的集装箱。我记得是1973年,我们要在船甲板上试装这样的集装箱,在计算了船舶稳性后,我带领船员在甲板上划出特定区域,焊接了地令(角锁),以便集装箱安装到位后进行绑扎。1977年12月,'盐城'轮再次试装集装箱,装的就是标准20英尺的箱子了。当时上海港还比较落后,没有装卸集装箱的桥吊,就是用一般的吊机吊的,装卸速度很慢。尽管首次承运仅仅装载了12个标箱,但意义却非同寻常,算是开创了杂货船捎带集装箱的先例。"

假如说试用杂货船在甲板上捎带少量集装箱打开了李克麟发展集装箱航运的思路,那么与丹麦宝隆洋行的合作就更加坚定了李克麟发展海运集装箱的意志。

1978年9月11日,根据交通部的安排,中国远洋运输公司与丹麦宝隆洋行签订《丹麦宝隆洋行向中远总公司提供技术帮助协议》,此协议决定,由上海远洋运输公司作为实施单位。与丹麦公司的合作是全方位的,培训是其中一项重要内容。李克麟抓住一切机会,如饥似渴地学习集装箱运输的管理经验,为他以后的企业管理工作提供了宝贵的借鉴,奠定了扎实的基础。

由于跑船,李克麟不能每节课都去听。缺漏的课,他就借同学的笔记抄录。抄着抄着,他蓦然想起了在神户港关于集装箱的比喻——"方块字",这时,他哑然失笑道:

"真像,不,真是!"

他想:总有一天,我要用这些"方块字"自由组合,创造出无限可能,赶超日本、丹麦、韩国,让它飞起来。

【第三幕】 "升"逢其时

出于种种原因,与丹麦宝隆洋行的合作只持续了短短的8个月。然而,发展集装箱运输的念头却每天萦绕在李克麟心头。它仿佛一株蛰伏的嫩芽,一遇机会便会勃发；或者，宛如一只鸣蝉，一旦破土而出，便会引吭高歌。

1977、1978、1979年度，李克麟担任船长的"盐城"轮连续获评"上海市先进船舶"。

1979年，李克麟获评上海市劳动模范。

1980年3月的一天，上海远洋运输公司政治部副主任王锡成走进经理办公室，向经理钱永昌、副经理林祖乙汇报干部考核工作。王副主任入座甫定，便用浓郁的山东口音直奔主题：

"两位领导，我们讨论下来，决定推荐李克麟。"说着，呈递上一沓文件。

两位领导边听边频频颔首，既是肯定政治部的工作，也是肯定李克麟这位获推荐人选——上海远洋运输公司航运处副处长。

离王副主任向公司两位领导汇报不到一个月，李克麟副处长便走马上任。

到公司组织处报到后，李副处长径直去了经理办公室。钱永昌经理紧接着就开始布置工作——

"你来航运处，主要负责集装箱业务。除了日常经营管理外，更要做好调研和战略规划。国外的大公司都进来了，我们的集装箱发展缓慢，再不加把劲，中国市场就让人家占领了。这怎么行呢？不可以的。"

让李克麟主抓集装箱业务，可谓知人善任，人尽其才。

在航运处，每天，航行于地球表面的100多条船的信息纷至沓来，目不暇接，航线、货载、燃料、商务，变化与应对、指令与执行，汹涌澎湃、潮流激荡。初来乍到，李克麟有些眩晕；随后，他开始驾轻就熟，应对自如；没多久，他便想着推陈出新，更上层楼。

李副处长开始着眼于优化营运体系、改善船队结构、拓展航线、扩充商务……他率队登门拜访大客户或潜在的大客户，譬如中国土特产进出口公司、中国轻工业进出口公司等，向它们描摹集装箱运输前景、"灌输"集装箱运输理念，传达集装箱运输补贴条件。为表诚意，李克麟甚至把双休日用上，去大公司负责人家里拜访，力劝他们采用集装箱运输模式。条陈利弊，苦口婆心，三寸不烂之舌磨破，为的就是三个字——"集装箱"。

他一遍遍对客人诉说："集装箱运输是现代化大生产和先进生产力的体现，装卸快、效率高、成本低，代表了海上先进的生产方式；集装箱运输有极强的产业带动效应，可以带动码头建设、驳船运输、集卡运输和港口物流等产业发展；此外，还可以提高航运企业的发展水平。因此，是航运发展的必然趋势，是海运业的明天，是海运业的希望。"

那段时间，李克麟忙得像个陀螺似的，不停地旋转，转得那么快，快得令人目眩。同事开玩笑说：李处长口才实在太好了，简直就是演说家。

1982年，在全国500家大型企业评选中，上海远洋运输公司名列交通运输业第一，集装箱运输模式功不可没。

1983年9月，李克麟接替钱永昌，升任上海远洋运输公司经理。当其时也，李克麟41岁。跳过处长、副经理，直接升任经理，又是一个三级跳——李克麟到底是远洋船长还是跳高能手？他咋那么擅长三级跳呢？

是啊，人生苦短，时不我待。步步为营太慢了，太多事等着他呢。下船，上岸，进办公室，升任经理，执掌航运处（集装箱），主政公司，李克麟步履矫健，积蓄足够的能量后，他展开理想的翅膀，振翅高飞了。这一次，他要击水三千里，直飞九重霄。

【第四幕】 整合、重塑、组网

然而，月有阴晴圆缺，海有风霜雨雪，航运业也是如此。

亏损始于上海远洋运输公司开设香港—（美国）旧金山的美东航线，1414箱位的集装箱大船才装了三个集装箱，仅仅一个航次，就亏损150万元；1981—1985年，营运损失高达4.11亿元。此情此景，公司内部和行业对发展集装箱运输的质疑声不绝于耳，至暗时刻，何去何从？

讳疾忌医不是办法，求医问药才是出路，李克麟走进上海海运学院，登门请教。

经过专家会诊，反复研讨，得出一致结论：航线设计不合理，国内港口尚不具备集装箱班轮高效营运条件，揽货渠道有限、地方船公司抢占市场，美国交货地分散、内陆转运费巨大，集装箱货收费偏低。

听罢诊断结果，李克麟沉吟半晌，做出两点基本判断：

一、只能前进，不能后退。前进是狂风巨浪，后退是万丈悬崖，他宁可迎风斗浪，不愿粉身碎骨；况且，现在不上，就错失良机了。

二、大势向好。即中国改革开放的进程在加速，政府发展航运业的决策没有改变，外国大班轮公司在中国抢占市场的局面也没有变。

鉴于以上判断，李克麟认为，针对当下集装箱运输的状况，药方就是：重塑和整合。

夜色深沉，窗外静谧。家人进入梦乡，家中的书房却灯火明亮，李克麟思绪飞扬。

1977年，"盐城"轮加载12个集装箱，1986年，9年过去了，上海远洋运输公司两点一线的营运模式一成不变。而美国总统轮船（APL）和台湾长荣海运（Evergreen）创建的独特环球营运模式，无论是"东西向式"，还是"钟摆式"，根本的都是在环球主要港口间建立干支线①网络。干线船②只靠沿途的基本港，非基本港的集装箱货物由支线汇集到基本港。干线距离长、航速高、箱量规模大，方可成就经济规模，即量本利正效益。

思绪如脱缰之马，"马"跑遍了太平洋。应该在某个点设立一个中转港③，所有的货物汇集到此，再散发开去。

手里擎着酒杯，杯中盛着威士忌。李克麟品着酒，看着书桌上的地球仪，继续思考着。

干支线的关键是中转港，但国内目前没有真正意义上的中转港，这是一个问题。李克麟来往中日航线不下百次，对日本的港口、航线了如指掌，对了，应该在日本神户建立中转港，撑起泛太平洋这张大网。

帘外月胧明，室内人不寐。

思绪如离弦之箭，"箭"射向了美国东部。

他想到了中国—美东航线、香港—美西航线加挂神户，加密国内支线到日本神户航班；租赁东南亚船公司（签发到美国全程提单）运至神户中转货的舱位；拦截中国地方船公司在神户中转至美国的货物，揽取日本—美国进出口货物；承运澳新—美国在神户中转的货物……

一条条航线在扩展、在交织、在延伸，蓦然间，"倒载分流"在他脑海里如电光石火般闪现。

倒载分流模式指的是美国出口到中国的集装箱货物在神户港，从干线船上卸下，分流倒载至中国沿海各港的支线船④（西行航线）；中国出口美国的集装箱货物，在神户港从支线船卸下，分流倒载至美国干线船（东行航线）。

中转港，这是突破传统运输模式的新兴事物。几百年来，航运都是点到点的承运货物，即使是大班轮公司也未曾设置中转港。

---

① 干线是指连接城市或国家港口的主要运输线路，支线是连接到干线上规模较小的运输线路。

② 干线船（Mother Vessel）又称母船，指的是大型船、大型的集装箱船，它们往返于全球主要航线，运输大量货物，停靠在具有完善基础设施的深水港。

③ 中转港是指货物从起航港前往目的港，中途经第三港口，船舶进行停靠、装卸货物或补给等，货物进行换装运输工具继续运往目的地的港口。

④ 支线船是由较小的船舶负责将干线船上卸下的货物运输到较小的港口。

李克麟越想越兴奋，他有点乐不可支了。酒杯空了，酒瓶空了，他浑然不觉。他全神贯注地思考着，谋划着。

启明星闪耀，东方既晓，李克麟彻夜未眠。妻子起床的时候，李克麟书房内的台灯仍幽幽散发着暗黄的光亮，灯亮人杳，带着彻夜的思考、带着疲惫的眼神，他已经上班去了。

坐落在上海北外滩的小红楼四楼会议室，是组网太平洋航线战役指挥部。

指挥部里人头攒动，各抒己见，讨论热烈。经过中远总公司和上海远洋运输公司团队广泛深入研讨，1985年10月，李克麟起草《关于调整中美集装箱航线的请示》呈报中远总公司。一周内，中远总公司批复同意该方案。

1985年11月，交通部全国集装箱会议在沪召开。利用这一契机，李克麟与天津港务局副局长深入沟通、探讨了上海远洋开辟中—美集装箱班轮航线的有关事宜，希望得到天津港支持。不仅如此，他随后指派公司副经理金忠明专程拜会天津港务局。在交通部水运司的协调下，沪津双方达成共识。

此外，李克麟登门拜会上海港务局，为开设中—美航线做铺垫。

1986年2月初，全国口岸工作会议召开，交通部强调"国货国运"，发展中国航运业。

1986年3月，上海市召开"调整中—美集装箱班轮航线专题会议"，给李克麟的集装箱运输航线调整以有力支持。

从中央到地方，针对组网泛太平洋方案，紧锣密鼓召开会议，一层一层压实责任，为上海远洋运输公司设立泛太平洋网营造了优越的外部环境。

调研、谈判、磋商、出访……足不旋踵，马不停蹄。

李克麟又奔赴神户，面见港务局局长。得知上海远洋运输公司拟把倒载分流中转业务落在神户港，局长喜形于色。

可是，原则同意不等于具体细节都没有争议。在滞港费上，双方产生了分歧。滞港费，是针对集装箱超期占用港区堆场征收的费用。李克麟要求全免，神户港务局局长说无此先例。这时候，李克麟不失时机地提出："既然不能达成一致，那我就去大阪港寻求合作。"神户港务局局长脸色立即由严峻转为柔和，对李克麟说："我设晚宴招待各位贵宾，请赏光。"晚宴上，推杯换盏、宾主尽欢，且滞港费一事得到圆满解决：免费堆放时间延长15天。李克麟一举奠定了上海远洋运输公司支撑泛太平洋网的坚强基石。

完成了以上诸项事务，李克麟织就了以中—美航线为引线，投向太平洋，覆盖整个亚太地区的一张星罗棋布的大网。

1986年4月6日，上海远洋运输公司"冰河"轮挂靠神户港，装载日本当地4个集装箱和中国集装箱运往美国，改写了不承运第三国货物的历史，成为航运史上的里程碑。

4个集装箱，的确寒碜了点。

李克麟听到这个汇报，莞尔一笑。一向严厉有加的他，却对谁都没批评。因为他知道，起点低不要紧，跑得快才重要。因此，他亲自出马，东征扶桑，拜访日本最大的货代公司——日本通运公司。在通运公司引荐下，拜访了日本松下电器公司。

为了集装箱，为了泛太平洋网络，他披挂上阵，不遗余力。

1987年1月底，拿到上年度的集装箱财务决算报告，他急不可待地翻到最后一页，一个赏心悦目的结论跃入他的眼帘：盈利198万元。仿佛止泻般一改前5年的连续亏损，李克麟脸上露出了会心的笑容。

更让他高兴的是，上海远洋运输公司自此开始了盈利模式。1988年，集装箱运输利润占公司总利润的40%；1989年，泛太平洋航线全年承运的集装箱货运量（参见泛太平洋集装箱运输网络示意图）达67.7万标箱，比1985年增加了157.4%，整体效益达2.88亿元，扭转了1985年泛太平洋航线总亏损1041万元的尴尬局面。

数字是冷漠的，数字又是温暖的。数字是枯燥的，数字又是强有说服力的。筚路蓝缕，攻坚克难，多么难得的成绩单！

【第五幕】　我们要做第一

集装箱运输方式的异军突起和上海远洋运输公司骄人的成绩，让中国航海运输界迅速认识到这种运输方式的先进性和大势所趋。1983年8月11日，经中远集团党委扩大会议讨论，报呈交通部批准，决定成立中远集装箱经营总部（以下简称"中集总部"）筹备小组，由中远集团副总裁李克麟任组长。

1983年12月28日，中集总部在北京正式成立。

世界航运知名杂志《集装箱化》专栏作家约翰·克里奇顿敏锐察觉到了航运界这一风吹草动，并嗅出了即将到来的硝烟味儿，给予了密切关注。为提醒或警示同行，他专访了李克麟并将其头像作为封面，专访文章则作为"封面故事"（Cover Story）予以刊发。文中，李克麟发出了积郁已久的呐喊——

We Want to Be No.1!（我们要做第一！）

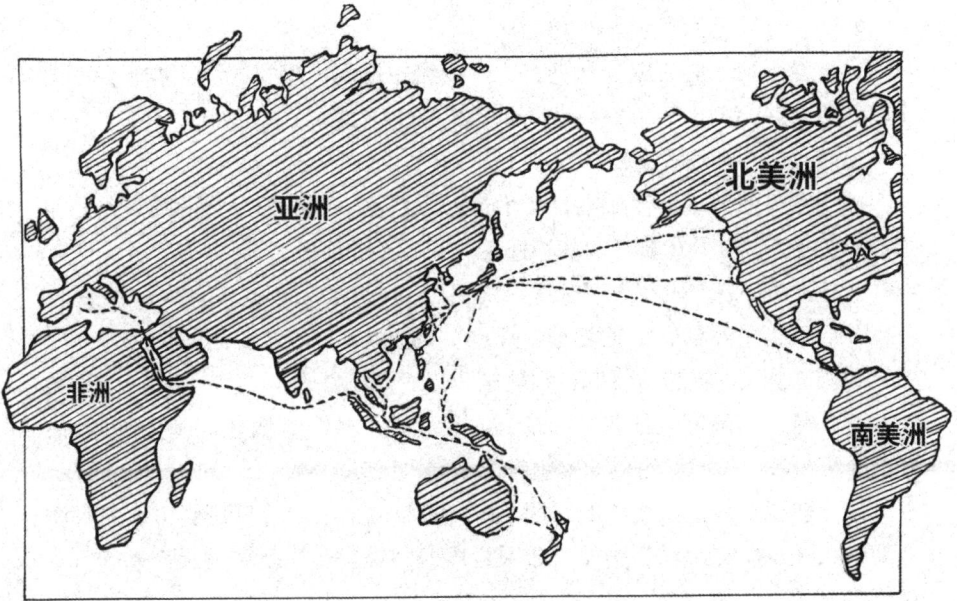

泛太平洋集装箱运输网络示意图

我们要做第一，这可不是高大空洞的宣传口号，而是必须付诸行动，扎扎实实、锲而不舍地行动。且行动不是埋头苦干就能奏效，必须知己知彼。

知己知彼不就是审时度势吗？关于全球集装箱变局，李克麟认为变局不外乎三个方面：

首先，主干线竞争变得异常激烈。

太平洋、远东—欧洲和日澳航线等竞争日趋激烈，甚至趋向白热化。要占据主动、扩大市场占有率、创造规模效应，就必须投入大型、快速船舶。

其次，支线运输变为竞争关键。

大船投运后，势必减少挂港，为干线船舶提供货源的支线运输成为中国市场竞争焦点。

最后，提升经济效益越来越难。

除了港口使费、燃油成本显著增加，激烈竞争导致的运费下降。这些宛如绞索勒紧了船公司的脖子，使得海运企业喘不过气来。

通达之路何在？唯有改革一途。

按照"集中经营，分散管理"原则，调整135艘集装箱船舶全球航线的布局，保持航线的优势，将船型和航速调整到合理水平。

优化航线。欧洲航线投入8艘3800标箱的大船，运力较此前增强四成；稍后，再投入一艘同样箱位的大船且形成周班服务。

细化航线。太平洋西南航线用5艘3500标箱船舶组成周班服务，太平洋西北航线用6艘2700标箱船舶组成周班服务，美东航线则采用西行过苏伊士运河的线路，同样是周班。三条航线船型一致，构成了中美之间的半环球航线；

地中海航线投入6艘2000标箱同类型船舶，少用2艘船，保证旬班服务的同时，运力增强了三成；

中澳航线、波斯湾航线相继调整为周班服务，中日航线则在许多港口开辟了周三班、周四班。

如此这般调整，初步实现了干线船互为支线船的设想，充分利用了船舶运力，扩大了航线覆盖面，增加了航运密度，构成了集约化、全方位的运输系统，使全球集装箱运输网络更趋合理、更加科学、更具竞争力。

如此这般调整，从国内港口出发的班轮，自1993年的每月183班增加到1994年的每月近300班。在船舶数量增加有限的前提下，班次增加了近五成（48%）。

李克麟部署航线像拼图下棋。对，拼图，还有块"图"应该拼进去，那就是开发长江、占领长江流域集装箱运输市场。这块"图"拼接完成的战略意义不言而喻——

确立沿海内支线运输中转港：上海；

联袂发展江海、海铁（路）联运，开发海铁（路）联运市场，充分利用水路调运空箱价廉量大的优势，增强市场竞争力；

加强与中远集团各单位的合作与协调，尤其是搞好与长江各港外代的合作关系，做好各港外运等同行业单位的工作……加强内支线为干支线的配套工作，共同搞好内支线。

改革、调整、布局，个中滋味，酸苦辣咸，好在成绩当当响：

1994年，长江内支线共承运18081标箱，其中出口重箱6378标箱，进口重箱4760标箱，空箱调运6943标箱。

拿到这张报表时，李克麟一直紧锁的双眉舒展开了。

然而，初战告捷，李克麟并不满足。他要再加一把火，因为他知道，水，就要烧沸了。

是的，一年年度过、一步步走来、一仗仗赢下，李克麟斩关夺隘、踌躇满志、信心满怀，他要把上海远洋运输公司的管货模式扩大运用到广州远洋运输公司和天津远洋运输公司的集装箱船上；沙场秋点兵，他要让上海远洋运输公司的LOGO（徽标）——手握绿竹的憨厚大熊猫——成群结队、漂洋过海，星罗棋布在五大洲三大洋上。

We Want to Be No.1!（我们要做第一!）

【第六幕】　　"变"出一支像样的船队来

世上没有不透风的墙。

其实，关于成立中国海运集团并由李克麟挂帅的消息，早在几个月之前就传得沸沸扬扬了。不过，在中远集团的中集总部，谁都不愿意展开这个话题，生怕把自己套进去，套在一个亏损大户上。

说实话，李克麟也不想离开中远集团。1996年下半年，中远集团着手研究深化航运体制改革，并且有意将中集总部南迁上海，与上海远洋合二为一，组建全新的集装箱运输专业公司。李克麟是多么希望自己能参与这新的航程，将全新的中远集装箱运输有限公司打造成世界真正的第一流公司。然而，现实却给李克麟出了一个大难题，这不是一道选择题，或者说只有一个选择：

他必须离开中远集团，去参与组建中国海运集团（以下简称"中海集团"），并且担任组建后的中国海运集团总裁。

眼睁睁地就要离开中集总部，眼睁睁地就要离开自己亲手打造的"我们要做第一"的集装箱专业公司，李克麟心有不甘。

夜深了，李克麟突然感到有些孤单。他有一种突然被集装箱大船甩出的感觉。他想外出走走，他想找人说话，他想捞上一根能帮助他重回集装箱船的稻草。

1月的北京，风猎猎，雪纷纷，记不得是怎样走进中国交通运输协会的，记不得是如何遇见时任中国交通运输协会会长钱永昌的，只记得钱永昌把手重重地压在他的肩膀上，说了一句话："我鼓励你去。在那里，凭你的努力，可以大干一番。"

是原先魂系集装箱的梦想被标上了休止符，还是波浪式前进中的一波三折？李克麟此时宁愿相信，这是一种新的展开，尽管带着一丝无奈。

1997年7月1日，李克麟受命出任中国海运（集团）总公司总裁。

初创伊始，中海集团获一顶"桂冠"——"三无"产品。哪"三无"？无才、无财、无船。

无才，可以理解，初创伊始，百业待举嘛；无财，也可以理解，经费有限、资金缺乏；至于无船，就很难理解了。当然业内人士讲的无船，主要是指缺乏现代化的集装箱船。

"要有一支像模像样的船队"，坐在办公室里、走在马路上、睡在卧榻上，李克麟念念不忘的只有一个基本条件："要有一支像模像样的船队！"

李克麟照旧不走寻常路。他将22条5000吨级以上的大船和5000吨级以下的小船从散货船中挑选出来，又全部改成集装箱船，"这样，我们不就有散货船集装箱船队了吗？"他不无得意地宣称，当然是带着苦涩的微笑。

雷霆手腕，这是李克麟的常态。

"所有的船，一条都不能耽搁，出厂一条，上线一条！"这是李克麟斩钉截铁发出的狠话。

若将以上工作打个比方，那就是化妆，即给老旧船舶洗完澡后、梳妆打扮一番。这番捯饬之后，看上去是光鲜亮丽了，但内里依然陈旧。尤其是计划投入中澳航线，长距离航行，犹如长者跑马拉松，心脏吃不消，船舶长途航行难免导致气缸头开裂。

有鉴于此，船舶工程师建议：上上之策即用铸钢缸盖替换铸铁缸盖。这不就相当于实行换心手术吗？这是大动干戈了呀。

大动小动李克麟不管，总之要动，妨碍船舶航行的障碍都要一扫而光。因此，哪怕大动干戈，从善如流的李克麟照样答应了，但他不失时机地补充了一句：改装活儿就放在自己的船厂吧。话刚落音，他随即召集船厂负责人，给他们布置工作："这10条船，给你们3000万，其他问题自己解决。"

工程师不打诳语，更换气缸头之后，输出功率果然明显增强，缸盖裂开问题也一揽子解决了。

2000年，从184箱位到250箱位，再到1000箱位、1400箱位，大小不一的44艘集装箱船舶全部改装完毕。将其投入运营后两年内，中海集运分期支付了2亿元改装费。

虽然离理想中的船队还有不小的距离，但毕竟这也算"一支像模像样的船队"了。接下来，李克麟想的便是LOGO（徽标），"一支像模像样的船队"不能没有一个像模像样的徽标。

中国远洋运输公司的冷藏集装箱上印着的徽标是一只手持翠绿竹叶的大熊猫，那么，中海集运的冷藏箱上印着的应该是什么徽标呢？

副总黄小文提议用"海豚"作为核心图案。

"这是个绝妙的主意！"仿佛小小的火苗点燃了一堆干柴，话一落音，众口一词表示赞赏。接着，七嘴八舌、各抒己见，补充设计。聘请的德国设计师受到启发，重新开始描图、打底。

迅即，一只憨态可掬的海豚跃然纸上，出现在众人面前。

"海豚，"有的摇头表示否定，"好像不应该是这个样子的，过于富态了。"有的托腮沉思、一言不发，似乎在琢磨更好的设计。

此时，黄小文再次释放了一点火苗，他说："应该是中华白鳍豚。"

"对，中华白鳍豚，"随即附和声鹊起，"白鳍豚是珍稀动物，既是中华的，也是世界的。"

"对，对，还应该是跃出水面的中华白鳍豚。"

众人拾柴火焰高，超高的火焰激发了德国设计师的灵感，但如何体现水面呢？德国设计师又抓耳挠腮了。

此时的黄小文恰如设计师："在跃起的白鳍豚身下加水花，三点水即可。"

"对，"听了这话，李克麟的声音率先于众人腾起，半晌不语的他高兴得拍案而起，"三点水，代表了三个海运集团。"

确定了核心图案，辅助设计及完善工作就属于小菜一碟，不足为虑了。

中海冷藏集装箱"初春里的第一抹绿色"箱体上，一只跃出水面的中华白鳍豚栩栩如生，活泼可爱。淡绿色突出了环保，白鳍豚弘扬了国宝——二美兼具，善之善者也。

"Perfect（完美）!"大家异口同声，不约而同伸出大拇指。

那以后，中华白鳍豚就定格在中海集装箱箱体上，在环球航线上"风正一帆悬""出没风波里"，乘风破浪，直济沧海。

"变"出一支像样的船队来，李克麟做到了。

【第七幕】 背水一战

242

2002年，多事之秋。

这一年，集装箱运输市场价格大幅下滑，航运企业哀鸿遍野。低迷的运价拖累了中海集运公司，进而拖累了整个中海集团。

釜底抽薪的是，中海集运遭遇银行断贷。

雪上加霜的是，国际船东协会诉指中海集运恶性低价竞争、扰乱市场。

2002年6月初的一天，公司生产调度会正在召开。李克麟主持的会议，会风本就严肃有余、活泼不足，冷峻有余、随和不足。此时，遭遇集装箱运输寒冬，凛冽的寒流让会场空气有点凝固。

箱运部经理一反常态地站起来发言，话语里满是忧心忡忡的焦虑和不安，加上他面有难色，整个会场温度降到了冰点。而他说出的话，每个字仿佛都是巨大的冰块砸在与会者脚下——

"这几天，美国西部港口集装箱滞留现象越来越严重……"他不敢说下去了，生怕会议室冻成冰窟窿。

"滞留？"李克麟严峻的脸色瞬间变得严酷，他警觉地问，"什么情况？"

"码头工人作业效率下降，空箱回调出现问题，估计与劳资双方的矛盾有关。"箱运部经理战战兢兢，生怕言多有失。

作为资深业内人士，李克麟知道美国码头工人的惯例：每3年，劳资双方洽谈一次薪酬。资方是代表美国中西部船运公司和码头业主的"太平洋海洋运输协会"，劳方是代表码头工人的"国际港口与仓库工人联合会"，双方的合同7月1日到期，谈判5月就开始了。

李克麟放下手里的笔，抬起头，继续提问——

"大量箱子滞留美西，哪些公司的箱子？一共多少箱子？我们的占多少？"不提则罢，一提成串。

连珠炮似的提问让箱运部经理有点招架不住。

"会导致罢工吗？"李克麟紧接着又问。

"目前状况表明，谈判并不顺利，引发罢工的可能性是有的。"箱运部经理不敢模棱两可，却也不能斩钉截铁。

谢天谢地，李克麟没再乘胜追击，继续提问。箱运部经理如释重负，长出了一口气。

中海集运在美国的主要集装箱货运港是长滩、洛杉矶、旧金山和西雅图，在这条航线上，李克麟押上了大部分资源。一旦罢工，若不采取断然措施，损失足以致命，遑论现在中海集运已经命悬一线，岌岌可危。

"如何未雨绸缪，采取措施，制订预案，尽最大限度减少损失？"李克麟心里翻涌起一股莫名的感觉。

从会议室回到办公室，李克麟拨通了中海（美国）公司总裁张兵的电话。

"你那边情况怎么样？"拎起话筒，李克麟劈头盖脸地提问。

此时是当地晚上9点，洛杉矶万家灯火、一片璀璨。张兵刚忙完手头的工作，正张罗着吃晚饭呢。一听是李克麟的电话，赶紧迈步，来到了客厅。

"李总，我刚从两个港口回来，已经有船在外锚地排队了。"张兵直言相告。

"有多少船？2700箱以上的大船有多少？"这是李克麟提问的风格或套路，他要具体数据，不要笼而统之的答案。

"至少有10艘。"张兵斩钉截铁地回答。虽然不是可视电话，但张兵感觉李克麟点了点头。而李克麟的声音再次响起，让他坚信了自己的判断。

"继续密切关注事态发展，做成简报，每天传回来。"说完，挂断了电话。

回餐厅吃饭还是立即投入工作？孰轻孰重，谁缓谁急，张兵一清二楚。

李克麟亲自打越洋电话询问，此事非同小可。放下电话，张兵立即坐在电脑前，起草了一份详细的谈判情况汇报和预判，连夜发给了李克麟。

次日下午，大洋此岸的中海集运临时会议正在召开，本次议题只有一个：如何应对即将到来的美西大罢工。

一反常态的会议上，李克麟却是一如既往的打扮：西装革履，黄色领带、泛着黑黝黝的亮光又一丝不苟的发型。

因为做了充分准备，箱运部经理这次胸有成竹、底气十足，他说：

"如果美国西部发生大罢工，所有进出港口都会堵死。我们要未雨绸缪，设计替代方案，考虑卸港用汽车代替船舶运输，保证货主的利益，避免招致索赔。"

说完，直视李克麟，恰如学生回答完毕，期待老师的肯定，甚至表扬。

李克麟没说话，朝他轻轻点了点头。

"汽车运输成本太高，不如改走离美西稍近的港口——譬如温哥华卸货转运，然后通过加拿大铁路运到美国。"话声刚落，不同意见接踵而至。

李克麟没说话，朝他轻轻点了点头。

"罢工其实已经开始，只是没有爆发罢了，"另一个声音响起，"要走加拿大航线就要开辟加拿大海上运输，现在就应测算成本，晚了会被动。"

显然，是附和改走加拿大线路的。

李克麟这次没点头，而是目光如炬地直视着前方——会议室里悬挂着的世界地图，脑海里电光石火般展开了——

罢工一旦爆发，积压的集装箱一时难以运出来，外头的箱子就会紧缺，而美国庞大的消费市场消费品急急待运；尤其是圣诞节和新年前，大量货物需要运输，这个时候无船无箱……每年供应美国的消费品一如既往地由中国生产、运往美国。罢工爆发，滞港加重，运力陡增，运价必定暴涨……

想到这儿，他的脸上闪过一丝不易觉察的微笑，低下头，将手中的笔放在本子上，合上本子的同时，环顾一周，说：

"改挂温哥华是一个选项，你们测算一下，拿个方案给我。"

说完，拿上本子，起身离席，走出了会议室。

随后，李克麟每天一早前脚一踏进公司，后脚还在门外，就先声夺人地问："张兵的简报来了吗？""美西大罢工爆发了没？"

当他得知"劳资谈判剑拔弩张，进入胶着状态，越来越多的集装箱在锚地排队，船舶滞港越来越严重"时，李克麟认为应该伺机而动，机会来了。

他找来"左膀右臂"——黄小文和赵宏舟——商议，两位表示，经过仔细测算，美西线改挂加拿大温哥华，箱子在内陆转运可行。无论如何，解放运力、释放集装箱都是当务之急。

李克麟听罢，冲他俩点了点头。随即，发出指令——

"现在顶顶要紧的，命令在美西海域的船舶转向北上，到温哥华卸货，解放这部分运力；在途的船舶，慢速前行；另外，再盘点一下全球空箱。"

言简意赅且层次清晰，铿锵有力，临了，补充强调一句——

"注意！对外保密。"此前是布置工作，现在是强调工作重点。

内行都隐隐约约感到，一场没有硝烟的商海大战就此吹响了进军的号角，这场大战的总指挥就是李克麟，主战场在大洋彼岸。

而此刻，子夜，总指挥正跨洋通话，研究战场情报。

"罢工越发严重，港口的集装箱挤压状况越发严重。"美西洛杉矶的张兵连用两个"越发严重"描述大洋彼岸的港口最新战况。

"已经开始罢工了?"李克麟问,似乎有点喜出望外,仿佛有点信疑参半。喜忧参半的神情,让他的脸部极其生动,略显诡异。

"部分工人开始罢工了。"

"会演变成大规模罢工吗?"李克麟问。

"照趋势看,一定会的。"张兵的语气很肯定,听上去至少有八成的把握。张兵的秉性和行事风格李克麟清楚,没有九成以上的把握,他绝对不会说到八成。如此看来,大规模罢工就不可避免了。

想到这儿,李克麟"啊——"的一声长啸,划破了静寂幽谧的沉沉黑夜,仿佛旷野的一声狼嚎,惊醒了熟睡中的妻子。

无疑,机会青睐于有准备的人,李克麟对此早就有所准备。

因此,8月中旬的一次专题会上,李克麟就开始排兵布阵——

"美西罢工势态越来越严重。依我看,仅仅把散落在世界各地的集装箱拉回来还不够。罢工一旦结束,每个公司都要箱子,箱子肯定炙手可热、供不应求。我们应该先行一步,不妨把箱子租下来。"

他端起茶杯,喝了口水,继续说道:

"每天每个箱子租金 0.4 美元,我们要的量大,可以拿到 0.3~0.35 美元,只有平时的三分之一不到啊。我们搞一个 option(选择),即使用不上,也可以明年用。没有罚款,毫无风险。"

副总黄小文听了大为惊讶,圆睁两眼,问:"咱们签多少箱子的 option?"

李克麟抬起手,狠狠地一挥:"那就签下 20 万个箱子,外加 10 万个箱子的 option。"

闻听此言,与会者俱皆惊讶得无以复加,这哪里是李克麟、中海集团总裁,这是一个"赌徒",一个押满全盘豪赌的超级赌徒啊。

李克麟不是赌徒,他在指挥一个超级大战役。在部署了战役所需之后,他认为有必要亲赴战场实地调研。

如此,9月26日,李克麟亲赴美国洛杉矶长滩港。

在张兵陪同下,李克麟目睹到的实景让他大吃一惊:昔日一派繁忙的长滩港今日一派沉寂,马士基、达飞轮船、地中海航运等公司的集装箱堆得像长城一般,层层叠叠、一望无际。中海集运的箱子夹杂其中,数量不多,但极其显眼。

"从9月1日到现在,双方还没续谈,罢工已经开始,波及美国西海岸奥克兰港、波特兰港和西雅图港,其他港口滞留的箱子比这里的还要严重。"张兵一边引领着，一边介绍。

李克麟问张兵："以往，美西主要港口一周有多少船进港？"

"大约200艘吧，"张兵功课做足，有问必答，"美国西海岸主要港口每年货物吞吐量总值超过3000亿美元，约占美国外贸总量的一半。"

听着张兵的补充，李克麟问张兵属下的保罗（Paul）："你认为罢工不可避免？"

"Captain Li，"保罗用美国人特有的习惯动作双手一摊、两肩一耸回答道，"If I am not mistaken，the strike is inevitable.（如果我没看错的话，罢工是不可避免的。）"

"英雄所见略同啊。"李克麟颇为感慨地看了两位一眼，说了句"就这样吧"，给这次考察画上了句号。

如果说美国之行前，他已谋划了一盘大棋，那么美国之行结束时，他已打定主意下这盘大棋。而下这盘大棋，手里的棋子还不够，增加棋子是当务之急。

在回沪的航班上，李克麟的脑子一刻不停地转着——

"租赁的30万个箱子可以封堵市场一段时间，但需要设立第二道防线，即一旦其他航运企业醒来，箱子的争夺就会白热化，很可能就是拼刺刀样的搏杀。不行，至少还要控盘7万个箱子，另加1万个箱子保底。"

果然是临战的将军，设置了前线，还考虑了第二道防线。必须面面俱到，万无一失，方能确保立于不败之地。

航班上谋划，公司里实施。李克麟这段时间浑身每个细胞都处于极度活跃状态，脑子里全部是美西罢工的相关信息。

刚步入办公室，还没来得及坐下，便向尾随而进的李学强副总经理发号施令——

"我要下8万个箱子的大单，"他放下公文包，坐在椅子上，示意李副总经理在他对面坐下，"一则为了船队的发展，二则为了实施我的计划。"他单刀直入，"没有大单，怎么压制市场？用大单创设一个窗口期。这么低的市场价，几乎是底部了，为什么不抄他一把？"

李克麟赴美调研，李学强也没闲着，他把美西罢工方面的材料一五一十认真仔细地研究了一遍，对"李克麟的计划"了然于胸了。

因此，听了李克麟的话，他立即直奔主题，问道："您要我怎么配合？"

李学强将"这个计划"称作"太平洋旋风"，当前及以后一个时期内，他的主要工作就是追风，风到哪里，他到哪里。此刻，他将"太平洋旋风"刮进了集装箱制造厂，在箱厂门可罗雀之际，李学强的到来，无疑是财神爷驾临。

李学强提出了苛刻的条件，但因为雪中送炭，箱厂亦知妥协。

"订单数量保密，价格不许外泄。"李学强强调。

"放心，绝对保密！"箱厂负责人心领神会，微微一笑。

好家伙，8万个集装箱，1000标箱的万吨轮装运的话，要用80艘船舶。口气大，力气也大。

9月底，同处北半球的美国与中国，凉热同步。在这个金秋的季节，在这个收获的季节，李克麟率领一群镰刀手，正待开镰割麦，收粮进仓，喜庆丰收。

果然，一切都如期而至，一切都照着李克麟导演的剧本上演着。

10月初，中海集运按照李克麟"调集运力到华东、华南地区，开舱承运"的指令，紧锣密鼓地调整航线和航班：

中国—欧洲航线与中国—地中海航线，并作一线，压缩航线；

中国—中东航线，两班并成一班，压缩频次；

航线上，小船替代大船，腾出运力；

……

中海集运旗下的集装箱船陆陆续续驶离计划航线，浩浩荡荡、大摇大摆地云集中国沿海基本港口，一艘艘，不，一排排巨轮在锚地靠泊装货，整装待发。此时此刻，同行正如热锅上的蚂蚁，为停运急得团团打转，愁眉不展，唉声长叹。

10月2日，"马士基中国香港—美西航线关闭，停止订舱，拒绝箱子进码头堆场。"

上场锣鼓响了，大戏启幕开演了。

李克麟拿起手机，一如总指挥拿起号角，总攻命令发出——

"开装！放出的箱量和运价调整，我来决定。所有订舱、重签合同，运价报FMC①。"

说完，若有所思了一会儿，继续对黄小文说道："我在琢磨已装货船舶运力释放事宜。这样，你看好家，我明天去光阳（韩国港口，作者注），想办法把它们解放出来，倒过来再去装美国的货。"

---

① 这里指的是美国联邦海事委员会（Federal Maritime Commission，简称FMC），其总部设在华盛顿，掌管和监管美国水上商业活动，海运承运人和货运代理人均受其监管。FMC管理美国沿海贸易、对外贸易和转口贸易的集装箱等货物的水上运价、费用和业务。

此刻，虽然身处家中，手拿电话，但他眼前已然是浩瀚的太平洋，中海集运的"方块字"在光阳港集结装载，即将千帆竞发、百舸争流，劈波斩浪、沐雨栉风，直济沧海。

10月3日，长假中，但李克麟按捺不住内心的激动，换好装、拎着包出门上班。

在公司办公室，耳听着电话里响起的运价节节攀升的消息，李克麟喜不自禁——

1500美元（一个箱子）……1800美元……2500美元……还供不应求，那些班轮公司无箱可用，客户催着发货，对方催着收货，夹在其中，急得火烧眉毛。

全线爆舱！！美西运价飙升到了10000美元（一个箱子），而此时，中海集运每周依旧保持24000~25000箱运量。日进斗金，夜入万银，滚滚财源滋润得财务喜笑颜开、乐不可支，一张脸绽放成了一朵戴露盛开的芙蓉花。

这是一出大戏，这是一场围猎，这是一次豪赌，不，这是一个战役，此战成为中海集运的转折点。在美西港口罢工结束后的短短三个月时间里，中海集运入账6.5亿元，一举成为全球大班轮公司中的翘楚。

置之死地而后生，李克麟用大智慧抓住了大趋势，创造了大格局，实现了大逆转，如同导演出一幅狼群狩猎的图画，这个过程大致有4个阶段——

一、头狼带着一群饿狼游荡着、逡巡着、寻觅着。

突然，头狼闻到了远处传来的隐隐约约、时断时续的肉的气息，头狼敏锐地意识到，有大群动物在不远处活动：是羚羊，是鹿群，还是牛群，抑或是角马群？

二、头狼立即带领狼群向"肉"移动、靠近、再靠近，尽可能靠近。靠近一看，大喜过望：原来是大型角马群，足有成千上万只。

头狼抑制不住喜悦，却没有得意忘形。他观察、再观察、仔细观察。决定摸清情况，形成合力，伺机出击。

三、靠得很近了，头狼蓦然而欣喜万分地发现，原来是角马群聚集在一起寻找水草和水源。饥肠辘辘的狼群也认识到了这一点，纷纷跃跃欲试。但经验告诉头狼：这么大一群角马，要想一举拿下，不仅仅是自己能力的问题，布局和控盘更加重要。所谓控盘，即在发起攻击前务必肃清周围的狩猎者，狮子、鬣狗、花豹等觊觎已久，必须隔离它们，以保证得手后独享猎物。

四、头狼见时机成熟，仰天一声长啸。这一声长啸宛如总攻的号角。早已各就各位、摩拳擦掌的群狼迅即出动，以雷霆万钧之势扑向猎物，一举全歼所围之敌，大获全胜，满载而归。

李克麟，擎起如椽巨笔，饱蘸重彩浓墨，凭借壮士豪情，书写航运传奇。

庆功会？那是当然，必须的，请举杯同饮美酒，齐唱一曲《难忘今宵》。

【第八幕】　魂系蓝梦

一战成功，中海集运扭亏为盈并赚得盆满钵满，更令中海集运人骄傲的是，公司从此开启了连续多年盈利的时代，成为航运界众所瞩目的焦点。

作为中海集运人，谁不知道这场辉煌的战役、谁不记得这个商海传奇呢？即使李克麟2006年从中海集团退下来以后，韦明仍清晰地记得。韦明先生这次从英国回来，就是来拜会老领导李克麟的。

韦明很隆重，特地从英国带来一瓶21年的苏格兰皇家礼炮（Royal Salute）。庆功，还有比它更合适的吗？

韦明很细心，将聚会地点选在了富豪环球东亚酒店百花园郁金香中餐厅，此地在衡山路吴兴路，梧桐遮天蔽日，环境闹中取静。最关键的是，此处距离李克麟家仅10分钟步行即到。

配合忆往昔，韦明请来了曾经的顶头上司、航运处副处长袁丹。

入座甫定，畅谈开始。

故人相见，总是叹年华易逝，说时光流转；"从来系日乏长绳，水去云回恨不胜"。

一晃20年过去了！一生中有多少个20年呢？遑论在青春勃发的韶华年代。

韦明很感激，当年中远总公司派人赴联合国国际海事组织设在瑞典马尔默的世界海事大学深造，上海远洋运输公司只获得区区一个名额。多少人翘首期盼，经理李克麟毫不犹豫地批示"机会难得、人才难得！"，把这个机会给了韦明。

两年后，韦明以全优成绩学成归来，成为上海远洋运输公司唯一的境外专业高等学府航运硕士。

故友相见，分外亲切，话匣打开，悬河泻水，天南海北，畅叙神侃。

叙谈正酣，韦明拿出一瓶藏蓝色外包装的威士忌酒，郑重其事地摆放在托盘中，谦恭有加地送到李克麟面前，笑语盈盈道："老领导，这是您喜欢的威士忌，今天我们开怀饮美酒，畅叙好时光。"

琥珀色的液体纯净晶莹，李克麟闻着酒香、看着酒色、品着酒味，频频颔首。色香味俱佳的威士忌，唤起了李克麟沉睡已久的回忆。

因为袁丹和韦明都没随老领导转赴中海集运公司，因此很想了解李克麟如何将5家企业合并后，在困境中走出来冲出去的。

李克麟仿佛带领他俩进入时光隧道，脑海中，往事宛如电影镜头般，历历在目，作为亲历者和见证人，他侃侃道来——

"你俩都很清楚，当年上海远洋就是依靠集装箱发展起来的。中海集团要做大做强，要在航运市场占有一席之地，干集装箱是必由之路，别无他途。"

"李经理，我这儿有一组数据。"韦明适时接着李克麟的话茬，拿出一本杂志，翻到用粘贴纸标注的版面，指着用记号笔画出的段落。口音略带沪腔，声音磁性有感——

"1998—2000年，短短3年，中海集运的船舶从寥寥无几增加到近百艘，从单船箱位仅几百箱的小船，发展到具有国际先进水平的5500箱超巴拿马型船①（见图），跻身世界班轮公司前15名。"

李克麟微微一笑，表示赞许韦明的密切关注；紧接着又摇了摇头，说："这组数据老了，新的数据全在我脑子里：随着全球最大的8500标箱新船交付，中海集运船队结构得到了根本性优化，平均单船运力为2087标箱，4000标箱以上新船运力达到了17.32万标箱，占总运力的66%。到2004年底，中海集运拥有集装箱船舶116艘，总运力26万标箱，同比净增7万标箱。"

说到这里，李克麟脸上突然焕发出夺目的光彩，两眼放射出逼人的光芒，作为老部下，袁丹和韦明知道，老领导说到关键点、兴奋点了，果不其然，李克麟放慢了语速、加重了语气，一字一顿地说——

"事实无比雄辩地证明，我们搞集装箱运输是审时度势、是正确选择、是必由之路，这个选择一举十四得，使中海集团获得了全方位发展。"

"一举十四得？"两位倾听者不约而同地张大了嘴巴。看着他俩惊讶的表情和神态，李克麟忍俊不禁又扬扬自得，哈哈大笑道：

"对，一举十四得。"

袁丹倚靠在椅子上，韦明端坐在桌子前，李克麟支颐擎酒，继续深情回

---

① 巴拿马型船是一种专门为适合巴拿马运河船闸宽度和吃水而设计的大型船只，以便在适应巴拿马运河的船闸和航道的前提下运送尽量多的货物。这些船只的船宽和吃水受到巴拿马运河船闸管理的严格限制，其最大尺寸为：长294.1米，宽32.3米，吃水12.0米，高57.91米。

巴拿马型船

忆、娓娓道来——

中海集运创建伊始，下属三个海运集团老旧散货船成堆，"散（货船）"改"集（装箱船）"，实现低成本快速扩张，这是第一"得"。

第二"得"嘛，盘活了资产。当时有40余万吨富余运力，相当数量散货船在抛锚"晒太阳"。改造后，"死"船变"活"船，都派上了用场，这算化腐朽为神奇不？

第三"得"呢，盘活了5家船厂。平均不到10天（9.5天）出厂一艘改造船。船厂摆脱了开工不足的窘境，提升技术水平的同时，积累了集装箱船改造的丰富经验。

第四"得"，给船员提供了新的就业岗位，盘活了人力资源。人员"晒太阳"比老旧船"晒太阳"更加浪费。

第五"得"，带动了集团其他产业。譬如改造了沥青船，为中海特种船运输增加了运力。

第六"得"，创建了中海码头。中海集团至此拥有航线上的桥头堡，此举具有里程碑意义。从此，部分航线和码头实现无缝衔接，确保和提高了航线营运效率和效益。

第七"得"，解决了资金短缺问题。船舶改造费用以集装箱船投放航线后的收入抵付，相当于用期货手段盘活了资金，缓解了投资压力。

第八"得"，衍生出集装箱厂。这个不言自明，自己有厂等于自己有了箱子，掌握了主动权。

第九"得"，以组建的集装箱船队为基础，增加了低位大量租船的底气。在短短的一年多时间内，中海集运集装箱船队初具规模，形成覆盖沿海、内支线、近洋和远洋的立体化、全方位集装箱运输网络。

第十"得"，因为有了船队，中海集运跻身国际集装箱"赛道"。接连开辟了中国—澳大利亚、中国—欧洲和亚太地区的中程集装箱航线及中国—美东、美西航线远程集装箱运输航线。

第十一"得"，沿海集装箱运输网络的建立，有力带动了揽货业务。

第十二"得"，使中海货运甩掉了"包袱"，顺势调整船队和航线结构，使资产负债率从1998年底的67%降到2000年的55%，经济效益明显改善。

第十三"得"，中海集运的发展带动了船代业务。中海船务公司抓网点建设的同时，狠抓市场开拓，从成立之初的上海、大连、广州三家区域公司进而网络遍及国内沿海和长江流域主要口岸。

第十四，这最后一"得"呢，是集团集运产业链重要一环的浦海航运乘势而上，成为中国最佳内河支线船公司。

李克麟如数家珍、悬河泻水般，一口气说完了"十四得"。多少次的商海博杀、多少年的风云激荡、多少人的艰苦奋斗，在老领导言简意赅的"十四得"中囊括无遗。

袁丹听得心潮激荡、血脉贲张。他按捺不住激动，"噢"地站了起来，无限感慨又由衷敬佩地对李克麟说：

"李经理，听完您的这篇一举十四得演讲，我得改用白酒敬您才行。"

李克麟满面生辉，豁然站起，他用右手三个手指擎起水晶杯，左手按压住领带，与袁丹、韦明相碰在空中。透过酒杯、透过杯中酒，两人看到李克麟的脸有点迷离、有点闪烁，甚至有点变形，心中倏然一凛。

是的，袁丹和韦明的觉察没有错：李克麟此前刚经历了一场人生的挫折与溃败。

2006年6月6日，李克麟哽咽着离开中海集团总裁的领导岗位，含泪回到家的港湾。

2008年5月，海南洋浦经济开发区管委会诚邀李克麟登陆海南洋浦，大展宏图。对此，李克麟一开始是以健康原因推辞的。但是经不起洋浦经济开发区管委会书记亲自带队前来上海拜会的无比恳切："李总裁，您知道我们这里要建设枢纽港，而海南缺的是航运领军人物。您是中国航运界的奇才，更是集装箱运输的关键人物，您来洋浦做高级顾问是我们成功的关键，是我们的不二人选。"李克麟听了，热血瞬间波翻浪涌。

2009年1月9日，海南泛洋航运有限公司应运而生，李克麟正式接受海南的邀请，签订了5年高级顾问兼副董事长合同，开始了67岁的再创业。

然而也正是这个前来上海诚邀李克麟登陆海南洋浦经济开发区管委会，在4年零9个月以后，在海南泛洋航运有限公司面临资金紧张、航线关闭的最困难时刻，没有采纳李克麟的再三请求，不再给予海南泛洋资金支持，对海南泛洋挂靠洋浦港的补贴也予以停止，直接导致海南泛洋航运有限公司资金链断裂，被洋浦经济开发区人民法院裁定破产。

其间，李克麟在2009年年中体检时，被查出肺部有结节，后经上海华山医院诊断，确诊为肺癌，进行了手术与化疗。

李克麟最后奋斗的航运公司和他自己的身体就这样溃败了……

在离开海南岛的前一天晚上，李克麟拖着疲惫的步子来到海边。

他久久地眺望着面前的南海，湛蓝湛蓝的海水，粼粼涌动，一望无垠。突然间，他就想起了南太平洋那一轮金色落日下的塔希提岛，想起了那个在年轻时当过海员、后来成为一名后印象派画家的高更，想起了他那三个随之而来的惊世骇俗、回响百年的终极追问：

——我是谁？

——我从哪里来？

——我到哪里去？

恍惚间，他不明白自己为什么要来到海边，甚至不知道自己是怎么来到海边的，又为什么要在海边去感觉一个渺小生命面对浩瀚时空产生的那种困惑而又迷茫的感受。不过，他却是无比清晰地记得明天的行程，明天是他返回上海，不，返回退休生活的日子：2013年6月20日。

是啊，人的一生是由若干时间段构成的，在每个时间段都应该做每个时间应该做的事情。退休了，本来就应该急流勇退，做退休这个时间段应该做的事情：回归生活，回归家庭。

对，是家庭！对于海员或船长来说，最亏欠的就是家庭。你在船上或在航运公司工作，家人全力支持你，当你退休了，不应该就在家里好好陪陪妻子和女儿吗？甚至像陈忠船长那样，一把揽过家务，将功"赎罪"吗？

退休，是人的一生中最后享受生活的黄金期。平时在海上，船长想到的是风浪、暗礁、航线……而李克麟退休后一次与妻子共乘邮轮时看到的，却是蔚蓝的大海，辉煌的日出，异国的风情……这不都是人生美好的体验吗？

就是发挥余热做点贡献，也不一定非要创办航运公司，仍如一位主将，非奋战拼搏在航运第一线不可。写写回忆录，总结一下开拓集装箱航运的经验与教训，给新的领导做些咨询，都不是挺好吗？或像雷海船长那样，退休以后静下心来做海事仲裁，或编写世界航运大海图，不也是对祖国航海事业的软实力做贡献吗？

旁人看来颇为成功的李克麟回望此生，挫折与成就相伴而行。

斗志源于失望，搏击始于挫折，正所谓"人生如逆旅，我亦是行人"。

中学毕业，高考落榜，遭左邻右舍冷眼嘲讽。他重整旗鼓，毅然决然扑向海洋，春暖花开。

打那以后，他命悬航船，驶向天际，哪怕风吹雨打，哪怕惊涛骇浪。

人类很脆弱，生存之道在于"变"。

迎面挫折、困境、埋怨和危机，李克麟没有无奈，只有生生不息地应变和求变。而变的动能来自他对事业持续的、汹涌的痴爱与激情。难怪他的下属都说"李总不变的就是变"，而这正是他善于萌发新思维，积极触发新变化，敢于承担新代价的底层逻辑。

当上了上海远洋运输公司经理的他，正逢风雨交加。世界集装箱班轮公司大举进入中国市场，公司似一叶小舟，浪滔天，颠簸行。他看好的集装箱运输连年巨亏。不爆发，就灭亡。咬紧牙关，他发出铿锵之声："如果现在不上，那就永远上不了了。"求变迫在眉睫，泛太平洋运输组网成功，令世界同行刮目相看。

上远集运业务初见成效之时，中远集团着手整合。他虽有不甘，但仍一挥手，下令上远108将进京，并放出狠话："谁不服从，就地免职。"

中远集运历经4年变革，风生水起。正当李克麟踌躇满志，要做世界第一（We Want to Be No.1）时，命运却踩了个急刹车，把他抛向了另一片陌生的、波涛汹涌的汪洋大海之中。

大海的无限再一次激起李克麟的无限。

走马上任中国海运集团总裁，他欲将蓝梦照进现实，趁市场三次幽谷，亮出"散改集"、租船和造船三大狠招。但船队规模超常扩充，资金断流，公司从高处跌落，危机仅在一朝一夕。各种微词甚嚣尘上，甚至当面斥责。好在上苍眷顾，他伺机触发"背水一战"，来了个世纪大反转。

9年一瞬间，他硬是把"老大难"变成世界一流航运企业。

挫折、困境、埋怨、危机和转折，是李克麟逆流行舟的浮标。

记得孩提时，他喜欢将瓦片扔进池塘，乐见瓦片摇摆着破水而去，划出道道涟漪。也许，在他的血液里流淌着永远要去"扔瓦片"，创造新的可能性的好奇，一种连他自己都无法解释的猎奇心。只要时机一到，他就会怦然心动，成了试错的源泉。

在中远集运，他的同僚有言相劝，不要开辟中国—拉丁美洲集装箱班轮航线，可他定的事，驷马也难追，结果以失败告终，影响了当年的效益。

环球航行是他怀揣探索的浪漫好奇。尝试总会有遗憾，一种有价值的遗憾。为什么不尝试一把？

既然试错的目的是学习，他有足够的底气应付输赢。所以，他照样绽放特有的笑脸，潇洒自如。

回首向来萧瑟处。归去，也无风雨也无晴。

李克麟人生中的两大战役，也是中国集装箱运输史上两次巨变，使得中国航运登上世界集装箱班轮舞台中央。

有二必有三。何谓第三战役?

李克麟退休后,那烽火连绵的战场渐行渐远。他开始过上颐养天年的悠闲生活。偶尔,他从窗台上眺望,眼前似乎是一片蓝天丽日、椰风吹拂的南海。

万物俱籁中,他聆听到远方的召唤,一个使他跃跃欲试的召唤——中国要打造海南洋浦港为东南亚航运枢纽。

67岁的他,再次披挂上阵,成了海南泛洋航运有限公司高级顾问兼副董事长。

一时间,海南泛洋闯出了"一匹不羁的黑马",朝着中国第三大集装箱公司目标驰骋。

人算不如天算。不到5年,戏剧性的、悲壮的一幕发生了——海南泛洋黯然离场了。

李克麟痛定思痛,坦言三大主因:市场形势不好,管理疏漏跟不上发展节奏,资金压力很大。业界给出另外两个主因:董事单位无信用可言,缺乏战略定力。

公司垂危之际,董事会停止一切财务支持,甚至关闭盈利的中国—澳大利亚航线,泯灭了他赖以反击的最后一丝希望。

李克麟一路厮杀几十载,逆境多于顺境,唯有这次挫败最凶猛,猛到令他窒息。

身陷挫败,李克麟依然锚定他的展望,洋浦枢纽港终将在历史舞台上留下流光溢彩。如今,整个南海已是一片百舸争流、欣欣向荣的热海。

然而,如同失败,有主观原因,有客观原因;任何一次成功,也是主客观原因的综合。

毕竟在这个世界上,许多人是以成败论英雄的。李克麟在中海集运的"背水一战"成功了,人们就把李克麟视为扭转乾坤的英雄,仿佛就是他的神机妙招才化失败为成功。但是除了李克麟在决策上的勇敢与智慧外,有没有客观原因呢,有没有美国西海岸罢工的偶发因素呢?有没有中海集团背后国家的强大背书呢?有没有幸运之神的眷顾呢?李克麟此刻深深地思考着,反省着。

往往,人在挫败的状态下,思想才是深刻的。

在大海面前,任何巨轮都仅是一叶扁舟;在历史面前,任何个人都只是一粒尘埃。如此而已。

要正确地对待自己的功与过。李克麟想起在上海远洋运输公司工作时，副经理雷海曾对他这位经理说过：领导不能被吹捧与赞美包围，在这种气氛与环境下对于正确决策是不利的。

啊，雷海，我的好兄弟，我的好搭档。如果你在我身边，我会贸然加盟海南泛洋航运有限公司吗？这次回到上海，我一定要找到雷海，找到这个最会给我提意见的雷海一吐衷肠。

上海，丁香花园，李克麟做东设宴，终于在人群中见到了一个熟悉的身影：雷海！

同样也已经是白发苍苍的雷海，腰板笔直，精气神十足，两眼依然如以前一般炯炯有神。

李克麟连忙把雷海拉到自己右手边的座位上坐下，说："你怎么躲在后面，今天我有话要对你说。"

记得1989年，欧洲航线的集装箱生意红火，但是上海远洋的集装箱业务，无论是航线运力还是揽货能力，都处于不温不火的状态。为了把方方面面的积极性调动起来，副经理雷海专门收集了公司船员和各部门提出的合理化建议，形成书面意见交给李克麟。李克麟粗粗看了一下，认为问题的症结根本不在这里，不但没有给予明确意见，而且根本就没有当作一回事，不了了之……不久，雷海又提了一次，李克麟还是没有反应。其实，不止这一次，雷海在会上对李克麟的决定提出过多次反对意见，李克麟大多没有采纳。不过，雷海倒是毫无怨言，一如既往地配合着。

多么好的兄弟，多么难得的搭档啊！李克麟此刻深深地意识到：批评、建议乃至反对，对于充满风险的航运企业的掌门人，是何其珍贵和重要！

丁香之宴使当年的两位搭档重新聚首。李克麟也好像放下了一堆心事。

丁香之宴两个月后，李克麟倒下了。不，李克麟没有倒下！在停在医院急诊室门口的救护车上，李克麟撑着从担架上坐起来，摆摆手，迈着船长那样的坚定步伐自己走进医院。

"这就要走了。"李克麟听见自己的心在说：

我从来没有想过今夜我会躺成什么姿势，我只管迈开步子，义无反顾地朝前走着，走进对以往岁月的回忆中去，走进对昔日同事们的怀念中去，也走进后人对自己未竟事业的展开中去……

李克麟最终还是走了。

李克麟的墓碑，犹如一艘集装箱船，满载着他的航运梦，航行在深蓝的大海之中，高昂的船首上，镶嵌着他不屈的头像，他的头像也因此高昂，一艘"李克麟"号依然在劈波斩浪，一如既往……

李克麟船长以海狼般的目光投向海洋，无所畏惧地冲向世界，面对惊涛骇浪逆向而行；无论世人怎么评说，李克麟船长那特立独行的作风、天马行空的想象、坚韧不拔的意志、纵横捭阖的激越，是中国航运界罕见的，也是中国航海家最可宝贵的性格。

李克麟船长独特的故事和魅力只属于他，如同他对自己50年航运生涯的总结："我把一生全部融入了航运事业，因为我对航运事业充满了热爱……"

这里活着一段不可能被湮灭，也不会被湮灭的中国航运史——

李克麟船长魂系蓝梦！

大鹏展翅

——记燕伟平船长

【第一幕】 天梦

深圳，曾是大鹏所城，又称为"鹏城"。因为从地理特征来看，深圳的形状像一只展翅高飞的大鹏鸟，这一形象比喻巧妙地捕捉到了深圳的地理特征，寓意着这座城市勇往直前的精神风貌。

在这鹏城的一隅，有一座公寓。一位昔日的船长，刚从大鹏湾液化天然气接收站①回来，此刻他走进厨房，淘米，洗菜，做饭，然后开启了燃气灶。瞬时，炉圈透出蓝色的火焰，随着熠熠的光亮，一股温热的感觉迎面扑来，仿佛整个厨房都被火焰所温暖。

---

① 液化天然气，英文 Liquefiel Natural Gas，缩写 LNG。LNG 接收站是对船运 LNG 进行接收、卸船并将其储存再汽化后输往用户的中转枢纽。设有 LNG 接卸装置、常压低温储气罐及其配套的低温高压泵、LNG 加热再汽化装置和计量设施等。一般都建在港口。

这一瞬间，燕伟平仿佛看到了无尽的可能，这液化天然气可能从澳大利亚而来，可能从俄罗斯而来，可能从中东而来，但对于深圳，它最大的可能性就是统统通过液化天然气运输船（LNG船）①（见图），越过大洋大海运送到大鹏湾，而又由大鹏湾液化天然气接收站输往深圳千家万户。

看，无限的可能性正随着这团火焰在燃气灶上翩翩起舞。火焰若有灵性地舞动着，追逐着自己生命的节奏。它像一位自由的舞者，极富韵律感地展示着自己的美丽。时而高跃着，像是要触摸天空的轻盈舞姿；时而低躬着身子，仿佛在听从它内心的节拍。细心观察，可以发现那舞动的火舌隐藏着一种独特的生命力，这种力量似乎能够点燃一切在它面前的冰封。火焰的跳动仿佛讲述着一段动人的故事，每一次的摇曳都有不同的动作，就像是在众多的音符中唱响着自己心中的旋律。它的存在并非仅仅是一种温暖，更是一种能量的释放。当燕伟平凝视着火焰，仿佛能够看到它释放的能量，正点燃起内心深处沉睡的火花。

从刚打火的那一瞬间到完全燃烧，火焰的变化似乎也预示着一种生命的轨迹。它经历了焦躁与动感，经历了燃烧与平静。火焰飘动着，从红色，又转而蓝色，勾勒出一个无限的过程。它犹如人生的启程，带来了勇气和希望，点燃了心中的梦想。

燕伟平望着这火焰，就像望着手心里的灯，宛如童年时，在家乡无数次遥望着蔚蓝色的天空，向着远方，浮现出迷离的梦……

哦，在家乡，少年时的燕伟平最爱看飘浮在天空中的气球，对了，那是飘浮在内蒙古自治区昭乌达盟敖汉旗上空中的气球。据说，那气球是管测量气象用的。但少年燕伟平却将自己的梦想寄托在这气球上。他梦想，自己的梦想能随着这飘荡的气球高高飞扬；他梦想，自己的梦想能随着这气球，飘过燕山山脉，飘过科尔沁沙地，飘过高高大黑山，飘过幽幽青泉谷，飘向那说不清道不明的遥远的远方，那里或许有五湖，或许有四海，或许……

敖汉，系明代蒙古族部落名，汉意为"老大"，也作"大王"之解。那位于努鲁尔虎山北麓的偏僻的赤峰市辖旗，虽然耕地广阔、草木丰盛，但果真是天下的"老大"或"大王"吗？少年燕伟平不解。他只想到"大王"外面的世界去看一看，看看外面的世界还有多少精彩。

---

① 液化天然气运输船，简称LNG船，指专门运输液化天然气的"船舶"，是运载-163℃液化天然气的"海上超级冷冻车"，储罐采用双壳结构，体内壳就是液货舱，是世界上最难建造的船型之一，被称为造船业皇冠上的明珠。

LNG 船

所以，气球走，他也走；气球在天上飘，他在地上跑；气球上上下下飘动着，他跌跌撞撞奔跑着；鞋破了，他跑着；脚磨泡了，他仍跑；跌倒了，他爬起来再跑！为了心中的梦想，他要不停地追着气球跑！仰望着空中的气球，天外来物衬着蔚蓝，他欣喜地追逐着，好奇地看着气球乘着风徐徐飘向远方。

敖汉旗天空上的气球也有完成任务飘落下来的时候，这时，燕伟平又和周边的孩子们一拥而上争抢着，如同喜获战利品一样兴奋。燕伟平顾不得满头大汗，毫不含糊地动手拆开里面附带的电子元件和晶体管，带回家反复砣磨着、拼凑着，终于装配成一架简易的半导体收音机。由此，少年燕伟平第一次激动地收听到天外来的声音，那是胡松华演唱的《草原上升起不落的太阳》：

蓝蓝的天上白云飘

白云下面马儿跑

挥动鞭儿响四方

百鸟齐飞翔

要是有人来问我

这是什么地方

我就骄傲地告诉他

这是我们的家乡

这里的人们爱和平

也热爱家乡

歌唱自己的新生活

……

啊，小小的收音机传出的声音简直如天籁之声！燕伟平心中美好的梦想又一次被打开了！

1973年夏天，燕伟平在新惠公社设在"喇嘛蒿"村的高中学习期间，被学校推荐到盟委所在地的赤峰市，加入昭乌达盟少年射击队参加集训，专攻普通小口径步枪射击项目，先后两次去鞍山参加辽宁省的少年射击比赛。这是少年燕伟平第一次走出敖汉旗，第一次乘火车，第一次见楼房，第一次看到电视机。

遗憾的是，由于训练条件和时间有限，燕伟平在比赛中没有获奖。如果说有点收获，就是后来上山打野兔子时的命中率明显提高。然而，这次进城的难得际遇，却使一个从未走出山区农村和对未来充满憧憬的懵懂少年，领略了外面世界的风光，也意识到融入这个无限的世界不会仅仅是一个梦想。

1975年初，燕伟平即将高中毕业，学校为了培养学工教师的需要，将他送到敖汉旗农业机械学校进行为期一年的学习。在那里，燕伟平系统地学习了拖拉机和农业机具的机械原理、构造和操纵方法，掌握了常规的修理技术，还获得了履带式拖拉机的驾驶证，体验过"东方红75"铁牛的马达轰鸣、翻土扬尘的垦地实力。这段经历使得他对机械理论知识有了一定的积累。拖拉机动力虽小，但其工作原理和系统构成与船舶内燃机大机器的工作原理是相通的。多少年以后，燕伟平的梦想朝旁边跨了一步，竟然仰仗这点功底，在船上当船长期间，也经常与轮机部的同事们讨论和交流相关技术细节问题。

1975年底结束在农业机械学校的学习后，燕伟平并没有回到公社高中当教师。因为公社分配到一辆崭新的解放牌运输卡车，需要培养一名司机，燕伟平成为合适的人选。他从烧水、烫车，给师父修车打下手开始，经过一年的摸爬滚打，终于学成出徒，考取汽车驾驶证，成为全公社唯一一台解放牌汽车的"车迷子"（当地对汽车司机的俗称）。

1977年下半年，恢复高考的消息传来，燕伟平意识到心中从小的梦想有可能成为现实。听到消息他马上奔回家找书。土垒的房屋，家徒四壁，哪儿来书呢？他走出家门，举目四望，敖汉旗"大各各召"的山村哪，风大沙多，书却难找。

没书咋办呢？风沙中燕伟平突然看到母亲从学校蹒跚而来的身影。母亲是村里小学的教师，她好像知道燕伟平的梦想只能通过高考实现，早就将他高中时的课本暗暗藏在学校柜子里。此时母亲终于找出课本，赶紧回家，将珍藏着的高中课本一一交到燕伟平手中。燕伟平接过课本，如获至宝，开始全力以赴复习课本重点内容和例题。

燕伟平还不会忘记的是，为了支持他复习功课准备考试，公社领导特批停车一周。

1977年12月1日，燕伟平带着对未来的憧憬和梦想，走进考场。

和敖汉旗同年龄哥儿们一样，年轻的燕伟平好喝酒。他喜欢微醉以后的一种兴奋状态，在这种状态中，人的联想会加快，情感会高涨，而梦想，也会在脑海中自由地飞翔，那是一种非常奇妙的感觉。

1978年春节过后的这一天，燕伟平和几个哥儿们就在一个叫"蒙古营子"的村里同事家喝酒。为闹气氛，他们还边喝边脸红脖子粗地叫着划拳：

一个老头，哥俩好！

三星照呀，四季财！

五魁首呀，六六六！

七个巧呀，八匹马！

九常有呀，十全到！

"十全到"话音未落，只听外面一声大叫：

"十全到啦！"

原来，公社做饭的大师傅骑车赶了20多里山路跑来，推门报信："燕伟平，你小子中啦！"

哥儿们闻讯，趁着酒兴振臂大呼"乌拉"。

燕伟平谢过大师傅，忙不迭和哥儿们赶紧给大师傅倒酒，心里却并不感到意外，因为此前他已被通知进入体检名单。使他感到意外的是，他并没有被录取到自己青睐的无线电专业，而是被录取到大连海运学院航海系的船舶驾驶专业。

他心里嘀咕：看来我的梦想又横着向旁跨了一步，我这个"车迷子"将走出去要成为"船迷子"喽！

【第二幕】 天外

春秋交替，云卷云舒，燕伟平在大连海运学院4年的专业学习一晃而过。毕业后，他被分配进入大连远洋运输公司，开始了周游世界的航海生涯。

海洋是如此辽阔！

在燕伟平原来的视野中，内蒙古呼伦贝尔大草原才是辽阔的，那简直就是一片无边无际的绿色海洋，骏马在草原上奔腾，犹如飞艇在大海中穿梭；在燕伟平原来的视野中，横亘在昭乌达盟敖汉旗中的公路是通向天际的，他曾经每天从早到晚驾驶着公社解放牌汽车在不停地行驶，似乎永远到不了终点。而此刻面对浩瀚的大海，燕伟平才明白，家乡的天地再广阔，和大海相比，却是那么狭小！而大海，才是大草原的天外。

大海，那是一片浩瀚无垠的蔚蓝世界，它以一种近乎神圣的姿态展现在燕伟平面前，波澜壮阔，气势恢宏。它波涛汹涌，浪花飞溅，仿佛是大自然最原始、最野性的力量在肆意挥洒。

太阳从海面升起或落下时，金色的光辉与深蓝的海面，交织成一幅壮丽非凡的画面。那一刻，大海仿佛被赋予了生命，波光粼粼，闪烁着迷人的光芒。

大海的壮阔，不仅在于它的广阔无垠，更在于它变化万千、生生不息的生命力，以及那份能够包容万物、洗净心灵的伟大与宽容。风起时，海面波涛滚滚，声如雷鸣，展现出一种震撼人心的力量美；风平浪静时，则宛如一面巨大的镜子，倒映着天空，宁静而深邃，引人无限遐想。

这天外的大海看来是自由的、随性的，然而人类的航船一旦行驶在海上，却要遵循极其严格的国际规则，这是燕伟平一次又一次的航海经历得出的结论。

1986年，燕伟平被派上大连远洋运输公司一艘巴拿马运河型的6万级油轮，船名叫"武昌湖"，别称"武昌湖大学"。之所以这样称呼，是因为曾在"武昌湖大学"工作的一大批"学员"，最后有的成为政府官员，有的成为公司的高管和业务部门的主管。其中曾任船长的宋家慧后来任职交通部救助打捞局局长、交通部安全总监，有4位出任大连远洋运输公司副总经理，还有数位任职大连远洋运输公司的业务部门经理等。

这年的7月26日，"武昌湖"轮正停泊在美国密西西比河上游巴吞鲁日市一个简易的油、货两用码头卸货，燕伟平任二副，正值深夜12点到凌晨4点的班。由于河道水流和巨型驳船驶过的综合作用力，剧烈的兴波和涌浪导致了"武昌湖"轮的前后倒缆绷断，船即刻移位，卸油管被拉断。说时迟那时快，燕伟平以最快的速度停止卸油泵，但大量乌黑的货油还是涌上甲板并流入河中。

"武昌湖"轮船长宋家慧当机立断，命令立即放下两艘救生艇，拉出一条长缆，先将漂浮在河面上的浮油围住，再向河岸汇集。全体船员全部出动，拿起脸盆、水桶、水勺、笊篱，所有能用的工具全部用上，从水中捞油。

天明时，美国海岸警备队登船。放眼望去，河岸上横七竖八地躺着筋疲力尽、浑身油污的"武昌湖"轮船员，河面上已无任何油花。船长的优秀表现，船员的尽心竭力，感动了美国海岸警备队的官员，最后除了要求安排清洁公司运走已经集中到岸上土坑里的积油外，再无任何处罚。

然而，燕伟平却由此得出一个刻骨铭心的教训：这天外有海、海外有天的世界，规则，是必须严格遵守的硬道理。

5年后，燕伟平当了船长，并且主要从事往来于南北美洲的美国进口原油贸易航线，数次重返密西西比河，也曾从捞油的码头前经过。时过境迁，当年抢救捞油的场面早已烟消云散，但美国出台了《1990年油污法》，对船舶的防污染管理更加严厉，在类似的码头卸油也有拖轮全程守护，靠泊卸油的船不再有浪损断缆、断管溢油之忧。对此，燕伟平感慨良多，这条河也成为他任职船长最值得回忆的地方。

燕伟平在船上担任大副时，有两年时间，在中国海洋石油集团有限公司和法国道达尔公司合资的海上浮式生产储油轮①（见图）"南海希望"号上任职。这是一艘经改装增加了原油处理装置的17万吨级苏伊士运河型油轮②，以单点系泊方式停泊在北部湾海域，接受采油平台输送的油气混合物，经脱水和将气态成分燃烧处理后的原油储存在货油舱内，并不定期接受其他穿梭油轮靠泊将所储原油驳出。船上除了专职船员外，还有近40名道达尔公司和中国海洋石油总公司的油田技术人员在船工作。这艘船上的最高"长官"不是船长，而是掌管包括采油平台在内的整个油田设施的生产总监。当然，涉及航海和船舶业务范围的事务还是船长说了算。这使燕伟平不但领教了海上石油行业的工作辛苦，也跟随法国道达尔公司船员学习到了国际石油同行的安全理念、管理模式和职业素养，开阔了自己的视野，充实了新的知识。更加重要的是，在与外国同行交往中，燕伟平深刻认识到英语作为一种国际交往语言，至关重要，必须不断学习掌握，提高自己与外国同行交往的能力。

像燕伟平这样从内蒙古出来的那一代人，以前在中学里几乎是学不了什么英语，而进入大连海运学院，对于英语的学习也仅限于初步。中法合资的"南海希望"轮，等于是一座浓缩的"地球村"，对燕伟平来说，是学习英语最好的语言环境，于是就此开始了他锲而不舍地学习英语的长跑。他白天跟着不同肤色的人大胆地聊英语，晚上拿起字典不停地啃英语，两年下来，竟有了神奇的进步，这就使他从语言运用上、从思维习惯上一下子无障碍地通向了天外。

燕伟平的性格中有一个特点，就是"迷"，而且是相当固执的"迷"，"迷"得忘乎所以，"迷"得昏天黑地。在敖汉旗开车，他是"车迷子"；大学

---

① 海上浮式生产储油轮（Floating Production Storage & Offloading，简称FPSO）是海洋石油开发的关键设施，主要用于海上石油、天然气等能源的开采、加工、储存、外运。配有工作居住的上层建筑及直升机平台。长期系泊于固定海域，能抵御大的风浪袭击。

② 苏伊士型油轮是油轮的一个级别，根据国际海事组织对液化气油轮规定来进行分级，不同级别的油轮的安全要求不同。苏伊士型油轮的船型是以苏伊士运河（Suez Canal）通航条件为上限，载重吨在15万~16万吨。

储油轮

毕业后开船，他成了"船迷子"。1991年，当"船迷子"当上船长后，他又成了"电脑迷"。20世纪90年代初，当时国内电脑的运用还很少。燕伟平敏锐地感到，国外的计算机发展普及，有朝一日会成为世界各行各业普遍的趋势。他止不住自己对计算机的兴趣和喜爱，率先自费买了一台电脑，研究和学习BASIC语言和编制程序，这在当时的中国船长中不说第一，也是罕见的。

对计算机的学习是为了运用。燕伟平船长在"平型关"轮上，根据船上配备的SHARP PC—1501微型计算机的特点，编制了一套简易的船舶货物配载计算程序，程序运行后，即开始人机对话，将原始数据输入并计算，输出和打印仅需几分钟，通过几个航次的实践，非常适合使用，大大提高了驾驶人员的工作效率，给货物装载前制订的配载计划进行预算和装货后的实际计算提供了很大的方便。他还将自己编制程序的思路和计算机运用操作特点、步骤发表在航海杂志上，供同行参考运用，对船舶的货运质量和安全运输提供了广泛而有力的保证。

至此，计算机成了燕伟平船长通向天外的工具。后来，他运用这工具，走向大连远洋运输公司的领导岗位；他运用这工具，搜索和整理来自世界的信息；他运用这工具，与世界航海界同行广泛联系；他运用这工具，参与创建中国首支液化天然气运输船队；他运用这工具，独立建立一个个数据库；他运用这工具，成为智能航运的探路人……

【第三幕】 天书

这是一部"天书"！

这是一部燕伟平船长眼中的"天书"！

这是一部已经升任大连远洋运输公司副总经理的燕伟平心目中的"天书"！

说它是"天书"，其实就是一份报告，一份由中国海洋石油总公司根据当时国家计委的指示，于1996年11月完成的《东南沿海地区利用液化天然气项目规划报告》（以下简称《规划报告》）。

然而，这份报告中的"液化天然气"5个字，如天空5道亮丽的闪光，激发了燕伟平无尽的思索。

天然气经脱水、脱烃和脱酸净化处理，再经逐级超低温冷却后以液体形式存在，称为液化天然气。天然气液化后体积大约缩小为原来的1/600，极大地节省了储存空间，为天然气的长途运输和大规模储存创造了条件。目前可以通过专用船舶或专用驳船实现散装LNG的海上或内河运输，也可以利用公路车辆和水上船舶装运LNG槽罐和罐箱。绝大部分的LNG最终被应用前还需要再加温再气化成为气态。因此，可以说天然气液化主要就是为了方便储存和运输。

国际上天然气主要的用途为发电和作为城镇民用燃料，少量用作化工和化肥生产原料，中国的天然气消费结构也在朝着这一趋势发展。

由中国海洋石油总公司1996年11月做出的《规划报告》，结合我国东南沿海广东、福建、浙江、上海、江苏等五省市地区经济发展和能源的需求情况，提出规划时段至2010年的建设LNG进口接收设施和购买国际LNG资源的可行性，并推荐在珠江三角洲、闽东南和长江三角洲三地建设LNG接收站的选址方案，同时建议接收站的初期建设规模为年接收量300万吨。

这一工作性的《规划报告》，为什么会被燕伟平视作能使眼睛一亮的"天书"呢？这得从燕伟平自身工作的变化说起。

原来，1995年1月，正值大连远洋运输公司陆地机关调整和充实有船舶管理经验的干部之际，燕伟平作为合适人选，被调任公司人事教育处副处长。数月后，调任油轮部副经理，继而任安监部经理。次年9月，又被任命为大连远洋运输公司副总经理，分管公司船队安全和液化石油气（Liquefied Petroleum Gas，简称LPG）船队的经营，以及LPG贸易和LPG大型储库项目筹建业务。在其主持公司LPG业务期间，曾组织以光船租赁模式引进两艘大型全冷式LPG船①，用于从事国际LPG海运经营和在香港从事LPG国际贸易与浮舱过驳业务。

液化石油气主要来源于石油加工提炼时的副产品，少量来自气田和油田伴生气。LPG作为一种烃类燃气，普遍应用于居民生活，其沸点为−42 ℃~−0.5 ℃，液化临界温度接近100 ℃，常温在加工条件下即可维持液化状态。与LNG比较，LPG有易维持液态、易储存和方便运输的优势。但LPG由于资源规模较小、生产和获得成本较高、安全性缺陷和排放质量低等因素，在作

---

① LPG（Liquefied Petroleum Gas，液化石油气）船主要运输以丙烷和丁烷为主要成分的石油碳氢化合物，还包括乙烯、丙烯、丁烯等一些化工产品。依据载运货物时的不同液化条件而分为全压式（装载量较小）、半冷半压式（装载量较大）、全冷式（装载量最大）。液化气船因其技术难度大，船价为同吨位常规运输船的2~3倍，是一种高技术、高附加值的船舶。

为燃料使用的领域已经逐渐被天然气所取代。

20世纪90年代初期，我国正处于由计划经济向市场经济转型的时期，以经营计划性油轮运输为主的大连远洋运输公司也遇到经营方面的困难。当时大连远洋运输公司以承运中国出口到日本的大庆原油的油轮经营为主，辅以散杂货船队海运经营。1995年，也即燕伟平刚刚从船上调到陆地机关工作的第一年，中远集团决定将大连远洋运输公司所属的油轮转移到中国香港和美国经营。此时的大连远洋运输公司，在新任总经理赵云保主持下，确立了以发展LPG船队、LPG舱储及贸易为主，以经营散杂货船队为辅的公司发展战略，积极开展LPG购、运、储、销的一条龙经营服务。

大连远洋运输公司自1996年初开始，启动在珠海外小万山岛建设LPG大型储库项目的可行性研究和筹备工作，并利用所属小型LPG船在南方沿海各地开展LPG贸易业务。小万山岛LPG储库项目在1997年底获得国家计委的立项批准，成为当时珠海地区唯一的被政府主管部门批准的LPG大型储库项目。燕伟平也在此期间完成了他的在职申请硕士学位的论文——《中国液化气运输市场分析与船队发展的研究》。

由于市场等各种情况的变化，中远集团最终放弃了珠海小万山岛LPG储库项目的建设实施。LPG储库项目的搁浅，国际LPG贸易业务也不尽如人意，加上公司总经理赵云保的升职调离，大连远洋运输公司的"LPG一条龙"业务再也没有形成气候。

虽然，当时LPG储库经营"惨淡"，但是，它却让燕伟平从LPG向LNG的跨越，打开了一扇方便之门。

LNG与LPG的英文缩写仅一字之差，在20世纪90年代，国内大部分人对这两种液化燃气的区别并不是很清楚。然而恰恰燕伟平在从事LPG业务的同时，却较早地接触到了LNG。

那是1997年1月，因大连远洋运输公司要与珠海方面协商小万山岛LPG储油库项目，燕伟平坐在合作方的会议室安然地等待合作方总经理的到来。突然，门被推开，迎面走进来的人燕伟平觉得有点熟。哦，想起来了：

"你以前是不是演过电影？"燕伟平问。

"你怎么知道？"

"对了，肯定是，你是演电影《小兵张嘎》中的那个'小嘎子'！"

"是的，我叫安然。"这位叫安然的点头道。

"小嘎子，你怎么在这儿？"

"早就不演戏喽，就做点实际的吧。"安然爽朗地回答。

"看来，我们都是内蒙古昭乌达盟的老乡，我叫燕伟平。"

说着，两位小老乡的手紧紧地握在了一起。

他乡见老乡，别说有多么亲切和欢畅："拿酒来，喝他个一醉方休！"杯酒倾情，碰杯热肠，两人谈到LPG项目，安然讲到，珠海广东LNG接收站已经提及国家正在布局的LNG的层面，有可能对LPG储库的远期经营造成影响云云。乡音平缓，无丝毫惊人之语。这也是燕伟平第一次听到储油库联系到国家LNG的信息，这信息如同一颗石子在他的心中激起了一泓久久荡漾的波澜。

LNG，这不就是一个巨大的关于液化天然气的项目链吗？燕伟平知道，一个典型的LNG项目包括气田的勘探和开发、陆上管道运输、天然气液化输出站（包括天然气处理和液化设施、LNG储罐、装船设施和码头）、LNG海运船舶、LNG接收站（接卸码头、LNG储罐、再气化和加压输出装置）、陆上管道运输、终端用户（电厂、工厂用户和居民等）等生产和输送设施的建设和运营。目前，大连远洋运输公司正面临油轮运输被转移出去、LPG储库项目未料的情况，如果能从LNG项目链中承揽海运船舶业务，那不仅对大连远洋运输公司，乃至对整个中国航海业与造船业的提升，将有多大的价值和意义啊！

想到这里，燕伟平觉得热血开始沸腾了，一个巨大的LNG项目链的蓝图似乎正在他眼前展开，只是这蓝图究竟在哪里，他还不知道，他还要去探寻。

燕伟平知道"小嘎子"很嘎，因为在内蒙古生活，性格很直，骑马打枪什么都会。临走时燕伟平借着酒意笑着对"小嘎子"说：

"你不是八路军的小侦察员吗？以后有什么LNG的信息，要及时和我通报的哦！"

"是！"

"小嘎子"做立正敬礼状，脸上又泛起了孩提时淘气的笑容。

此后，燕伟平就成了LNG项目链的孜孜不倦的追梦人。

机会，不，是一份"天书"，终于降临到了一个有准备的头脑和一双善于发现的眼睛中。

1997年年中的一天，燕伟平来到中远集团。武文勇——时任中远集团船舶规划处的一名科级职员，尽管他后来离开中远集团另谋高就，但这个人的名字一直记在燕伟平的心中。因为小万山岛LPG储库项目的工作需要，燕伟平经常去武文勇的办公室拜访。这天武文勇从办公桌上拿起一份总裁办公室转来的文件，对燕伟平说："这是中海油关于进口LNG的规划报告，转给中远参考和提意见，可能对大远公司有用，你拿回去看看。"燕伟平接过文件，即被封面上《东南沿海地区利用液化天然气项目规划报告》这一行字吸引住了。

这就是"小嘎子"说的我国东南沿海地区正准备布局的LNG项目链的蓝图吗？这就是我日思夜盼的"天书"吗？真是踏破铁鞋无觅处，得来全不费工夫！燕伟平真想不到，这份"天书"竟然会这么轻而易举地从中远集团的总裁办公室，滑落到中远集团船舶规划处，又滑落到自己手中。要不是自己接手，这份"天书"又不知要滑落到哪里呢？

尽管在开展LPG贸易和LPG储库筹建业务中已经对中国引进LNG的规划有所耳闻，但燕伟平在看到这份规划报告后，还是被报告中的信息所深深吸引：一是了解到中国天然气市场的广阔发展前景；二是看到开发LNG海上运输业务的机会。作为中国航运业的从业者，强烈的责任心和使命感在促使和激励燕伟平，犹如战鼓催征马上飞，他激情澎湃，暗下决心，要抓住这个历史机遇，全力以赴，坚定不移地投身到LNG海运项目的开发中。

想到这里，燕伟平小心翼翼地将《规划报告》放进自己的公文包，然后又拉紧拉好拉链，生怕武文勇脑子一转又要了回去。随着一声"谢谢"，马上一溜烟地就走出了武文勇的办公室。

一路上，燕伟平紧紧地抱着公文包，怕就怕"天书"从公文包中飞走。

回到大连，燕伟平想立即将《规划报告》送交时任大连远洋运输公司总经理赵云保，待走到总经理办公室门前，又觉得不妥，马上退了出来。万一这份"天书"放在总经理办公室后失落了，又怎么办呢？他想了一下，觉得还是先复印一份留存在自己这里为好。果然，1998年5月，赵云保离任赴京去中远集团高就，吕占雄接任总经理。而这份"天书"呢？没有交代啊，又到哪里去找啊？幸亏有复印件在，燕伟平又赶紧照着复印件复印了一份交吕占雄，并专门向吕占雄汇报国家进口LNG的规划和LNG海运业务的机遇情况。汇报完毕，燕伟平又将这份"天书"的复印件锁进自己办公桌的抽屉。此后，原件不知所终，"天书"的复印件却保存至今。

是的，民间传颂汉初谋臣张良得黄石公《素书》为"天书"。而如今，这份《规划报告》，成为引领燕伟平致力于LNG这个行业的启蒙之书。在燕伟平心中，它就是一本"天书"。

是"天书"，就要落地。

自1998年初，国家计委、广东省和中海油已经开始启动广东进口LNG试点项目的推进工作。在燕伟平和招商局有关人员直接组织和推动下，大连远洋运输公司和招商局运输开始与各方接触，广泛开展LNG海上运输的学习、推动、交流和游说活动。双方的目标是一致的，就是在中国广东进口LNG试点项目的进程中，中国航运业应扮演的角色不能缺位。作为从事油轮和LPG船远洋运输的大型国企，要填补中国海运LNG运输上的空白，在中国海运史上写下浓墨重彩的一笔。

联合才能形成合力。1999年6月1日，中远集团和招商局在大连举行会议，议定成立中远、招商集团LNG海上运输项目领导小组和项目工作小组。

这个项目领导小组成员的构成很有特点，由职务低的下级任组长，职务高的上级任组员。实践证明，这种机制很有效，在以后相当长的时间内，领导小组组长和工作小组组长共同参加有关的项目活动，有关事宜当即决策。而燕伟平被委任为项目工作小组组长，标志着他成为中国LNG航海运输项目中的焦点人物。从此，中国LNG航海运输成为燕伟平毕生的追求。

放眼世界，LNG航运发展的历史画面在燕伟平眼前一一掠过：

1915年，美国人加尔费雷·卡伯特（Galfrey Cabot）提出一项名为"内河驳船液化气体装卸和运输"的专利。

1951年开始，由威廉·伍德·普林斯（William Wood Prince）领导的位于美国芝加哥的联合堆场和运输（Union Stock Yard and Transit）公司，研究和试验利用驳船装满内有LNG的容器，从产地路易斯安那州经过密西西比水路运抵芝加哥的方案。随着研究的深入和其他参与者的加入，他们认为开展长距离的LNG海运更具有商业吸引力。

1954年，挪威的奥文德·洛伦岑博士（Dr.Oivind Lorenzen）设计了使用球形货舱技术的LNG船舶。

1955年，普林斯与俄克拉何马州的大陆石油（Continental Oil）公司合作成立了诺斯底克国际（Nonstick International）公司，共同研究和开发了LNG海运方案项目。在众多公司参与下，他们选择一艘二战时期船名为"Normarti"的货船，在位于莫比尔的亚拉巴马干坞和造船厂进行改造LNG运输船的工程。世界上第一艘LNG船——"甲烷先锋"号由此诞生。

1959年1月28日，"甲烷先锋"号装载约5000立方米LNG货物，从美国路易斯安那州的莱克查尔斯起航，于2月20日抵达目的地英国的肯维岛。此后该轮进行了6个航次的试验性运营。尽管"甲烷先锋"号运载LNG是一次海运试验，不属于实际的商业活动，但其开创了世界海上LNG运输的先河，验证了LNG船舶海运的安全性，它的诞生使得大规模的天然气实现长距离海运成为可能。

1964年，随着阿尔及利亚气田开发和天然气液化输出站的建成投产，采用与"甲烷先锋"号同样的独立支撑方形货舱设计的"Methane Progress"号和"Methane Princess"号在英国建成交付使用。这是历史上第一个LNG海运商业项目，也是天然气液化输出站、船舶和接收设施同时建成投产的LNG供应链一体化项目。

1965年，由法国第一次建造的LNG船——"Jules Verne"号，采用独立支撑圆筒形货舱设计，7个货舱，总舱容25840立方米，建成投入阿尔及利亚至法国航线运营。

1969年，太平洋地区的第一个LNG销售合同由美国的Phillips Marathon公司与日本公司签订。

20世纪70年代开始，美国政府鼓励美国船厂建造LNG船，此后有16艘LNG船在美国建造完工。

20世纪80年代以前，LNG造船由美国、法国、联邦德国及挪威等少数欧美国家垄断。

此后，日本很快成为建造LNG船舶的竞争者。1982年，川崎重工建成交付日本建造的第一艘LNG船。在接下来的10年时间里，世界上几乎所有的大型LNG船舶都在日本的船厂建造，并且全部采用Moss球罐形货舱结构[1]。

1994年，现代重工建造韩国第一艘LNG船"Hyundai Utopia"号。世界LNG造船的重心就此转向日本和韩国，世界造船技术得到了极大发展。

……

回望世界LNG海运发展历程，燕伟平痛感，对于中国航运界而言，这还是一个全新的概念和领域。我们要承认落后，要走出去、请进来，主动向国外有经验的专业机构学习，奋起追赶。

日本和韩国是LNG进口和造船大国，它们在引进LNG能源的同时，推动了LNG航运和船舶建造业的发展。要了解LNG航运和造船业的发展现状，就要学习它们的成功经验。以燕伟平为组长的项目工作小组在国家计委的指导和建议下，开始拟定详细的考察提纲，筹划并实施考察活动。

1999年11月，考察团先赴日本和韩国。其间，有一个场景给了燕伟平和

---

[1] Moss球罐形液货舱概念是由挪威Moss Rosenberg造船公司于1970年提出，即采用强度较高的球形罐作为液舱主屏蔽，随后该公司被Kvaerner公司收购并由其取得专利。因此，安装Moss球罐形液货舱的LNG船通常称为Kvaerner Moss LNG船。

考察团留下深刻印象。

那是参观东京瓦斯公司在演示LNG样品时出现的一幕：一名工作人员将冒着白气的不锈钢罐拿进室内，将其中的LNG液体直接倒入桌子上的透明开口大玻璃杯中。杯中的LNG液体看起来与一杯水相比无任何特别之处，液体表面如开水一般在冒气，只不过冒出的气是白色的。随后，工作人员将一个小橡皮球放入LNG液体中，稍后取出，扔在地上立即摔成碎片。又将一朵鲜花放入，稍后取出，花色保持艳丽不变，但稍碰即碎。考察团成员说，听说将金鱼放入LNG液体，取出后过一会儿还能活着。东京瓦斯公司的工作人员说，过去曾做过这种演示，但出于保护动物的要求，现在已经不再做这样的实验。

随后，工作人员将一个带有集气管的罩子罩在玻璃杯上，在集气管口处点燃从玻璃杯中蒸发出来的天然气。在双方交流的过程中，这个燃烧的火苗一直在持续。拜访活动结束，玻璃杯中还剩余一点LNG没有蒸发完，工作人员最后拿起杯子随手将玻璃杯中剩余的LNG直接倒在水泥地上，地面上立刻升腾起白烟，残留的LNG蒸发殆尽。这个演示给了考察团成员一个感性的认识，LNG并不如想象中那么可怕，即使暴露在空气中，它的蒸发也是温和缓慢的。

亲临现场的考察，使燕伟平和考察团看到了铺展在他国现实海运中的一份"天书"，一份值得中国航运界学习和借鉴的"天书"。现在最关键的是，在对日、韩两国LNG运输政策的深入了解后做出我们的综合分析，拿出适合我国发展实际情况的实施意见和建议。

【第四幕】 天意

按照计划，考察团结束对日、韩两国的考察，离开仁川飞赴香港。不承想在仁川机场发生了一段小插曲：办理登机手续时，突然发现没有了国家计委经济预测司副处长胡卫平的预订座位。经沟通得知，因一行人中有胡卫平和燕伟平两个"Weiping"。恰巧，燕伟平在参加工作之前叫的就是"燕卫平"。当时受流行"保卫和平"口号的影响，有很多人取名叫"卫平"。后来燕伟平觉得叫"卫平"的太多，在当年去公社上班当汽车司机那会儿就改用"伟平"这个名字。但不知什么原因，燕伟平持有的大连海运学院毕业证书上的名字仍是"燕卫平"。想不到此时航空公司没有仔细核对，以为是同一人，自作主张取消了其中的一个。这样，胡卫平就没了座位。

这个胡卫平，在国家计委的工作岗位上，一直致力于积极推动和支持LNG项目。燕伟平清楚地记得，他第一次去国家计委拜访胡卫平是在1999年2月11日。燕伟平少有机会进到部委级别的国家政府机关办公室，那天他看到胡卫平所在办公室办公设施之简陋和空间之局促让他深感意外。燕伟平也就此充分理解了外界关于"地方官员去了连个座都没有"的传言。胡卫平似乎对燕伟平的到来有所准备，除了详细介绍广东LNG试点项目的情况外，还介绍了有关领导对中国造船和运输的有关指示内容。这次拜访让燕伟平认识到，政府主管部门对中国企业参与LNG运输的支持，这件事大有可为，大有希望。

这是两个"卫平"的第一次见面。胡卫平认真、严谨和直率的工作作风给燕伟平留下了深刻印象。两个人可能谁也没想到，自此便开始了两人在中国LNG运输项目上长达14年的工作合作历程，直到2014年胡卫平正式退休离任。

此刻，燕伟平听到胡卫平没有上飞机的消息，比胡卫平更着急。还好，航空公司在起飞前及时做出调整，弥补了失误，胡卫平得以顺利登机。两个"卫平"转忧为喜，带着笑颜和考察团成员同机飞赴香港。

在香港停留期间，胡卫平立即组织考察团成员对考察活动进行总结，撰写考察报告。

考察报告写道：

发达国家通过引导方式使本国航运企业参与LNG运输，发展中国家则通过政府的政策协调实行国家控制的LNG运输。

考察报告以非常明确的语言指出：这次调研考察表明，采取FOB（离岸价格）①贸易合同条款，组建由中方控制的合资公司承担中国LNG运输任务，对于用户可以做到经济安全和确保服务质量。因此，该项目立项后，建议抓紧开展对《中国进口LNG项目海上运输预可行性研究报告》的评审工作。

考察报告拟定后，由胡卫平呈送国家计委。

然而，1999年4月，另一个公司也向国家计委呈报一份请示，则是对

---

① FOB英文全称Free on Board，即离岸价格，亦称船上交货价格，是国际贸易中常用的术语之一。它是指卖方在合同规定的港口把货物装到买方指定的运载工具上，负担货物装上运载工具为止的一切费用和风险的价格。也即从起运港到目的地的运输费和保险费等由买方承担的价格。

LNG运输提出了另一种意见：

我国尚不具备液化天然气运输经验，运输风险大，难以保证安全稳定供气；

参考以往国际经验，日本、韩国起步阶段都是采用到岸交货，由卖方承担运输责任；

建议我国起步阶段采用到岸交货方式，再逐步组建我国船队，采用离岸交货方式。

以上意见用通俗的话说，就是LNG货物让人家运上门，我们不要管运输。

在重大决策之前，不同意见开展讨论和交流，这非常正常。

1999年7月7日，国家计委经济预测司致函交通部，希望交通部就进口液化天然气运输问题组织"平行研究"。所谓平行研究，就是与进口LNG站线工程项目同时，同步研究LNG的运输方案。由此，平行研究LNG运输方案就成为以燕伟平为组长的中远/招商局LNG运输工作小组的首要工作任务。

此时，燕伟平负责的大连远洋运输公司LNG项目筹备办会同大连海事学者，在日商公司的协助下，共同编写了《中国进口LNG项目海上运输可行性调研报告》。经过讨论，燕伟平为组长的LNG运输项目工作小组对此报告又进行了补充和完善。经过半年的时间，送走无数黄夜的灯光、无数次键盘的敲击，终于完成《中国进口LNG项目海上运输预可行性研究报告》的编写。

2000年4月13日—14日，交通部受国家计委委托，在江西九江召开《中国进口LNG项目海上运输预可行性研究报告》专家评审会。来自交通部、中国国际工程咨询公司、中国海洋石油总公司和广东省计委等单位的11名专家参加评审。

燕伟平在汇报中重点提出：LNG项目中国不可缺位，采用离岸价格（FOB）才能保证中国承担LNG运输。

两天的评审会议，专家们头一次看到如此详尽、调研深入、立论有据的《中国进口LNG项目海上运输预可行性研究报告》，对此充分肯定。认为报告达到立项要求的内容和深度，以中国航运为主组织LNG项目运输，符合国家整体利益。

评审会结束后，燕伟平和LNG运输项目小组成员的身心稍感轻松。然而，专家评审的书面意见尚未拟就；即使专家评审的正面肯定意见上报交通部，交通部是否会同意？即使交通部同意将评审意见提交国家计委，国家计委是否会批准？中间是否又会有另一种声音发出？是否又会出现反复？留给中国追赶世界LNG海上运输的时间实在不多了！

燕伟平期望心切，疑云难释。

趁着会议的空隙时间，燕伟平和他的同事们游览了庐山西林寺。

4月的庐山，宛如一幅绚丽多彩的画卷，山花烂漫，春意盎然。站在山顶，可以欣赏到四周云海翻腾的壮观景象，仿佛置身于仙境之中。而山间，各类花卉竞相绽放，为庐山增添了无尽的生机与活力。所谓"人间四月芳菲尽，山寺桃花始盛开。长恨春归无觅处，不知转入此中来"，就是唐代诗人白居易在四月天来到庐山西林寺，不意间遇上一片刚刚盛开的桃花而展示的惊讶与欣喜。

从香炉峰下的西林寺看庐山，可以说是独特的苏轼视角。在这里从正面看，庐山山岭连绵起伏；从侧面看，山峰高高耸立。而从远处、近处、高处、低处看庐山，庐山又呈现出各种不同的样子。所以北宋大诗人苏轼曾在此挥笔《题西林壁》诗："横看成岭侧成峰，远近高低各不同。不识庐山真面目，只缘身在此山中。"其中的"不识庐山真面目"一句，极具哲理。

庐山西林寺，底层南北开门，正门向南。塔身向南每层门顶上皆有题额，底层至七层分别为千佛塔、羽室才、金刚、灵就来、无上法、聪雨花、无明藏。塔为空心塔，外形崔巍，高耸峭立，为西林寺的标志。

燕伟平一行人走进寺内，发现这个寺庙提供给游客一个"数罗汉"的游戏，可以按照个人的年龄数数到一个罗汉，再按这个罗汉的号数出门查册。对应每个号数在册子上可以查到一首四句七言诗。

此时燕伟平一行的心态正有一种"不识庐山真面目"的茫然，于是便忐忑不安地参与了这个游戏。

在"数罗汉"牌前，众人推着曲志岩上前先抽签。曲志岩是项目小组负责编写预可行性研究报告的"秀才"，拗不过大家，只能抖抖索索上前，抽得七言诗一首。众人问，上面写着什么？曲志岩看后朝天仰笑，然后慢慢摊开手，只见末句为：双手走笔写春秋。众人看后均点头，大笑，齐称恰如其分，服了。

轮到燕伟平了。只见他闭住眼，口中念念有词，众人也听不清他叨咕什么。猛地，他从"数罗汉"牌中抽出一签，看了一眼，然后又赶紧将手合拢，似乎不敢再看。过了一会儿，他又背着众人，悄悄睁开眼，一字一字地看，只见诗的最后一句写道：天下大事皆可成。

天意也！

大家围上前喝彩，将燕伟平紧紧抱住，都说燕总抽得了上上签，一时乐得前仰后合，朝着西林寺众罗汉拱手行礼，笑语着走出寺院，显得分外轻松。

果然，自这次庐山专家评审会以后，燕伟平期盼的LNG海上运输项目一顺百顺。

2000年4月18日，交通部向国家计委提交《关于报送〈中国进口LNG项目海上运输预可行性研究报告〉评审意见的函》，交通部在函中指出：

中国是世界航运大国，中国最大的航运公司——中远集团和招商局集团具有丰富的海上运输、经营和管理LNG船和超大型油轮船队的经验，已具备承担LNG运输的实力。

2000年9月26日，国家计委产业发展司印发《广东LNG项目试点工作第五次协调会议纪要》。《纪要》确定总的原则是：以我为主，遵循市场经济规律和国际惯例，以具有竞争力的价格和优质服务承担LNG服务。

2001年1月，燕伟平作为LNG运输项目筹备办主任参加国家计委召开的资源招标协调会议。

2001年4月18日，燕伟平代表中远集团和招商集团分别与卡塔尔Ras Gas签署《运输合作协议备忘录》，19日分别和BP航运①、澳大利亚LNG签署了协议。

不过，燕伟平心里明白，这不仅是什么"天意"，真正推动中国LNG海上运输项目启动和发展的，是我们伟大的国家意志和国家力量！

在LNG海上运输谈判期间，以燕伟平为主任的运输筹备办精心安排日程，特别注意接待的方式。各资源方团队每次来蛇口谈判都享受了同样的款待——去蛇口"东北人"餐馆吃一次东北大餐，喝一壶东北小烧。一来东北菜便宜，二者喝酒畅怀，随客人大呼小唤，尽兴而止。燕伟平在内蒙古乡下长大，喝烧酒、行酒令，那是酒到随来。外国人不会划酒吆喝，也不懂那行酒令是啥玩意儿。但燕伟平会想着法子调节喝酒的气氛。他手捏一把牙签，轮着每人猜出其中的根数来决定谁喝酒，猜中者即可以立出新的规矩或让其他人陪酒同饮，猜牙签使酒桌上的欢声笑语，一浪高过一浪。

商务谈判是枯燥而艰苦的。在谈到船舶建造期投资方的投资本金利息和成本数额时，双方往往在各自给出的数额上僵持不下，但又不能以充分的理

---

① BP航运公司是指英国石油公司（British Petroleum）下属的航运公司。其前身是1915年成立的英国油船公司。1951年，全球首艘超级油船"British Adventure"号在BP航运公司服役。20世纪60年代，BP航运公司研发了惰性气体系统，极大地提高了油船的安全性。如今BP航运公司已发展成为世界最大和最具环保意识的航运公司之一。

海魂——走近中国远洋船长

由说服对方。燕伟平说，他没想到，澳大利亚LNG运输项目租船合同主谈人尼克·哈里森（Nick Harrison）先生，受到在"东北人"餐馆喝酒猜牙签游戏的启发，摸索着找出两根牙签放在手中，要对方猜根数。他说，让牙签数字成为"天意"吧。他提议，如猜中就按甲方数值计，猜不中则按乙方数值计，使之成为促成双方达成一致的简捷沟通方式。

啊，世上还有如此谈判方式，那酒有味！

【第五幕】　天灾

2003年北京的初春，带着几分羞涩与矜持，悄悄地在大地上铺开了一幅温婉的画卷。这个季节，天气如同少女的情绪，多变而又充满惊喜。

早晨，当第一缕阳光穿透薄雾，轻轻拂过沉睡的城市，空气中弥漫着一股清新而又略带寒意的气息。街道两旁，光秃秃的树枝似乎一夜之间就冒出了嫩绿的芽尖，宣告着春天的到来。然而，晨风中仍夹杂着冬日残留的凉意，让人不禁紧了紧衣领，却也感受到了那份久违的生机与活力。

该年的初春，燕伟平在北京有点忙。

受国家发改委的委托，2003年4月11日—13日，中国国际工程咨询公司组织专家对《广东LNG运输项目可行性研究报告》进行评估论证，评估论证会在北京国务院第二招待所举行。

4月15日—17日，中国国际工程咨询公司接着在国务院第二招待所举行广东进口LNG站线项目可行性研究评估会。作为运输项目方的代表，燕伟平等又被邀请参加这次评估会。

然而不料，在此期间，一场震惊中外的公共卫生疫情正在蔓延。

根据后来媒体披露的消息，与国务院第二招待所一路之隔的北京大学人民医院在4月5日发现第一例非典患者，至18日已经确诊20多名非典病人，24日宣布医院整体隔离。工作人员、病人、陪住、医院家属楼和其他人员共1554人全部滞留在医院观察。

燕伟平等参加评估会的人员，满脑子都充斥着LNG，对正在北京蔓延的非典疫情浑然不知。4月17日，燕伟平等结束在北京的活动返回大连。才得知大连已经开始对从北京和广东等地返回大连的人员要求留家观察两周。

国家对疫情的控制措施导致在出行方面有些限制，全国其他地区都对来自北京和广东的旅行人员做出观察和隔离等规定。这下燕伟平可以老老实实在大连待着了吧？可不，燕伟平反而将其看作是方便他在北京和深圳之间开展的沟通和交流。他奔忙于广东沿海和交通部、国家计委审核部门，储库项目、LNG项目的进展都在脑中，一刻不停。待疫情结束，中国国际工程咨询公司于7月18日完成《关于〈广东LNG运输项目可行性研究报告〉的评估报告》，并呈报国家发改委。

2003年12月8日，一份应写入中国航运发展历史史册的文件——《印发国家发展改革委关于审批〈广东LNG运输项目可行性研究报告〉的请示的通知》，由国家发改委发出。自此，燕伟平期盼的LNG运输项目全面进入实质性的公司筹备和组建阶段。

但人生如戏，天灾与人祸往往使人始料不及。

这一年的9月，燕伟平遇上了一件令人哭笑不得的事情。

9月28日，燕伟平作为兼任的福建运输办主任，参加福建省发改委召开的"福建LNG项目运输及可行性研究工作协调会"。会议开得很成功，大事件件得到落实，非常鼓舞人心。当天晚上，参会人员聚餐。福建的地方官员善劝酒，燕伟平豪情上涌，推杯换盏，喝得大了。第二天早上起来，仍感觉昏昏然。突然，床头柜电话铃响起，接听是一个福建口音的男子：

"哈哈，你猜猜我是谁？"

燕伟平想到昨天见过的省计委潘处长，即问：

"你是潘处长？"

"是呀，昨天看你不像喝多了，连我的声音都听不出来，哈……"

燕伟平一听是福建省计委潘处长，不敢怠慢，连问有什么指示。

"潘处长"说："没什么指示啦，就想请你一起吃个早餐，顺便聊聊。"说他一会儿派司机来接，请留个手机号码给他。

燕伟平不假思索，连忙将手机号码给了"潘处长"。

一会儿，一个电话打进来，叫燕伟平到酒店门口等。

刚放下电话，电话铃又响了起来，对方说路上堵车，要燕伟平自己打车去另一家酒店。

燕伟平听后有些不快，怎么要我自己打车？他心中狐疑，很不情愿地叫了车。

打车到后发现是个类似招待所式的酒店，只见一个瘦高个男子迎了上来，认对人后说潘处长叫他来迎，说着就要接过燕伟平手里的提包，说包先放在车上，上去吃饭轻松些。

岂不知燕伟平有个习惯，装笔记本电脑的手提包从不交给别人。

婉拒后，燕伟平随来人行至二楼，一眼望去，见陈设简陋的餐厅内只有两个服务员在收拾残羹剩饭，既不见潘处长，又无丰盛早餐。燕伟平心中暗念不妙。这时，燕伟平的手机再次响起，"潘处长"在电话那头询问是否见到来人，并说请将电话交给那人有事相告。此时，燕伟平恍然大悟，这种骗手机的小勾当早就听说过，转而回复道："手机给他还能还我吗?!"再回头时，那人早已转身开溜，瞬间没了踪影。

后来与真的潘处长谈及此事，潘处长听后哈哈大笑，"猜我是谁"的骗人伎俩在福建人人皆知，缘何还会上当？燕伟平自省，满脑子都是LNG的"无头绪"，已经近乎不食人间烟火了。想那帮江湖毛贼，就想骗个手提包、手机的，假如那个餐厅里埋伏下几个江洋大盗，那还不乖乖就范呀！嘿，昨夜乘兴，残酒未消，险些上当，想想冷汗一身。

时间的巨轮一刻不停地驶过。燕伟平在大小各种会议、谈判、研讨、请示、申报中一步步推进着LNG项目的发展。不料，又一场"天灾"在一步步地逼近燕伟平。

这些天，燕伟平的工作节奏越来越快，根本停不下来：

2004年10月12日上午，燕伟平在北京面见胡卫平，商议10月在福建召开LNG运输合同研讨会的有关安排。

下午，燕伟平参加中远集团接待日本邮船的来访活动，商谈船员培训、船舶监造①和船舶资源共享事宜。

当天午夜，燕伟平飞回深圳。

第二天上午，燕伟平即主持召开新成立的中国液化天然气运输（控股）有限公司（英文简称CLNG，以下简称CLNG）周例会，安排有关工作。

连续往返，舟车劳顿，加上主持了一上午会议，燕伟平感觉有些疲劳。

午后，他斜靠在办公室椅子小歇。

多少时间没有这样在椅子上小歇了！这些天来来回回到底做了什么？燕伟平突然觉得想不起来了。

他只想睡，就这样迷迷糊糊地睡去，什么也不想，什么也不做……干脆躺下吧，唉，这办公室也没地方躺啊。又醒了，这脑袋怎么这样沉。想到下午还有好多事，他赶紧起来，先上洗手间小解。

---

① 船舶的建造是一个庞大而复杂的系统过程，船东和船级社都派出了自己的驻厂监造代表，从下料起，负责在船舶建造的整个过程中检查船厂执行合同的情况及船舶的建造质量和试航，与厂方协商解决生产中出现的问题，这就是船舶监造。

突然，站立在便池前，燕伟平突然觉得眼前一黑，"扑通"朝后摔倒在地，乃至昏迷不醒。

同事发现后急忙叫来救护车，救护人员十几分钟后抵达。

此时，燕伟平开始醒来。

同事问他怎么样？他说除了稍微有些头痛，并无特别的不适。

同事说，关于LNG的会，上午已经开了，你安心上医院吧。

他说，LNG的事怎么说得完，不必去医院了。救护人员只得悻悻离开。

到下午3点，燕伟平感觉头痛加剧并伴有恶心呕吐。这下，同事们根本不再听他说什么LNG了，立马开车将他送入医院。

经医院检查，燕伟平被诊断为因摔倒时头部触地，导致颅内蛛网膜下腔出血。

没有此病经历的人，不能体会脑颅内出血导致颅压升高那种让人难以承受的剧烈头疼。有的病人疼极难受甚至用头撞墙。其间燕伟平最期待的治疗，就是在脊骨处抽脑积液，抽过后脑颅压下降，疼痛消失，这样他或许还能想些LNG的什么事儿。

当然，抽脑积液并不仅是为了降颅压，更是为了检查颅液中是否还含有持续性的出血。

英雄气短，难道灾祸临头出师未捷身先死吗？燕伟平食不甘味、夜不能寐。

燕伟平，你不能倒下！

国家计委的胡卫平受领导委托，专程从北京来深圳探望。LNG海上运输是国家既定项目，上面有各级领导的支持，有中远集团、招商局集团及双方组成的项目领导小组的坚强领导，但千条线、万条线，都要通过你这个项目工作小组组长的针孔穿行组合啊！

燕伟平，你不能倒下！

中国海洋石油总公司的领导带了一群部下，从惠州赶到深圳南山医院问候。中国海洋石油总公司承担的LNG进口及站线建设与LNG海上运输，是不可分割的整体，"国货国运"已经成为各方的共识。在LNG项目进展的关键时刻，站线方有多少问题需要与运输方进行磨合啊！

燕伟平，你不能倒下！

中远集团与招商局集团的兄弟们围坐在燕伟平病床旁，轻轻地呼唤着。他们都知道，发展中国家LNG要建立一支全新的海上运输船队，那是何等的大工程！要实现这样的大工程，矛盾困难如雄关漫道，光有壮心空喊口号不行，需要脚踏实地，全身心地投入。多少个日夜，燕伟平如同春天里穿梭展翅的新燕，啄泥沾血筑巢；他也像巨幅刺绣绷架前的绣工，胸装蓝图，修改、设计，细密地穿起千针万线……而为了创建和推进中国LNG海上运输的目标，兄弟们被你汇聚在深圳，成立了中国液化天然气运输（控股）有限公司，面前还有多少开创性的事情等待我们去面对，去探索，去解决？任重而道远，中国首支液化天然气运输团队还等待着我们去创建呢。

燕伟平，你不能倒下！

躺在病床上，忍受着脑颅撕心裂肺的疼痛，燕伟平也默默地对自己这样叫唤着。双眼迷离中，他似乎看到了胡卫平正在国家计委狭小的办公室投入地撰写报告而熬红了眼睛；他似乎看到了中远集团与招商局集团领导对他投来信赖的目光；他似乎看到了昔日在内蒙古昭乌达盟敖汉旗漫天的风沙中，母亲捧着珍藏多年的高中课本颤巍巍地从学校走来的身影；他似乎又看到了高高飘浮在天空上的气球，那追着赶、追着跑的寄托他无限梦想的气球……当梦想即将来临，当再跳一跳就能摘下梦想的气球的时候，燕伟平，你怎么能倒下？

不，我燕伟平是不惧风浪的船长，我要重新站起来，站直了，驾驶着中国LNG运输这条大船，重新出发！

幸好，最终医生、专家仔细看了片子、分析病情，确定燕伟平的这个脑出血是摔倒后所致。用燕伟平自己的话理解，如被拍了一块板砖。如果是先出血而导致摔倒，那性质就变了，燕伟平也就可能从此告别他所热爱的事业了。

至于是什么原因导致晕倒的，医院并没有给出确切的答案。北京的一位院士级医学专家建议，燕伟平以后上洗手间须找个有依靠的位置，避免再发生如厕时摔倒的意外。

燕伟平后来阅读了一些医学书籍又了解到：排尿晕厥又称小便猝倒，俗称"尿晕症"。主要表现为人们在排尿时一时意识短暂丧失而突然晕倒，主要是由于血管舒张和收缩障碍造成低血压，引起大脑一时性供血不足所致。排尿晕厥多见于中老年男性，常常突然发生，都无先兆。所以要避免疲劳过度，特别注意醒后不要突然起立，动作缓慢，排尿不要过急过快，更不要用力过大，防止反射性低血压引起脑缺血。

医生告诫燕伟平，出院后，暂时不能坐飞机，也不许在无板壁处方便。为此，原来计划的LNG运输合同关系研讨会只能推迟。

无论怎样，燕伟平庆幸：昔我折腰日，人祸未蔓延。

11月6日，燕伟平出院立即返回办公室。告别了"天灾"，在LNG运输项目的战场上，他又成了一条好汉！

【第六幕】 天友

燕伟平清楚地知道，中国作为发展中国家，要启动和发展LNG，必须站在巨人肩上。

巨人在哪里？

2003年，澳大利亚西北大陆架（Australian NWS）项目被选定为广东试点LNG项目资源方后，即自动成为运输项目合作方。

2003年3月18日，澳大利亚LNG通知广东项目运输联合办，确定指定BP航运与中国液化天然气运输（控股）有限公司合作成立LNG船舶管理公司，为广东LNG运输项目船舶提供船舶管理服务。

2004年9月21日，燕伟平代表中国液化天然气运输（控股）有限公司，与BP航运首席运营官在深圳签署了中国液化天然气船务（国际）有限公司公司股东投资协议。根据各方共识和公司组织方案，燕伟平任公司董事长，总经理由BP航运公司选派任职。

BP属国际知名石油公司，旗下的BP航运是专业航运公司。BP为了满足其全球油品海运贸易的需要，拥有和控制规模较大的油轮、LPG和LNG船队，其在国际石油航运中的地位应属巨人之列。与这样一个石油海运业的巨头合作，犹如登上巨人之肩。

泱泱中国，应以怎么样博大的胸怀、开放的心灵与海外友人合作，中外人士都在默默关注着中国液化天然气船务（国际）有限公司董事长燕伟平。

自2005年至2017年，共有两位外方人员出任过中国液化天然气船务（国际）有限公司总经理。

2003年9月22日，英方的一位重要人物出场，他就是道格·奥斯汀·布朗（Doug Austin Brown）。他曾作为澳大利亚LNG的成员参与过广东LNG运输合作的谈判，2005年3月7日，中国液化天然气船务（国际）有限公司董事会决议聘任他为公司总经理。

布朗先生于2010年总经理任期结束返回BP航运，董事长燕伟平在欢送会上是这样充满激情地评价他：

在这5年的时间里，布朗先生与参与中国LNG运输船队工作的其他员工一样，见证了中国首批5艘LNG船的建造、试航和气试以及交付使用的过程。但是布朗先生与这些参与者不同的是，他筹备和建立了管理中国首批LNG船长的公司，这就是中国液化天然气船务（国际）有限公司。

燕伟平没说的是，布朗先生早些年到广东，是被燕伟平请到"东北人"喝小烧时牙签猜得最欢的参与者之一。

燕伟平又说：道格为人热情，关心和帮助公司的员工，工作认真和严谨，这些都是我们值得学习的地方。应该说，道格为中国液化天然气船务（国际）有限公司，为中国LNG运输事业的发展，留下丰富的经验和宝贵的财富。

燕伟平举起酒杯最后说道：所有关心和参与中国LNG运输事业发展的人，将会记住布朗先生所做出的贡献，他是我们最欢迎的人。

燕伟平经常引用毛泽东评价加拿大人白求恩的一段话：

白求恩不远万里，来到中国。"一个外国人，毫无利己的动机，把中国人民的解放事业当作他自己的事业，这是什么精神？这是国际主义的精神，这是共产主义的精神。"

而对于中国液化天然气船务（国际）有限公司第二任总经理保罗·奥利弗（Paul Oliver），不远万里，来到中国，把中国的LNG运输事业当作他自己的事业，燕伟平也经常说，他这种职业精神感染了与他共事的中国同事。

保罗先生首次在中国亮相是在2001年3月，代表澳大利亚LNG在深圳LNG运输研讨会上发言。可能后来少有人记得他在会上的发言内容和现场表现，但保罗先生在发言中的一个偶然事件引起他的略显夸张的"滑稽"动作一直留在燕伟平的脑海中。多年以后，这个场景一直成为他们两人相聚的"笑谈"。保罗先生当时正专心演讲，由于话筒出现了一些状况，扩音器中出现如枪声般的巨大声响，保罗先生立即双手高举做投降状，严肃的会议气氛顿时轻松了许多。

2001年1月，根据BP航运的推荐建议，保罗先生接替道格·布朗出任中国液化天然气船务（国际）有限公司总经理。

或许是与中方合作的愉快，或者是出于把中国的LNG运输事业当作他自己的事业，甚至是出于喜欢与董事长燕伟平喝东北烧酒的那股热乎劲，2013年7月，当BP航运按约定退出中国液化天然气船务（国际）有限公司的投资，保罗先生理应也离开中国液化天然气船务（国际）有限公司的时候，这位仁兄竟然宣布从BP航运辞职，以个人身份继续任职公司。此举促使BP航运40多位高级船员也继续留职公司，保证了公司船队船员资源的稳定和公司的安全可靠。

燕伟平不会忘记，BP航运参与中方LNG船队的运营和管理，为中国第一支LNG运输船队建立国际行业信誉起到非常关键的作用。BP航运派出管理人员和船员参与中国LNG船队的管理和运营，建立公司的管理体系，培养中方管理人员和船员，帮助解决中国LNG船首制船舶所存在的各种建造缺陷和技术困难，度过船队管理和船舶运营的初始磨合期，保证了中国液化天然气船务（国际）有限公司船队安全、稳定和可靠运营。

　　不仅是BP，中方LNG运输船队"天友"般的合作伙伴，还有世界著名的壳牌航运①。

　　2002年9月，根据与澳大利亚LNG签署的合作协议，澳大利亚NES项目方指定壳牌航运为中方提供船舶监造技术支持服务。

　　大型液化天然气（LNG）运输船，由于设计建造难度极高，与大型邮轮、航空母舰并称造船工业"皇冠上的三颗明珠"。能够建造此类船舶，是一个国家工业实力和科技水平的集中体现。

　　大型LNG运输船是国际公认的高技术、高附加值、高可靠性船舶。这种船被称为"海上超级冷冻车"，需要创造低于–163 ℃的液化天然气储存环境，同时还要在长途运输中确保遭遇海浪颠簸、极端天气等情况时不发生泄漏。由于其建造难度极大，曾长期被国外垄断。

　　2004年底，上海沪东中华船厂中标开始承建LNG首制船。壳牌航运选拔经验丰富的技术人员进驻沪东中华船厂，公司也从股东单位抽调技术人员同时进厂。壳牌航运最多时派出和聘用25人驻厂，中国液化天然气运输（控股）有限公司驻厂技术人员也达到16人。

　　自2007年3月末开始，以BP航运为主的13名高级船员也陆续进厂，参与船舶建造，熟悉船舶系统和设备，准备接船工作。

　　燕伟平在监造第一线，亲眼看到经验丰富、技术实力强大的技术监造团队，在监造过程中认真严谨，严格把关，严控质量，积极与船厂工程技术人员进行沟通和交流，保障了船舶的建造质量和技术服务性能。

　　而在这合作过程中，燕伟平起到了无缝衔接黏合作用。在建LNG船机舱

---

　　① 荷兰皇家壳牌石油公司（Royal Dutch Shell Group of Companies）简称壳牌（Shell），于1907年成立。是世界第一大石油公司，总部位于荷兰海牙和英国伦敦，由荷兰皇家石油与英国的壳牌两家公司合并组成。壳牌最初是一家航运公司，于1892年推出了其第一艘油轮"Murex"号。目前，壳牌管理着一支由28艘船只组成的船队，主要由液化天然气运输船和石油/化学品运输船组成。

底部进行打磨作业时，沪东中华船厂曾发生人员伤亡事故，按国际惯例，外方船舶股东可能启动全面调查。燕伟平四面八方做工作，组织船舶投资方4次访厂，与沪东中华船厂沟通和交流船舶建造关键事宜，促进了船厂全面提高生产质量和安全管理水平，同时推进外方船舶股东方深入了解中国国情和船厂的管理机制，为促进船东方和造船方相互理解和相互信任，营造了一个良好的互动氛围。

在合作过程中，燕伟平喜欢直接用英语与外方朋友聊，不用翻译。他认为LNG运输涉及许多专业知识、专业用语，翻译不理解，更翻译不了。另外，他和外方朋友经常用打趣的或幽默的语言说话，如果通过翻译对话，那味道全无。特别当和外方朋友一起喝东北小烧时，带上翻译更没劲了！

所以，不知道的人看着燕伟平与一些黄头发蓝眼睛的人，一会儿细语交谈，一会儿开怀大笑，还以为他们是天然的亲密无间的朋友呢。

是的，燕伟平和他们确实是一群"天友"。

【第七幕】　天道

从全球天然气贸易方式来看，液化天然气（LNG）的运输方式主要有管道运输、LNG船运输、CNG船①运输三种。LNG运输船最重要的特点是运输安全、可靠和稳定，常被称为"海上浮动管道"。目前海上最常用的运输方式是LNG船运输，在某些特定的线路上，LNG船甚至已经成为不可替代的选择，是LNG产业链和价值链中极为关键的一环。

在燕伟平看来，中国首支液化天然气运输船队，就是中国铺展在海上打不烂、摧不垮的移动"天道"。

看哪，这一移动"天道"就这样一步一步地延伸在大海大洋之上：

2008年4月3日，"大鹏昊"LNG船在沪东中华船厂建成交付使用。

5月2日，"大鹏昊"满载首航次LNG货物抵达深圳大鹏LNG接收站卸货。

---

① CNG 英文全称为"Compressed Natural Gas"，指压缩天然气。CNG船是指运输压缩天然气的货船。CNG在压力80~313bar之间呈气态，体积可减至天然气标准体积的1/200。这种新的压缩天然气运输方式，由于无需液化装置和再气化终端等昂贵的设施，投资费用明显低于LNG，因此日益受到青睐。

7月10日，"大鹏月"LNG船建成交付使用。

2009年12月10日，"大鹏星"LNG船建成交付使用。

截至2018年12月31日，广东LNG项目3艘船舶共完成529航次货载，交付LNG货物3500万吨。

与此同时，中国船员经过严格培训，也开始登上LNG船远航。其中李军成为中国首位LNG船长。在此之前，LNG船长的职位一直由外国人担任。2007年，为了培养中国自己的液化天然气船长，燕伟平和中国液化天然气船务（国际）有限公司决定不惜花费巨资，将李军和其他几名船员送往英国BP石油公司接受LNG海船培训。在英国，李军努力学习，最终顺利通过测试；在2008年中国首艘LNG交船时在船上做二副（持大副证书），至2013年10月，经过5年多时间的磨炼，升任船长。李军现任中远海运液化天然气（香港）船舶管理有限公司董事总经理。李军船长曾多次荣获国家、省市航运杰出人才荣誉证书。被评为新中国70周年70位优秀船员之一、2015年度中远集团"十大杰出青年"、2014年度感动中国交通人物、2014年度辽宁海事局辖区十大优秀海员。

LNG船队管理后继有人。其中舒炳林先生早年自招商局运输油轮船长岗位直接调至中国液化天然气运输（控股）有限公司，参加中国液化天然气船务（国际）有限公司的创立。他曾经赴伦敦BP航运公司进行长达5个月的培训和实习，并在副总经理的岗位上磨炼十多年，可谓经验丰富，众望所归。他目前是中国液化天然气运输（控股）有限公司副总经理，兼中国液化天然气船务（国际）有限公司的董事长。中国液化天然气船务（国际）有限公司自此开始进入由中方人员主导公司管理和船队运营的新时期。

2008年5月8日，广东大鹏LNG公司举行"大鹏昊"首航庆祝晚宴，燕伟平感慨万千，曾在晚宴上这样说：

我们希望，25年过后，虽然"大鹏昊"已至中年，但展现在我们面前的会是更加成熟的风姿、更加亮丽的风采。

然而，没有等到25年过后，仅过了9年多，燕伟平已经由于年龄而卸任中国液化天然气运输（控股）有限公司总经理，改任公司高级顾问。而中国LNG运输的移动"天道"，已经伸展到了遥远的北极。

2014年5月19日—20日，上海亚洲相互协作与信任措施会议期间，中石油与俄罗斯Novatek公司签署了亚马尔LNG购销协议。

俄罗斯亚马尔半岛处于北极，据说其天然气潜在储量为10万亿立方米，可供开采超过30年。

2015年9月11日，国家能源局石油天然气司召集会议，研究推动亚马尔LNG项目采购更多的中国设备和服务。

燕伟平在会上说，亚马尔LNG项目所需15艘破冰型LNG船，有中方参与投资的14艘。他建议，亚马尔LNG项目还需要11艘常规型的LNG船舶，这种船舶中国船厂已经具备建造经验。鉴于项目投资方的中国因素和中方对项目所做出的贡献，应该争取这些船舶由中方投资并在中国建造。

2017年12月8日，燕伟平飞抵俄罗斯萨贝塔，出席亚马尔项目首船装载仪式。此时他已卸任公司总经理的职务改任高级顾问。

经过近3小时的飞行，燕伟平到达萨贝塔已经是下午3点多钟。不知是阴天还是极夜的原因，天色漆黑一片，室外气温有零下30多摄氏度。燕伟平身着亚马尔LNG统一配发的工作棉衣，参加室外的项目介绍活动不到10分钟，已经感觉到透彻的冷意。

后来，燕伟平在他撰写的《中国首支液化天然气运输船队纪实》一书中，形象而如实地记录了这个萨贝塔漆黑的天空下难忘的一幕：

一个庞大的封闭式的临时篷式建筑就在眼前，所有人员逐个进入接受安检。在等待期间，燕伟平询问座旁人员为什么安检要花费这么长的时间，有人答是为了总统的安全。直到此时，燕伟平才意识到普京总统要参加庆典。这真是意外之喜，燕伟平也为此而感到庆幸。

偌大的一个讲台仅安排了一个发言台。普京总统应该是早早就抵达了仪式大棚内的隔离会客专室。普京总统出场后，与附近的几位贵宾寒暄了几分钟，并象征性地启动装船模拟装置，旋即奔上讲台，直接开讲。燕伟平根本没有在意他讲什么，也听不懂，主要的精力在拍照和录像。最后通过媒体得知，普京总统说，项目伊始，就有许多人罗列一长串项目不可能成功的清单。是的，项目曾经有很多风险，但它现在已经成功。这对能源行业、北极开发，乃至北方航道来说，都堪称一个重大时刻。

在机场等待离开的候机期间，燕伟平同时与亚马尔项目船投资的两家合作方的主角相聚并合影留念。他预感，这种机会不会再有。

这一刻，燕伟平意识到他的历史使命已经完成，他职业生涯的句号也画在了北极。他彼时酸楚的心情复杂而无以言表。岁月无悔，此生无憾！

然而，中国首支液化天然气运输船队搭建的海上浮动的"天道"，仍在不可阻挡地向前延伸：

2018年7月13日，俄罗斯Arc7破冰型LNG船 "Christophe de Margeria" 号，东行经北极东北航道过白令海峡南下，抵达中国唐山中石油LNG接收站卸货。来自北极地区的天然气，将为中国的经济发展提供能源动力。

亚马尔LNG项目Arc7破冰型LNG船合同一期至2045年结束，平均租期为27年。中国液化天然气运输有限公司在该项目上出资额为广东、福建、上海LNG项目6艘船的2.4倍，产出投入比达到8.1倍。

【第八幕】　天鸟

大鹏，其实是一种天鸟，是中国神话传说中最大的一种鸟，是世界许多传说中奇大无比的神鸟，由鲲变化而成，是天神之鸟。

大鹏展翅把天空遮住，天鸟腾飞，浩浩乎，鹏程万里。战国时期著名辞赋家宋玉在《对楚王问》中有言："鸟有凤而鱼有鲲，凤凰上击九千里。"其中的"凤"与庄子在《逍遥游》中的"鹏"如出一辙："北冥有鱼，其名为鲲。鲲之大，不知其几千里也；化而为鸟，其名为鹏。鹏之背，不知其几千里也；怒而飞，其翼若垂天之云。""水击三千里，抟扶摇而上者九万里。"

后世诗人以大鹏为高远志向、豪放气概的象征。如阮修《大鹏赞》中有"志存天地，不屑唐庭。鸴鸠仰笑，尺鷃所轻。超世高逝，莫知其情"的句子。而李白更是借大鹏来抒发蔑视官宦、抱负超远的心境："大鹏一日同风起，扶摇直上九万里"（《上李邕》）使之千古传诵。

燕伟平期盼中国液化天然气运输事业蒸蒸日上，如大鹏展翅，翱翔云天，走向全世界。

所以，燕伟平执意用"大鹏"给中国液化天然气运输船起名。

燕伟平知道，航运界历来对船名非常重视，如同家长给孩子起名，往往要呕心沥血，不仅仅是苦思冥想或是翻字典随机点取，可能还需要些学问和智慧。如燕伟平曾经工作的大连远洋运输公司历来以湖名命名油轮，当中国实际存在的名湖几乎被用尽后，就不得不另辟蹊径，选择形容词或名词与"湖"组合成名。

2005年5月，在中国液化天然气运输有限公司的建议下，大鹏LNG公司成立船名征集小组，拟订一份征集船名方案，在公司内部开展征集船名活动。

对于"胡杨""垂柳""黄檀""泊远""明志""益新"等所征集到的船名方案，在燕伟平看来，都不很适宜。出于对租船人的尊重，燕伟平给大鹏LNG公司资源运输部总经理叶东升发邮件，说明自己的意见。

说来也巧，这个叶东升是燕伟平的内蒙古老乡，两人都是通过高考走出内蒙古,最后来到深圳,共同从事液化天然气的这份事业。

如果说内蒙古与LNG沾上点关系,那就是当地的牛粪也应该算是清洁能源。

没有烧过牛粪的人可能不知道,这种东西烧起来一是烟少;二是冒蓝火苗。现在已经开发出用牛粪制作的燃料棒在市场上出售。另外,牛放的屁的主要成分是甲烷,与天然气相同。据说牛的屁量还很大,已经影响到臭氧层。可惜的是还没有开发出有效的收集技术,否则这两位仁兄就在内蒙古当地开发牛屁天然气,不用大老远跑到深圳来折腾LNG了。

当年燕伟平与老外一起闲谈这一"牛屁经"时,都会得到老外们的共鸣。他们一是赞同牛粪和天然气都是清洁能源的说法;二是赞叹燕伟平的经历:一个来自内蒙古偏远地区的"旱鸭子",又有幸成为恢复高考后的第一批大学生,走出草原,之后成长为一名船长,驾驶远洋巨轮周游世界,最后又在LNG领域与他们谈经论道——也只有在中国,才能有这样的奇迹。

这年的10月21日,大鹏LNG公司资源运输部总经理叶东升、财务部俞跃春等人,来中国液化天然气运输有限公司蛇口办公室讨论租船合同事宜,燕伟平又和他们说起了"牛屁经"。大笑后,燕伟平对叶东升说,我俩为什么能从内蒙古偏远的乡村飞到深圳做起LNG的大事,就是有那么一点高远的志向。深圳是鹏城,深圳的LNG接收站在大鹏湾,我们何不用"大鹏"为船起名,象征着中国LNG船如大鹏展翅,翱翔云天?!

叶东升听了频频点头,与叶东升一起前来的俞跃春也来了灵感,说可在"大鹏"后面加"日""月""星"的组合。众人一致称好。燕伟平又说"日"字发音不响亮,可加个"天"为"昊"。"昊"字本义为大,会意从日从天。汉字博大精深,借字形取义,也颇为合适。"大鹏"二字英文取拼音名,昊(喻日)、月、星取英文直译。

10月28日,广东大鹏LNG公司正式发文确认3艘船的船名,即"大鹏昊"(Dapeng Sun)、"大鹏月"(Dapeng Moon)、"大鹏星"(Dapeng Star)。

定名之时,燕伟平意气风发,欣然作诗:

> 大鹏展翅九万里,
> 三辰昭列丽于天。
> 泛舟南北通广澳,
> 云淡风清惠五城。

(五城为香港、广州、深圳、东莞、佛山5个用气城市)

大鹏要展翅高飞、扬帆起航了！

2008年4月3日，中国建造的LNG首制船"大鹏昊"命名暨交接仪式，在上海沪东中华船厂隆重举行。为了既保留海运界船舶命名的传统，又能体现中国同人对中国建造的首艘LNG船舶的诚挚祝愿，燕伟平与同事们精心准备了"命名辞"。

在交接仪式现场，谁也没有注意到，燕伟平默默地走到台上，向来宾们深深地鞠了一躬。这一鞠躬，是燕伟平真心地向所有关心、支持中国第一艘LNG船舶建造的人员，表达发自内心的感谢。

仪式上，最令众人瞩目的命名揭彩开始了！

秦颖女士受邀担任"教母"，为中国第一艘LNG船舶命名祈福并完成传统的掷瓶礼。

只见秦颖女士走向命名台，用充满柔情的语调缓缓说道：

> 你的名字叫"大鹏昊"。
> 感谢所有为你的诞生不懈努力和做出贡献的人。
> 你肩负着我们热切的期盼和希望，我们为你骄傲和自豪。
> 我们祝福你，祝福所有伴你远航的人。
> 祝你一帆风顺，万事如意。

秦颖女士手起斧落，香槟酒喷洒船舷，"大鹏昊"三个大字赫然显现，顿时全场掌声雷动，锣鼓喧天，鞭炮齐鸣，彩花缤纷。

4月6日中午，沪东中华船厂5号码头，在一片庆贺的鞭炮声中，"大鹏昊"汽笛长鸣，缓缓驶离码头，开启了它的首航之旅。燕伟平站在码头边，迎风而立，带着像送女儿出远门一样的心情，目送着它驶向远方……

在深圳南山的公寓，燕伟平仍沉浸在家中燃气灶蓝色火焰的观赏中。在这同一时刻，鹏城的千家万户，都会点亮燃气灶，但他们可曾知道，这燃气多么来之不易？无数次的探索、焦虑、谈判和执着，都已成为过去，中国的LNG远航船队，此时他们都在哪里？他是那样想念他们……

啊，眼前从宁静的灶台上喷射出来的燃气火焰，多么像一位轻盈的舞者，在幽暗中绽放出绚烂的光华。这火焰，内核是深邃的蔚蓝，宛如深海中最纯净的颜色，外围则渐渐过渡到明亮的黄色，边缘闪烁着金色的微光，如同日出时分天边的第一缕阳光，温暖而充满希望。它跳跃着，舞动着，每一缕火苗都充满了活力。对了，这不就是大鹏的身影吗？它展开翅膀，在空气中欢快地摇曳；它燃烧自己，传递热量，温暖着千家万户！

天然气，真是神秘的存在。在冷冻压缩的情况下，它是看得见的白色液体；而当气化后，它又成为看不见摸不着的气体，似一缕青烟，消失在空气中，只留下灶台上余温未散的锅具和满室的食物香气。

燃烧自己，温暖世界，这是天然气的精神，这不也应该成为人的一种精神吗？

人的一生，或许就如同天然气。活着的时候，燃烧自己的能量，奉献给人间一份温暖。在这一生中，一切都是过程，在内蒙古昭乌达盟敖汉旗的孩提时代是过程，在大连海运学院航海系学习是过程，在往来于南北美洲的原油贸易航线上当船长是过程，在大连远洋运输公司任副总经理是过程，为创建中国首支液化天然气运输船队奋战是过程……

2012年底，英国航运信息媒体《劳氏日报》（*Lloyd's List*）发布"2012年全球航运界百位最具影响人物"，燕伟平入选其中，列第55位。这不也是个过程吗？他觉得，业界关注的是中国这个新兴天然气市场对国际航运界所产生的潜在影响，而不是他本人。

至于退休以后燕伟平才发现，曾经的大连远洋运输公司副总经理一职，不知哪一年，悄悄地失去了。这也没什么，人生就是过程。只要在这过程中，燕伟平能这样告慰自己：我奋斗过了，我累并快乐过了，这就值了。犹如这天然气，燃烧着自己，默默见证着这世界的温馨与美好……

人生，应一如这传说中的"天鸟"——"志存天地，不屑唐庭。鸳鸠仰笑，尺鹦所轻。超世高逝，莫知其情"。这就是大鹏展翅的真正模样！

结束了在公司的顾问工作以后，燕伟平带着一种自觉的责任和义务，重又打开电脑，开始了他的《中国首支液化天然气运输船队纪实》撰写，他给这本50万字左右的书定名为——《大鹏展翅》。

破冰北极

——记张玉田船长

【第一幕】　北极召唤

　　2013年夏日，炽热的阳光透过稀疏的树叶洒在大地上，温暖而宁静。在这个季节里，河北省廊坊市固安县的乡村，展现出了一种与城市截然不同的生活气息。虽然这里古称"天子脚下"，距北京天安门50千米，距北京大兴国际机场仅8千米，但总体上毕竟还是境属永定河洪积、冲积平原的一个农村。没有喧嚣的车辆和高楼大厦，只有田野间传来清脆的鸟鸣声和耕耘者劳作时发出的呼吸声。

　　清晨，当初升的第一缕阳光照到窗户上，就是一个新的开始。张玉田和农村中所有的汉子一样，从睡梦中醒来，伴随着邻居家小孩儿欢叫、公鸡报晓以及农民准备开展一天劳动之音响起。这些习以为常、平淡无奇但真实而质朴的声音，是张玉田从小就看惯了的农村夏天自然流动的画面。

　　早上，张玉田美美地吃了妻子摊的两张烙饼，喝了一碗粥，就赶紧往村头理发店理了个发，他叫师傅尽量将头发剃得短一点，因为这次要出门很长一段日子，真不知道什么时候才能回到村里的这家小店再理发呢。

回家的路上，他经过果园和菜地，看见蝌蚪在水塘里游来游去，青蛙呱呱地叫着，小鸟歌唱着飞过天空，想象着自己马上要像海鸥一样，展开强劲的翅膀，去飞向远方，飞向辽阔的海洋，这位脸膛黝黑的河北汉子兴奋地脱下沾上汗水的上衣，光着膀子，飞奔着回到家里整理行李。

午后，太阳高挂在头顶上，乡间小路上弥漫着泥土和树木的清香。张玉田告别妻子，踏上去远方的征程。

妻子问："这次去多长时间？"

张玉田答："几个月吧，其实我也不清楚。"

妻子嗔怪："瞧你老是上船，在海上漂着，家里的事都不管，孩子上学也不管。"

张玉田憨厚地笑出声来："你比我强，家里的事由你这位学校老师管着，我还能不放心？再说，村里那么多人外出打工，不都是长时间不回家吗？"

"人家是农民工，你是船长，这不一样。"

"一样，一样，都是打工干活。"张玉田认真地回答。

"这次去哪里？"妻子又问。

"大连。"

张玉田就吐出两字，至于去了大连，船开往哪里，他不跟妻子说，他怕妻子担心。

是的，只要说大连就够了。张玉田第一次离开固安乡村走向外面世界，就是去的大连。

张玉田分明记得：1984年，他在固安县中读高中，高考时，大连海运学校来招生。张玉田从小生活在河北廊坊的固安农村，父母都是庄稼人，家中兄弟5个，他排行最小。固安县虽然出了不少读书人，却没听谁报考海校的。除了蜿蜒流过县城的清澈的虹江河和牝牛河，当地人没有见过海。张玉田心想，既然海校来招生了，咱就开个头，报考这个学校，将来说不准就成为固安第一个海员。听招生的说学校还管吃住，毕业包分配，还能跑远洋，他更乐了。于是他报考了，并于1987年毕业。毕业后随自己的意愿，被分配到广州远洋公司的船上，先在散装船上当实习生，后安排去远航和环球航线。他从旱鸭子成为合格的远洋海员，经受了一次又一次的风浪洗礼和考验，而后从二水、一水，一直做到三副、二副、大副。开始他感觉自己能当到大副已经了不得了。但他兢兢业业、踏踏实实工作，2007年升任船长，入了党。现在他成了"永盛"轮船长，也成为村里乡间传说的故事。

然而，这次到大连，他要根据位于广州的原广州远洋运输公司现中远航运公司的命令，率"永盛"轮驶向一个神秘的地方：北极。

北极，一个寒冷、死寂的名字！想象中，那是洪荒不开的冰原，冰封一片，莽莽苍苍，浑然皆白，周天酷寒。令人猜想的尽是寒冷、冰山，还有那骇人听闻的冰海沉船：

有记载，公元前325年，古希腊水手皮西亚斯在试图寻找金属锡的来源时就曾到达过这一片冰海。

大约在1500年，随着航海技术的进步和欧洲人口的增加，欧洲的探险者们为了开疆拓土，不畏艰险，寻找航路，向未知的极地区域展开探索。

1819年，约翰·罗斯的探险队率"赫克拉"号和"格里珀"号两艘军舰三次去北极区探索航道，他们从格陵兰西行，经过巴芬湾、巴罗海峡、里根特海湾、梅尔维尔海峡、麦克卢尔湾和韦林顿海峡，最后在梅尔维尔岛度过冬天，返回英格兰。虽然没能成功地寻找到西北航道①，但罗斯绘制了很有价值的北极海岸线路图。

1886年，著名的探险家罗伯特·皮尔里开始了对北极圈更大范围的探险。其后的20多年里，他曾8次带领探险队穿越格陵兰岛前往北极圈。1902年的那次探险，终因不能穿过冰冻不开的北冰洋而返回。1909年4月6日，皮尔里驾驭自己设计的可航冰海的船只，克服重重困难，带领他的探险队抵达了北极点，成为他的最后一次探险。他和他的探险队勇士们用自己的生命和坚强不屈，书写了人类探险北极的壮举。

1905年，挪威探险家罗尔德·阿蒙森，驾驶小船成功探索了北极西北航道。

数百年来，欧洲的探险家们，约翰·富兰克林、巴伦支、库克等，一个个前仆后继，不顾酷寒，一次次尝试着从这片冰封死寂的冰海中探索一条连接欧亚和欧美的可以航行的近道，但总因坚冰的封锁，以失败而告终。

漫长的历史里，北极被描述为冰封地狱，北极是绝望和死亡的同名词。

但北极的严酷，阻挡不了人类前进的步伐。

---

① 西北航道是指北极西北航道，东起戴维斯海峡和巴芬湾，向西穿过加拿大北极群岛水域，到达美国阿拉斯加北面波弗特海，连接大西洋和太平洋的西北航道，是大西洋和太平洋之间最短的航道。该航线位于北极圈以北约800千米，距离北极不到1930千米，是世界上最险峻的航线之一。

20世纪60年代，苏联大型核动力破冰船①诞生，北冰洋上的坚冰被打破，连接欧亚两大陆的北极东北航道②的商船运输成为可能。

1999年7月，中国政府组织了对北极地区的首次大规模综合科学考察，"雪龙"号极地考察船③（见图）搭载着124名考察队员首航北极，以后"雪龙"号数次挺进北极。然而，除科考船以外，至此我国商船从未驶向过北极航道。换言之，我国从未在北极航道上实施过有经济价值的商船运输，这是一个巨大的空白。

从商船运输的航道来看，北极航道主要有三条：西起西欧和北欧港口，穿过西伯利亚与北冰洋毗邻海域，绕过白令海峡到达日本的东北航道；东起戴维斯海峡和巴芬湾，向西穿过加拿大北极群岛水域，到达美国阿拉斯加北面波弗特海，连接大西洋和太平洋的西北航道；还有穿越北极点的中央航道。

东北航道过去数百年来一直布满浮冰，几乎无法通行。现由于全球气温升高，这一海域的大部分浮冰都已融化，使得大型船舶有可能通过这一航道。这条航道很可能成为东北亚到欧洲的最短航道，航行时间可比途经苏伊士运河缩短30%~40%，极具经济前景。欧洲数家船公司已经充当了先行者。2009年7月，德国布鲁格航运公司的两艘货轮"布鲁格·友爱"轮和"布鲁格·远见"轮从韩国出发，穿过东北航道，顺利抵达俄罗斯西伯利亚扬堡港，完成整修后，最后抵达荷兰鹿特丹港。

2010年9月，挪威楚迪航运公司使用抗冰货轮装载了41000吨铁矿石从挪威的希尔科内斯港启程，穿越东北航道，将铁矿石运往中国，开启了具有历史意义的航行。北极航道连接着世界最具战略意义和经济最为发达的地区，将成为世界经济和国际战略"新走廊"。

有专家计算：从挪威的希尔科内斯港及俄罗斯的摩尔曼斯克港出发，经苏伊士运河到中国的上海港、韩国的釜山港和日本的横滨港的距离分别为

---

① 核动力破冰船是以核动力为动力的破冰船，使用核裂变反应堆产生的能量作为推进力和所需的能量，用于破碎水面冰层，开辟航道，保障舰船进出冰封港口。

② 北极东北航道是指西伯利亚沿岸的北极东北航道，俄罗斯称"北方航道"。该航道西起西欧和北欧港口，穿过西伯利亚与北冰洋毗邻海域，大部分航段位于俄罗斯北部的北冰洋海域，从北欧一路向东穿过北冰洋巴伦支海等五大海域，绕过白令海峡到达东北亚。

③ "雪龙"号极地考察船是中国第三代极地破冰船和科学考察船，于1993年3月25日完成建造的一艘维他斯·白令级破冰船。"雪龙"号是中国最大的极地考察船，具备耐寒性，能连续冲破1.2米厚的冰层。

"雪龙"号极地考察船

12050、12400和12730海里，如果航速为14节，航行时间分别为37天、38天和39天。如果走北极东北航道，距离将大为缩短，分别为6500、6050和5750海里。假设航速为12.9节，需要时间分别为21、19.5和18.5天。

东北航道开通将给航运业带来明显收益。由于距离缩短，燃油成本将大幅减少，因而降低二氧化碳的排放量，减少对环境的污染。此外，东北航道还能回避索马里海域越来越猖獗的海盗威胁。

虽然短期内北极航道还需要破冰船开道，暂时不能替代其他航道，但从长远来看，对未来世界航运格局将有很大影响。

对于如此有商运价值的北极航道，中国不能缺位！

2012年11月17日，中国远洋运输集团召开"北极航线探索实践和商业利用研讨会"，决定成立北极东北航道商业开发和利用领导小组；2012年12月4日，"中远试水北极东北航道项目"正式启动。随后，中国远洋运输集团积极协调各方资源，科学论证，精心组织，周密准备，为首航北极铺平道路。

在当时中国远洋运输集团拥有和控制的740余艘现代化商船中，选择哪一条船去执行首航北极的任务？经过层层筛选和反复论证，最终选定多用途船"永盛"轮。

"永盛"轮，罗马尼亚制造，2002年下水。总吨位14375吨，船长155.99米，船宽23.70米，型深11.95米，设计航速14节，中国船级社冰级Ice Class B1①（俄罗斯冰级Arc 4），2006年加入中国远洋运输集团旗下的中远航运公司团队，为公司冰级最高。

中远航运公司的前身是新中国最早成立的广州远洋运输公司，公司领导班子认识到，中远集团将首航的任务交给中远航运公司，是集团对公司的信任，任务艰巨，使命光荣。2012年12月4日项目启动后，在时任总经理韩国敏的带领下，公司马上成立了以翁继强副总经理为组长的项目领导小组和航行、技术、船员、业务4个保障工作小组。

任务下达，中远航运各工作小组随即进入了"战备状态"：

航海工作保障小组收集包括通航条件、航道资料、通信条件、水域法规、引航护航等资料，配备相关的航海图书资料，制定初步航路；根据航路资料进行风险评估，制订相应的应急预案；根据航路环境，提出航行方法和要求。

技术保障工作小组根据公司船队冰级加强等技术状况，筛选和落实开辟

---

① 这里指的是冰级船，按中国船级社规则适当加固，可在某种程度的冰情时航行的船舶。

北极航路的船舶，根据要求进行相关的技术改造或增加相应设备，以满足航行要求。船员保障工作小组按照《北极冰覆盖水域内船舶航行指南》和《海员培训、发证和值班标准国际公约》的相关要求，选定一定数量、符合要求的船员，组织开展有关技能、体能和心理等方面的培训或训练。

业务保障工作小组根据选定的船舶类型，落实安排好适装、适运的往返货源；了解沿途代理机构的情况，并委托好船东代理；了解北极航路商务、保险等相关事项，提前办理落实有关商务手续；帮助收集航路相关信息，了解沿途应急救援机构等相关信息。

随着时间进入实施前的关键阶段，各小组相关人员定期对项目进行梳理汇总，对照项目实施方案进行查缺补漏，发现问题及时反馈、及时解决。航行保障工作小组先后对航行计划进行了6次修改，从安全、效率等方面，对计划做了完善。各工作组协助中国船级社编著的《北极水域航行培训手册》《北极水域船舶操纵手册》，共厚达300多页，内容详尽，覆盖全面，为安全航行提供了完备的操作规范。

然而，所有的项目规划、实施都要落实到"永盛"轮上，"永盛"轮船长是谁？项目领导小组的目光聚焦到了这位从中原大地走来的河北汉子张玉田。

张玉田船长，40多岁，这位来自河北廊坊的固安人，体格壮实、生性内向又实在。他闪着古铜色的面影，亮着憨厚的微笑，收起调令，波澜不惊。此前的两个多月前，他在青岛船员学院完成了项目组制定的为期两周的《北极航行守则》培训。在那个班上，有多位船长参加学习，他们性格各异，大多头脑活络，能言善辩。相较起来，张玉田船长不善言辞，也不多交流。他不像人家想那么多。在他看来，今天被派来参加学习北极的种种知识，那就认认真真学好，至于最后选谁去，那是公司领导的事。他学习专注，心无旁骛。最后经过考核，他得了最高分，成为担纲破冰北极的首选船长。

于此，首航北极船长张玉田成为中远航运公司上下瞩目的人物，他开始从默默无闻的远洋船长进入公众的视野。

当收到公司派他担纲首航北极的消息时，他习惯地清了清嗓子，憨憨地说："在船上不就是干活吗？给咱啥任务，咱就好好地干就是了。"

是的，此刻张玉田正在告别妻子，告别廊坊固安的中原乡村，准备前往大连，"永盛"轮正在那里的船厂改造。他心里盘算着，先去把改造完毕的"永盛"轮从厂里接出来，然后就驶向江苏太仓港装货，那里大概要几天。他联想着北极航线，要经过日本海、宗谷海峡，向北穿过白令海，进入北冰洋，沿着北极圈，经楚科奇海、德朗海峡、东西伯利亚海、新西伯利亚群岛北部、拉普捷夫海、维克基茨基海峡、喀拉海、新地岛北部、巴伦支海，到达挪威北角附近，再驶向欧洲的荷兰鹿特丹港。他的脑海里反复默念着这条陌生的航线。那些担心也时不时地闪现，如种种未知的不测，北极圈雷达能否正常扫描？磁差的剧变有多大？卫星定位误差有多大？都要经过首航取得经验数据。

此时风中飘来悠扬的旋律和歌声：

> 你静静地离去
> 一步一步孤独的背影
> 多想伴着你
> 告诉你我心里多么爱你
> ……
> 多想靠近你
> 告诉你我心里一直懂你
> 一年一年风霜遮盖了笑颜
> 你寂寞的心还有谁会体会
> 是不是春花秋月无情
> 春去秋来你的爱已无声
> 把爱给了我，把世界给了我
> ……

歌声柔和凄美，似乎伴我去闯荡世界。他从旋律中回过神来，加快了脚步，接船、航行的注意要点又萦回他的脑际。

车窗外闪过永定河，河面上水光潋滟，撩人联想。此时张玉田的脑海里千头万绪，归拢起来就有4个字：

北极召唤！

【第二幕】 联合演习

2013年8月8日上午，在大连港隆重举行了中远集团"永盛"轮北极东北航道首航仪式后，张玉田登上驾驶台，指挥"永盛"轮驶离大连港，南下江苏太仓港美锦码头装载出口大件。

江苏太仓，是中国航海人心中的朝圣地。

1405年7月11日，明代伟大航海家郑和从江苏太仓起锚，拉开了中华民族走向远洋的序幕。600年后的2005年，为纪念郑和下西洋的壮举，也为弘扬航海文化、增强全民海洋意识，国务院批准将每年的7月11日确立为中国航海日，作为国家的重要节日固定下来。

600多年前，郑和七下西洋，带着中国的物产、文化、智慧与友谊驶向茫茫大海，远到大洋洲、东非海岸与阿拉伯半岛，触摸世界的理想、遥远的航程、庞大的阵容、不可抗拒的力量，那是何等辉煌。

然而遗憾的是，从严格意义上说，郑和率领2.7万人组成的庞大船队，并不是商船，没有运送参与市场交易的商品货物。而2013年8月15日从江苏太仓港再度出发首航北极的"永盛"轮，却是完全意义上的商船。

在600多年前七下西洋起锚地太仓浮桥镇的郑和公园，高18米、重50余吨的郑和铜像，昂首挺立在长江口当年七下西洋的起锚地，高大而典雅，宏伟而凝重！如今，当他遥望太仓港美锦码头，看到满载钢材和钢结构即将首航的"永盛"轮，将会发出怎样意味深长的历史性感叹！

确实，600多年前的郑和下西洋，是一次史诗般的远航，而如今"永盛"轮首航北极，开创中国商船航向北极的破冰之旅，何尝不具有史诗级的意义？

你看，交通运输部安全总监宋家慧来了，中远集团总船长赵庆爱来了，交通运输部海事局调研员何铁华来了，中国船级社技术处副处长钟晨康来了，国家海洋局极地研究中心船长王建忠，他可是先前曾经驶向北极的"雪龙"号科考船的船长啊！根据交通运输部的安排，他们5人将作为"永盛"轮首航北极的专家组成员，随船出发。

在张玉田看来，他们不仅是5位专家，而且是来自国家5个方面的重大支持和指导力量，是推进"永盛"轮首航北极值得信任、值得依靠的力量！

8月15日上午，"永盛"轮满载完货，来自有关方面的领导和嘉宾，为"永盛"轮全体船员举行了首航北极东北航道的欢送仪式。张玉田船长在欢送会上发言，他看着大家说："我们作为中远集团一员，感到无限光荣，我代表'永盛'轮全体船员，我们将一如既往，发扬勇于探索、勇于拼搏的中华民族航海精神，做好应对各种困难和挑战的准备，保证完成首航任务！"他的话语短短几句，不加修饰，透着坚定和实在。

8月的长江边，骄阳炽热，江风阵阵吹拂。"永盛"轮的驾驶台上，张玉田船长拉响了汽笛，长声悠扬远播，解缆起航，太仓港引航站秦站长亲自引领，船乘潮沿长江航道直向东驶，开启了中国商船首次向北极东北航道进发的破冰之旅。

对于"永盛"轮，张玉田是熟悉的。他原来就是"永盛"轮的船长。而且，就危险程度而言，相比首航北极东北航道，张玉田认为，2010年、2011年海盗猖獗的时候走波斯湾航线也颇为惊险。那时候，"永盛"轮跑波斯湾航线，在亚丁湾常有海盗出没。因为亚丁湾有我国海军护航，海军护航的线路来回有几天，因此船舶一到危险区域就要往海军编队靠拢。

记得2010年11月，在阿曼附近的阿拉伯海区域，"永盛"轮前后各有一条中国商船遇到了海盗。那时经常有海盗伪装成渔船靠近商船，其中一艘船遭遇海盗之后，船员立即执行防海盗应急预案，随后我国海军很快赶到并将海盗驱离，确保了国家财产和船员人身安全。

但是，对于此次首航北极的"永盛"轮，张玉田又觉得有那么一些不熟悉。

在大连起航前，张玉田曾来到大连船厂，看到"永盛"轮的冰级改造和设备加装都已经完成，船貌已焕然一新，心情为之轻松。他走上甲板，进入生活区，见活动室改成专家起居室，虽然已经尽量腾出位置，仍显得逼仄。张玉田船长记在心里。"永盛"轮19000吨，购自英国，属于生活区在船尾的尾机型船舶。原本这条船专门为跑北欧航线设计，航次特点时间短，所以为了扩大舱容量，船员只有14人，生活区比较狭窄。这样的生活区对于远洋航线正常的25名配员来说是不适宜的，但也只能依靠船员去克服了。

此时作为船长，张玉田在"永盛"轮驾驶台细细观察，发现已经有了一些新的变化：驶台顶上，新增了一套发射天线，驾驶台内增加ANSCHUTZ—22电罗经一套，含与原船ANSCHUTZ—20分罗经转换箱，又有一台新的对空频率VHF，含电源、天线，以及一台铱星PILOT卫星电话[1]。更可贵的，还增加了一套含数据库的电子海图[2]。细心的张玉田船长发现，桌子上还一册册整齐地放置着船舶航行计划、应急联络表、船舶操纵手册、船员培训手册、

---

① 1997和1998年，美国铱星公司发射了66颗用于手机全球通信的人造卫星，这些人造卫星就叫铱星。铱星电话是铱星系统（IRIDIUM）由66颗环绕地球的低轨卫星网组成的全球卫星移动通信系统，是地面固定电话网和移动电话网的延伸和补充，通过全球覆盖，为用户提供随时随地、及时沟通的便捷通信服务。

② 电子海图（Electronic Chart，简称EC）是用数字形式表示的描写海域地理信息和航海信息为主的数字海图。

稳性计算书、破舱稳性①资料、船上油污应急计划、船舶拖带手册、船舶系固手册、船舶货物清单等。

张玉田清楚地知道，这些都是中远航运公司以翁继强副总经理为组长的项目领导小组及下属各工作小组精心安排和配备的。

张玉田深刻感受到，我国航运业的发展变化真快，以前由船员承担的很多技术性工作，现在已经完全由公司代替了，比如航线的设计、申请气象预报服务，货物积载、配舱、稳性计算、绑扎加固等。包括这次航线的设计，所有的转向点都是严格按照公司发到船上的航线方案由船上画到海图上，输入GPS导航系统的。航次中申请的4个方面的气象、海况及冰情预报②和分析，全部是由公司代为船上申请。

此刻，"永盛"轮虽然远离广州赴北冰洋航行，可铱星电话、海事卫星电话均可随时进行公司与船舶情况的沟通，船岸之间的文字和图文通信也由船舶的局域网和公司建立了畅通的联系。

所有这一切，都使张玉田深深感到，在"永盛"轮的背后，还有一艘巨大的船在推进，那大船上闪烁着无数双关注的眼睛，有无数个默默无闻的优秀船员在日日夜夜地辛勤值守，更有高瞻远瞩的领导在指挥引导，而他，只不过是大船派出的驶向远方的船只上的执行者。对于自己，最重要的是要有坚定、正确、顽强的执行力！

北上两天后，"永盛"轮抵达韩国釜山港外锚地，在这里加补燃料并稍做停留。张玉田计算了里程，北去日本海，经宗谷海峡，再转向白令海，需要约5天时间，以后还有十余天北极圈冰区的连续长航行，所以他要求全船除了几个加油的主管外，其他人员抓紧时间休息，储备好体力。船长就像家长，关心着每一个船员的健康，尤其到北极圈，沿途的港口遥远，一旦出现病号，难以得到及时援助。

8月23日清晨5点，船进入白令海，白雾弥漫，飘舞海面，遮云蔽日，视程不到1海里。尽管海面船只稀少，张玉田船长还是谨慎地鸣响了雾笛，拉开了驾驶台两边的门，不放过任何能帮助瞭望和判断的声音。

---

① 破舱稳性（Damaged Stability）是指船舶破损进水后的剩余稳性，即船舶在一舱或者相邻多舱破损浸水后，仍能保持一定的浮性和稳性，使船舶不至于沉没的，能保人、货物安全的性能。

② 也称冰凌预报，对于有冰期的江河湖库或其他水域，根据有关热力、水力等因素和冰情资料，对未来的冰情做出科学的预测。

首航就是首航，任何情况对于首航来说都是未知数，来不得丝毫放松和懈怠。

白令海以探险家白令的名字命名。1725年和1742年，丹麦人白令完成了两次探险航行，通过了西伯利亚和阿拉斯加之间的航道，他绘制了堪察加半岛海图。白令海是太平洋通向北冰洋的门户，也成为我们今天进入北极航行的标志。

张玉田在驾驶台，仔细翻阅北极航线上的一张张海图。前方的白令海，是北冰洋和北极圈的入海口，进入后，用的都是生疏的俄制海图。首航船长的第一要旨是熟悉航线，要把船走的路线铭记在心里，熟悉各个转向点。张玉田船长伏于海图桌上，用他富有经验的眼神，仔细地对照着海图上北极区域的各种标注。海上的航线随之在他的眼前延伸，他仿佛已经驾船航行到了北极圈，银装素裹，白雪皑皑，四顾白色的冰原覆盖，破冰船在前面开道，他的船在跟着前进……

约9点，雾散。

按照既定计划，这天，中国海上搜救中心、中远集团、中远航运和"永盛"轮举行船岸四方联合演习，"永盛"轮模拟在航行中与流冰相撞引发船体进水、燃油泄漏。

于是，一场逼真的情景在船长的指挥下瞬间出现在"永盛"轮上——

上午10时30分，"永盛"轮值班驾驶员感觉到船体剧烈震动，怀疑与水下不明物体发生碰撞，立即停车并报告船长。

张玉田船长闻讯立即奔上驾驶台，了解情况后，他分析船体被流冰碰撞，担心船壳破损造成油舱燃油泄漏污染海洋环境，下令立即启动全船广播应急程序，指令二副立即在VHF16频道通告所有附近船舶，并报告公司值班调度和沿岸所在国搜救中心及油污应急联系人。

演习警报鸣响后，全体船员穿上制服，两分钟完成甲板集合。

船长发出一系列指令，指令大副和水手长对所有货舱、压载水舱进行测量；指令轮机长和二管轮对所有油舱、污油水进行测量；指令驾驶员注意观察船舶倾斜变化以及船舶四周海面情况；要求船舶政委做好船员思想工作，保持镇静，服从指挥。

张玉田船长如铁柱般站立在驾驶台，庄严地发出一道道指令。这指令坚决有力，不容置疑！

根据大副、轮机长现场测量报告，发现第2油舱左前液位上涨了50厘米，怀疑已漏进海水。观察左舷海面有油花冒出，分析可能是船壳破损所致，立即将相关情况报告公司应急指挥小组。

按照预案，张玉田船长立即采取一系列应急处置：

减少船舶进水，防止船舶倾斜。初步对船舶货舱、压载水舱进行排查，根据排查结果，将船体破损部位（左舷）置于下风。

打开排水泵，计算进水量与排水量，如果排水量大于进水量，则风险可控；如果排水量小于进水量，则计算破舱稳性。

通过调整压舱水，保持船体的正浮和平衡，防止大角度倾斜造成货物移动危及船舶安全的危险。

同时，为减少燃油外泄，控制污染范围，船长指令轮机长迅速将第2油舱左前的燃油驳到其他油舱，保持不间断测量，注意周边其他舱室液位变化。

船长指令大副做好放救生艇准备，在海面天气条件许可的情况下，将救生艇放到海面后，拖拉围油栏一头系在上风船舷，拖拉另一头往下风方向去围堵海面油污。

船长要求，在船舶进行应急处置时，注意做好安全保护，特别注意在室外甲板作业，以及释放救生艇铺设围护栏时，正确穿着救生衣、保温服，所有人员服从指挥，切勿急躁，防止发生人身伤害事故。

随着险情发展，船长指令立即制作简易器材，进行有效堵漏。利用船舶现有条件，制作简易堵漏毯，对破损部位进行临时处理，以便具备自航能力，驶往合适港口进行修理。

此时，在遥远的广州，在中远航运公司应急指挥中心里，项目领导小组组长翁继强副总经理和杜俊明副总经理，航运经营部、船舶管理部、船员管理部、信息技术中心人员及中国海上搜救中心，与"永盛"轮张船长保持连线，通报情况，也展开了一幕幕排除险情的逼真现场演习——

值班调度接到演习船舶的险情报告后立即报告调度业务经理，调度业务经理安排通知船舶管理部及相关人员，进一步保持与船舶的联系。

船舶管理部总经理及（海务）副总经理向公司应急领导小组组长或副组长报告。

应急领导小组组长宣布启动公司应急程序并通知应急领导小组人员，按规定向中远集团总调、安监部报告，确定与船舶的联系方式，指导船舶应急抢险。

公司应急领导小组领导到调度室后，向各有关部门了解情况，除电话了解核实船舶现场情况外，还通过船岸视频连线，直观掌握遇险船舶总体情况。

——由值班调度业务经理汇报船舶险情的主要情况和事发海区附近我司

船舶动态情况；

——由海务业务经理汇报所处海区的气象和海况，准备有关联系资料；

——由船管部机务经理汇报船存燃油及油舱分布情况，提供总布置图、破舱稳性控制手册、船上油污应急手册；

——由航运货运技术中心负责人提供船舶货载情况；

——由船员管理部负责提供"永盛"轮船员名单。

公司应急小组全面了解船舶险情后，向"永盛"轮船长发出指令：

要求船舶保持镇静，按应变程序开展工作；

进一步了解船舶油水舱的变化，以便对危险做出充分的估计；

操纵船舶保持船舶平衡，减少船舶倾斜；

想方设法减少燃油外泄，海况许可放艇铺设围油栏杆；

作业人员互相提醒，应急处置过程中保证人身安全。

接着，公司应急小组组织专业人员进行风险评估，并再次向中远集团汇报。

根据船舶反馈的情况以及上述风险评估的实际，由中远航运公司组织相关人员拟订应急方案，并指导船舶正确实施。

最后，由公司应急领导小组组长翁继强副总经理根据船岸演练的实际情况，宣布演习结束。演习结束后，船岸分别进行点评。

国际海上人命安全公约（SOLAS）规定远洋船上每个月组织全员演习一次，目的是演练海员在发生事故时的反应能力和对救援器材运用的熟练程度。这一次联合演习检验了船长和船员在船舶发生事故后的应急反应水平及处置能力，同时也检验了岸基和"永盛"轮的通信是否畅通，当船舶发生险情或事故时，能以最快的反应能力给予最大的支持。

联合演习完成后，交通运输部、中远集团领导分别通过海事卫星电话向"永盛"轮全体人员表达关心和慰问。来自总部的慰问如家人般亲切，给船员增添了无穷的力量。

下午2点，"永盛"轮右舷正横阿留申群岛西端的白令岛，左侧堪察加半岛的山影映入张玉田船长的眼帘。船轰鸣着，排开波浪，轻快地进入北冰洋。此时在驾驶台上发现海面上有若干头鲸鱼，大家纷纷拍照。从照片上看，白令海上的鲸鱼，似乎暂且还没有受到人类的伤害和污染。

船距岸30海里，杳无人烟，这时却又意外地发现手机信号可以使用，应该是堪察加边疆区府彼得罗巴甫洛夫斯克传来的信号。船员不胜欣喜，忘了辛劳，纷纷向家人报平安。此时，张玉田手中的手机也响起，他拿起手机听，是妻子的声音：

"玉田，你在哪里？"

"我在北冰洋。"张玉田答。

"你怎么跑到北冰洋了呢？"

"领导安排的，我只能执行啊。"

对于航程，张玉田总是一次次地这样回答。

妻子无语，停顿了一会儿，又问：

"那儿冷吗？"

"不冷。"张玉田笑了笑，用手擦了擦脸，"刚才演习了一下，还一身汗呢。"

"瞧你的，不知冷暖的人！"妻子嗔怪着，又问，"儿子中学快毕业了，你看高考报哪个大学啊？"

"你定吧。你是老师，智商和情商都比我强，我整天在海上，知道个啥呀？"

"瞧你说的！那我再问你，咱屋的天花板上漏水了，你看咋办？"

"叫儿子，叫这小子解决！"

"那家里什么事情能靠上你啊？"

"是啊，你说得对，都靠不上我。拜托了，家里事全靠你了。再见！"

张玉田终于挂了手机，嘴里吐了吐舌头，紧张得脸上又冒汗了。

周围不知谁问了一句："张船长，刚才是在和嫂子搞联合演习吧？"

驾驶台里爆出一阵笑声，可怜的张玉田船长脸涨得通红。

【第三幕】　冰海雾航

"永盛"轮向北极冰区挺进，中远航运公司岸基的安全提醒没有间断。项目组发出"安全注意事项及北方海航线有关布置提醒"，记录过海峡进入北极圈航行风险点的时间。

果然，进入北冰洋高纬度[①]后船舶在航行时的卫通不能使用，只能靠铱星电话。船岸先后进行了三次连线测试，确信保持畅通。

张玉田船长心里记得清楚，从白令海峡到新地岛东部的喀拉海，沿线有

[①] 北冰洋高纬度是指地球表面南北纬度60度到南北极之间的区域。

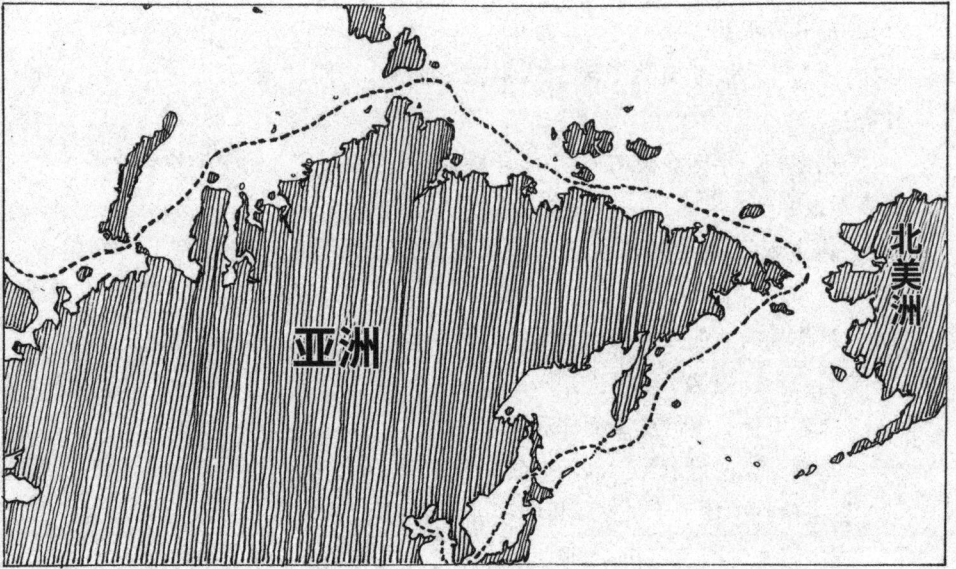

北极东北航道示意图

迪克森、杜金卡、伊加尔卡，还有季克西、佩韦克、普罗维吉尼亚等主要的港口，一旦应急需要，或送病员就医，这些港口就是依靠的希望。

8月24日，船航行在堪察加半岛西岸北部水域，北纬60度，凌晨2点日出，4点后日落，天色如同白昼一般。地球绕太阳公转的黄道线和地球赤道线的交角，形成北极夏季太阳几乎不落，不见黑夜。

此时海上气温不到10 ℃，受低压气旋影响，东北大风伴着大雨从船首右舷30度方向呼啸而来，船舶偏迎风浪前进，白色的浪花卷起千堆雪，飞溅着冲向甲板上十多米高的克令吊吊臂，船首两侧，浪花飞溅。船长一直坚持在驾驶台指挥，虽然风浪大，船员和专家心里都很平静。机舱24小时安排轮机员值班，严密监控主机工况，保持主机动力。上午大副和水手长检查货物绑扎情况，决定择机加固一舱舱盖上的大钢管，确保货物安全。

8月25日，天色阴沉，大雨倾盆，风增大至7~8级，阵风9级，白令海巨浪滔天，没有船只来往，高频电话静得出奇。中午越过北纬62度报告线。海浪如瀑布从天而降，船舶摇摆点头颠簸，劈波前进。有过航海经历的人都知道，这样的天气就是躺着也是一种煎熬。

值机舱班的，高温嘈杂不说，那股子呛人的燃油味就令轮机人员脑子不够用。他们只能偶尔学学鲸鱼，爬出机舱，闭上眼，张大嘴，给肺部狠狠灌上几口新鲜空气，再跌跌撞撞返回机舱，生怕被浪拍打在梯口。

值驾驶班的，硬邦邦地站着不说，还得集中精力瞭望。风云变幻之际，便是危机四伏之时。此刻的脑瓜子不能晕，也不敢晕。驾驶员抓住扶手不敢动，双脚恨不得把波澜踏平；水手边操舵边呕吐，吐口水，吐苦水，再吐胆汁……

除了值班，许多人还有自己的一块"自留地"，得定期去维护、去保养。否则，坏了，锈了，到期了，无法使用了，摊上一件，不是大事，就是要事。弄不好，引起连锁反应，那就成了伤船命、毁人命的特大事。

若论辛苦，少不了"永盛"轮船长张玉田。

他几乎通宵达旦守在驾驶室。双手，紧握望远镜；眼睛，紧盯着海面；双脚，像生了根的螺栓。船只随着他的指令，劈波斩浪，在风浪中有惊无险，匍匐前行。"路曼曼其修远兮，吾将上下而求索"，成为驾驶室内一首奋勇前行的千古绝唱。

政委黄科明说，船长许多"玩命"的小事，令人挥泪：每逢夜航、雾航、狭窄水道航行，还有台风巨浪中的航行，他常常顾不上吃饭。有时太困了，就多喝几口浓茶，不行，再来杯咖啡。实在不行，驾驶室里的沙发就是床。如此这般，身体感觉可以抗衡了，精神有了，劲头足了。只是日复一日，月复一月，一晃十多年的船长生涯走过，累积的海里越来越长，承载的货物越来越多，身体却熬出了越来越多的毛病、越来越多的疼痛，黑发熬成了白发、白发熬成了无发……

其实，就北冰洋雾霾来说，首航北极前，张玉田就查阅过大量资料和信息。他了解到，海雾是北极的面纱，想要了解北极，就必须穿越这重重迷雾。由于北极地区的温度低，其他地区的暖湿气流到达这个区域，更容易变性、冷却，使水汽凝结，因此形成了海雾。

张玉田还了解到，夏天可能是北极空气最好的时候，因为大气的环流对北极的空气净化有利。如果在冬天，人造污染物会随着大气及洋流，聚集到北极地区。北极地区许多污染物的含量，比人们聚集的城市还要高，就会出现北极烟霞。所谓北极烟霞，不是北极美丽的神奇景观，而是持续笼罩在极地上空含微粒的云团悬浮稳固，久降不下，与从南边中纬度地区大气中飘移过来的二氧化碳、二氧化硫、氟利昂、烟尘和农药等污染物，结合形成的雾霾。北极原来是没有烟霞的。烟霞据说从20世纪50年代开始出现，主要是周边国家工业排放污染物造成的。加之每年都有大量候鸟飞来北极，粪便中携带的汞和杀虫剂等化学成分，也持续污染北极环境。

海明威在他的小说《丧钟为谁而鸣》的题记中，曾引用过英国17世纪诗人约翰·堂恩的诗歌片段：

> 谁都不是一座岛屿，自成一体；
> 每个人都是欧洲大陆的一小块，那本土的一部分；
> 如果一块泥巴被海浪冲掉，欧洲就小了一点；
> 如果一座海岬，如果你朋友或你自己的庄园被冲掉，也是如此；
> 任何人的死亡使我有所缺损，因为我与人类难解难分；
> 所以千万不必去打听丧钟为谁而鸣；
> 丧钟为你而鸣。

张玉田想：这样说来，北极地区和北冰洋的环境保护，凡是地球人都有责任。所以对于船舶在北极水域航行，中远航运公司对于防止污染做了严格的规定，对于这些规定，张玉田能倒背如流，并严格执行。公司在相关通知中指出——

《MARPOL公约》①并未将北极区域指定为特殊区域，因此在北极水域中的船舶排放，仍适用该公约中的一般性规定。考虑到北极水域的特殊性，航行于该水域，除经过粉碎处理后食品垃圾以外，应停止一切污油水及垃圾等的排放。

普通生活垃圾，在特殊区域禁止排放，准备供船专用密封塑料垃圾箱，为本次首航北极专用。

船舶发生严重油污染事故，船长立即按《船上油污应急计划》的规定以最快的通信方式向本轮的机务总管和最近的沿海国俄罗斯报告。船长、轮机长立即按《船用油溢油应变部署表》应急反应，组织船员采取一切措施，阻止污染的扩散，清除、回收污染物。

船长视情决定通知代理，要求代理与俄罗斯当局联系协助清除污染物。

如确认非本轮造成污染，或其他船舶造成的污染威胁到本轮时，船长应立即查清肇事船舶，并立即向有关当局报告。

话说回来，当务之急是保证冰海雾航的绝对安全。船只在海雾中很容易发生搁浅或者碰撞，很多灾难片里面都有过这样的片段，雾气弥漫的北冰洋中，船只像幽灵一般航行，一不留神就会撞到冰山。所以遇到海雾的时候需要减慢船速，这样万一看到冰山的话能够及时把船停下来。船上的仪器设备是无法检测到海雾的，所以只能用肉眼观测海雾，不过船上的雷达可以监测到海冰以及附近的船只，定位设备可以显示本船的位置。

想到这里，张玉田船长坚持在驾驶台亲自长时间指挥，值班人员认真瞭望、小心驾驶，专家组的同志为船舶安全出谋划策。

船长为避开强涌造成的剧烈颠簸保证机器运转安全，决定向岸边浅水区转向并适当减速，待天气好转后再调整航向。

8月26日，阴天有雨，温度8℃，东北风5~6级，白令海水域风浪开始变小。船员下货舱检查货载和绑扎情况。上午张玉田船长和几位专家组在驾驶台分析东北航道冰情变化，讨论航线选择的利弊。

下午，海面风浪逐步平静，大雾再次弥漫。专家组成员、中国极地中心"雪龙"号老船长王建忠多次航经北极。据他介绍，8月，白令海的暖湿空气

海魂——走近中国远洋船长

---

① 《国际防止造成船舶污染公约》，全称 *The International Convention for the Prevention of Pollution from Ships 73/78*。现行的公约包括了1973年公约及1978年议定书的内容，于1983年10月2日生效。简称MARPOL 73/78公约，是世界上最重要的国际海洋环保公约之一。

向北冰洋运动，附近海域大雾频繁。尽管航区没有任何船舶，但船长和值班人员仍不敢放松警惕，全神贯注保持着瞭望。

8月27日，阴转晴，温度6℃，东北风4~5级，早上7时，船进入北极圈①（见图）。此时的楚科奇海笼罩在薄雾之中，天空是阴沉的。左后方太阳升起的地方有一片白光，成群的海鸟围绕船边飞翔，发出阵阵叫声，远处偶尔出现几米高的水珠和巨大的黑色身影，那是传说中的北极鲸鱼。上午8点50分，久违的太阳再次出现在船的上空，似乎是在欢迎"永盛"轮进入北冰洋航行。当天上午10时30分，交通运输部何建中副部长通过铱星电话慰问"永盛"轮船员，期待"永盛"轮凯旋。

8月28日，阴天、多云，飘着雨、雪，温度-1℃，东北风转西风5级，"永盛"轮航行在楚科奇海上。今天温度变化最快，早上海水温度和室外温度都是0℃。上午10时（北京时间9时），根据电报约定，张玉田船长和前方3海里的"50年胜利"号俄罗斯核动力破冰船取得联系。按破冰船的指示，"永盛"轮跟在其后面0.7海里，全速前进。破冰船的红色身影清楚地显现在视野中，"永盛"轮不再孤单。

北极天气变化无常，前方不远处一片迷雾，十来分钟后已经变为飘扬的雪花。从12时到13时，仅一小时的时间，经过的海域就下了5场雪，但都不大。14时，船进入北极圈70.22度，在右前方七八海里处首次发现浮冰②，从雷达上看，浮冰面积长约10海里，宽约3海里。用望远镜看，连片的浮冰在阳光下发出白光，高度应该有4~5米。张玉田请教多次到过南北两极的"雪龙"号船长王建忠，他判断这是多年的浮冰随风流漂来的。原来估计楚科奇海是没有冰的，这突然出现的冰情出乎意料。浮冰的出现如同一道天然的防波堤，处于下风的"永盛"轮周围此刻风平浪静，破冰船利用此良机安排上引水员。15时，两名俄罗斯引水员登轮。"永盛"轮在破冰船的引导下继续航行，左右两舷不时有各种大小形状不一的浮冰漂过。傍晚，"永盛"轮船首安装探照灯，用以与破冰船的联络。

8月29日，阴转多云，温度-2℃~4℃，东南风2级，船航行在楚科奇海

---

① 北极圈（Arctic Circle），是北纬66°34′纬度线圈，是北半球上发生极昼、极夜现象最南的界线。北极圈以北的区域，阳光斜射，正午太阳高度角很小，并有一段时间是漫长的黑夜（极夜），因而获得太阳热量很少，为北寒带。北极圈是北温带和北寒带的分界线。由于北极圈以内严寒，生物种类很少。植物以地衣、苔藓为主，动物有北极熊、海豹、鲸等。

② 浮冰由海水冻结而成，在海面上随风、浪、流漂移的冰，又称为漂流冰或流冰。

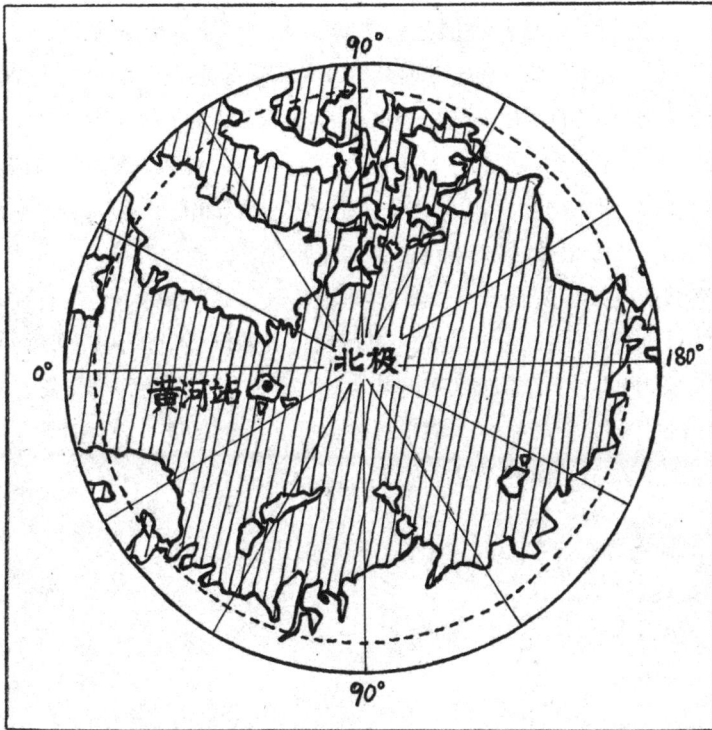

北极圈

中部，前方破冰船没有固定的航向，在浮冰的空隙间绕道前行，航向在286~
328度之间。浮冰明显增多，已经连成白茫茫的一片，舷外几米处漂来的大块
浮冰有足球场大小，水面高度在2~3米之间，估计水下应该还有20多米。

阳光下浮冰洁白晶莹，周围海水碧绿透亮，不远处的天空偶尔出现一小
片薄雾，到了眼前变成纷飞的雪花。前面破冰船开路导航，两舷如白雪喷涌，
其锋利的冰刀破出深蓝干净的航道。"永盛"轮驾驶台上坐着俄罗斯引水员，
张玉田船长几乎通宵达旦坚守在驾驶台。

前面开路的俄罗斯核动力破冰船绕着浮冰的空隙前行，航向多变，速度
低至7节，其船首水下部分的钢板没有油漆，暴露在水中的冰刀锃光瓦亮，
晶莹的浮冰在破冰船的挤压下像白色的雪浪花一样飞溅。

冰区气象变化万千，周围几平方海里同时存在几种天气现象，前方下雪，
视线模糊，后面阳光明媚，雨雪交替，十多分钟时间能下几场雪，一转眼又
是耀眼的阳光，将天的蓝色染透浮冰，如翡翠般点缀着海面。

8月30日，清晨，阴转多云，温度-4℃~1℃，西南风3级，航行在东西伯
利亚海西部。张玉田船长走上船桥，捋捋疲倦的双眼，舒展一夜未睡的身子，
观察海面顿觉开朗，除了不时漂来的几块浮冰外，满天雪花飘扬飞舞，空气中
没有任何杂质，唯感寒气森然，整个驾驶台外面银装素裹，洁白的雪花堆积在
驾驶台上风的管子上。他想起毛泽东在戎马倥偬中吟诵的诗句：

> 朝雾弥琼宇，
> 征马嘶北风。
> 露湿尘难染，
> 霜笼鸦不惊。
> 戎衣犹铁甲，
> 须眉等银冰。
> 踟蹰张冠道，
> 恍若塞上行。

雪！啊，洁白无瑕的雪，8月北极的雪，为"永盛"轮壮行。

尽管雪花纷纷，但气温明显比昨天暖和，下午又逐渐回到0℃以上，甲
板和驾驶台外面的积雪在风中飘零散落。

张玉田船长不形于色却内心喜悦。啊！北极圈，原来你飘舞着白雪迎接
我们中国新客人……

8月31日，阴天，温度3℃，西南风3级，航行在拉普捷夫海。早上5时，从驾驶台观察海区天空阴沉，船舶上空海鸥来回盘旋，前方破冰船两舷溅起的浪花清晰可见，船尾航迹上空成群海鸟翱翔，它们瞅准机会，不时一个翻身俯冲，从水中衔出活鱼，享受着美餐。

两名俄罗斯引水员是典型的欧洲人，基本不吃米饭和青菜，喜欢煎烤油炸的鱼排、肉排、煎水饺和炒面。在他们的专用餐厅，张玉田船长和政委事前准备，提供足量的咖啡、牛奶、果汁、可乐、快食面、矿泉水、罐头、面包、牛油、糖果和水果等。

晚饭后，在驾驶台看到难得一见的极光，众人兴奋不已。远处太阳在20度的高度上被厚厚云层阻隔，时隐时现，如不仔细观察很难发现。太阳的倒影在海面发出耀眼的光芒，政委黄科明还以为看的是日落。他昨晚12点才休息，发现窗外灰白天空和海面，天不见黑，太阳并不愿意下山。午后，政委翻阅航海日志记载，2时02分日出，他随口问二副，昨晚什么时候天黑？二副告诉他，过了75度好像就没有天黑了，只是1点多的时候有点暗。可见，这个时间的太阳的位置就在北极圈附近，所以太阳日落的位置并不低，感觉晚上的天色也如同白昼。要知道，太阳自来到高纬度的北极，着意逗留在海平面上，两个多小时就完成日出和下山的过程。

【第四幕】 穿越浮冰

随着"永盛"轮的向北挺进，一开始浮冰零零星星，纬度越高浮冰越多，在几百万平方千米的海域内，海冰都碎成了大小不等的浮冰块。此时，蔚蓝色的流动液体似被一口魔气吹拂后消失，代以一种银白色的坚硬固体笼罩洋面。

实际上，浮冰占据的海面达到数千平方千米，而面积在几平方千米以上的浮冰随处可见。惊奇的是自然界把这些浮冰雕琢成千姿百态，使人目不暇接，浮想联翩。有的浮冰似西北沙漠中的残垣断壁，一片废墟，使人想起败落的村寨；有的浮冰上还出现一潭一潭湖蓝色的融冰水，好似沙漠中的一潭清泉；有的浮冰似峻峭的山峰，傲然屹立；有的浮冰似桐庐的水下溶洞，对了，那叫瑶琳仙境，仙境中的"狮象迎宾""广寒舞台""蓬莱宫阙""擎天玉柱"等，似乎都迁移至此。林林总总的浮冰形态，令人惊叹自然界的"鬼斧神工"。

　　作家毕淑敏曾在她的《破冰北极点》一书中，将破冰船经过的北冰洋，称为"宛若一锅沸腾的蓝钻石"。她这样称道北极蓝色的海冰："蓝是越纯粹越精彩的颜色。天空和孕育生命的海洋，都是这个颜色，便把它从凡俗的色泽，提升到了神圣范畴。"

　　初看北冰洋，似乎是一片白色的冰海，这种白色似维多利亚婚纱锦缎的白，比白云的白更纯净、更富有光泽。然而，不知是大洋底色的湖蓝，还是蔚蓝天空的反射，那一望无垠的北冰洋的浮冰颜色，却在白色透明中散发出晶莹的蓝光。有时，整块浮冰上出现一条或数条蓝色的线条，好像白色纱裙上系了一条蓝色的腰带。

　　蓝冰是冰川中的奇观，它的色彩令人惊叹。蓝冰的颜色非常鲜艳，给人一种清新、纯净的感觉。蓝冰的冷静与深邃给人一种安详的感觉。在阳光的照射下，蓝冰散发出耀眼的光芒，宛如一颗珍贵的蓝宝石。蓝冰的冰晶结构紧密有序，使其拥有了坚固的性质。蓝冰的形状各异，有的像巨大的水晶块，有的像奇特的冰雕艺术品。蓝冰的纹理与晶莹剔透的质感，展现出了大自然的精致与细腻。蓝冰的色彩如此鲜艳夺目，仿佛给冰川涂上了一抹瑰丽的蓝色。

　　然而，此时在"永盛"轮驾驶台上的张玉田船长眼中，北冰洋并非如梦如幻的仙境，而是茫茫冰海，雨、雾、雪经常交织的航行困境。安全航行，时刻萦回在他的脑海里。

　　尖尖船首划开茫茫冰路，浮冰在船舷两侧舞动着身姿，发出一种属于它们之间才懂的话语……驾驶室内，一身工装的张玉田船长，像一位坐镇前线的大将军，指挥"永盛"轮左冲右突，虔诚地领悟着自然法则与浩瀚北极的变幻，不时俯身与引水员交流意见。

　　餐桌上的饭菜热了又凉，凉了又热，直到冰量减少些许，船长和引水员才敢端碗吃饭。大家狼吞虎咽。的确有点饿，张玉田的吃相有种满足感。在他看来，推后一两小时吃饭已是幸事。

　　船钟在墙壁上画着圆圈。当时针与分针合而为一指向天穹，天空依旧明亮。细细观看，一竿之高的太阳躲在远远的云层里。是天上的太阳跌落水中，还是水中的太阳挂在天空？其实相互辉映，构成水天一色。

　　北极，性情确如其熊，时而温顺，时而暴怒，变幻无常。

　　9月1日，天色隐晦，温度-2 ℃，东南风4级，"永盛"轮航行在拉普捷夫海西部。早上5时40分，从驾驶台观察四周天空仍然阴沉，驾驶台和甲板货物都相当潮湿，值班水手段传新正在驾驶台外擦洗玻璃，大副和引航员在认真值班。上午10时，驶近维克基茨基海峡，海面上漂来大小不一的浮冰，高度有3米多，面积有十多平方米，引航员熟练避让。一会儿，左舷200米外有两头北极熊在水中游泳，像是母子，样子十分可爱。惊喜中，政委黄科明用DV拍下北极熊在水中可爱的熊样，目送着它们远去……

午后，维克基茨基海峡东入口有平流雾①。高空太阳普照，蓝天白云，海面浓雾弥漫，在前方仅0.7海里的庞大的破冰船身影瞬间消失在雾中，只能隐约看到自己的船头。雾满冰海千障碍，视觉看不到破冰航道，撞上浮冰事大，张玉田船长双眉紧锁，不时走出驾驶台瞭望。

不到一小时，雾逐渐散去，远处浮冰绵延数十海里。进入维克基茨基海峡，浮冰密集，破冰船在海峡少冰处择路前行，使你感受到自然的力量。然而，眼前白冰如雪，洁白绵延，一尘不染，阳光洒下金辉，颇显冰海壮观之美，令人格外震撼！

"永盛"轮在船长张玉田的指挥下，蛟龙摆尾，左冲右突，再次碾压，再次突破，再次寻找属于自己的路……

没多久，狂雪突至，海面一片苍茫。海鸟，盘旋在空中，探着头，东张西望，不时发出咔咔声，似乎也在帮"永盛"轮寻觅前行的路。

下午，海事卫星通信中断，"C站"信号逐渐微弱，开始断断续续，"永盛"轮与世隔绝，成为北极冰海上真正的一叶孤舟。

虽然四周是一片冰海，船长张玉田的额头却沁出了汗珠。

自此，海冰越来越密，厚度和硬度都大大加强，"永盛"轮的船速从12节降到6节。

晚上10时，浮冰越来越多，密密实实，再难找到一丝缝隙。

冰原上，俄罗斯破冰船前面开路，"永盛"轮在后面跟进，船体发出与冰块撞击的尖厉的喧嚣声和破碎声不绝于耳，大有将钢板撕开的恐惧，令人惊骇！1912年4月，英国豪华大邮轮"泰坦尼克"号的海难就是与冰山相撞，造成其船首和右舷中部破裂导致沉没。今人无法想象当时的冰情，但破冰级的"永盛"轮前面有破冰船破冰开道，航行中，两舷仍然发出挤压残冰的刺耳声，足以想见北极航线上冰的坚硬，足以想见当任船长肩上的担子有多

---

① 平流雾，当暖湿空气平流到较冷的下垫面上冷却而形成的雾。多发生在冬春时节，以北方沿海地区为多。它能将城市中的建筑物"缠绕"其中，使身处地面的人们觉得如临仙境。

么重!

视野中,海冰越来越密,厚度和硬度都大大加强,富有经验的"雪龙"号老船长王建忠判断遇上了老冰,隆起的冰面估计已经过了一个冬季。张玉田船长在驾驶台寸步不离,指挥船舶不断调整航行路线,船速降到6节。

北极的冰海上,漂浮的冰山形状各异:有的100多米长,高出海面十多米,形似船帆,也有的像风化的古城墙,在阳光的照射下,折射出翡翠色,晶莹剔透,宛如宝玉,令人遐想;也有的像小船,星罗棋布,水下部分起码有好几米,船员将冰山比喻成"美丽的危险",可看不可碰。

很多深灰色冰丘露出水面4~5米高。冰下海流涌动,破冰船过后,开出的航道很快被密集的大小冰块覆盖,"永盛"轮一旦没有及时跟进,海面上的块状冰就重又连成片,很难找到空隙,一时被聚冰夹住,无法动弹。只能停车、倒车,慢车推压着冰块艰难前行。此时,船首和冰块相撞击的声音、舷墙和冰块挤压的声音和船体震动声交织在一起,惊心动魄。在强烈的震动中,张玉田船长一面用望远镜细心观察,一面与引水员配合指挥船舶顺利避让一块块巨大的坚冰。

凌晨1时,船体受大块坚冰挤压,震动声音异常。

突然,砰的一声从船首传来,仿佛定音鼓,响彻云霄,船速随之减了一半。外部的寒冷、内心的寒战,形成尖锐的双重音符,不时冲撞着大家的胸腔。

肯定撞上了冰山!

不容细想,张玉田船长双眉锁紧,马上下达指令:"测量水舱!"

船长把话传给二副,二副又传给水头,接下来就像400米的跨栏障碍接力。

水手长屠东生像点了火的爆竹,向船首方向直蹿,测量每一个淡水舱、污水舱、压载舱。寒风狂野,嘶嘶呼呼,尽管防寒服的衣领拉链已经扯到了顶端,可风还是无孔不入地往他的脖子里钻。为加快测量速度,他脱下防冻手套,不时将手心放在嘴边,吹上一口热气……

驾驶室仿佛凝固了起来,只有大家的喘息声在空中游动。船长不时张望着手中的对讲器,欲言又止。

时间一分一秒走过,大家在焦急中等待……

"一切正常!"仿佛一道电波从远古传来。短短四字,带着无法抑制的兴奋,给人以最大的安慰。

9月2日,"永盛"轮驶入喀拉海。

深夜12时,出于破冰需要,破冰船不断提升速度,增强冲击力,航速竟达 10 节。然而，尽管有破冰船开路，但船舶的航行仍是异常艰难。随着海冰越来越密，厚度和硬度都大大加强，船速很快降到 6 节，两船距离约 0.4 海里。

"永盛"轮步履蹒跚，形同蜗牛，每前进一米都颤颤巍巍。彼岸在前，目标在前，唯埋头破冰跋涉。一圈一圈又一圈，用螺旋桨舞动起"永盛"人不畏艰难独闯北极的坚定意志。

凌晨 1 时 20 分，船上录像机记下"永盛"轮船速仅有 2.9 节。与破冰船距离越来越远，有时达 2 海里多。前面，上百米宽的浮冰在破冰船的碾压下支离破碎，碾压后浮冰又趁机在破冰船尾几百米处汇成密集的冰阵，冰阵越结越长，越结越硬，死死地阻碍着"永盛"轮正常的前进。

凌晨 2 时，船位北纬 77°25′、东经 97°，九成冰，两船距离 2 链，速度 4 节，最近距离从驾驶台到破冰船船尾仅 1.68 链，船速不到 3 节，航行十分艰难。在冰情严重的情况下，本船与破冰船的协调至关重要。设法利用破冰船的尾流航道是对船长经验、驾驶技术和胆识的考验。

那么，处于"永盛"轮前面的俄罗斯破冰船"50 年胜利"号是怎样摧枯拉朽地破冰的呢？这里不妨领略一下作家毕淑敏曾经的描述：

冰层较薄，在 1.5 米之内，它运用"连续式"破冰。像个血气方刚的愣头青小伙，不管不顾低头直撞过去。以船头和螺旋桨的力量，径直将冰层劈开撞碎，昂首向前。随着纬度增高，冰层越来越厚，破冰船开始和海冰斗智斗勇，挑选冰体比较薄弱的方位挺进。只是这招很快也开始受到限制，冰层厚度迅猛增至 3 米以上。

这时，破冰船开始施展"冲撞式"破冰法。

"50 年胜利"号破冰船纵向短，横向宽，是个魁伟丰满的胖子。它首尾上翘，船体厚重，斩开的冰隙，无法容纳它庞大的身躯通过。好在它的船头如蛋壳般浑圆且略微上拱，吃水较浅，可一跃冲至冰面。这时，核动力的强悍心脏，以排山倒海之力驱动螺旋桨，从冰下将水抽入船体，削弱冰层支托，来了个釜底抽薪。脆硬坚冰失却基础，龟裂开来。此刻，已跃上冰层的破冰船，以船体本身的巨大重量加上压水舱吸入的海水重力，无情碾压坚冰。船体下的厚厚冰层终于无法抗拒，崩塌裂解，航道初露形态。

破冰船一不做，二不休，它以退为进，先倒一段距离，然后加大马力，卷土重来，凶猛冲上更远冰层，如爆发力极大的撞锤，将冰层彻底击散。

然而，破冰船在冰情严重的情况下采取突然加速撞冰，再等待被引导的船缓慢靠近，"永盛"轮只要稍微离破冰船的距离远点，航道马上就会被冰封住，所以"永盛"轮与破冰船的距离必须保持在可利用破冰船开出的巷道。

俄罗斯引水员说，破冰船驾驶台内有3台主机的3个操作手柄，需要时只要同时将3个操作手柄向前推下，只需5秒钟船速立即起来。此时正是冰情最严重的时候，"永盛"轮已被破冰船拉开1海里多，紧急局面立即形成，破冰船刚刚打开的航道全部被冰封死，"永盛"轮只好自己破冰航行，船体受到的撞击，震动剧烈可怕。

千钧一发之际，船长张玉田突然冲到俄罗斯引水员面前大声喝道："指令破冰船停车等候！"

引水员迟疑了一下，似乎没听清。

张玉田赤红了脸，又厉声道："听清没有！命令前方破冰船停车！"

引水员终于明白过来，也瞬间领教了这位平时和蔼可亲的中国船长的厉害，急忙将指令发给前方破冰船。

此时，雷达测出两船相距0.9海里，相顾近在眼前。但冰海航行，冰块阻挡，船行如同蹒跚挪步，需要极大的耐心和意志。经过20多分钟的努力，赵培根、贺建涛、段传新等3名一水以高超的操舵技术和敬业精神分秒配合，终于靠近破冰船。重新得到破冰船近距离的开道护航，"永盛"轮顺利前进。

早上7时30分，海面浮冰密度开始减少，破冰船航迹清晰可见。张玉田自言自语："浮冰，再见！"阳光普照，室内增色，一张被海风巨涛涤荡的脸孔，显现出礁石般的坚毅，让人捕捉到一股令人振奋的自信。

此时，张玉田船长在驾驶室已经连续工作13小时。

【第五幕】　铁汉柔情

一面五星红旗，在"永盛"轮驾驶室平整地展开。阳光照耀下，鲜艳的五星红旗闪射出一道明亮的红色光芒，将整个驾驶室都染红了。

阳光越来越炽烈，五星红旗所闪射的红色的光芒又跃出驾驶室，跃出"永盛"轮，给蔚蓝的冰原镶嵌上一道红色的光辉。

张玉田船长原本古铜色的脸膛，也被这五星红旗映得通红。这面五星红旗，是9月2日俄罗斯引水员下船前，赠送给"永盛"轮的。说是赠送，其实用"回赠"来说似乎更为准确。原来，这面五星红旗是先前坐破冰船去北极旅游的中国游客赠送给破冰船的，现在由俄罗斯引航员再回赠给中国第一艘穿越北极东北航道的"永盛"轮，以表达他们的敬意。

张玉田凝视着这面五星红旗，只见旗帜上密密麻麻写着很多中国游客的名字。望着这些名字，张玉田似乎看到了一张张中国人的脸，他们有幸乘坐俄罗斯破冰船去看北极，然而他们更为期盼的是，咱中国人自己的商船能昂然航行于北极！

啊，亲爱的中国同胞，我要向你们报告：北极，中国商船来了！

是谁，指引着"永盛"轮首航北极？

是五星红旗！

是谁，推动着"永盛"轮破冰北极？

是伟大的祖国！

张玉田看着眼前的五星红旗，浮想联翩：航行于北冰洋上的"永盛"轮，绝不是一叶孤舟，它是由一股强大的国家力量在指引、在推进的。无论高瞻远瞩的决策，还是运筹帷幄的指挥，或是精心充分的准备，都构成了一个巨大的系统，在推进着"永盛"轮的破冰向前。没有强大的祖国，哪有"永盛"轮的破冰北极？

想到这里，船长连忙召集政委、大副、二副和专家组成员，与俄罗斯引航员一起拉开五星红旗照相。这张五星红旗前的合影，已成"永盛"轮历史上最珍贵的照片之一。

其实这一天张玉田已经很累了。几天来冰困、冰夹、冰围，使舵，进车、倒车，冰雾中艰难航行，劳神费力，通宵达旦，人困机乏，再强的硬汉也顶不住紧张疲劳，他想着终于可以回到自己的房间歇一下了。他在沙发上坐下，刚喝了口水，昏昏的周身瘫软，再也止不住困倦，一头倒在沙发上睡去。他实在太累了。

然而，中午在五星红旗前合影的这一幕，却使张玉田扫除了所有疲劳，又重新振奋起来。

9月3日，11点15分，"永盛"轮正横俄罗斯新地岛北端，出喀拉海，转向246度，驶向挪威，至此，"永盛"轮完全通过俄罗斯北方四海。

晚上，在"永盛"轮全体船员大会上，五星红旗再次招展在会议的前方。船长张玉田高举起昨天俄罗斯引航员送来的五星红旗，展示给全体船员。那五星红旗中，分明有乘破冰船去北极点旅游的中国游客的签字。如今，这面五星红旗如一道红色的光芒照耀着"永盛"轮，温暖着所有"永盛"人的心。

此时，不善言辞的船长张玉田激情满怀，庄严宣布：将这面国旗当作"永盛"轮首航北极东北航道的纪念物品永久保存！

雷鸣船的掌声顿时响起，这掌声飞出"永盛"轮，如一阵阵惊雷，在北冰洋上翻滚着。

又到了周末，9月7日。如往常一样，这天张玉田船长起得很早。清晨4点多钟，从船长室的后面窗户看出去，天气晴朗，水面平静，只见东北方向的海面已显现白鱼肚，太阳已在地平线下面整装待发、跃跃欲试，随时准备腾出水面和"永盛"人握手了。

张玉田突然想到看海上的风景了。从太仓港开航至今已经24天，他虽然整天整夜在驾驶室瞭望，但说实话，他并没有在意极昼①的壮丽，并没有观赏浮冰的晶莹，并没有关注北极熊的憨态，并没有眺望日出的辉煌。对了，今天他要向着世界的东方，向着祖国的方向，去看东升的旭日！

早晨6点，张玉田来到驾驶室左翼甲板上，此时东方已经发白，旭日即将升起。可是天边总是乌云遮蔽，他担忧，还能看到旭日一跃水天之线时的靓影吗？还能看到朝阳雄视天下的容貌吗？

突然间，在乌云中金光猛然一闪！张玉田细细观望，这位经历过无数次海上日出日落的老船长，似乎从来没有发现今天的日出竟是如此美丽和令人感动：刚刚露脸的旭日，似一鲜红的小嘴在温柔地亲吻着大海，一瞬间，它又脸膛通红，容光焕发，用它充满活力的笑容，欲穿透这阻挡在天边的黑云雾绕！但是，无垠的海平线上，层云跌宕，它的面容一会儿仍被无情地淹没，它的光芒还是被残忍地遮蔽。

张玉田心情不平地回到驾驶室，依然不舍地望着窗外。不一会儿，东方又被染红了，眼前的旭日不可抑制地喷薄而出，将乌云踩在脚下，一跃而起，光芒万丈，显示出无比壮丽的生命力量！

想不到这一次海上观赏日出，竟使张玉田心情激荡，他想到了祖国，想到了中远集团的期望，想到了中远航运公司领导和项目小组日日夜夜的操劳，当然，他也想到了廊坊固安家中辛勤的妻子和儿女，该给妻子挂个电话了。

按照公司规定，"永盛"轮每天可以留出10分钟时间用船上专用的单边带电话给船员与家里通话。前些天，张玉田总是让船上的专家和海员与家人

---

① 极昼又称为永昼，是指在地球的两极地区一天之内太阳都在地平线以上的现象，也就是说昼长等于24小时。

通话，这会他也想留几分钟电话时间给自己向妻子报个平安了。

他拨通电话，话筒里传出妻子惊喜的声音：

"玉田，你到北极了吗？"

"到了，到了，现在挪威沿海，马上要到目的地荷兰鹿特丹港了。"张玉田连忙回答。

"那你身体怎样？船员们都好吧？"

"都好都好，个个像我一样，铁打的。"

"看你说的。"妻子笑出声来。

"你好吗？孩子读书怎么样？屋顶漏水修好了没有？"

"哟，你还管起家里的事来了。家里的事都稳稳当当，孩子考试成绩好着呢，以后准比你强！你就放心把船上的事整明白了就行。"

"对，对，你和孩子都比我强，我服，我服，我高兴！"

张玉田笑着把电话挂了。有家里的妻子和儿女做自己的强大后盾，他觉得太幸福了！

谁说船长张玉田不善言辞，其实在他老实巴交的中原汉子的外形中，隐藏着许多丰富而细腻的柔情。只不过这种柔情，他不是通过动听的语言说出，而是由一系列看来不经意的动作和行为表达出来。

如在"永盛"轮，他那间船长室的门是始终敞开的，哪怕晚上睡觉也把门打开，方便船员随时叫他。

船过釜山和日本北海道后，手机就没有信号了。张船长想着船员，特别向公司申请，每天留出10分钟时间用船上专用的单边带电话给船员与家里通话。

船位接近楚科奇半岛的普罗杰尼亚角，温度剧降，傍晚，舱室内透着寒意。机舱若开暖气的话又太干燥会不舒服，细心的张玉田船长想到年龄最大的专家宋家慧，把自己的加热器搬到了宋家慧的房间。

电机员突发急性阑尾炎，痛得脸色发青，全身打战。船上没有船医，远离大陆几千海里无救援，这是最紧张和可怕的事。张玉田得知后，迅速与公司取得联系，报清情况，按医嘱服药，病情得以舒缓稳定。但张玉田还是不断来探望、安抚。电机员说，已经没有大碍，你去忙你的。张玉田说，他放心不下。

船舶作为承运人的船方需要管好货物防止受损，船在航行中每遇大风浪，船员就要检查和加固绑扎，这项工作由大副主管。但张玉田每次都会亲自下

海魂——走近中国远洋船长

大舱，带头与船员一起加固绑扎，一样摸爬滚打，挥汗如雨。看着满身油腻、汗水涔涔的船长，政委总会说：船长你不用亲自干，做些指导就行。张玉田却憨憨地说：船上人手少，大家都在干，多一双手干活，能替一把，我心里就踏实。

有道是：

船长，浪打过，风雨经过，

你胆魄如火，无声挑着重担。

在北极的航线上，扛着责任，

你像铁汉，却藏着柔情万般……

【第六幕】　　"永盛"永胜

2013年9月9日，星期一。

早晨，"永盛"轮航行于北海。北海，与其南方的须德海相对应，是大西洋东北部边缘海，位于欧洲大陆的西北，即大不列颠岛、斯堪的纳维亚半岛、日德兰半岛和荷比低地之间。北海被认为是陆缘海，北海海底构造形成的历史，与北海及其邻近国家正在开发的广阔油田有直接的联系。所以现在这里是欧洲北海海上油气田区域，周围布满了石油井架和平台，以及那一根根冒着熊熊烈焰的烟囱。

早晨的天气还算不错，多云转阴，微风、轻涌、轻浪，船长定的船速很快，从昨夜到今天早晨8小时，平均14节航速以上，照此速度今天午夜即可到达荷兰鹿特丹港。

船长兴奋地告诉船员，中远集团和中远航运公司有关领导，已在鹿特丹港准备迎接我们。9月10日下午，"永盛"轮靠妥码头，现场将举行一个简短的欢迎仪式，随后在大台间召开座谈会。晚上，中远欧洲公司、鹿特丹港口管理局将为"永盛"轮举行欢迎晚宴。

船员听得兴奋不已，笑声和掌声把一路上的辛劳和担忧都扔到了海上。

然而船长脸色一沉，又严肃地说道：

"海上航行接近尾声，重要的事却刚刚开始。根据本航次指令，必须在抵港前两天内完成货物解绑任务。本航次首靠港鹿特丹卸有重大件设备15880立方米，解绑的止移墩有112个，钢丝近3吨，还有100多根链条，20多套集装箱连杆，以及30多立方米的木头。即使悉数搬入仓库，都是一场声势浩大的搬运工程，何况还需大家烧割、刨平、松绑、分类、堆积。各位从现在起就要投入新的任务。"

"那么，我们还能上岸去鹿特丹城里转转吗？"有船员悄声问道。

"很难。"这时政委黄科明说话了。他无奈地摇摇头，看着一路拼搏过来的同船兄弟，他的眼眶不由得湿润了。他动情地说："船上人很少，每天工作几乎达16小时。到码头后还要做大量的卸货前的准备工作，很难腾出时间来安排船员下地。"

无语。大台间一时鸦雀无声。

突然，有人大叫一声："那马上就干呗，还等什么？"

于是所有"永盛"人都在冰海航行的"万米长跑"之后，开始了卸载的"百米冲刺"。

偏偏老天捣乱，一路大风，还带斜雨。风雨同舟，安全至上，工作只好终止。今天不做明天做，这意味着明天的工作量翻倍，付出的精力更大。

第二天，工作继续。上午，尽管阴雨连绵，大家还是按照统一部署，开始割除部分止移墩。下午，天空放晴，机会难得。大家马上兵分三组，一组气割，一组电刨，一组做抵港准备，为部分货物解绑。除去驾驶值班的、机舱值班的、厨房做饭的、迎接PSC检查①的，还有机舱修理项目的，三下五除二，三个组，也就那么5个人。

精神焕发力量。在"永盛"人面前，没有驶不过的波涛，没有越不过的巨浪，全体船员同心协力，哪怕有10分钟空闲，也要主动参与，全力协助，按时完成了抵港前预定的目标任务。

靠泊码头，包罗万象的PSC检查正式开始。如同职工年度体检，大家既惊又喜。谁不想体检结果正常，以便日后全身心投入工作，拥抱生活；谁又都难免体检出点小毛病，也可早医早治早痊愈，防止日后形成大患，酿成大

---

① PSC（Port State Control），全称为港口国监督检查，是一项由港口国家政府或授权机构（如中国海事局），对抵达本国港口的外国籍船舶进行的检查评估。其主要目标是确保船舶的技术状况和船员能力符合国际标准，尤其是涉及航行安全和防止海洋污染。PSC检查关注的核心公约包括国际海事组织（IMO）的《1974年国际海上人命安全公约》(SOLAS 74)、《1973年防止船舶造成污染国际公约及1978年议定书》(MARPOL73/78)，以及《1978年海员培训、发证和值班国际公约》(STCW78/95) 等，旨在保护人命安全和海洋环境。

祸。5个多小时的严格检查，"永盛"轮一次性无缺陷通过PSC检查！

苦尽甘来，"永盛"人心花怒放。

开心的还有集团和公司领导，新华社、中央电视台等媒体记者，大家齐聚"永盛"轮，向"永盛"人敬献鲜花，表达内心崇高的敬意！

面对采访时，张玉田反复对记者讲，不要写我，要写就写"永盛"轮，写中远航运公司，写中远集团和上级领导，我只是做了应该做的一点事情。

张玉田说得谦虚了点，但也不无道理。

"永盛"轮是一个团队，张玉田把自己看作是这个团队的一分子。由于受船舶设计结构影响，"永盛"轮定编船员人数奇少。这次首航北极的15名船员（其中1名是增加的厨工），干着同吨位类型船舶20多人的活，大家忙得昏天黑地。天寒、地冻、浮冰、雨雪、极昼，种种可能以及可能引起的连锁反应……件件都是累人的活。

"永盛"轮又是一个英勇的团队。开航后，船上党支部立即召开党员大会和船员大会，对全体党员和船员进行了首航北极的战斗动员，要求党员发挥先锋模范作用，构筑起坚强的"海上战斗堡垒"。而党支书黄科明，堂堂船舶政委，掌起勺子，他是大厨；拿块抹布，他是大台。只有端坐主席台，他才叫黄政委。船员思想政治工作多种多样，他说，抓住了大家的胃，也就抓住了大家的心，船员口服了，心自然就服了。在他看来，这也是思想政治工作的一种方法，高效且能出成果。谈及此，心中快乐无比，用他自己的话来形容："我好乐意为大家服务。"

北极东北航道气象条件恶劣，大风频繁，浮冰重重，船舶的颠簸，严重威胁着载货的安全。为了保证货物安然无恙，船员超负荷工作。这次首航在太仓港装载16000立方米的设备，以及其他超长超重大件设备，其中有80米长215吨、70米长100吨的重大件各两件，绑扎加固要求高，任务非常重。张玉田船长在每次风浪之前都到现场检查货物绑扎情况，制订绑扎加固方案，指导码头工人实施。从太仓港开出后，船上立即开展对工人的绑扎做检查，重新紧固。8月16日，船上全船动员，除值班船员外，10名船员全部参加重大件和集装箱的加固绑扎。经过一天的紧张劳动，共加装集装箱连杆12组，增加绑扎链条46根，增加绑扎钢丝12道。在大舱里加固绑扎，温度高达37℃，闷热异常，船员个个一身汗水，但大家毫无怨言。

北极东北航道通航的船舶少，救援不易，加上环境和天气因素，机器设备的正常运作至关重要。余运增轮机长接到首航任务后，知难而进，除加强对机舱各种设备、管系进行维修保养外，还针对船舶在极端情况下如何保障主机、副机等关键设备运行进行认真分析和研究，提前准备应急预案，并多次对轮机员进行培训。

甲板部只有水手长屠东生是唯一的白天班人员。他兼职木匠，每天工作极为繁重，为监控船壳的完好性，每天上、下午两次对20多个油水舱测量水位，每次都要花一个多小时。他精打细算，将量水工作放在了早饭前和晚饭后的空余时间进行，相当于每天加班一个多小时。从太仓港开航后，他每天工作10小时以上。

"永盛"轮船员是坚强的、无畏的，但并不孤单。在他们背后，中远航运公司也犹如一条更为巨大的"永盛"轮，在做他们的强大后盾：

当"永盛"轮航行在北冰洋，中远航运公司机关工作组人员的一双双眼睛，通过电脑屏幕，全天候密切关注着"永盛"轮在海图上的每一步推进，针对该轮的具体情况，适时给予相应的指导。

旨在测试船岸救援能力的联合演习在8月23日进行时，在中远航运办公大楼，领导小组组长翁继强副总经理、杜俊明副总经理，航运经营部、船舶管理部、船员管理部、信息技术中心相关人员在公司应急指挥中心，和中国海上搜救中心、中远集团、"永盛"轮保持密切连线，通报情况，下达指令。整个现场气氛紧张，各项工作有条不紊。经过一个多小时的紧张工作，模拟险情排除，演习取得圆满成功。通过演习，验证了船长和船员在船舶发生事故后的应急反应水平及处置能力，同时也验证了中远航运岸基和"永盛"轮通信联络渠道畅通，岸基完全有能力对船舶发生险情/事故后给予足够的反应和支持能力。

与此同时，伴随着"永盛"轮一路向北，中远航运岸基的指引没有间断。

不仅一线管理人员密切关注，"永盛"轮的航行情况更牵动着交通运输部和中远集团领导的心。交通运输部何建中副部长和中远集团李云鹏总经理先后电话连线"永盛"轮，带来亲切的慰问和宝贵的指导。

同舟共济海让路，号子一喊浪靠边。经过27天7931海里的航行，"永盛"轮圆满完成了穿越北极东北航道的首度尝试，在辽阔的北冰洋上，留下了中国第一艘商船的历史性航迹。中远航运"永盛"轮的破冰之旅，不辱使命。

2013年"永盛"轮破冰北极的首航，是中国商船极地航行的开始。从此，中国商船开始了更为壮丽的极地航行。从2013年起到2016年，张玉田船长指挥"永盛"轮先后5次航行于北极东北航线，共节约航程16899海里，节省燃料 1351 吨。其中两次没有申请破冰船护航。2015 年 9 月 4 日，他独自指挥"永盛"轮从德国汉堡取道北极东北航线回到韩国釜山港；2016 年 9 月 8 日，他又一次独自指挥"永盛"轮经北极东北航道从英国雪拉内斯港回大连。

　　如今，承担首航北极任务的中远航运公司已改制为中远海运特种运输股份有限公司，而张玉田也已经退居二线，被中远海运特种运输股份有限公司返聘为张家港的码头船长，但他依然把"永盛"轮的精神，当年在"永盛"轮当船长的那股劲，搬到了张家港码头。他简陋的宿舍里，床边放着十来双干了又湿、湿了又干的工作鞋，表明了他风里来雨里去在码头上忙碌的身影。尽管他从来不提当年勇，但是每当从码头疲劳归来，在夜深人静的时候，他都不由自主地会想到"永盛"轮。特别在 2024 年 11 月 20 日，"永盛"轮恰好从张家港港务集团码头出发，将与"雪龙"号、"雪龙 2"号极地科学考察船在海上会合，一起前往南极开启中国第 41 次南极考察任务，正在张家港工作的老船长张玉田特意跑到码头，迎送他的爱船"永盛"轮。

　　汽笛拉响了，张玉田望着远去的"永盛"轮船影，眼眶充满泪花，心里默默念着——

　　"永盛"永胜！

后　记

　　也许是出了一本《蓝梦》，总策划韦明先生与文汇出版社编辑，还久久沉浸在一片深蓝的航海文化之中而不能自拔。他们渴望，再出一本船长的书，一本关于中国船长的纪实文学。

　　于是在他们的策划下，请来了已退休赋闲多年的《文汇报》高级编辑周勇闯先生，请来了曾任20多年远洋船长、航迹遍及世界各大港口的船长作家王以京，投入关于中国船长的系列纪实文学的写作中。

　　中国航运界著名专家、曾任中国远洋运输集团副总裁的雷海，也应邀担任本书顾问。

　　航海与文化互通，但又存在鸿沟。对于航海界的人士来说，只有跳出航海看航海，站在社会的文化的高度审视时代风云中跌宕起伏的航海人生，才能直抵人心，写出具有时代特征且有血有肉的中国船长；而对于航海界以外的"旱鸭子"文化人，航海又是一个神秘的存在。在一个以大陆文化为主的国度里，许多文化人甚至从未将关注的目光投向深蓝，又怎么能写出或写好那波澜壮阔的航海文化？

　　所幸，在我们这个编写组内，航海与文化相互间和谐地激荡着，影响着，弥补着，磨合着……由此，我们可以说，其中任何一个作品，都不是任何一个人的独立写作，而是相互讨论、交流、合作的结果。用传统的语言表达：是集体智慧的结晶。

　　我们不能忘记，作家后扬先生也曾参与这个集体的合作，他睿智的谈吐、专业的水准，以及爽朗的笑声，既对本书做出过贡献，又给编写组留下了美好印象。

　　本书所采写的中国船长的家人、同事或朋友，都曾纷纷拨冗接受过我们的采访。他们提供的大量弥足珍贵的信息、故事和资料，是我们写作最重要的资源。他们中有方嘉德、杨斌、黄小文、翁继强、陈融、朱佛容、贝颖言、曹康生、张继芳、陈海伦等多位人士。

从某种意义上说，他们都在参与创造着中国的航海文化。在此，一并表示我们最诚挚的感谢！

当我们准备采写陈宏泽船长时，中远海运特种运输股份有限公司转来航海界前辈卓东明生前撰写的一系列纪念陈宏泽船长的文章。这些文章饱含丰富的信息和热烈的情感，从而深深地感染了我们。毫无疑问，卓东明老先生也应被视作《光我中华——记陈宏泽船长》这篇纪实文学的作者之一。

本书责任编辑戴铮先生以他深厚的职业素养帮助确立本书定位，并建议我们在写中国船长的同时，向社会读者和青少年普及航海知识。这促使我们在本书添加了若干航海知识方面的注释，无形中也增加了本书在文学与科技相结合方面的特色。

可喜的是，船模制作工艺大师童鑑良先生和文创工作者黄旭加盟，为本书制作一系列有关航海知识的插图，显著提升和丰富了本书的科技性、可读性和趣味性。

文汇出版社特邀美术编辑智勇先生所设计的极富航海特色的封面、封套，其创意，就是将本书装帧成踏浪而来的航海文化之船。确实，这也是本书追求的创意所在。

是的，中国要成为航海强国，中国强大的航海巨轮编队，必须和中国航海文化之船结伴，并肩前行于深蓝。

此时此刻，我们深深地意识到，编写组的成员及所有亲密的合作伙伴，都是当代中国航海文化之船上的海员。

拉响起航的汽笛，让中国航海文化之船航行在浩瀚的世界海洋文化的深蓝之中吧。

是为后记。